셜록 홈즈
실크 하우스의 비밀

Sherlock Holmes
셜록 홈즈
실크 하우스의 비밀

앤터니 호로비츠

이은선 옮김

The House of Silk

황금가지

Sherlock  Holmes

차례

	왓슨 박사의 서문	11
1	윔블던의 화상	18
2	납작 모자단	35
3	리지웨이 홀에서	53
4	비공인 경찰대	77
5	사건 해결에 나선 레스트레이드	94
6	촐리 그레인지 남학교	107
7	하얀 리본	128
8	갈까마귀 한 마리와 두 개의 열쇠	143
9	경고	165
10	블루게이트 필즈	178
11	체포	196
12	사건의 증거	212
13	독극물	233
14	어둠 속으로	252
15	홀로웨이 구치소	274
16	사라진 홈즈	289
17	메시지	303
18	점술사	319
19	실크 하우스	338
20	킬런 오도너휴	363
	왓슨 박사의 후기	388
	감사의 글	395

내 오랜 친구 제프리 S. 조지프에게 바친다.

12, 13, 14 **ASH**

왓슨 박사의 서문

나는 우리 시대의 가장 이례적이고 독보적이었던 존재와 오랫동안 인연을 맺는 계기가 되었던 일련의 그 기묘한 사건들을 종종 돌이켜 보곤 한다. 내가 만약 철학적인 인간이었다면 운명을 우리가 어느 선까지 좌우할 수 있는지, 당시에는 너무나 사소해 보였던 행동의 광범위한 파급 효과를 미리 예측한다는 것이 과연 가능한 일인지 궁금해했을 것이다.

예컨대 유익한 경험이 될 거라는 판단 아래 나를 노섬버랜드 제5보병 연대 군의관으로 추천한 사람은 사촌 아서였는데, 한 달 뒤에 내가 아프가니스탄으로 파병될 줄은 몰랐을 것이다. 그 당시는 훗날 제2차 아프가니스탄 전쟁이라고 불린 전투가 아직 시작되기도 전이었으니까. 마이완드에서 내 어깨를 겨냥해 방아쇠를 당긴 이슬람 병사는 또 어떤가? 그날 하루 동안 900명의 영국군과 인도

군이 사망했고, 나 역시 그들과 함께 황천길로 보내려고 했던 것이 그 이슬람 병사의 의도였을 것이다. 하지만 조준이 빗나간 덕분에 나는 중상을 입은 몸으로 충직하고 선량한 당번병 잭 머레이의 등에 업혀 3킬로미터가 넘는 적진을 뚫고 아군의 진영으로 귀환했다.

머레이는 그해 9월 칸다하르에서 전사했으니 내가 고향에서 병상에 누워 있다 런던 사교계 언저리에서 몇 개월 동안 허송세월한 것을(나를 위해 헌신한 그에게 바친 작은 선물이었다고 할까.) 알지 못했을 것이다. 나는 그렇게 몇 개월을 보내고 난 뒤 남해안으로 거처를 옮기면 어떨까 진지하게 고민을 하기 시작했다. 급속도로 재산이 비어 가는 삭막한 현실을 감안했을 때 어쩔 수 없는 선택이었다. 게다가 바닷바람이 건강에 좋을지 모른다는 주변 사람들의 권고도 있었다. 런던에서 더 저렴한 하숙집을 찾는 것이 보다 바람직한 대안이 될 수 있었고, 실제로 어느 증권 중개인과 유스턴 가에서 함께 지내기로 거의 이야기가 된 상태였다. 하지만 면담이 틀어지자마자 나는 곧바로 결단을 내렸다. 결론은 헤이스팅스였다. 브라이턴처럼 시끌벅적한 분위기는 아니지만 반값이면 방을 구할 수 있는 그곳. 나는 짐을 쌌다. 떠날 준비를 마쳤다.

그런데 그때 우연히 헨리 스탬포드를 만났다. 친한 친구라기보다 세인트 바솔로뮤 병원에서 내 조수로 일을 했던 그를. 그가 만약 전날 밤늦게까지 술을 마시지 않았더라면, 그 바람에 머리가 아프지 않았더라면 당시 근무 중이었던 화학 약품 연구소를 하루

결근하지 않았을 것이다. 그는 피카딜리 서커스에서 꾸물거리다 리젠트 가에 있는 아서 리버티의 이스트 인디아 하우스에서 부인에게 줄 선물을 사기로 했다. 만약 그가 다른 길로 갔더라면 크리테이온 바에서 나오던 나와 우연히 맞닥뜨리지 못했을 테고 그랬더라면 내가 셜록 홈즈를 만나지도 못했을 텐데, 이제 와 생각해 보면 신기한 일이다.

왜냐하면 내가 다른 작품에서도 밝혔던 것처럼, 화학 약품을 분석하는 일을 하는 것 같은 사람으로 자기와 같은 병원에서 근무했던 친구가 있는데 같이 지내면 어떻겠느냐고 제안한 주인공이 스탬포드였던 것이다. 스탬포드가 나를 데리고 갔을 때 홈즈는 혈흔을 분리하는 실험을 하고 있었다. 우리의 첫 만남은 묘하고 당혹스럽고 상당히 인상적이었다. 미래를 암시하는 전조라 할 만했다.

이것이 내 인생에 있어서는 엄청난 전환점이었다. 나는 문학도를 꿈꾼 적이 한 번도 없었다. 나더러 작가가 돼 보지 않겠느냐고 한 사람이 있었다면 그런 발상을 했다는 데 웃음을 터뜨렸을 것이다. 하지만 잘난 척하려는 것이 아니라 솔직히 이야기하건대 한 위대한 인물의 모험담을 기록하면서 나는 상당한 유명 인사가 되었고, 정중히 거절하기는 했지만 웨스트민스터 대수도원에서 거행된 그의 추도식의 추도사를 부탁받았을 때 무한한 영광을 느꼈다. 내가 그 부탁을 거절한 이유는 홈즈가 내 작풍을 워낙 비웃은 친구였으니 단상에 서면 어깨 너머에 그가 있는 것처럼 느껴지고 내 추도사를 들으면서 그가 관 속에서 조용히 빈정거릴 것 같다는 생각이 들었기 때문이다.

  그는 항상 내가 그의 재능과 번뜩이는 두뇌에서 비롯된 남다른 통찰력을 과대 포장한다고 생각했다. 처음 몇 문단에서 그가 이미 사건을 해결했다고 장담했건만 마지막에 이르러서야 결론을 공개하는 식으로 이야기를 구성한다며 웃곤 했다. 저속한 낭만주의 성향이 있다며 나를 몰아붙인 게 한두 번이 아니었고, 나를 그러브가(17세기에 가난한 작가들이 많이 살았던 런던의 거리 – 옮긴이)의 엉터리 작가들과 다를 바 없는 존재로 간주했다. 하지만 나는 그의 평가가 대체적으로 부당했다고 생각한다. 우리가 알고 지낸 동안 홈즈가 소설을 읽는 것을 단 한 번도 본 적이 없었고(아주 형편없는 선정적인 작품들은 예외지만) 내 묘사력을 강력하게 옹호하지는 못하겠지만 제 몫은 충분히 해냈으며 홈즈라도 이보다 더 잘 쓰지는 못했을 거라고 장담할 수는 있다. 사실 홈즈도 펜을 잡고 고드프리 엠스워드의 기이한 사건을 자기 식으로 써 내려가다 거의 인정한 적이 있었다. 이 사건은 「탈색된 병사」라는 제목으로 소개가 되었는데, 내가 생각하기에는 완벽하달 수 없는 제목이다. 탈색이라는 것은 아몬드에나 더 어울리는 표현이 아닌가.

  나는 문학 작품으로 어느 정도 인정을 받았다고 할 수 있지만, 거기에 주안점을 둔 적은 없었다. 나는 앞에서 간략하게 소개한 운명의 장난으로 세상에서 으뜸가는 탐정의 업적을 만방에 공개하는 사람으로 선택된 덕분에 60건에 달하는 모험담을 열렬한 대중에게 선보일 수 있었다. 하지만 나에게는 그와의 오랜 우정이

더욱 값진 보물이었다.

　홈즈가 다운스의 자택에서 대자로 뻗은 시신으로 발견된 지 1년이 지났다. 나는 그 소식을 들었을 때 절친한 인생의 동반자 겸 친구를 떠나보낸 정도가 아니라 내 존재 이유 자체가 상당 부분 없어져 버렸다는 사실을 깨달았다. 두 번의 결혼과 세 아이, 일곱 명의 손자 손녀, 의사로서 달린 성공 가도, 1908년에 에드워드 7세 국왕 전하께 받은 메리트 훈장을 운운하면 누구라도 상당한 업적이라고 생각할 것이다. 하지만 나는 그렇지가 않다. 나는 오늘날까지도 그를 그리워하며 가끔 "사냥이 시작되었네, 왓슨!"이라고 하는 그 낯익은 대사가 들리는 듯한 환청에 시달린다. 그 소리를 듣고 나면 믿음직한 리볼버를 손에 쥐고 어두컴컴한 베이커 가를 휘감은 안개 속으로 뛰어들 일이 두 번 다시 찾아올 리 없는 현실이 새삼스럽게 느껴질 따름이다. 모든 인간의 운명이라 할 수 있는 그 거대한 어둠 너머에서 홈즈가 나를 기다리고 있지 않을까 하는 생각이 종종 들 때면 솔직히 나도 그의 곁으로 건너가고 싶다. 해묵은 상처가 나를 끝까지 괴롭히는 가운데 끔찍하고 무의미한 전쟁이 이 나라에서 맹위를 떨치고 있으니 내가 살고 있는 이 세상을 이제는 더 이상 납득하지 못하겠다.

　그런데 내가 마지막으로 펜을 들어 묻어 두는 게 좋을지 모르는 추억을 헤집는 이유는 무엇일까? 아마 이기적인 발상에서 비롯된 행동일 것이다. 오랜 세월을 살아온 수많은 노인들이 그렇듯 나도 일종의 위안을 찾고 있는 것이 아닐까? 나를 돌보는 간호사 말로는 글쓰기가 병을 치료하는 데 도움이 되고, 가끔 찾아오는 우울증을 예방할 수 있을 거라고 한다. 하지만 그밖의 다른 이유도 있다.

'납작 모자를 쓴 사나이'와 '실크 하우스'에 관련된 모험담은 어떻게 보면 셜록 홈즈의 이력상 가장 충격적인 사건이라 할 수 있는데, 차후에 충분히 밝혀지겠지만 그 당시에 공개하지 못한 이유가 있었다. 이 두 사건은 워낙 복잡하게 얽혀 버린 터라 개별적으로 다루는 것이 불가능했다. 그런데 나는 예전부터 이 두 사건을 기록으로 남겨 홈즈 시리즈를 완성하고 싶은 마음이 있었다. 식을 알아내는 데 집착하는 화학자 내지는 두세 점이 빠졌다는 사실을 알고 있기에 자신의 소장 목록에 만족할 수 없는 희귀 우표 수집가 비슷한 심정이라고 할 수 있겠다. 나는 참을 수가 없었다. 홈즈 시리즈는 완성되어야 했다.

예전 같았으면 불가능한 일이었다. 홈즈가 세간의 노출을 질색하기로 소문이 자자한 성격이었기 때문만은 아니었다. 여기에서 공개하려는 사건들 자체가 워낙 잔인하고 충격적이라 출간할 수가 없었던 것이다. 지금도 그렇기는 마찬가지다. 사회라는 조직을 와르르 무너뜨릴 가능성이 있다 해도 과언이 아닌데, 가뜩이나 전쟁 중에 그런 위험 부담을 감수할 수는 없다. 내가 그만한 여력이 될지 모르겠지만 집필이 끝나면 원고를 봉투에 넣어 채링 크로스에 있는 콕스 사로 보내 내 개인적인 서류를 보관한 금고에 넣어 달라고 할 것이다. 향후 100년 동안 봉투를 개봉하면 안 된다는 당부 사항도 첨부할 것이다. 100년 뒤에는 세상이 어떤 모습이고 얼마만큼 발전했을지 상상이 안 되지만, 미래의 독자들은 현재의 독자들에 비해 추문과 타락상에 좀 더 면역이 되어 있을지 모른다. 나는 그들에게 지금까지 본 적 없는 관점에서 그린 셜록 홈즈의 마지막 초상을 유품으로 남긴다.

  내 뇌리에 박힌 생각들을 늘어놓느라 너무 많은 에너지를 쏟아 버렸다. 진작 베이커 가 221B번지의 문을 열고 수많은 모험이 시작된 방 안으로 들어갔어야 했던 것을. 그곳이 얼마나 멀게 느껴지는지, 내가 마지막으로 그곳을 찾았던 것이 얼마나 오래된 이야기인지 모르겠다. 그렇다. 저기 그가 파이프를 손에 들고 서 있다. 그가 내 쪽으로 고개를 돌린다. 그러고는 미소를 짓는다. "사냥이 시작되었네……."

윔블던의 화상

"독감이 불쾌한 존재이긴 하지." 셜록 홈즈가 말했다. "하지만 자네 부인의 보살핌을 받으면 그 아이가 조만간 나을 거라는 자네의 생각은 옳다고 볼 수 있어."

"나도 그랬으면 좋겠네." 나는 이렇게 대답하다 말고 휘둥그레 뜬 눈으로 그를 쳐다보았다. 입술 쪽으로 옮기는 중이던 찻잔을 테이블 위로 내동댕이치는 바람에 잔과 받침 접시가 하마터면 서로 이별을 고할 뻔했다. "아니, 그런데 홈즈!" 나는 큰소리로 외쳤다. "내 머릿속에 들어왔다 나가기라도 한 건가? 아이나 독감 이야기는 한마디도 하지 않았건만. 아내가 집을 비운 건 알 수 있었겠지. 내가 여길 찾아온 것으로 그 정도는 추측할 수 있었을 테니까. 하지만 아내가 집을 비운 이유에 대해서는 아무 말도 하지 않았고, 내가 단서가 될 만한 행동을 한 적도 없지 않은가."

이런 대화가 오간 때는 1890년 11월의 끝 무렵이었다. 잔인한 겨울이 런던을 덮쳐 가스등조차 얼어 버린 게 아닐까 싶을 만큼 길거리에 냉기가 흘렀고, 희미한 가스등 불빛마저 걷힐 줄 모르는 안개 속에 묻혀 버렸다. 밖에서는 고개를 숙이고 얼굴을 묻은 사람들이 유령처럼 인도를 따라 움직였고, 집으로 돌아가고 싶어 안달이 난 말들이 모는 사륜마차는 덜거덕거리며 쌩하니 지나갔다. 나는 벽난로에서 불이 이글거리고, 익숙한 담배 냄새가 허공에 맴돌며, 온갖 잡동사니와 난장판이 내 친구를 에워싸고 있지만 모든 게 제자리에 있는 듯한 이 공간 속에 들어앉아 있다는 데 감사했다.

나는 예전에 쓰던 방에서 홈즈와 잠깐 동안 함께 지내고 싶다는 내용의 전보를 보냈고, 다행히 마지못해 허락하는 분위기의 답장을 받았다. 내가 없어도 병원 운영에는 문제가 없었다. 나는 당분간 혼자였다. 게다가 친구의 건강이 완전히 회복될 때까지 옆에서 지켜보고 싶은 마음도 있었다. 홈즈는 유난히 잔인하고 원한이 뼈에 사무친 적에게 죽어가고 있다는 인상을 심어 주기 위해 사흘 동안 밥 한 숟가락, 물 한 모금 입에 대지 않은 적이 있었다. 작전은 성공을 거두어 녀석은 현재 런던 경시청의 유능한 모든 경감의 손으로 넘어갔다. 하지만 나는 혹사당한 홈즈의 건강이 걱정스러웠기 때문에 신진대사가 완전히 회복될 때까지 지켜보는 게 좋겠다고 생각했다.

때문에 나는 허드슨 부인이 우리 둘 몫으로 꿀과 크림을 곁들여 큼지막한 접시에 담아서 내온 스콘과 파운드케이크와 차를 맛있게 해치우는 홈즈를 보고 얼마나 다행스러워했는지 모른다. 실내복을 입고 벽난로 쪽으로 발을 뻗은 채 큼지막한 안락의자에 편하게 기대 누운 그의 모습은 아무 이상이 없는 듯했다. 원래부터 해골처럼 유난히 말랐고 매부리코 때문에 날카로운 눈매가 도드라졌는데, 적어도 얼굴에 화색이 돌았고 목소리며 태도가 예전과 거의 비슷했다.

그는 따뜻하게 나를 맞이했고, 나는 그의 맞은편에 앉는 순간 꿈에서 깨어난 듯한 묘한 기분을 느꼈다. 사랑하는 마리를 만나 결혼을 하고 아그라의 진주를 판 돈으로 켄싱턴에 집을 사서 이사한 지난 2년이 없었던 시간인 듯했다. 내가 아직 독신으로 홈즈와 함께 이 집에 살며 또 한 건의 미스터리를 추적하고 파헤치는 짜릿함을 더불어 만끽하고 있는 듯했다.

그런데 홈즈도 그 편을 더 좋아하지 않았을까 싶었다. 그는 내 집안 문제를 들먹이는 일이 거의 없었다. 내가 결혼식을 올렸을 때에도 그는 외국에 있었는데, 어쩌면 우연의 일치가 아니었을지 모른다. 내 결혼 생활이라는 화제 자체가 금기시되었다고 하면 지나친 표현이겠지만, 가능한 한 언급하지 말자는 무언의 협약이 맺어져 있었다. 내가 얼마나 행복하고 만족스럽게 지내는지 티가 났을 텐데, 고맙게도 홈즈는 질투하지 않았다. 그는 찾아온 나를 보자마자 아내의 안부부터 챙겼다. 하지만 더 이상 묻지 않았고 나도 아무 말 하지 않았으니 그가 어떤 맥락에서 그런 소리를 했는지 더더욱 불가사의할 수밖에 없었다.

"자네 표정을 보니 내가 무슨 마술사라도 되는 것 같군." 홈즈가 웃으며 말했다. "에드거 앨런 포의 작품을 이제는 안 읽는 모양이지?"

"탐정 뒤팽이 나오는 소설 말인가?" 내가 물었다.

"그는 추론이라는 방법을 동원한다고 하질 않던가. 상대방이 아무 말을 하지 않아도 가장 은밀한 생각까지 읽을 수 있다고. 상대방의 움직임을 연구하면 눈썹 하나 깜빡하는 것만으로도 모든 걸 알 수 있다고. 나는 그의 발상을 상당히 감명 깊게 받아들였지만, 내가 기억하기로 자네는 살짝 비웃었던 것 같은데……."

"그리고 지금 그 대가를 치르는 거겠지." 나는 솔직히 시인했다. "하지만 자네 지금, 스콘 접시를 앞에 두고 내가 보인 행동에서 얼굴도 모르는 아이가 걸린 병을 유추해 냈다는 건가?"

"그것뿐만이 아닐세." 홈즈가 대답했다. "자네는 방금 홀본 바이어덕트 역에 다녀온 길이지. 허둥지둥 집을 나섰지만, 그럼에도 불구하고 열차를 놓쳤고. 어쩌면 요즘 하녀 없이 지낸 탓이겠지만."

"홈즈!" 나는 외쳤다. "어떻게 이럴 수가 있나!"

"내 말이 틀렸나?"

"아닐세. 모두 맞았네. 하지만 무슨 수로……?"

"관찰과 추리를 동원하면 하나가 다른 사실로 연결되는 단순한 문제라네. 내 설명을 들으면 너무 한심한 수준이라 속이 쓰릴 걸세."

"그래도 듣고 싶으니 설명을 부탁하네."

"뭐, 고맙게도 여기까지 찾아와 주었으니 순순히 자네 요청에 따라야겠지." 홈즈는 하품을 하며 이렇게 말했다. "먼저 자네가 이곳을 찾아오게 된 상황부터 시작해 볼까? 내가 알기로는 자네 결혼 2주년이 얼마 남지 않은 것으로 기억하는데, 안 그런가?"

"그렇다네, 홈즈. 모레일세."

"그렇다면 아내와 떨어져 지내기에 이례적인 시기가 아닌가. 그런데 자네 입으로 직접 밝혔던 것처럼 얼마 동안 나와 함께 있겠다니 아내와 따로 지낼 수밖에 없는 이유가 있는 거겠지. 그 이유가 뭐겠는가? 내가 기억하기로 메리 모스턴 양은 인도 출신이라 여기 사는 친구나 가족이 없지. 가정교사로 캠버웰에 사는 세실 포레스터 부인의 아들을 가르치다 거기서 자네를 만난 것 아닌가. 포레스터 부인은 특히 힘들었던 시기에 자네 부인에게 무척 잘해주었으니 두 사람은 지금까지도 가깝게 지내고 있겠지."

"사실 그렇다네."

"그러니 자네 부인을 호출한 사람이 포레스터 부인일 수밖에 없지 않은가. 이 추운 날씨에 어인 일로 호출을 했을까 고민하는데 당장 아이가 아파서 그렇겠다는 생각이 나더군. 예전 가정교사가 옆에 있으면 병에 걸린 아이로서는 상당히 힘이 되겠지."

"그 아이의 이름은 리처드이고 올해 아홉 살일세." 내가 덧붙여 설명했다. "그런데 좀 더 심각한 질병이 아니라 독감이라고 자신 있게 단정한 이유가 뭔가?"

"좀 더 심각한 질병이었으면 자네가 가겠다고 했겠지."

"여기까지는 모든 면에서 상당히 단순한 추론 과정이었다고 볼 수 있겠군." 내가 말했다. "그런데 바로 그 시점에서 내가 두 사람을 생각한 것을 자네가 무슨 수로 알아차렸는지 그 부분은 설명이 안 되지 않나."

"친애하는 왓슨, 자네는 나에게 펼쳐 놓은 책과 같고, 움직일 때마다 책장을 넘기는 것과 같다는 표현을 쓰더라도 용서해 주겠는가? 자네가 거기 앉아서 차를 홀짝이는데 자네 바로 옆 테이블에 놓인 신문 쪽으로 눈길을 돌리는 게 보이더군. 자네는 헤드라인을 흘끗 보더니 손을 내밀어 신문을 뒤집어 놓았지. 왜 그랬을까? 몇 주 전에 노턴 피즈워런에서 벌어진 열차 충돌사고 관련 기사를 보고 심란해졌기 때문이겠지. 숨진 열 명의 승객을 조사한 결과 맨 처음 밝혀진 사실들이 오늘 신문에 실렸으니 아내를 기차역까지 바래다주고 온 자네로서는 가장 접하고 싶지 않은 기사가 아니었겠나."

"그 기사를 보고 났더니 여행길에 오른 아내가 생각나더군." 나는 솔직히 인정했다. "하지만 아이가 아픈 건 어찌 알았나?"

"신문에서 떠난 자네의 시선은 책상 옆 카펫으로 향했고, 내 두 눈으로 똑똑히 보았네만 슬그머니 미소를 짓더군. 그곳으로 말할 것 같으면 예전에 자네 왕진 가방을 두었던 곳이니 그걸 보고 아내가 떠난 이유가 연상됐겠지."

"다 넘겨짚은 거로군, 홈즈." 나는 억지를 부렸다. "예컨대 홀본 바이어덕트 역만 해도 그래. 런던의 아무 역이라도 될 수 있었던 거야."

"내가 넘겨짚는 행위를 얼마나 규탄하는지 자네도 알고 있을 텐데? 가끔 상상력을 동원해 증거와 증거를 연결해야 할 때도 있기는 하지만, 넘겨짚기하고는 차원이 다른 문제일세. 포레스터 부인이 사는 곳이 캠버웰 아닌가. 런던 채텀 앤드 도버 철도가 홀본 바이어덕트 역에서 정기적으로 출발하는 열차를 운행하고 있지. 안 그래도 이 사실을 논리적인 출발점으로 삼았을 텐데, 자네가 내가 권하는 대로 문가에 순순히 여행 가방을 내려놓지 않았나. 내가 앉아 있는 이 자리에서 손잡이에 달린 홀본 바이어덕트 역 수하물 보관소 꼬리표가 보인단 말이지."

"그 나머지 부분은 어찌된 건가?"

"현재 하녀가 없고, 집을 허둥지둥 나섰다는 거 말인가? 자네 왼쪽 소맷부리에 묻은 까만색 구두약을 보면 둘 다 알 수가 있지. 자네가 직접 구두를 닦았는데 좀 건성으로 닦았다는 것을. 게다가 서두르느라 장갑도 깜빡했고……."

"그야 허드슨 부인이 외투를 받아 주었으니 장갑까지 받아 주었을지 모르는 거 아닌가."

"그랬더라면 악수를 했을 때 자네 손이 왜 그렇게 차가웠겠는가? 아닐세, 왓슨. 자네는 지금 머리끝부터 발끝까지 어지럽고 어수선해."

"다 맞는 말일세." 나는 솔직히 인정했다. "그런데 마지막으로 한 가지가 남았네, 홈즈. 아내가 열차를 놓친 건 무슨 수로 그렇게 장담할 수 있었나?"

"자네가 들어오자마자 옷에서 진한 커피 냄새가 나더군. 차를 마실 시간에 나를 찾아오는데 그 직전에 커피를 마실 이유가 뭐가 있었겠나? 열차를 놓치는 바람에 당초 예상보다 훨씬 오랫동안 아내 곁을 지켜야 했다는 뜻이겠지. 그래서 여행 가방을 수화물 보관소에 맡기고 아내와 함께 커피숍으로 들어갔겠지. 록하트 커피숍이었나? 거기 커피가 유난히 맛있다는 소문을 들었네만."

짧은 침묵이 흘렀고 잠시 후 나는 웃음을 터뜨렸다.

"이런, 홈즈. 자네 건강을 걱정할 필요가 없었군. 예전처럼 이렇게 총기가 반짝이니 말일세."

"상당히 초보적인 수준일세." 그는 한 손을 나른하게 흔들었다. "하지만 좀 더 흥미진진한 무언가가 펼쳐지려는 것 같군. 내가 착각한 것일지 모르겠지만 지금 현관에······."

아니나 다를까, 허드슨 부인이 이번에는 런던의 연극 무대에 입장이라도 하는 듯한 분위기를 풍기는 어떤 남자를 데리고 등장했다. 그는 윙 칼라가 달린 짙은 색 연미복에 하얀색 나비넥타이를 매고, 어깨에는 까만 망토를 걸치고, 조끼에 장갑에 반질반질한 가죽 구두까지 갖춰 신은 모습이었다. 한 손에는 하얀 장갑이, 다른 손에는 은으로 만든 캡과 손잡이가 달린 자단목 지팡이가 들려 있었다. 놀라우리만치 길고 거무스름한 머리는 우뚝한 이마 뒤로 넘겼는데, 턱수염이나 콧수염은 기르지 않았다. 살결은 파리했고, 얼굴은 잘생겼다고 하기에는 좀 길쭉한 감이 없지 않았다. 나이는 짐작컨대 30대 중반쯤 될 것 같았지만, 심각한 표정과 이 장소를 불편해하는 기색 때문에 그보다 더 나이 들어 보였다. 그를 보자마자 나에게 진찰을 받았던 몇몇 환자들이 생각났다. 병에 걸렸다는데도 증상이 나타나기 전에는 믿지 않던 환자들인데, 그러다 항상 가장 호되게 앓는 것이 그들의 특징이었다. 이곳을 찾은 방문객도 그 못지않게 마뜩잖아 하는 분위기로 우리 앞에 서 있었다.

"카스테어스 씨." 홈즈가 입을 열었다. "자리에 앉으시지요."

"이런 식으로…… 예고도 없이 불시에 방문한 결례를 용서해 주시기 바랍니다." 그는 딱딱 끊어서 다소 무미건조하게 이야기하는 스타일이었다. 아직도 시선은 우리 눈이 아닌 다른 곳을 향하고 있었다. "사실 저는 선생님을 찾아올 생각이 전혀 없었습니다. 저는 녹지와 가까운 윔블던에 사는데 오페라 관람 차 런던을 찾은 길입니다. 바그너를 감상할 기분은 전혀 아니지만요. 그런데 좀 전까지 있던 클럽에서 오랫동안 알고 지냈고 지금은 친구라고 생각하는 전담 회계사를 만났습니다. 현재 겪고 있는 어려움과 그 압박감으로 인해 지긋지긋하리만치 살기 어려워진 요즘 사정을 이야기했더니 선생님 성함을 알려 주면서 의논을 해 보라고 하더군요. 마침 클럽에서 여기까지 그다지 먼 길이 아니라 당장 찾아뵙기로 마음을 먹은 겁니다."

"다행히 선생께 온전히 할애할 수 있는 시간에 찾아오셨군요."
홈즈가 말했다.

"그런데 이분은?" 그가 내 쪽을 돌아보며 물었다.

"존 왓슨 박사입니다. 나의 절친한 고문이지요. 장담하건대 나에게 무슨 말씀을 하시건 이 친구가 들어도 전혀 무방합니다."

"알겠습니다. 제 이름은 아시다시피 에드먼드 카스테어스이고, 미술계에 몸담고 있는 화상입니다. 앨버말 가에서 카스테어스 앤드 핀치라는 화랑을 운영한 지 올해로 6년 됐고요. 게인즈버러, 레이놀즈, 컨스터블, 터너 등 지난 세기 말과 금세기 초에 활약한 거장들의 작품이 저희 화랑의 전문 분야입니다. 이들의 작품은 선생님도 익히 알고 계실 텐데, 가격이 어마어마하죠. 이번 주만 해도 반 다이크의 작품 두 점을 개인 고객에게 판매하면서 받은 금액이 2만 5000파운드였으니까요. 저희 사업은 상당히 성공적이라 급이 떨어진다 할 수 있는 수많은 화랑들이 사방에서 우후죽순처럼 생겨나도 번창하고 있습니다. 지난 몇 년에 걸쳐 합리적이고 믿음직한 곳으로 명성을 쌓았죠. 유명한 집안에도 저희 고객들이 대거 포진해 있고, 영국 내에서도 손꼽히는 여러 대저택에 저희 작품이 걸려 있고 그렇습니다."

"동업자인 핀치 씨는 어떤 분입니까?"

"토바이어스 핀치는 저보다 나이가 조금 많지만 사업상으로는 동등한 관계입니다. 한 가지 차이점이 있다면 그가 저보다 좀 더 신중하고 보수적인 편이죠. 예컨대 저는 대륙에서 입수된 몇몇 새로운 작품에도 관심이 많습니다. 모네나 드가처럼 '인상파'라고 알려진 화가들 말입니다. 1주일 전에도 피사로가 그린 해변의 풍경을 감상할 기회가 있었는데, 상당히 마음에 들고 색감이 풍부하더군요. 그런데 안타깝게도 동업자의 생각이 저와는 정반대였습니다. 그런 작품들은 얼룩과 다를 게 거의 없다는 겁니다. 물론 가까이서 보면 일부 형태를 알아볼 수 없긴 하지만 그게 중요한 게 아니라고 동업자를 설득할 방법이 없더군요. 아무튼 미술 강의로 두 분을 피곤하게 만들 생각은 없습니다. 저희는 전통적인 의미의 화랑이고, 당분간 변함이 없을 거라는 점을 말씀드리려는 겁니다."

홈즈는 고개를 끄덕였다.

"말씀 계속하시지요."

"그런데 홈즈 씨, 2주 전에 제가 감시를 당하고 있다는 사실을 알아차렸습니다. 제가 살고 있는 리지웨이 홀로 말씀드릴 것 같으면 저쪽 끝 멀찍한 곳에 판잣집들이 다닥다닥 모여 있는 좁은 골목길가에 있습니다. 가장 가까운 이웃이 그 판잣집 주민들이죠. 사방이 공유지이고, 제 옷방에서 마을 공원이 보입니다. 그런데 화요일 오전에 한 남자가 다리를 벌리고 팔짱을 낀 채 바로 이곳에 서 있는 것이 제 눈에 띄었는데, 비정상적이다 싶을 만큼 꼼짝 않는 것이 낌새가 이상하더군요. 너무 멀어서 얼굴을 자세히 확인할 수는 없었지만, 외국인인 것 같았습니다. 어깨에 패드를 넣은 긴 프록코트가 가장 외국인스럽더군요. 사실 제가 작년에 미국에 다녀온 적이 있었는데, 누가 제 의견을 묻는다면 그가 미국에서부터 입고 온 코트인 게 분명하다고 말할 겁니다. 그런데 이유는 잠시 후에 말씀드리겠습니다만, 가장 충격적으로 다가왔던 부분이 있다면 그가 치즈 커터라고도 불리는 납작한 모자까지 쓰고 있었다는 겁니다.

이 모자와 그가 서 있는 자세가 맨 처음 저의 시선을 사로잡았고, 저를 너무나 불안하게 만들었습니다. 허수아비라도 그보다 더 정적일 수는 없었거든요. 살짝 내리던 비가 산들바람에 쓸려 공유지를 적시는데도 아랑곳 않는 눈치였습니다. 꼼짝 않고 저희 집 창문만 바라볼 따름이었죠. 그 음험한 눈길이 저를 관통하는 듯한 기분이었습니다. 저는 그 남자를 1분 아니면 그보다 더 오랫동안 지켜보다 아침 식사를 하러 아래층으로 내려갔습니다. 하지만 식사를 시작하기 전에 부엌에서 심부름 하는 아이를 보내 남자가 아직 있는지 보고 오라고 했죠. 그런데 없더랍니다. 그 아이가 하는 말이 공원에 아무도 없더랍니다."

"묘한 일이로군요." 홈즈가 말했다. "하지만 리지웨이 홀이 워낙 근사한 건물이겠죠. 그래서 이 나라를 찾은 관광객이 자세히 살펴보려고 했던 것 아닐까요?"

"저도 그렇게 생각하려고 했습니다. 그런데 며칠 뒤에 그 남자를 다시 만난 겁니다. 이번에는 런던에서요. 아내와 함께 극장을 막 나서는데(사보이 극장이었습니다.) 그 남자가 그 프록코트에 그 납작 모자를 쓰고 도로 저편에 서 있는 겁니다. 못 보고 지나칠 수도 있는 상황이었는데, 양쪽으로 사람들이 지나가는 와중에도 그 전처럼 꼼짝 않고 서 있지 뭡니까. 콸콸 흐르는 강물에 단단히 박힌 돌처럼요. 그런데 이번에도 얼굴을 똑똑히 볼 수 없었던 것이, 쏟아지는 가로등 불빛 아래 서 있었지만 얼굴에 그림자가 드리워져 베일 같은 역할을 했거든요. 어쩌면 그게 남자의 의도였을 수도 있겠습니다만."

"그런데 예전에 본 그 남자인 게 분명하던가요?"

"의심의 여지가 없었습니다."

"부인께서도 남자를 보셨고요?"

"아뇨. 굳이 이야기를 꺼내서 불안하게 만들고 싶지 않았습니다. 이륜마차를 대기시켜 놓았던 터라 곧바로 자리를 떴죠."

"참으로 흥미롭군요." 홈즈가 말했다. "이 남자의 행동이 도무지 앞뒤가 안 맞는다는 점에서 말입니다. 마을 공원과 가로등 아래 서서 한편으로는 선생의 눈에 띄기 위해 온갖 노력을 기울이는 듯한데. 정작 접근은 하지 않는다."

"접근을 하기는 했습니다." 카스테어스가 대답했다. "바로 다음 날, 제가 일찍감치 퇴근을 했을 때요. 그날은 동업자인 핀치가 화랑에서 새뮤얼 스콧의 소묘와 동판화를 카탈로그로 만드는 작업을 하고 있었습니다. 제가 필요 없는 일이기도 했고, 그 남자를 두 번 목격한 뒤로 여전히 불안한 마음이 있었거든요. 리지웨이 홀에 도착했을 때가 3시 직전이었는데, 일찍감치 퇴근한 게 다행이었던 것이 그놈이 저희 집 현관을 향해 걸어가고 있지 뭡니까. 제가 고함을 질렀더니 그자가 고개를 돌리고 제 쪽을 쳐다보더군요. 그러더니 당장 제 쪽을 향해 달려오는 겁니다. 저는 일격을 가하려는 줄 알고 지팡이를 들어 방어 태세를 갖추었습니다. 하지만 그의 목적은 폭력 행사가 아니었습니다. 그가 똑바로 다가오자 처음으로 그의 얼굴을 들여다볼 수가 있었습니다. 얇은 입술, 밤색 눈과 얼마 전에 총알이 스치고 지나갔는지 오른쪽 뺨에 남은 검푸른 흉터. 술을 마시고 있었는지 냄새가 나더군요. 그는 아무 말도 하지 않고 쪽지를 들어 보이더니 제 손에 쥐어 주었습니다. 그러고는 제가 붙잡을 겨를도 없이 달아나 버렸습니다."

"쪽지는 어디 있습니까?" 홈즈가 물었다.

"여기, 들고 왔습니다."

화상은 4분의 1로 접은 정사각형의 종이를 꺼내 홈즈에게 건넸다. 홈즈는 조심스럽게 쪽지를 펼쳤다.

"돋보기 좀 주겠나, 왓슨." 내가 돋보기를 건네는 동안 그는 카스테어스 쪽으로 고개를 돌렸다. "봉투는 없었습니까?"

"네."

"가장 의미심장한 부분이로군요. 아무튼 어디 봅시다……."

쪽지에 적힌 것이라고는 대문자로 된 다섯 단어뿐이었다.

세인트 메리 교회. 내일. 정오.

"종이는 영국산입니다." 홈즈가 말했다. "방문객은 영국인이 아닐지 몰라도, 왓슨, 남자가 대문자로 쓴 걸 자네도 알아차렸겠지? 대문자로 쓴 목적이 뭐일 것 같은가?"

"필체를 감추기 위해서였겠지." 내가 대답했다.

"그럴지도. 하지만 남자가 카스테어스 씨에게 한 번도 뭔가를 써서 준 적이 없고 앞으로도 두 번 다시 그럴 일이 없을 텐데 필체에 신경 쓸 필요가 없지 않았을까? 남자가 이 쪽지를 접어서 주었습니까, 카스테어스 씨?"

"아뇨, 아닌 것 같습니다. 나중에 제가 접었어요."

"그림이 점점 더 선명해지는군요. 그가 세인트 메리라고 한 이 교회는 윔블던에 있는 교회겠죠?"

"핫하우스 레인에 있는 교회입니다." 카스테어스가 대답했다. "저희 집에서 몇 분 걸어가면 있는 곳이에요."

"이것 역시 앞뒤가 안 맞는 행동 같지 않으십니까? 남자는 선생과 이야기를 나누고 싶어 합니다. 그러고 싶은 마음에 쪽지까지 쥐어 줍니다. 그런데 아무 말도 하질 않습니다. 단 한마디도."

"저하고 단둘이서 이야기를 하고 싶었던 게 아닐까요? 몇 분 뒤에 제 아내 캐서린이 집 밖으로 나왔거든요. 집 앞 진입로가 내다보이는 거실에 서 있다 방금 전에 벌어진 상황을 보고 나온 거죠. 아내가 '저 사람 누구예요?' 하고 묻더군요. 저는 '나도 모르는 사람이오.' 하고 대답했죠. '무슨 일로 찾아온 거래요?' 아내의 질문에 제가 쪽지를 보여 주자 '돈 달라고 찾아온 사람일 거예요.'라고 하더군요. '방금 전에 창문 너머로 봤어요. 인상이 험악하던 걸요. 지난주에 공원에서 집시들이 보이더라고요. 그중 한 명일 거예요. 에드먼드, 나가면 안 돼요.' 그래서 제가 대답했죠. '걱정할 것 없어요, 여보. 이 남자 만날 생각이 없으니까.'"

"그런 식으로 부인을 진정시키셨군요." 홈즈가 중얼거렸다. "그러고는 정해 준 시각에 교회로 찾아가셨겠죠."

"맞습니다. 리볼버를 들고요. 그자는 나타나지 않았습니다. 교회는 관리가 허술한 곳이라 지독하게 추웠습니다. 저는 한 시간 동안 판석이 깔린 길 위를 왔다 갔다 하다 집으로 돌아갔죠. 그 이후로 그자는 소식도 없고 두 번 다시 나타나지도 않았지만 그자의 생각을 머릿속에서 떨쳐 버릴 수가 없습니다."

"아는 사람이로군요." 홈즈가 말했다.

"맞습니다, 홈즈 씨. 정곡을 찌르셨습니다. 저는 이 사람의 신원을 알고 있습니다. 그런데 솔직히 고백하건대 선생님께서 어떤 과정을 거쳐 그런 결론을 내리셨는지 모르겠네요."

"빤하지 않습니까? 선생은 이자를 본 게 딱 세 번입니다. 그는 면담을 요청해 놓고 나타나지 않았고요. 여기까지 이야기를 들어 보면 그에게서 위협을 느낄 만한 요소가 전혀 없건만, 선생은 압박감에 시달리며 괴로워하다 이곳을 찾아왔노라고 했고, 심지어 그를 만나러 갔을 때도 총을 들고 갔다고 하셨죠. 그리고 그 납작 모자의 의미에 대해서도 아직 말씀을 하지 않으셨고요."

"저는 그자의 정체를 압니다. 그가 무얼 원하는지 그것도 압니다. 영국까지 저를 따라왔다니 소름이 끼칠 따름입니다."

"미국에서 온 건가요?"

"그렇습니다."

"카스테어스 씨, 이것 참 흥미진진한 이야기로군요. 오페라가 시작되기 전까지 시간이 되시거나 서곡을 건너뛸 의향이 있으시거든 이 사건의 완벽한 전말을 들려주시는 게 어떻겠습니까? 1년 전에 미국에 다녀온 적이 있다고 하셨죠? 그때 이 납작 모자의 주인공을 만난 겁니까?"

"그전에는 만난 적이 없습니다. 하지만 그자 때문에 미국에 다녀온 건 맞습니다."

"제가 파이프를 좀 채워도 될까요? 괜찮으시겠습니까? 자, 이제 저희를 데리고 대서양 건너편으로 건너가 그곳에서 어떤 일이 있었는지 이야기해 주시죠. 화상은 적을 만들지 않는 부류인 줄 알고 있었습니다만 선생은 적을 만들어 버린 모양이로군요."

"맞습니다. 저의 적은 이름이 킬런 오도너휴입니다. 그 이름을 모르고 살았더라면 얼마나 좋았을까요."

홈즈는 담배를 넣어 두는 페르시아 슬리퍼 쪽으로 손을 뻗어 파이프를 채우기 시작했다. 한편 에드먼드 카스테어스는 한숨을 쉬고 다음과 같은 이야기를 쏟아 냈다.

납작 모자단

"18개월 전에 저는 기나긴 유럽 여행 끝에 런던에 들른 코넬리어스 스틸먼이라는 상당히 대단한 분을 소개받은 적이 있습니다. 집은 미국 동해안에 있었고 별명이 '보스턴의 브라만'이었으니 미국 내에서도 가장 손꼽히고 존경받는 집안 출신이라는 뜻이었죠. 캘러멧과 헤클라의 금광으로 큰 돈을 벌었고, 철도와 전화 회사에도 투자를 했다더군요. 젊었을 때 화가가 되고 싶은 꿈이 있었기에 파리, 피렌체, 로마, 런던의 미술관과 화랑을 둘러보고 싶어서 여행길에 올랐다고 했습니다.

미국 부유층이 대부분 그렇듯 그분 역시 시민으로서 책임감이 투철하기로 명성이 자자했죠. 보스턴 백 베이 지역의 땅을 매입해 파르테논이라고 이름을 지은 미술관 공사를 이미 시작했는데, 여행을 하면서 구입한 최고의 걸작들로 채울 계획이었답니다. 저는 어느 디너파티에서 그분을 만났는데 거대한 화산처럼 에너지와 열정이 넘치는 분이더군요. 수염을 기르고 외알 안경까지 차는 등 차림새는 다소 촌스러웠지만, 상당히 견문이 넓은 데다 불어와 이태리어가 유창했고 고대 희랍어까지 조금 할 수 있었죠. 예술에 대한 지식이며 미적인 감성에서도 대다수의 미국인들과 확연히 차별화됐고요. 저를 쓸데없는 국수주의자로 오해하지는 말아 주십시오, 홈즈 씨. 그분도 성장하는 동안 익숙해져 버린 문화생활의 수많은 한계점에 대해 자기 입으로 직접 이야기를 했으니까요. 위대한 걸작들 바로 옆에 인어나 난쟁이와 같은 돌연변이들이 전시되는 식이었다고요. 그분은 막간에 외줄타기와 곡예가 등장하는 셰익스피어 연극도 본 적 있다고 했습니다. 그 당시 보스턴에서는 그런 게 유행이었다고요. 파르테논은 다를 거라고 했습니다. 그 이름이 암시하는 것처럼 예술과 문명에 바치는 신전이 될 거라고요.

스틸먼 씨가 앨버말 가에 있는 저희 화랑에 들르겠다고 했을 때 얼마나 기뻤는지 모릅니다. 핀치 씨와 저는 한참 동안 그분의 곁을 따라다니며 카탈로그를 보여 주고, 최근에 경매로 전국 각지에서 매입한 작품들을 보여 드렸습니다. 거두절미하자면 스틸먼 씨는 롬니, 스터브스, 로렌스의 작품과 더불어 저희 화랑의 자랑이었던 네 점으로 이루어진 존 컨스터블의 풍경화 시리즈까지 구입을 했습니다. 1806년에 레이크 디스트릭트(영국의 국립 공원—옮긴이)의 풍경을 담은 이 시리즈는 컨스터블의 다른 작품들과 차원이 다릅니다. 그 심오한 분위기와 화풍이 놀라운 수준인데, 스틸먼 씨는 이 시리즈 용으로 널찍하고 환하게 조명을 밝힌 방을 따로 만들어 그곳에 전시하겠노라고 약속했죠. 저희는 아주 분위기 좋게 헤어졌습니다. 덕분에 저는 통장 잔고를 상당히 불릴 수 있었고요. 사실 핀치 씨의 표현에 따르면 우리 일생을 통틀어 가장 성공적인 거래였다고 할 정도였습니다.

이제 작품들을 보스턴으로 부치는 일만 남았습니다. 꼼꼼하게 포장을 하고 나무 상자에 넣어 리버풀을 출발하여 뉴욕으로 향하는 화이트 스타호에 실었죠. 그런데 처음에는 대수롭지 않은 일인 줄 알았건만 나중이 되면 사람을 끈질기게 괴롭히는 운명의 장난이라는 게 있지 않습니까. 원래 저희는 작품들을 보스턴으로 직접 보낼 생각이었습니다. RMS 어드벤처호가 그 노선을 운행하는데, 몇 시간 차로 그 배를 놓치는 바람에 다른 배를 선택한 겁니다. 제임스 디보이라고 젊고 똑똑한 우리 중개업자가 뉴욕에서 작품들을 받아 보스턴 앤드 올바니 열차를 타고 운반을 하기로 했습니다. 300여 킬로미터에 달하는 여정이었죠.

그런데 작품들이 중간에 사라져 버린 겁니다.

그 당시 보스턴에는 특히 찰스타운이나 소머스빌과 같은 남부를 중심으로 활동 중이던 범죄 조직들이 있었습니다. 대부분 죽은 토끼라는 등 40인의 도적이라는 등 괴상망측한 이름을 썼고 아일랜드 출신이었죠. 따뜻하게 맞아 준 대국의 은혜를 무법 행위와 폭력으로 갚다니 통탄할 일입니다만, 사정이 그러했고 경찰에서도 그들을 제지하거나 정의의 심판대 앞으로 끌고 가질 못했습니다. 그중에서도 가장 적극적이고 가장 무시무시했던 곳이 벨파스트에서 건너간 아일랜드 출신의 쌍둥이, 루크 오도너휴와 킬런 오도너휴가 이끄는 납작 모자단이었습니다. 이 두 악당이 어떤 녀석들인지 최대한 자세히 알려 드리겠습니다. 제 이야기에서 중추적인 역할을 하니까요.

그 둘은 늘 붙어 다녔습니다. 일란성으로 태어났지만 어깨와 가슴이 떡 벌어진 루크의 몸집이 킬런보다 더 컸고, 싸움이 벌어질 때마다 묵직한 주먹을 아낌없이 동원했죠. 들리는 소문에 따르면 막 열여섯 살이 됐을 때 카드 게임을 하다 상대방을 때려 죽인 적도 있었다고 합니다. 반면에 그의 그늘 속에서 지내다시피 했던 킬런은 몸집이 작고 말이 없었죠. 사실 말을 할 때가 거의 없어서 벙어리라는 소문도 있었습니다. 루크는 수염을 길렀고, 킬런은 깨끗이 면도를 하고 다녔습니다. 하지만 둘 다 납작한 모자를 쓰고 다녔기에 그것이 조직의 이름이 된 겁니다. 그 둘은 팔뚝에 서로의 이니셜을 문신으로 새겼다는 소문이 돌 만큼 떼려야 뗄 수 없는 존재였습니다.

다른 조직원들은 별명만 들어도 어떤 녀석들인지 알 수 있을 정도입니다. 프랭크 켈리는 '미친 개'였고 패트릭 맥클린은 '면도날'이었죠. 그리고 또 한 명, 별명이 '귀신'이었던 녀석은 진짜 귀신이라도 되는 양 다들 무서워했고요. 이들은 강도, 절도, 자릿세 뜯기 등 온갖 만행을 저지르고 다녔습니다. 그런데 보스턴의 가난한 주민들은 이들이 얼마나 가증스러운 독충 같은 존재인지 모르고 우러러 보았답니다. 무정한 사회 시스템을 상대로 전쟁을 벌이는 약자들이라는 거죠. 제가 굳이 짚고 넘어가지 않아도 아시겠습니다만, 문명의 태동기 때부터 쌍둥이들이 신화를 장식하지 않았습니까. 로물루스와 레무스(로마를 건국했다는 전설 속의 쌍둥이 — 옮긴이)가 있었고, 아폴론과 아르테미스가 있었고, 쌍둥이자리라는 별자리로 불멸의 존재가 된 카스토르와 폴룩스(그리스 로마 신화에 등장하는 쌍둥이 신 — 옮긴이)가 있었죠. 오도너휴 형제들도 이런 연결선상에 있는 것으로 간주되었습니다. 이들은 무슨 짓을 저질러도 절대 체포되지 않는다고들 했죠.

저는 리버풀에서 그림을 부칠 당시만 해도 납작 모자단이라는 조직의 이름조차 들어 본 적이 없었는데 공교롭게도 바로 그 무렵, 이들이 며칠 뒤에 거액의 현금이 뉴욕의 아메리칸 뱅크 노트 컴퍼니에서 보스턴의 매사추세츠 퍼스트 내셔널 뱅크로 수송된다는 정보를 입수했습니다. 10만 달러가 보스턴 앤드 올바니 열차로 이송된다는 정보였죠. 누구는 작전을 세운 사람이 루크였다고 하더군요. 또 누구는 둘 중에 배후에서 조종하는 사람은 킬런이었다고 하고요. 아무튼 둘이 서로 의논을 하다 보스턴에 도착하기 전에 열차를 세우고 현금을 챙겨 도망치자는 결론을 내기에 이르렀답니다.

캘리포니아나 애리조나와 같은 미국의 서부 변경에서는 열차 강도가 아직도 빈번하지만, 좀 더 개발이 된 동부 연안에서는 거의 상상할 수 없는 일이었기 때문에 열차는 우편칸에 무장 경비한 명만 태우고 뉴욕의 그랜드 센트럴 터미널을 출발했습니다. 지폐는 금고에 들어 있었고요. 그리고 무슨 운명의 장난인지 저희 그림들도 나무 상자에 담긴 채 같은 칸에 실려 있었습니다. 중개업자 제임스 디보이는 이등칸에 타고 있었습니다. 워낙 성실한 친구라 우편칸에서 최대한 가까운 자리를 선택한 겁니다.

납작 모자단은 급습지로 피츠필드 외곽을 선택했습니다. 코네티컷 강을 건너기에 앞서 가파른 오르막길이 시작되는 곳이죠. 그곳에 600여 미터짜리 터널이 있는데 선로 규정상 기관사가 출구에서 브레이크 점검을 하게 되어 있었습니다. 때문에 열차가 터널을 빠져나오며 속도를 늦출 테니 루크와 킬런이 그 위로 뛰어내리는 건 식은 죽 먹기였죠. 두 사람은 탄수차(석탄과 물을 실은 차량—옮긴이) 쪽으로 기어 내려가 총을 들고 기관실로 들이닥쳐 기관사와 제동수를 급습했습니다.

두 사람은 숲 속 빈터에 열차를 세우라고 명령을 내렸습니다. 우뚝 솟은 소나무가 천연 병풍 역할을 하는 그곳에서 범행을 저지를 작정이었던 거죠. 켈리, 맥클린과 다른 조직원들은 말을 타고 기다리고 있었습니다. 건설 현장에서 훔친 다이너마이트를 들고 전원이 무장한 상태로. 열차가 그곳으로 들어서자 루크가 리볼버 측면으로 기관사를 내리쳐 기절시켰습니다. 그때까지 한마디도 않던 킬런이 밧줄을 꺼내 제동수를 쇠기둥에 묶었고요. 그러는 사이 다른 조직원들이 열차에 올라타 승객들에게 가만히 앉아 있으라고 명령을 내린 뒤 우편칸 쪽으로 건너가 입구 주변에 폭탄을 설치하기 시작했습니다.

제임스 디보이는 사태를 파악한 순간 눈앞이 캄캄해졌죠. 강도단이 노리는 것이 컨스터블의 작품이 아닌 것만큼은 분명했습니다. 그 시리즈의 존재를 아는 사람도 몇 안 될 뿐 아니라 강도단이 거장의 작품을 알아볼 만큼 똑똑하거나 교육 수준이 높다 한들 팔아넘길 상대가 없을 테니까요. 디보이는 웅크리고 있는 다른 승객들을 두고 자리에서 일어나 우편칸 쪽으로 다가갔습니다. 강도단에게 사정을 설명할 생각이었겠죠. 적어도 제가 보기에는 그렇지 않았을까 싶습니다. 그런데 뭐라고 이야기를 꺼내 보기도 전에 루크 오도너휴가 그에게 달려들어 방아쇠를 당겼습니다. 디보이는 가슴에 총을 세 방 맞고 자기가 흘린 피 웅덩이 속에서 숨을 거두었습니다.

우편칸에 있던 경비도 총성을 들었을 텐데 밖에서 강도단이 부스럭거리는 소리를 들으면서 얼마나 무서웠을까요? 강도단이 요구했더라면 경비가 문을 열어 주었을까요? 그건 아무도 알 수 없는 일입니다. 잠시 후 엄청난 폭발음이 허공을 가르면서 우편칸 한쪽 벽이 통째로 날아갔으니까요. 경비는 즉사했습니다. 현금이 담긴 금고는 노출이 되었고요.

금고를 열 때는 처음 사용한 것보다 작은 폭탄으로도 충분했는데, 알고 보니 이들이 접수한 것이 잘못된 정보였습니다. 매사추세츠 퍼스트 내셔널 뱅크로 보내는 현금이 겨우 2000달러였던 겁니다. 이 망나니들로서는 상당한 액수였겠지만, 원래 예상했던 금액에 비하면 턱없이 부족한 수준이었죠. 그래도 이들은 함성과 환호성을 지르며 지폐를 챙겼습니다. 죽은 두 남자는 아랑곳하지도 않고, 폭탄 때문에 그보다 스무 배는 비싼 넉 장의 캔버스가 갈가리 찢어졌다는 사실은 알지도 못한 채 말입니다. 이 시리즈와 다른 작품들을 잃은 것은 문화적으로 영국의 막대한 손실입니다. 저는 지금도 그런 생각을 합니다. 성실한 젊은이가 그날 목숨을 잃었지만, 그의 목숨에 비해 작품들은 아무것도 아니라고 한다면 인정하기 부끄러운 일이지만 거짓말일 거라고요.

  동업자 핀치 씨와 저는 그 소식을 듣고 경악을 금할 수가 없었습니다. 처음에는 도난당한 거라고 믿고 싶었습니다. 차라리 그편이 나을 테니까요. 누군가는 그 그림들을 감상할 수 있을 테고 회수할 기회도 있을지 모르니까요. 그런데 공교로운 운명의 장난으로 몇 푼 안 되는 돈을 노린 악당들 손에 훼손되다니! 우리는 그 경로를 선택했던 것을 얼마나 후회하고 자책했는지 모릅니다. 그리고 금전적으로 고민해야 하는 부분들도 있었습니다. 스틸먼 씨가 착수금으로 거액을 지불했지만, 계약서에 따르면 작품들이 안전하게 그분의 손에 전달될 때까지 저희가 전적으로 책임을 지기로 되어 있었으니까요. 런던의 로이드 사에 보험을 들어 두었기에 망정이지 안 그랬더라면 저희는 폭삭 망했을 겁니다. 결국에는 전액 변상하는 수밖에 없을 테니까요. 그리고 제임스 디보이의 가족 문제도 있었죠. 알고 보니 부인과 어린아이가 있지 뭡니까. 아무라도 그 둘을 책임져야 하지 않겠습니까.

그래서 제가 미국으로 건너가야겠다는 결심을 하고 그 길로 당장 영국을 출발해 먼저 뉴욕 땅을 밟았습니다. 디보이 부인을 만나 일말의 보상을 약속했죠. 아들이 아홉 살이던데, 어찌나 사랑스럽고 인물이 훤하던지요. 그런 다음 보스턴을 거쳐 코넬리어스 스틸먼의 여름 별장이 있는 프로비던스로 건너갔습니다. 그분과 여러 시간을 함께 보냈지만, 그런 장관이 저를 맞이할 줄은 꿈에도 몰랐습니다. 셰퍼즈 포인트는 유명한 건축가 리처드 모리스 헌트가 프랑스 성 분위기로 건설한 거대한 별장이었습니다. 정원만 무려 3만 6700평이었고, 내부는 제 상상을 초월하는 수준으로 호화롭게 꾸며져 있더군요. 스틸먼 씨가 직접 구경을 시켜 주었는데, 죽을 때까지 잊지 못할 겁니다. 그레이트 홀을 내려다보는 웅장한 목조 계단, 장서가 5000권에 달하는 서재, 한때 프리드리히 2세가 썼다는 체스 세트, 예전에 퍼셀(바로크 초기 영국의 작곡가—옮긴이)이 쳤다는 고풍스러운 풍금이 놓인 예배실…… 수영장과 볼링장이 있는 지하실로 내려갈 즈음에는 기진맥진할 지경이었죠. 게다가 그 작품들이란! 거실을 구경하기 전부터 티치아노, 렘브란트, 벨라스케스의 그림들이 저를 맞이하더군요. 이 엄청난 재산과 스틸먼 씨가 동원할 수 있는 무한한 자금에 대해 곰곰이 생각하는데, 퍼뜩 좋은 수가 떠올랐습니다.

그날 저녁에 저는 중세풍의 대형 연회 테이블에 마주 보고 앉아 이른바 식민지 스타일로 차려입은 흑인 하인들의 시중을 받으며 식사를 하다 디보이 부인과 아이 이야기를 꺼냈습니다. 스틸먼 씨는 두 사람이 보스턴 주민은 아니지만 보살핌을 받을 수 있도록 지역 유지들의 주의를 환기시키겠다고 약속했습니다. 이 말에 용기가 생긴 저는 납작 모자단 문제를 거론하며, 보스턴 경찰에서 아직까지 별다른 진척을 못 보이고 있으니 스틸먼 씨가 정의의 심판을 받게 할 방법이 없느냐고 물었습니다. 그들의 행방을 알려 주는 사람에게 상당한 포상금을 약속하는 동시에 사설탐정 업체를 동원해 체포할 수 없겠느냐고요. 그러면 죽임을 당한 제임스 디보이의 원수를 갚을 수 있고 컨스터블 풍경화를 훼손한 죗값을 치르게 할 수 있지 않겠느냐고요.

　스틸먼 씨는 제 의견에 열렬한 반응을 보였습니다. '그러게 말이지, 카스테어스!' 이렇게 외치며 주먹으로 테이블을 내리쳤습니다. '그래야겠어. 그 망나니들에게 코넬리어스 T. 스틸먼을 물 먹이다니 날을 골라도 단단히 잘못 골랐다고 본때를 보여 줘야겠어!' 평소 말투와 달랐지만, 둘이서 최고급 클라레 한 병을 비우고 포트와인으로 갈아탄 뒤라 상당히 편안한 분위기였죠. 저도 거들겠다는데, 사설탐정 업체와 포상에 드는 비용을 굳이 자신이 전액 부담하겠다고 하더군요. 악수로 이야기를 마무리 지었을 때 그분이 사건을 해결하는 동안 자기 집에 머물지 않겠느냐고 했고 저는 감사히 받아들였습니다. 수집가 겸 화상으로 평생을 그림과 더불어 지냈던 저에게 스틸먼 씨의 여름 별장은 몇 달을 지내도 질리지 않을 만한 곳이었죠.

　그런데 일이 생각보다 훨씬 빨리 진행됐습니다. 스틸먼 씨가 핀커튼(남북 전쟁 당시 에이브러햄 링컨의 경호를 맡으며 유명해진 경호원 겸 탐정 에이전시 ― 옮긴이)에 연락해 빌 맥팔런드라는 남자를 고용한 겁니다. 저는 그를 직접 만난 적이 없습니다. 스틸먼 씨는 모든 걸 혼자, 자기 방식대로 처리해야 직성이 풀리는 성격이거든요. 하지만 그가 납작 모자단을 잡을 때까지 절대 포기하지 않을 만큼 무시무시한 탐정이라는 명성은 익히 들어서 알고 있었습니다. 이와 동시에 루크 오도너휴와 킬런 오도너휴, 그리고 두 사람과 연관 있는 모든 이를 체포하는 데 결정적인 단서를 제공하는 사람이 있으면 100달러의 포상금을 지급하겠다는 광고가 《보스턴 데일리 어드버타이저》에 실렸습니다. 100달러면 상당한 금액이었죠. 스틸먼 씨가 전적으로 부담하는 포상금이었음에도 불구하고 광고 밑에 제 이름까지 실린 것을 보고 얼마나 기뻤는지 모릅니다.

저는 그 뒤로 몇 주 동안 셰퍼즈 포인트와 보스턴에서 지냈습니다. 보스턴은 너무나 매력적이고 급성장하는 도시였죠. 뉴욕에 몇 차례 건너가 디자인은 형편없지만 소장작만큼은 훌륭한 메트로폴리탄 미술관을 몇 시간 동안 관람하기도 했습니다. 디보이 부인과 아들도 만났고요. 얼른 돌아오라는 스틸먼 씨의 전보를 받은 것도 그렇게 뉴욕을 유람하고 있을 때였습니다. 상당한 금액의 포상금이 제 몫을 한 것이었죠. 맥팔런드에게 제보가 접수됐습니다. 수사망이 납작 모자단 주변으로 좁혀졌습니다.

제보자는 사우스 엔드에서 주점(미국에서는 술집을 이렇게 부르더군요.)을 하는 사람이었습니다. 사우스 엔드는 보스턴에서도 열악한 지역이었고, 수많은 아일랜드 이민자들의 본거지였죠. 오도너휴 쌍둥이는 찰스 강 근처의 비좁은 아파트에서 숨어 지내고 있었습니다. 방들이 수십 개씩 다닥다닥 붙어 있고, 홀도 없고, 층마다 변소만 하나씩 설치되어 있는, 어두컴컴하고 더러운 3층짜리 건물이었죠. 하수물이 복도를 그대로 흐르는데, 100개의 조그만 스토브에서 뿜어져 나오는 매연 냄새가 그 악취를 간신히 가리는 수준이었습니다. 빽빽 울어 대는 아이들과 술에 취한 남자들, 반쯤 정신이 나가서 중얼거리는 여자들로 가득한 그 아수라장 뒤쪽으로 나무에 압착 벽돌을 몇 장 섞어서 조잡하게 만든 별채가 딸려 있었는데, 쌍둥이의 은신처가 바로 그곳이었죠. 킬런은 독방을 썼습니다. 루크는 일당 두 명과 한 방을 썼고요. 나머지 일당들이 또 다른 방을 차지하고 지냈죠.

열차에서 훔친 돈은 이미 술과 도박으로 탕진한 뒤였습니다. 그날 저녁, 해가 지자 이들은 스토브를 둘러싸고 웅크리고 앉아 진을 마시며 카드를 쳤죠. 망보는 사람도 없었습니다. 여기서 사는 주민 어느 누구도 감히 이래라저래라 하지 못할 테고, 2000달러 훔친 도둑쯤이야 보스턴 경찰에서도 관심을 끊은 지 오래일 거라고 확신했으니까요. 그래서 맥팔런드가 무장 요원 열댓 명을 데리고 아파트를 옥죄어 오는데도 전혀 몰랐습니다.

핀커튼 요원들에게 내려진 것은 생포 명령이었습니다. 그들을 법정에 세우고 싶은 것이 스틸먼 씨의 바람이었고, 주변에 무고한 시민들이 워낙 많이 살고 있으니 전면적인 총격전은 어떻게든 피하는 게 상책이었죠. 부하들이 제 위치에 서자 맥팔런드가 가지고 온 메가폰을 들어 경고를 전했습니다. 납작 모자단이 순순히 항복하길 바랐을지 몰라도 잠시 후 쏟아진 일제 사격 소리를 듣고 당장 꿈에서 깼겠죠. 오도너휴 쌍둥이는 기습 공격을 허용했을지 몰라도 싸워 보지도 않고 포기할 인간들이 아니라, 창문뿐 아니라 벽에 뚫린 구멍을 넘어서까지 총알이 쏟아졌습니다. 핀커튼 요원 두 명이 목숨을 잃었고 맥팔런드도 부상을 당했지만, 나머지가 총알이 다 떨어질 때까지 그 건물에 대고 6연발 권총을 쏘아 대며 당한 만큼 갚아 주었습니다. 총알 수백 방이 그 얇은 나무판자를 뚫고 날아 들어왔으니 어땠을지 상상이 안 됩니다. 보호물도 없었습니다. 몸을 숨길 만한 곳도 없었고요.

상황이 종료됐을 때 연기가 자욱한 방 안에 들어가 보니 갈가리 찢긴 시신 다섯 구가 누워 있더랍니다. 한 명이 달아난 거죠. 처음에는 그럴 리가 없다고 생각했지만 제보자 말로도 일당 전원이 그곳에 모여 있었다고 했고, 총격전 때도 여섯 명이 대응하는 느낌이었답니다. 방을 살펴본 결과 수수께끼가 풀렸습니다. 헐거워진 마루널이 한 장 발견된 겁니다. 마루널을 옆으로 치워 보니 강까지 연결된 좁은 지하 하수도가 나왔습니다. 킬런 오도너휴가 이곳으로 빠져나간 것인데, 아주 억지로 낑낑댔을 게 분명하더랍니다. 아이 하나 간신히 지나갈 수 있을까 싶을 정도로 관이 좁아서 핀커튼 요원 어느 누구도 들어가 보겠다는 소리를 하지 않았으니까요. 맥팔런드가 요원 몇 명을 데리고 강으로 쫓아갔지만, 칠흑 같은 어둠이 깔린 뒤라 뒤져 봐야 소용없는 일인 줄은 알고 있었습니다. 납작 모자단은 섬멸됐지만, 우두머리 하나가 도망을 친 겁니다.

그날 밤에 코넬리어스 스틸먼 씨가 제가 묵고 있던 호텔로 찾아와 들려준 이야기는 여기까지였습니다만, 이렇게 끝난 게 절대 아닙니다.

저는 보스턴에 1주일 더 남아 있었습니다. 이제라도 킬런 오도너휴가 잡힐지 모른다는 기대감 때문이었는데, 그러는 동안 살짝 걱정이 되기 시작했습니다. 어쩌면 애초부터 하던 걱정인데 그제야 의식을 하기 시작한 것일 수도 있겠습니다만, 앞서 말씀드린 그 괘씸한 광고 말입니다. 거기에 제 이름이 실리지 않았습니까. 제가 포상금과 납작 모자단을 잡으러 나선 추적대의 관계자라고 스틸먼 씨가 공표하지 않았습니까. 처음에는 공덕심만 챙기느라, 또 어쩌면 대단한 위인과 한 편이라는 것이 영광스러워서 뿌듯하기만 했습니다. 그런데 쌍둥이 중 한쪽만 죽었으니 나머지 한쪽이 저를 복수의 표적으로 삼을 테고, 가뜩이나 이 나라는 흉측한 범죄자들이 수많은 친구와 추종자들의 응원을 등에 업을 수 있는 곳이라는 생각이 뒤늦게 퍼뜩 든 겁니다. 저는 이제 호텔을 드나들 때도 조마조마하기 그지없었습니다. 험한 동네에는 발을 들여놓지 않았고요. 밤에는 외출도 삼갔습니다.

킬런 오도너휴는 잡히지 않았고 생존 여부도 의심스러웠습니다. 부상을 입고 지하에서 쥐처럼 피를 흘리다 죽었을지 모릅니다. 물에 빠져 죽었을 수도 있고요. 마지막으로 만났을 때 스틸먼 씨는 그렇게 생각하기로 마음먹은 게 분명해 보이던데 뭐, 실패를 인정하지 않으려 드는 성격이었으니까요. 저는 커나드 정기선이 운영하는 SS 카탈로니아호를 타고 영국으로 돌아가기로 하고 예약을 했습니다. 디보이 부인과 아들에게 작별 인사를 전하지 못한 것이 유감스러웠지만, 뉴욕까지 다녀올 시간이 없었죠. 저는 그렇게 호텔을 나섰습니다. 그런데 건널 판자를 밟고 이제 막 배에 오르려는 순간 그 소식을 들은 게 아직도 기억이 납니다. 신문팔이 소년이 큰 소리로 외치는 기사가 신문 1면에 실려 있더군요.

 코넬리어스 스틸먼이 프로비던스에 있는 자택 장미 정원에서 산책을 하다 총에 맞아 죽었다는 겁니다. 부들부들 떨리는 손으로 신문을 사서 읽어 보니 그 전날 벌어진 습격 사건이었습니다. 능직물 재킷에 목도리를 두르고 납작 모자를 쓴 젊은 남자가 현장에서 달아나는 광경이 목격되었다고 하더군요. 이미 시작된 범인 수색전이 뉴잉글랜드 전역으로 확산됐다고 하고요. 보스턴 브라만 살인 사건이니 범인에게 정의의 심판을 내리는 데 전력투구해야 하지 않겠습니까? 기사에 따르면 빌 맥팔런드가 경찰을 돕는 중이라고 했는데 얄궂다 싶었던 것이, 스틸먼 씨가 죽기 며칠 전에 둘의 사이가 틀어졌거든요. 스틸먼 씨가 마지막 시신 한 구까지 회수하기 전에는 임무를 완수했다고 볼 수 없다며 약속한 보수의 절반밖에 안 주는 바람에 말입니다. 그런데 그 마지막 시신이 살아서 돌아다니고 있었던 겁니다. 스틸먼 씨를 살해한 사람이 누군지 의심의 여지가 없었으니까요.

저는 신문을 읽은 뒤 건널 판자를 밟고 올라갔습니다. 그런 다음 선실로 직행해 저녁 6시까지 그곳에 틀어박혀 있었습니다. 귀청을 때리는 기적 소리와 함께 카탈로니아호가 계류용 밧줄을 올리고 항구에서 빠져나온 다음에서야 갑판으로 다시 나가 뒤편으로 사라져 가는 보스턴을 바라보았습니다. 보스턴을 떠난다는 사실에 얼마나 마음이 놓였는지 모릅니다.

여기까지가 잃어버린 컨스터블 시리즈와 제 미국 여행에 얽힌 이야기입니다. 물론 동업자인 핀치 씨에게는 어떤 일이 있었는지 전했고, 아내한테도 말을 했습니다. 하지만 다른 사람 앞에서는 이야기를 꺼낸 적이 없습니다. 그 일이 있은 지 1년도 넘었습니다. 그 일을 두 번 다시 언급하는 일은 없을 거라고 믿고 기도했건만, 납작 모자를 쓴 남자가 윔블던에 있는 저희 집을 찾아온 겁니다."

화상의 독백이 끝나기 한참 전에 담배를 다 피운 홈즈는 깍지 낀 긴 손가락을 앞에 내려놓고, 극도로 집중한 표정으로 그의 이야기에 귀를 기울이고 있었다. 기나긴 침묵이 이어졌다. 석탄 한 조각이 굴러 떨어지면서 불똥이 튀었다. 홈즈는 그 소리를 듣고 깊은 상념에서 깨어난 듯했다.

"오늘 밤에 관람하려던 오페라 제목이 뭐였죠?" 그가 물었다.

나로서는 전혀 뜻밖의 질문이었다. 이런 이야기를 듣고 나서 그렇게 사소한 것을 물어보다니 일부러 무례하게 구는 건가 싶었다.

에드먼드 카스테어스도 똑같은 생각을 한 듯했다. 움찔하며 내 쪽을 쳐다보다 다시 홈즈 쪽으로 고개를 돌렸다.

"바그너의 공연을 보려던 참이었습니다. 그런데 제 이야기를 듣고 아무 감흥이 없으십니까?"

그가 따지듯 물었다.

"천만에요. 상당히 흥미진진한 이야기였고, 그렇게 자세한 부분까지 명쾌하게 설명을 해 주신 데 경의를 표하고 싶습니다."

"그런데 납작 모자를 쓴 그 남자는······."

"그자가 킬런 오도너휴라고 철석같이 믿으시는 모양이로군요. 그가 복수를 위해 영국까지 선생을 뒤쫓아 왔다는 겁니까?"

"그게 아니라면 달리 설명할 방법이 없지 않을까요?"

"제가 즉석에서 내놓을 수 있는 것만 해도 설명할 방법이 대여섯 개 정도 됩니다. 저는 항상 모든 증거가 다른 편을 가리키지 않는 한 일련의 사건들을 어떤 식으로든 해석할 수 있고, 설령 그런 상황이라 하더라도 성급하게 결론을 내려서는 안 된다고 생각합니다. 맞습니다, 이번 경우에는 그 청년이 대서양을 건너 선생이 사는 윔블던 자택까지 찾아왔다고 볼 수도 있습니다. 하지만 그러기까지 1년이 넘게 걸린 이유가 무엇이며, 세인트 메리 교회에서 만나자고 한 목적은 무엇인지 고민을 해야죠. 복수가 목적이었다면 그 자리에서 선생을 쏘아 버렸으면 그만이었을 텐데 그러지 않은 이유는 무엇이었을까요? 그보다 더 이상한 점은 그가 나타나지 않았다는 겁니다."

"저에게 겁을 주려고 했던 거죠."

"그리고 성공했고요."

"맞습니다." 카스테어스는 고개를 떨구었다. "저를 도울 방법이 없다고 말씀하시는 겁니까, 홈즈 씨?"

"이 시점에서는 제가 할 수 있는 일이 별로 없어 보입니다. 불청객의 정체가 뭐가 됐건 어떻게 하면 찾을 수 있을지 단서를 전혀 남기지 않았으니까요. 만약 그가 다시 나타나면 제 힘이 닿는 한도 내에서 기꺼이 도와 드리겠습니다. 하지만 마지막으로 한 가지 말씀드릴 수 있는 게 있습니다, 카스테어스 씨. 편안한 마음으로 오페라를 즐기셔도 된다는 겁니다. 그에게 선생을 해치려는 의도는 없어 보이니까요."

하지만 홈즈의 예상은 빗나갔다. 적어도 바로 다음 날 기준으로는 그랬다. 그날, 납작 모자를 쓴 그 남자가 또다시 등장했던 것이다.

리지웨이 홀에서

다음 날, 둘이서 같이 아침 식사를 하는데 전보가 배달됐다.

> 오도너휴가 어젯밤 다시 찾아왔음. 금고가 박살나 경찰 호출. 와 주실 수 있는지.

에드먼드 카스테어스가 보낸 전보였다.
"자네가 보기에는 어떤가?"
홈즈가 식탁 위로 전보를 가볍게 던지며 물었다.
"그자가 자네가 예상했던 것보다 좀 더 일찍 다시 등장한 게 아닌가 싶은데."
내가 대답했다.
"천만에. 나는 이 비슷한 사건을 예상하고 있었다네. 처음부터 이른바 이 납작 모자를 쓴 사나이가 집주인보다 리지웨이 홀에 더 관심을 보이는 것 같다는 느낌이 들었거든."

"강도가 들 줄 예상했단 말인가?" 나는 말을 더듬었다. "그런데 홈즈, 어째서 카스테어스 씨에게 조심하라고 하지 않았나? 최소한 가능성만이라도 넌지시 전할 수 있었는데."

"내가 하는 말을 왓슨, 자네도 듣지 않았나. 더 이상 증거가 없으니 나도 할 수 있는 게 아무 것도 없었네. 그런데 우리의 불청객이 고맙게도 우리를 도우러 나섰지 뭔가. 아마 창문을 억지로 열고 들어왔겠지. 잔디를 가로지르고 화단에 서서 카펫 위에다 진흙투성이 발자국을 남겼을 거야. 이 발자국을 통해 최소한 그의 키와 체중과 직업과 걸음걸이의 특징을 파악할 수 있겠지. 인정이 많은 친구라면 뭘 떨어뜨리거나 남겼을 수도 있을 걸세. 보석을 훔쳐 갔다면 처분을 해야 할 테고. 돈을 훔쳐 갔더라도 티가 날 수밖에 없을 테고. 최소한 이제는 우리가 추적할 수 있는 흔적을 남길 수밖에 없겠지. 번거롭겠지만 마멀레이드 좀 건네주겠나? 윔블던행 열차는 많아. 자네도 같이 갈 테지?"

"당연하지, 홈즈. 그보다 더 즐거운 일이 어디 있겠나."

"다행이로군. 때가 되면 일반 대중에게 낱낱이 공개되리라는 기대감이 없으면 또 다른 사건을 조사할 만한 기운이나 의지를 어디에서 찾을 수 있을까, 그런 생각이 들 때가 가끔 있거든."

나는 그런 식의 야비한 농담이라면 이골이 나 있었고 친구가 기분 좋은 상태라는 증거로 해석했기 때문에 아무 대꾸도 하지 않았다. 잠시 후 홈즈가 아침 담배를 피우고 난 뒤 우리는 외투를 입고 집을 나섰다. 윔블던까지는 얼마 안 되는 거리였지만 11시가 거의 다 됐을 무렵 도착한 터라 카스테어스 씨가 포기하지 않았을까 싶기도 했다.

리지웨이 홀을 보고 맨 처음 든 생각은 완벽한 보석 상자처럼 생겼다는 것과 값진 귀중품이 수없이 전시되어 있을 게 분명한 수집가에게 잘 어울리는 집이라는 것이었다. 양쪽에 하나씩 달린 대문을 열고 들어가면 공용 도로가 끝나면서 자갈이 깔린 진입로가 시작됐고, 편자 모양의 진입로는 깔끔하게 손질이 된 잔디를 지나 현관과 연결됐다. 대문 양옆에 달린 화려한 장식용 기둥 위에는, 걸음을 멈추고 들어가도 좋을지 고민을 해 보라며 방문객에게 경고라도 하려는 것처럼 앞발을 든 사자 석상이 얹혀 있었다. 야트막한 담벼락이 이쪽 대문과 저쪽 대문을 연결했다. 집 자체는 대문과 약간 멀찍이 떨어져 있었다. 하얗고 완벽한 정사각형 모양이며 현관 양옆에 대칭으로 우아한 창문이 달린 전형적인 조지 양식의 교외 주택이라는 표현이 딱 알맞았다. 대칭 구조는 조경으로까지 이어졌다. 근사한 품종이 많았는데 정원의 이쪽과 저쪽이 거의 완벽한 대칭을 이루었다. 그렇지만 마지막 순간에 찬물을 끼얹는 것이 있었으니 이태리식 분수대였다. 석조 수반에서 큐피드와 돌고래들이 노닐고 얇게 덮인 얼음 위로 햇살이 반짝이는 등 분수대 자체는 훌륭했지만, 위치 선정이 조금 잘못돼 있었다. 보고 있노라면 들어서 왼쪽으로 2~3미터쯤 옮기고 싶은 마음이 누구라도 들직했다.

알고 보니 경찰이 이미 왔다 간 뒤였다. 깔끔한 차림새와 엄숙한 표정의 하인이 문을 열어 주었다. 그는 양쪽으로 방들이 이어지고, 벽마다 그림과 판화와 고풍스러운 거울과 태피스트리가 걸린 널찍한 복도로 우리를 안내했다. 곡선 모양의 다리가 달린 조그만 테이블 위에는 지팡이를 짚고 있는 목동 조각상이 놓여 있었다. 하얀색과 금색으로 이루어진 우아한 괘종시계가 저쪽 끝에서 째깍거리는 소리가 집 안 전체로 울려퍼졌다. 안내에 따라 거실 안으로 들어가 보니 카스테어스가 긴 의자에 앉아 자기보다 몇 살 젊어 보이는 여자에게 무슨 말인가를 하고 있었다. 그는 검정색 프록코트에 은색 조끼를 입고 반짝이는 가죽 구두를 신고 있었다. 긴 머리는 깔끔하게 뒤로 빗어 넘겼다. 그렇게 잘 차려입은 모습만 봐서는 그저 브리지 게임에서 돈을 잃은 정도로 보였다. 그보다 심각한 일이 벌어졌다는 게 믿기지 않는 분위기였다. 하지만 그는 우리를 보자마자 자리에서 벌떡 일어났다.

"아! 오셨군요! 어제 저에게 킬런 오도너휴가 아닐까 싶은 남자를 무서워할 이유가 전혀 없다고 하셨죠? 그런데 어젯밤에 그자가 이 집에 몰래 들어와 금고에서 50파운드와 보석을 훔쳐갔습니다. 아내가 잠귀가 밝아서 절도 현장을 급습했기 망정이지 안 그랬으면 추가로 무슨 짓을 저질렀을지 아무도 모를 일이었을 겁니다."

나는 그 옆에 앉아 있던 숙녀에게 시선을 돌렸다. 체구가 아담하고 서른 살쯤 되어 보이는 상당히 매력적인 숙녀였고, 밝고 지적인 얼굴과 자신감 넘치는 태도가 인상적이었다. 금발을 뒤로 넘겨 하나로 묶었는데, 우아하고 여성스러운 이목구비를 강조하기 위해 선택한 스타일인 듯했다. 아침에 벌어진 소동에도 불구하고 유머 감각이 발달했는지 초록색과 파란색이 묘하게 섞인 눈동자에서 그런 기미가 보였고, 입가에도 미소를 머금고 있었다. 두 뺨에는 살짝 주근깨가 있었다. 입고 있는 옷은 장식도 없고 리본도 안 달린 수수한 긴팔 드레스였다. 목에는 진주 목걸이가 걸려 있었다. 왠지 모르게 보자마자 사랑스런 아내 마리가 생각났다. 아직 아무 말도 하지 않았지만 비슷한 성격일 거라고 장담할 수 있었다. 선천적으로 독립심이 강하지만 남편감으로 선택한 남자에게는 철저하게 의무를 다하는 성격.

"먼저 인사부터 나누는 게 좋지 않겠습니까?" 홈즈가 말했다.

"물론입니다. 이쪽은 저의 아내 캐서린입니다."

"셜록 홈즈 선생님 되시죠? 저희가 보낸 전보에 이렇게 빠른 반응을 보여 주셔서 정말 감사합니다. 제가 에드먼드에게 보내라고 했어요. 선생님께서 와 주실 거라고요."

"그런 일을 겪으셨으니 상당히 심란하셨겠습니다."

"네. 남편이 말씀드린 그대로예요. 어젯밤에 잠에서 깨서 시계를 보니 3시 20분이었어요. 보름 달빛이 창문 너머로 쏟아져 들어오고 있었고요. 처음에는 새 아니면 올빼미 소리에 깬 줄 알았는데, 집 안에서 또 다른 소리가 들리길래 그게 아니라는 걸 알았죠. 그래서 침대에서 일어나 가운을 걸치고 아래층으로 내려갔어요."

"여보, 그건 어리석은 짓이었소." 카스테어스가 말했다. "그러다 다치면 어쩌려고."

"위험할지 모른다는 생각은 전혀 못했어요. 솔직히 집 안에 낯선 사람이 들어왔을지 모른다는 생각조차 하지 않았어요. 커비 씨 아니면 커비 부인이거나 패트릭인 줄 알았죠. 내가 그 아이를 못 미더워하는 거 당신도 알잖아요. 아무튼 거실을 살짝 둘러보았더니 달라진 게 아무것도 없더라고요. 그러다 왜 그랬는지 모르겠지만 서재로 갔어요."

"전등을 들거나 그러지는 않으셨습니까?" 홈즈가 물었다.

"아뇨. 달빛만으로 충분했어요. 문을 열어 보니 어떤 사람이 뭔가를 손에 들고 창턱에 앉아 있는 거예요. 남자가 저를 보았고, 카펫을 사이에 두고 서로 마주보며 우리 둘 다 그대로 얼어붙었죠. 처음에는 제가 비명도 지르지 않았어요. 너무 놀랐거든요. 그런데 잠시 후 남자가 뒤로 쓰러지기라도 한 것처럼 창문을 넘어 잔디밭 위로 뛰어내렸고, 그 순간 저에게 걸렸던 주문이 풀렸어요. 당장 소리를 질러 위급 상황을 알렸죠."

"당장 금고와 서재를 조사해 보겠습니다." 홈즈가 말했다. "하지만 그 전에, 카스테어스 부인의 억양을 들어 보니 미국 분이시네요. 결혼하신 지 얼마나 됐습니까?"

"에드먼드와 저는 결혼한 지 거의 1년 반 정도 됐어요."

"저희 둘이 어떻게 만났는지 진작 말씀을 못 드렸네요." 카스테어스가 말했다. "어제 알려 드린 사건과 연장선상에 있는데 말이죠.

상관없는 부분이라 생각해서 어제는 말씀을 드리지 않았습니다."

"저희는 카탈로니아호가 보스턴을 출발한 그날, 선상에서 만났어요." 캐서린 카스테어스가 말했다. 그러면서 손을 내밀어 남편의 손을 잡았다. "저는 동행으로 데리고 다니던 아이를 떼어 놓고 혼자 돌아다니던 중이었죠. 그런데 배에 오르는 에드먼드를 본 순간 뭔가 끔찍한 일을 겪었다는 것을 한눈에 알 수 있었어요. 표정하며 겁에 질린 눈빛하며 누가 봐도 빤했거든요. 저희는 그날 저녁 때 갑판에서 서로 스치고 지나갔어요. 둘 다 독신이었는데, 요행히 저녁 식사 때 옆자리에 나란히 앉게 되었지 뭐예요."

"캐서린이 없었더라면 제가 무슨 수로 그 시간을 버틸 수 있었을지 모르겠습니다." 카스테어스가 뒤를 받았다. "안 그래도 예민한 성격인데 그림은 날아가고, 코넬리어스 스틸먼 씨는 죽고, 끔찍한 폭력 사건까지 벌어졌으니…… 저로서는 감당하기 너무 힘들었죠. 실제로 열이 나서 몸도 상당히 안 좋았습니다. 그런데 캐서린의 보살핌을 받기 시작한 그 순간부터, 등 뒤로 미국 해안이 점점 멀어질수록 캐서린에 대한 감정이 자라나는 것을 느낄 수 있었습니다. 솔직히 저는 '첫눈에 반한 사랑'이라는 단어를 들으면 비웃어왔습니다, 홈즈 씨. 삼류 소설이라면 모를까 실제로는 있을 수 없는 거라고 생각했죠. 그런데 저에게 그런 일이 벌어진 겁니다. 영국에 도착했을 때 저는 평생을 함께 하고 싶은 여인을 찾았음을 알 수 있었습니다."

"그런데 부인께서는 어쩐 일로 영국을 찾으셨는지 여쭈어 봐도 되겠습니까?"

홈즈가 부인 쪽을 돌아보며 물었다.

"저는 시카고에서 짧은 결혼 생활을 한 적이 있어요, 홈즈 씨. 남편은 부동산업자였고, 그 업계에서는 상당히 존경을 받았고 교회도 꾸준히 다녔지만 저한테는 잘해 준 적이 한 번도 없었죠. 성격이 아주 불같아서 가끔 이러다 제가 잘못되기라도 하는 건 아닌지 겁이 날 정도였어요. 원래 친구도 거의 없었지만, 남편은 온갖 수단과 방법을 동원해 제가 친구를 사귀지 못하게 방해했죠. 제가 안 좋은 말을 하고 다닐까 걱정스러웠던지 결혼 생활이 끝나기 전 몇 개월 동안은 저를 집 안에 가둬 놓다시피 했어요. 그러다 갑자기 결핵에 걸려 죽었지 뭐예요. 아쉽게도 집과 재산은 거의 다 두 여자형제 차지가 되었죠. 저는 돈도 별로 없고 친구도 없고 미국에 남을 이유조차 없는 신세가 되었고요. 그래서 떠난 거예요. 영국에서 새 출발을 하고 싶어서." 그녀는 시선을 떨구고 겸손한 표정으로 이렇게 덧붙였다. "그렇게 금세 새 출발을 하게 될 줄은 몰랐어요. 오랫동안 누리지 못했던 행복을 찾게 될 줄도요."

"아까 카탈로니아호에 동승한 동행 운운하셨는데요."

홈즈가 짚고 넘어갔다.

"보스턴에서 돈을 주고 고용한 아이였어요. 그 전까지는 모르는 사이였고 여기 도착하자마자 헤어졌어요."

바깥 복도에서 정시를 알리는 시계 소리가 들렸다. 홈즈가 미소를 지으며 벌떡 일어났다. 나도 잘 아는 활기와 흥분이 느껴졌다.

"더 이상 시간 낭비하면 안 되지 않겠습니까?" 그가 외쳤다. "금고와 그 금고가 있었던 방을 보고 싶군요. 50파운드가 없어졌다고 하셨죠? 모든 상황을 감안했을 때 그리 큰 금액은 아닙니다만. 절도범이 어떤 흔적을 남겼는지 찾아봅시다."

하지만 우리가 미처 자리를 옮기기도 전에 또 다른 여자 하나가 거실 안으로 들어왔고, 나는 그녀가 카스테어스 일가 사람이기는 하지만 캐서린 카스테어스와는 전혀 다르다는 것을 한눈에 알 수 있었다. 그녀는 평범한 얼굴에 웃음기가 없었고, 회색 옷을 입고 까만 머리를 뒤통수에 질끈 동여매고 있었다. 목에는 은 십자가 목걸이를 걸고 기도를 하는 사람처럼 손깍지를 끼고 있었다. 까만 눈이며 창백한 피부며 입술 모양으로 볼 때 카스테어스와 한 핏줄인 게 분명했다. 하지만 카스테어스처럼 연극배우 같은 분위기는 전혀 없었고, 오히려 캄캄한 데 숨어 그가 깜빡하는 순간을 기다렸다 대사를 읽어 주는 사람에 가까웠다.

"이번에는 또 뭐냐?" 그녀가 따져물었다. "처음에는 경찰이 내 방으로 쳐들어와서 답을 할 수도 없는 희한한 질문으로 사람 심기를 어지럽히더니 그걸로는 부족한 거야? 우리 프라이버시를 침해해 달라고 온 세상 사람들을 불러들일 작정이니?"

"이쪽은 셜록 홈즈 씨야, 엘리자." 카스테어스가 더듬더듬 이야기했다. "어제 이분과 상담했다고 말했잖아."

"그래서 참 많이도 도움이 됐구나. 자기가 할 수 있는 일은 아무것도 없다고 했다며. 너한테 그렇게 말했다며. 아주 대단한 상담이로구나, 에드먼드. 우리 모두 잠을 자던 와중에 살해당할 수도 있었어."

카스테어스는 애정과 분노가 동시에 어린 표정으로 그녀를 흘끗 쳐다보았다.

"이쪽은 저의 누이 엘리자입니다."

"이 집에 사십니까?" 홈즈가 그녀에게 물었다.

"네, 빌붙어 지내고 있죠. 다락방에 나 혼자 틀어박혀 지내는데 다들 계속 그래 줬으면 하는 눈치거든요. 나는 이 집에 살고 있지만 가족은 아니에요. 나를 하인과 동급으로 대해도 된답니다."

"그렇지 않다는 거 알면서 왜 그러세요."

카스테어스 부인이 말했다.

홈즈는 카스테어스 쪽을 돌아보았다.

"이 집 식구가 몇 명인지 알려 주시겠습니까?"

"저와 캐서린이 있고, 그리고 엘리자가 꼭대기 층에 사는 게 맞고요. 하인 겸 잡역부 커비가 있습니다. 이곳으로 두 분을 안내한 친구죠. 가정부로 일하는 부인과 함께 1층에서 살고 있습니다. 이들 부부의 어린 조카 패트릭이 얼마 전에 아일랜드에서 건너와 부엌일을 거들면서 심부름을 하고 있고, 식모 엘지가 있습니다. 이밖에도 마부와 말 사육사가 있지만, 둘 다 이 근처 자기 집에서 삽니다."

"시끌벅적한 대가족이로군요." 홈즈가 말했다. "그나저나 금고를 살펴보기로 하지 않았던가요?"

엘리자 카스테어스는 그 자리에서 꼼짝하지 않았다. 우리만 거실을 나서 복도를 지나 카스테어스의 서재로 들어갔다. 이 집에서도 가장 뒤편에 자리 잡은 곳이라 정원이 내다보였고 저 멀리 관상으로 꾸며 놓은 연못도 보였다. 책상 양쪽으로 창문이 두 개 있고, 벨벳 커튼과 근사한 벽난로와 풍경화 몇 점이 있는 아늑하고 잘 꾸며진 서재였다. 풍경화는 그 화려한 색감과 되는 대로 칠한 붓질로 보건대 어제 카스테어스가 말한 인상파 화가의 작품인 듯했다. 아주 튼튼해 보이는 금고는 한쪽 구석으로 치워져 있었다. 여전히 열린 상태였다.

"발견 당시 이런 상태였습니까?" 홈즈가 물었다.

"경찰에서 조사를 마쳤습니다." 카스테어스가 대답했다. "그런데 선생님이 오실 때까지 열린 채로 두는 게 좋지 않을까 싶어서요."

"잘하셨습니다." 홈즈가 맞장구치고는 금고를 흘끗 쳐다보았다. "자물쇠를 억지로 연 흔적이 없는 걸 보니 열쇠를 쓴 모양인데요."

"열쇠는 하나뿐이고 제가 항상 들고 다닙니다." 카스테어스가 대답했다. "그런데 6개월쯤 전엔가 커비에게 사본을 하나 만들어 달라고 했습니다. 캐서린이 보석을 금고에 보관하거든요. 캐서린 말이 제가 경매가 열리는 곳을 찾아 전국 각지, 가끔은 유럽까지 출장을 가느라 집을 비우는 동안 열쇠를 자기도 가지고 있는 게 좋겠다고 해서요."

우리를 따라 들어온 카스테어스 부인은 책상 옆에 서 있다 손을 맞잡았다.

"제가 그걸 잃어버렸어요." 그녀가 말했다.

"언제 잃어버리신 겁니까?"

"잘 모르겠어요, 홈즈 씨. 한 달쯤 전인 것도 같고, 그보다 더 오래 됐을 수도 있어요. 에드먼드하고 둘이서 샅샅이 뒤져 봤거든요. 몇 주 전에 금고를 열 일이 있었는데 열쇠가 없는 거예요. 마지막으로 쓴 게 제 생일날이었으니 8월이에요. 그 뒤로 어떻게 됐는지 도통 모르겠어요. 평소에는 그렇게 조심성 없는 성격이 아닌데."

"누가 훔쳐 갔을 수도 있을까요?"

"침대 옆 서랍에 넣어 두었는데 하인들 말고는 아무도 저희 침실을 드나들지 않아요. 제가 아는 한 열쇠는 이 집 대문을 넘은 적이 없어요."

홈즈는 카스테어스 쪽을 돌아보았다.

"그런데도 금고를 바꾸지 않으셨네요."

"바꿔야지 생각은 하고 있었습니다. 그런데 정원이나 심지어 마을 길바닥에 떨어져 있더라도 무슨 열쇠인지 아는 사람이 없지 않을까 싶더군요. 아내의 소지품에 섞여 있으면 엉뚱한 사람의 손에 들어갈 가능성도 없었고요. 아무튼 금고를 여는 데 쓰인 것이 아내의 열쇠라고 단정 지을 수도 없는 상황입니다. 커비가 사본을 하나 더 만들었을 수도 있으니까요."

"그와 함께 지낸 지는 얼마나 됐습니까?"

"6년 됐습니다."

"불만스러운 부분은 없었고요?"

"전혀 없었습니다."

"부엌일을 거든다는 패트릭은 어떻습니까? 부인께서는 못미덥다고 말씀하셨는데요."

"아내가 그 아이를 싫어하는 이유는 버릇없고 조금 음흉하기 때문입니다. 같이 지낸 지 몇 개월밖에 안 됐고, 아이가 일자리를 찾을 수 있게 도와 달라고 한 커비 부인을 생각해서 데리고 있는 겁니다. 아이의 신원이야 커비 부인이 보증할 테고, 저로서는 그 아이를 의심할 이유가 전혀 없습니다."

홈즈는 돋보기를 꺼내 잠금장치에 특별한 관심을 기울이며 금고를 살폈다.

"보석이 없어졌다고 하셨죠?" 그가 물었다. "부인의 보석이었습니까?"

"아뇨. 사실 돌아가신 저희 어머님께서 하셨던 사파이어 목걸이가 없어졌습니다. 사파이어 세 묶음을 금으로 세팅한 목걸이에요. 절도범한테는 돈도 안 되는 물건이겠지만, 저한테는 아주 의미 있는 목걸이입니다. 어머님은 몇 개월 전까지 저희와 함께 사셨는데……." 그가 말끝을 흐리자 아내가 다가가 그의 팔에 한쪽 손을 얹었다. "사고를 당하셨습니다, 홈즈 씨. 어머님 방에는 가스난로가 있었거든요. 그런데 웬일로 난로가 꺼지는 바람에 주무시다 숨이 막혀 돌아가셨습니다."

"연세가 많으셨나요?"

"예순아홉이셨습니다. 저희 어머님은 여름에도 항상 창문을 닫고 주무셨거든요. 그것만 아니었다면 살아 계셨을지도 모르는

데…….”

홈즈는 금고를 두고 창문 쪽으로 걸어갔다. 내가 창턱과 창틀을 살피는 그의 옆으로 다가갔다. 그는 평소 습관대로 관찰 결과를 중얼거렸다. 나를 위해 그러는 거라고 볼 수는 없었다.

“덧문은 없군.” 그가 포문을 열었다. “창문에는 걸쇠가 달려 있고 지면과 거리가 제법 돼. 밖에서 억지로 연 게 분명해. 나무가 쪼개진 것 보니 카스테어스 부인이 들었다는 소리가 이것이었을지 모르겠군.” 그는 계산을 하는 듯한 얼굴이었다. “괜찮으시다면 커비와 이야기를 나누고 싶은데요. 그런 다음 정원을 둘러보겠습니다. 사건의 단서가 될 만한 게 있더라도 경찰들이 밟고 지나갔을 게 분명하긴 하지만요. 경찰 측에서 어떤 식으로 수사를 진행할 생각인지 이야기를 하던가요?”

“선생님이 도착하기 직전에 레스트레이드 경감님이 다시 찾아와 이야기를 해 주셨습니다.”

“네? 레스트레이드 경감요? 그가 왔었단 말입니까?”

“네. 홈즈 씨께서는 그분을 어떻게 생각하실지 몰라도 제가 보기에는 꼼꼼하고 유능한 분인 것 같던데요. 미국 억양을 쓰는 남자가 오늘 새벽 5시에 런던 브리지 역으로 가는 첫차를 타고 윔블던을 떠났다는 정보도 벌써 입수를 하셨고요. 차림새며 오른쪽 뺨에 흉터가 있는 거 하며, 제가 집 앞에서 만난 그 남자인 게 분명했습니다.”

“레스트레이드가 관여하고 있다면 금세 결론이 나겠거니 믿고 있으셔도 됩니다. 전혀 엉뚱한 결론일 수도 있지만요! 좋은 하루 되시기 바랍니다, 카스테어스 씨. 만나서 반가웠습니다, 카스테어스 부인. 자, 왓슨……."

우리가 왔던 길을 되짚어 현관으로 돌아가 보니 커비가 벌써 기다리고 있었다. 우리가 찾아왔을 때 환영하는 기색이 거의 없었던 것은 우리를 원활한 일상의 방해 요인으로 간주했기 때문일 것이다. 지금도 야위고 뾰족한 얼굴에 각이 진 턱이나 필요한 말만 하는 것은 여전했지만, 그래도 홈즈의 질문에 대답할 때는 좀 더 싹싹한 태도를 보였다. 그는 리지웨이 홀에서 지낸 지 6년째로 접어든 게 맞다고 했다. 그의 고향은 원래 반스터플이고, 아내는 더블린 출신이었다. 홈즈는 여기서 지내는 동안 집이 많이 달라졌느냐고 물었다.

"아, 그럼요." 그의 대답이었다. "카스테어스 선대 마님은 자기 방식을 철저하게 고집하는 분이셨어요. 마음에 안 드는 부분이 있으면 분명하게 짚고 넘어가셨고요. 새로 오신 카스테어스 마님은 극과 극입니다. 성격이 아주 밝으셔요. 우리 집사람은 그분을 상쾌한 바람 같다고 합니다."

"카스테어스 씨가 결혼했을 때 기쁘던가?"

"기뻤고 또 한편으로는 놀랐습죠."

"놀랐다니?"

"이런 말씀드리기 뭣하지만, 그 전까지만 해도 주인님은 그런 데 전혀 관심이 없고 가족과 일에만 열심이었거든요. 마님이 느닷

없이 등장하신 셈인데, 저희 모두 그 뒤로 집안 분위기가 더 좋아졌다고 생각합니다."

"선대 마님이 돌아가셨을 때가 자네가 이 집에서 일을 하기 시작한 후였나?"

"네, 그렇습니다. 어떻게 보면 제 책임이기도 합지요. 마님이 외풍이라면 아주 질색하셔서 제가 마님의 분부에 따라 공기가 들어올 만한 틈을 모조리 막았거든요. 그래서 가스가 빠져나갈 방법이 없었던 겁니다. 식모 엘지가 아침에 발견을 했습죠. 방 안이 유독 가스로 가득했다고 합니다. 정말 끔찍한 사건이었지요."

"부엌일을 거드는 패트릭도 있을 때였고?"

"패트릭이 이 집에서 지내기 시작한 지 겨우 1주일 됐을 때 벌어진 일입니다. 불길한 시작이었다고 할까요."

"패트릭이 조카라고 들었는데."

"네, 처조카입니다."

"더블린 출신이겠군."

"그렇습니다. 패트릭이 남을 모시는 데 아직 익숙지가 않아서 말씀입죠. 인생의 첫 단추를 잘 꿸 수 있게 도와줬으면 좋겠는데 그러자면 먼저 자기 신분에 걸맞은 태도부터 배워야 합니다. 특히 주인님을 대하는 태도부터 말입니다. 하지만 처음부터 좀 전에 말씀드린 그런 참사를 겪은 데다 그 뒤로 집안이 시끄러웠으니 그래서 그런 것일 수도 있습니다요. 본바탕이 못된 아이는 아니니 시간이 지나면 좋아지겠지요."

"이야기 잘 들었네, 커비."

"별 말씀을요, 나리. 외투하고 장갑 여기 있습니다……."

정원으로 나섰을 때 홈즈는 유난히 기분이 좋아 보였다. 잔디밭 위를 뚜벅뚜벅 걸으며 오후 공기를 한껏 마시는 등 도시에서 탈출한 이 짧은 순간을 만끽했다. 베이커 가의 안개가 여기까지 우리를 따라오지는 못했던 것이다. 이 당시만 해도 윔블던에는 시골 같은 구석이 남아 있었다. 언덕 비탈에도 오래 된 떡갈나무 숲 옆으로 양 떼가 옹기종기 모여 있었다. 몇 안 되는 주택들이 주변에 드문드문 서 있었고, 이 한가로운 풍경과 모든 것을 쨍 하니 비추는 신기한 햇살이 모두 인상적이었다.

"이야말로 상당히 범상치 않은 사건 아닌가?"

진입로를 향해 걸어가는데, 홈즈가 큰 소리로 외쳤다.

"내 눈에는 사소해 보이는데." 내가 대답했다. "50파운드에 오래된 목걸이라니. 자네 능력의 한계치에 도전할 만한 그런 사건이라고 볼 수는 없지 않은가, 홈즈?"

"이 집 식구들에 대해 들은 이야기를 감안했을 때 특히 흥미로운 부분이 목걸이일세. 그럼 자네는 벌써 결론을 내린 건가?"

"이 집에 들이닥친 불청객이 보스턴에서 건너온 쌍둥이인지 아닌지 알아내는 게 급선무가 아닐까 싶은데."

"보스턴에서 건너온 쌍둥이일 가능성이 거의 없다고 하면 어쩔 텐가?"

"그러면 자네가 단단히 착각한 게 분명하다고, 예전처럼 그렇게 말하겠지."

"친애하는 내 오랜 친구 왓슨. 자네가 곁에 있어서 얼마나 좋은지 모르겠네. 하지만 어젯밤에 침입자는 여기로 지나간 것 같은데……." 우리가 서 있는 곳은 정원의 맨 끝부분이었다. 진입로가 끝나면서 공용 도로가 시작되고, 공용 도로 맞은편에 공원이 있는 그 지점이었다. 계속된 추위와 깔끔하게 손질된 잔디가 완벽한 캔버스 역할을 한 덕분에 지난 24시간 동안 드나든 사람들의 발자국이 사실상 완벽하게 보존돼 있었다. "내 짐작이 맞다면 저것이 꼼꼼하고 유능한 레스트레이드의 흔적일세."

온 사방이 발자국투성이였지만, 홈즈가 그중 하나를 가리키며 말했다.

"그의 발자국인지 아닌지 알 수 없는 일 아닌가."

"알 수 없는 일이라고? 보폭을 보면 신장 약 170센티미터의 남자인 것을 알 수 있는데, 레스트레이드가 딱 그 키 아닌가. 발자국을 보니 앞이 넙적한 부츠인데, 그것 역시 레스트레이드가 자주 신는 신발이고. 하지만 가장 결정적인 단서는 중요한 부분을 모두 보지 못한 채 전혀 엉뚱한 방향으로 걸어가고 있다는 거지. 그런 짓을 할 사람이 레스트레이드 아니면 누가 있겠나? 자네도 보면 알겠지만 그는 오른쪽 대문으로 들어와 오른쪽 대문으로 나갔다네. 밖에서 이 집으로 접근했을 때 먼저 나타나는 쪽이 그쪽 대문이니 너무나 당연한 선택이었겠지. 하지만 침입자는 다른 쪽 대문으로 들어왔다네."

"내 눈에는 양쪽 대문이 아무 차이가 없어 보이네만."

"사실상 아무 차이 없지만, 분수대의 위치 때문에 왼쪽 대문이 눈에 덜 띄지. 아무도 모르게 집 안으로 들어가고 싶은 사람이라면 그쪽 대문을 선택하지 않겠나? 게다가 자네도 보면 알겠지만, 이쪽에는 우리가 주의 깊게 관찰해야 할 발자국이 딱 한 종류밖에 없다네. 오호! 이게 뭐지?" 홈즈는 쭈그리고 앉아 담배꽁초를 집어 나에게 보여주었다. "미국산 담배일세, 왓슨. 담배는 착각의 여지가 없지. 자네도 보면 알겠지만, 이 주변에 담뱃재는 없지 않은가."

"담배꽁초는 있는데 담뱃재는 없다?"

"남들 눈에 띄지 않게 조심하는 한편 신속하게 움직였다는 뜻이지. 시사하는 바가 크지 않은가?"

"한밤중이었네, 홈즈. 집 안이 캄캄한 걸 그도 보았을 거 아닌가. 사람들 눈에 띨까 봐 걱정할 필요가 없었어."

"그렇더라도……." 우리는 발자국을 따라 잔디밭을 지나고, 서재로 향하는 모퉁이를 돌았다. "범인은 일정한 보폭으로 걷고 있었어. 분수대 앞에서 걸음을 멈추고 안전한지 확인할 수도 있었는데 그러지도 않았고." 홈즈는 안쪽에서 이미 살펴본 창문을 다시 한 번 살펴보았다. "완력이 상당한 사람이었겠군."

"창문을 열기가 그렇게 어렵지는 않았을 것 같은데."

"그야 그렇지, 왓슨. 하지만 높이를 생각해 보게. 임무를 마쳤을 때 어디로 뛰어내렸는지 자네도 알 수 있겠지? 풀밭이 두 군데 움푹 패어 있지 않은가. 그런데 사다리는커녕 정원용 의자도 동원한 흔적이 없어. 벽에 발을 딛을 만한 곳이 있었겠지. 모르타르가 부스러졌다든지 모서리가 드러났다든지 해서. 그래도 한 손으로 창문을 여는 동안 한 손으로 창턱에 매달려 있어야 했을 거 아닌가. 하필이면 금고가 있는 방을 선택한 것이 우연의 일치인지, 그것도 의문일세."

"좀 더 으슥해서 사람들 눈에 띌 가능성이 적을 테니 뒤편으로 돌아온 것 아닐까? 그런 다음 아무 창문이나 선택했겠지."

"그런 거라면 상당한 행운이 따랐다고 볼 수 있겠지." 홈즈는 관찰을 마쳤다. "하지만 왓슨, 내가 바라던 방향과 정확히 맞아떨어지고 있어." 그는 하던 이야기를 계속했다. "사파이어 세 묶음을 금으로 세팅한 목걸이라니 추적이 어려운 물건도 아니잖은가. 그걸 따라가면 우리가 찾는 범인과 곧장 연결이 되겠지. 레스트레이드가 확인한 바에 따르면 런던 브리지행 열차에 탑승했다고 하니 우리도 똑같이 따라할까? 역까지 얼마 되지도 않고 날씨도 좋으니 걸어가는 게 어떻겠나?"

우리는 진입로를 따라 리지웨이 홀 전면을 가로지르며 걸었다. 그런데 공용 도로에 도착하기도 전에 현관문이 열리더니 한 여자가 달려나와 우리 앞을 막아섰다. 화상의 누나라고 한 엘리자 카스테어스였다. 그녀는 어깨에 두른 숄을 가슴께에서 움켜쥐고 있었는데, 그 표정과 노려보는 듯한 눈빛과 이마 위로 흐트러진 까만 머리카락으로 보건대 무언가에 깜짝 놀란 듯했다.

"홈즈 씨!" 그녀가 외쳤다.

"카스테어스 양."

"안에서 제가 무례하게 굴었던 것은 부디 용서해 주시기 바랍니다. 하지만 말씀드리건대 모든 게 보기와는 다른 이 상황에서 선생님께서 저희를 도와주지 않으시면, 이곳에 내린 저주를 풀어 주지 않으시면 저희 모두 죽은 목숨이랍니다."

"카스테어스 양, 부디 진정하시지요."

"그 여자가 원흉이에요!" 그녀는 비난조로 집 쪽을 손가락질했다. "캐서린 매리엇이, 아, 그 여자의 첫 남편 성이 매리엇이었답니다. 에드먼드가 가장 힘들어하고 있을 때 접근해서는……. 동생은 어렸을 때부터 예민한 성격이었으니 보스턴에서 겪은 시련을 당연히 감당할 수가 없었겠죠. 기진맥진하고 몸이 안 좋아서 그래요, 누군가의 보살핌이 필요했겠죠. 그래서 캐서린 그 아이가 온몸을 던진 거 아니겠어요? 자기 이름으로 된 재산도 거의 없는 미국 나부랭이가 무슨 권리로! 바다 위에서, 그 배 위에서 며칠을 보내는 동안 동생은 그 아이의 거미줄에 꽁꽁 묶여서 집에 도착했을 때는 엎질러진 물이었죠. 우리가 아무리 설득해도 듣질 않았어요."

"누님께서 직접 보살펴 주실 수도 있었을 텐데요."

"저는 오직 누나들만 품을 수 있는 마음으로 동생을 사랑해요. 저희 어머니도 마찬가지셨고요. 어머니가 사고로 돌아가셨다는 이야기는 단 1초도 믿으시면 안 돼요. 저희는 반듯한 집안이랍니다, 홈즈 씨. 저희 아버지는 맨체스터에서 런던으로 건너온 판화상이셨고, 앨버말 가에 화랑을 연 분도 저희 아버지셨어요. 아쉽게도 상당히 이른 나이에 돌아가셨지만, 그 뒤로 저희 셋은 아무 삐걱 거림 없이 지냈답니다. 그러니 동생이 매리엇 부인과 부부의 연을 맺겠다고 선언하고 저희와 언쟁을 벌이고 충고를 거부했을 때 어머니가 얼마나 상심하셨겠어요. 저희도 물론 동생의 결혼식을 보고 싶었죠. 그 아이의 행복이 저희한테는 이 세상에서 가장 중요했으니까요. 그런데 어떻게 그런 여자랑 결혼을 할 수 있답니까? 생전 본 적도 없는 외국 투기꾼인 데다가 애초부터 동생의 재산과 사회적 지위, 동생이 줄 수 있는 편안함과 보호막 말고는 아무것에도 관심이 없는 게 빤히 보이는데. 저희 어머니는 스스로 목숨을 끊으신 거랍니다, 홈즈 씨. 이 가증스런 결혼으로 인한 수치심과 비애를 견딜 수 없으셨기에 결혼식을 올리고 6개월이 지났을 때 잠금장치를 열고 침대에 누우신 거예요. 가스가 제 임무를 완수할 때까지, 인사불성이라는 고마운 선물이 어머니를 데리고 갈 때까지."

"어머님이 따님 앞에서 그런 뜻을 내비치신 적이 있습니까?"

홈즈가 물었다.

"그럴 필요가 없으셨어요. 저는 이미 어머니의 생각을 알고 있었기 때문에 어머니가 그 상태로 발견됐을 때 거의 놀라지도 않았어요. 어머니는 선택을 하신 거예요. 그 미국 여자가 발을 들인 그날부터 이 집은 흉흉한 곳이 되었답니다, 홈즈 씨. 가장 최근에 벌어진 사건만 해도 그래요. 누군가 저희 집을 침입해 어머니의 목걸이, 세상을 떠난 그분의 유품 중에서 저희가 가장 소중히 간직하던 것을 훔쳐 가다니. 모든 게 사악한 음모의 연장선상에서 벌어진 일이에요. 듣도 보도 못했던 이 여자가 제 이익을 취하려는 게 아니라 제 동생한테 복수를 하는 게 목적일 수도 있잖아요? 그자가 맨 처음 나타났을 때 저도 캐서린과 함께 거실에 있었어요. 창문 너머로 그자를 봤죠. 어쩌면 그 아이를 여기까지 따라온, 예전에 알고 지내던 남자일지 몰라요. 그보다 더한 위인일 수도 있고요. 하지만 이건 시초에 불과하답니다, 홈즈 씨. 이 결혼이 지속되는 한 저희는 모두 위험해요."

"동생분께서는 아주 만족하시는 것 같던데요." 홈즈는 살짝 무관심한 투로 이렇게 대꾸했다. "하지만 그 부분은 차치하고 제가 어떻게 하길 바라시는 겁니까? 어머니가 반대하는 여자와 결혼하는 게 죄는 아니지 않습니까? 누나가 반대하는 여자와 결혼하는 것도 마찬가지고요."

"그 여자를 조사해 주세요."

"그건 제 소관이 아닙니다, 카스테어스 양."

엘리자 카스테어스는 경멸하는 눈빛으로 그를 노려보았다.

"선생님의 영웅담은 저도 읽었어요. 읽으면서 항상 과대포장됐다고 생각했죠. 선생님이 제아무리 똑똑할지 몰라도 인간의 감정은 이해하지 못하는 사람으로 보였거든요. 그런데 이제 보니 정말 그러네요."

그녀는 이 말을 끝으로 휙 하니 몸을 돌리더니 집 안으로 들어갔다.

홈즈는 문이 닫힐 때까지 그녀를 쳐다보았다.

"참으로 특이하군. 사건이 점점 흥미진진하고 복잡해지고 있어."

"저런 식으로 격하게 퍼붓는 여자는 내 평생 처음일세."

내가 촌평을 내렸다.

"그러게나 말일세, 왓슨. 그런데 지금 이 상황 속에 숨겨진 위험 요소가 느껴지면서 한 가지 궁금한 게 생겼다네." 그는 분수대와 석상과 동그랗게 얼어붙은 물을 흘끗 쳐다보았다. "캐서린 카스테어스 부인은 헤엄을 칠 줄 아는지 그게 궁금하단 말일세."

4

비공인 경찰대

홈즈는 다음 날 아침에 늦잠을 잤고, 나는 혼자 일어나 앉아서 윈우드 리드가 쓴 『인류가 걸은 순교의 길The Martyrdom of Man』을 읽고 있었다. 홈즈가 여러 번 추천한 책인데 솔직히 난해했다. 하지만 저자가 '게으름과 어리석음'을 혐오하고, '신이 내려 주신 지적 능력'을 숭배하며, '안에서부터 밖으로 따져 나가는 것이 인간의 본능'이라고 한 부분을 보면 내 친구가 어떤 점에서 이 책에 매력을 느꼈는지 알 수는 있었다. 홈즈였어도 이 비슷하게 썼을 텐데, 마지막 장을 덮고 내려놓았을 때 기쁜 한편으로 탐정의 머릿속을 조금 이해하게 됐다는 생각이 들었다. 오전에 들른 집배원이 마리의 편지를 전해 주었다. 캠버웰은 다 좋다고 했다. 리처드 포레스터는 예전 가정교사와 재회한 기쁨을 누리지도 못할 만큼 아프지는 않았고, 아이의 어머니는 마리를 예전에 부리던 사람이 아니라 동등한 입장으로 대하는 듯했다. 당연히 그래야 하는 것이지만.

내가 펜을 들어 답장을 쓰려는데 현관에서 시끄러운 벨소리가 들리더니 여럿이 우르르 계단을 올라오는 소리가 들렸다. 익히 아는 소리였기에 여섯 명 정도 되는 부랑아들이 집 안으로 들이닥쳐 가장 키가 크고 나이가 많은 아이의 명령에 따라 정렬 비슷한 것을 했을 때 나는 전혀 놀라지 않았다.

"위긴스!" 나는 아이의 이름을 기억하고 있었다. "너를 다시 만날 줄이야!"

"홈즈 나리가 아주 급한 일이 있다고 부르셨지요." 위긴스가 대답했다. "나리가 부르시면 달려오는 게 우리 일이라 이렇게 왔고요!"

한때 홈즈는 이 아이들을 베이커 가의 탐정단이라고 불렀다. 그게 아니면 특공대라고 불렀다. 이보다 더 꾀죄죄하고 너덜너덜할 수 없는 이 여덟 살에서 열다섯 살 사이의 남자아이들은 흙과 땟국물로 한데 뭉친 사이였고, 입은 옷들은 어찌나 누덕누덕 기웠는지 몇 명의 옷을 합쳐서 만든 건지 알 수 없을 정도였다. 위긴스는 가운데를 잘라 몸통과 윗부분에서 잘라낸 천 조각을 아랫부분에 연결한 어른용 재킷을 입고 있었다. 몇 명은 맨발이었다. 남들보다 좀 더 똘똘하고 토실토실하고 옷차림이 나아 보이는 아이가 딱 한 명 있었는데, 무슨 못된 짓을 저질러 가며(소매치기나 도둑질이겠지만) 생존을 넘어 나름대로 넉넉하게 살고 있는지 궁금할 따름이었다. 기껏해야 열세 살 정도 됐을 텐데 다른 아이들과 마찬가지로 제법 어른스러웠다. 이러니저러니 해도 가난이 아이들에게서 앗아 가는 첫 번째 값진 보물은 어린 시절이다.

잠시 후 셜록 홈즈가 모습을 드러냈고, 허드슨 부인도 따라나왔다. 우리의 주인아주머니께서 당황하고 언짢아하는 것을 한눈에 알 수 있었는데, 그녀는 그런 기색을 전혀 감추려 들지도 않았다.

"이러면 안 됩니다, 홈즈 씨. 전에도 말씀 드렸잖아요. 이런 점잖은 집에 누더기 걸친 아이들을 불러들이다니요. 이 아이들 몸에 어떤 병균들이 살고 있을지…… 이 아이들이 나갔을 때 어떤 은그릇이나 리넨이 없어질지 아무도 모르는 일이에요."

"제발 진정하세요, 허드슨 부인." 홈즈는 웃음을 터뜨렸다. "위긴스! 내가 얘기했잖니. 이런 식으로 쳐들어오면 안 된다고. 앞으로는 너 혼자 나한테 보고하도록. 오늘은 이왕 패거리를 죄다 몰고 왔으니 내 지시 사항을 잘 듣도록 해라. 우리의 표적은 미국인이고, 가끔 납작한 모자를 쓰는 30대 남자다. 오른쪽 뺨에 얼마 전에 생긴 흉터가 있고, 아마도 런던은 처음 오는 게 아닐까 싶다. 어제 런던 브리지 기차역에 있었고, 사파이어 세 묶음을 금으로 세팅한 목걸이를 가지고 있는데 두말하면 잔소리겠지만 불법으로 입수한 거지. 그자가 목걸이를 어디에서 처분할 것 같니?"

"풀우즈 렌츠요!" 한 아이가 외쳤다.

"페티코트 레인에 있는 유대인들한테요." 다른 아이가 외쳤다.

"아니야! 도박장에 들고 가면 더 비싸게 팔 수 있어." 또 다른 아이가 말했다. "나라면 플라워 가나 필드 레인으로 가겠다."

"전당포요!"

맨 처음에 내 시선을 사로잡았던 그 옷차림이 그나마 나은 아이가 끼어들었다.

"전당포!" 홈즈도 맞장구를 쳤다. "이름이 뭐니?"

"로스요."

"로스, 너는 탐정의 자질이 있구나. 우리가 찾는 남자는 런던이 처음이라 플라워 가나 풀우즈 렌즈나 너희들이 말썽을 부릴 때 찾아가는 좀 더 은밀한 곳들이 어디 있는지 모르지 않겠니? 제일 뻔한 곳으로 찾아갈 테고, 황금색 공 세 개는 만국의 공통 언어지.(전당포의 상징이 공 세 개를 연결한 모양—옮긴이) 그러니까 거기에서부터 시작해 주었으면 좋겠다. 런던 브리지 역에서 내려 근처 호텔이나 하숙집에 묵고 있겠지? 그 일대 전당포를 일일이 찾아가 그 남자와 남자가 처분하려고 했을지 모르는 목걸이가 어떻게 생겼는지 설명해라." 홈즈는 주머니에 손을 넣었다. "상금은 전과 똑같다. 각자 1실링씩, 내가 원하는 정보를 알아낸 사람은 1기니."

위긴스가 명령을 내리자 우리의 비공인 경찰대는 왁자지껄 요란한 소리를 내며 부산스럽게 퇴장했고, 허드슨 부인은 매의 눈으로 아이들을 지켜보았다. 앞으로 허드슨 부인은 나이프, 포크, 숟가락 숫자를 세느라 오전 내내 정신이 없을 것이다. 홈즈는 손뼉을 치며 의자에 앉았다.

"자, 왓슨." 그가 외쳤다. "자네가 보기에는 어떤가?"

"홈즈, 자네는 오도너휴를 찾을 수 있을 거라고 믿어 의심치 않는 얼굴이로군."

"리지웨이 홀에 침입한 자의 소재를 파악할 수 있다고 장담할 수 있는 거겠지."

그가 대답했다.

"전당포라면 레스트레이드도 이미 수소문하지 않았겠나?"

"과연 그랬을까? 너무 뻔해서 오히려 생각을 못 했을 것 같은데? 아무튼 하루 종일 할 일도 없고 나는 아침을 굶었으니 헤이마켓 극장 옆에 있는 르 카페 드 뢰로프에서 점심이나 먹는 건 어떻겠나? 이름은 그렇지만 영국 요리를 팔고 수준급이라네. 그런 다음 앨버말 가에 있는 카스테어스 앤드 핀치 화랑을 찾아갈 생각인데. 토바이어스 핀치 씨와 화기애애한 분위기에서 서로 인사를 나눌 수 있을지도 모르지. 허드슨 부인, 만약 위긴스가 다시 찾아오거든 그리로 보내 주시겠습니까? 그런데 왓슨, 『인류가 걸은 순교의 길』이 어떤가 말일세. 보아하니 다 읽은 모양인데."

나는 얌전하게 옆으로 누워 있는 책을 흘끗 쳐다보았다.

"자네……?"

"자네가 담뱃갑 속에 들어 있는 그림 카드를 책갈피로 쓰지 않았나. 그 카드가 첫 장에서부터 마지막 장을 향해 힘겹게 움직이는 과정을 내가 지켜보았는데, 마침내 노역에서 해방돼 테이블 위에 놓여 있으니 말일세. 자네가 내린 결론을 듣고 싶은데. 허드슨 부인, 혹시 차 한잔 부탁드려도 되겠습니까?"

우리는 집을 나서 헤이마켓 쪽으로 슬슬 걸어갔다. 안개가 걷혔고 여전히 무척 쌀쌀하지만 날이 화창해서 수많은 인파가 백화점을 드나드는가 하면 노점상들은 손수레를 끌고 다니며 파는 품목을 외쳤다. 웜폴 가에서는 손풍금으로 구슬픈 나폴리 노래를 연주하는 노인장을 수많은 군중이 에워싸고 있었는데, 각양각색의 사기꾼들도 여기 가세해 아무나 붙잡고 딱한 사연을 늘어놓았다. 길모퉁이마다 거리의 연주자가 없는 곳이 거의 없었건만 오늘만큼은 아무도 그들을 내쫓을 생각이 없는 듯했다. 우리는 르 카페 드 뢰로프에서 효모로 부풀린 아주 훌륭한 미트 파이를 먹었는데, 홈즈는 감정 과잉 상태였다. 이 자리에서 그가 사건을 직접적으로 언급하지는 않았지만, 회화의 본질과 범죄 해결 가능성 어쩌고 했던 기억이 난다.

"카스테어스가 컨스터블의 작품 네 점을 날렸다고 한 거 자네도 기억하지?" 그가 물었다. "그 시리즈는 화가가 슬프고 우울했던 금세기 초에 레이크 디스트릭트의 풍경을 그린 작품이라네. 따라서 그 유화가 그 당시 화가의 심리 상태를 알려 주는 단서가 되는데, 이걸 발전시키면 그런 작품을 자기 집 거실에 걸어 놓으려고 했던 사람의 심리 상태는 어땠을지도 알 수 있지. 예컨대 리지웨이 홀에는 어떤 그림이 걸려 있었는지 자네도 보았는가?"

"대부분 프랑스 작품이던데. 브르타뉴를 그린 것도 있었고, 센 강을 가로지르는 다리를 그린 것도 있었고. 상당히 훌륭한 작품이다 싶었네."

"감상만 하고 정보는 아무것도 얻지 못했군."

"에드먼드 카스테어스라는 사람에 대해서 말인가? 도시보다 시골을 더 좋아하고, 순진무구한 어린 시절에 매력을 느끼고, 유채색으로 주변을 꾸미는 것을 좋아하고. 그의 집 벽에 걸린 글을 보면 그의 성격을 짐작할 수 있겠지. 하지만 모든 작품을 카스테어스가 직접 골랐을지 알 수 없는 일 아닌가. 부인이나 돌아가셨다는 어머니의 취향일 수도 있어."

"지당하신 말씀."

"그리고 부인을 살해하는 남자라도 부드러운 측면이 있고, 그것이 미술 작품 선택을 통해 드러날 수도 있는 것 아닌가. 자네도 그 애버네티 가족 사건 기억할 테지. 내 기억에 따르면 호레이스 애버네티가 그 지방에 자라는 예쁜 식물들로 벽을 장식했던 것 같은데. 하지만 아주 혐오스럽고 폭력적인 인간이었지."

"말이 나왔으니 말인데 문제의 식물군이 대부분 독초였던 것으로 기억하는데."

"그리고 베이커 가는 어떤가, 홈즈? 자네 응접실을 찾아온 손님 아무라도 주변에 걸린 작품을 통해 자네의 심리 세계를 파악할 수 있을 것 같은가?"

"아니. 내 이전에는 어떤 사람이 살았는지 그건 알 수 있겠지. 장담컨대 내가 살기 시작한 이래 추가된 그림은 한 장도 없으니 말일세. 자네 설마 자네 책들 위에 걸린 헨드 워드 비처의 그 초상화를 내가 나가서 사 왔을 거라고 생각하는 건 아니겠지? 어느 모로 보나 존경할 만한 인물이고 노예 제도와 편견을 바라보는 관점이 훌륭하지만, 이전에 그 방을 쓰던 사람이 두고 간 것을 내가 그대로 걸어 놓고 있는 것일 뿐이라네."

"제너럴 고든의 그림도 자네가 산 게 아니란 말인가?"

"그렇다네. 하지만 실수로 거기에다 대고 총을 발사한 이후에 손을 보고 다시 액자에 끼우기는 했지. 허드슨 부인의 강력한 주장에 따라. 이걸 주제로 논문을 써도 되지 않을까 싶군. 예술을 활용한 사건 수사."

"홈즈, 자네는 자꾸 기계 같은 소리만 하는구먼." 나는 웃음을 터뜨렸다. "인상파 거장의 작품도 자네 눈에는 범죄 수사에 필요한 단서에 불과하다는 건가? 자네, 미술 감상을 통해 인간으로 거듭나야겠군. 나와 같이 왕립 미술 아카데미 견학을 가야겠네."

"이미 카스테어스 앤드 핀치 화랑에 가기로 하지 않았나, 왓슨. 그 정도면 충분할 것 같은데. 웨이터, 모듬 치즈 부탁하네. 내 친구한테는 모젤(독일산 화이트와인 — 옮긴이) 한 잔 주고. 오후에 포트 와인을 마시면 너무 무겁겠지?"

화랑까지는 얼마 안 되는 거리였기에, 우리는 또다시 슬슬 걸었다. 솔직히 고백하건대 나는 이렇게 고요하고 화기애애한 순간에 엄청난 만족감을 느꼈고, 위와 같은 대화를 나눈 뒤 셜록 홈즈와 같은 걸출한 명사와 함께 한가롭게 걷고 있다니 런던에서 가장 축복 받은 사람이 된 듯한 기분이 들었다. 4시쯤 화랑에 도착했을 무렵 해가 이미 저물기 시작했는데, 화랑의 정확한 위치는 앨버말 가가 아니라 그 근처의 오래된 객차 조차장(열차를 잇거나 떼어내는 곳—옮긴이)이었다. 금색으로 적힌 수수한 간판 말고는 이곳에 사업체가 있음을 알리는 표시가 거의 없었다. 야트막한 문을 열고 들어가자 다소 어두컴컴한 실내에 소파 두 개, 테이블 한 개가 놓여 있었고, 이젤에 캔버스 한 장이 올려져 있었다. 네덜란드 화가 파울루스 포테르가 벌판에 있는 황소 두 마리를 그린 작품이었다. 안으로 들어서자 옆방에서 두 남자가 싸우는 소리가 들렸다. 한쪽은 나도 아는 목소리였다. 에드먼드 카스테어스의 목소리였다.

"이 정도면 훌륭한 가격이에요." 그가 이렇게 말하고 있었다. "확실해요, 토바이어스. 이런 작품들은 고급 와인과 같아요. 시간이 지날수록 값이 오른다고요."

"아니, 아니, 아니야!" 상대방은 고음의 콧소리를 냈다. "바다 풍경이라 하지 않았나. 그래, 바다는 보여…… 하지만 그것 말고는 아무것도 없지 않은가. 가장 최근에 열렸던 전시회를 대실패로 마감하고 파리에서 피신 생활을 하고 있는데, 듣자하니 평판이 급격한 하락세에 있다더군. 이건 돈 낭비일세, 에드먼드."

"휘슬러의 작품 여섯 점을……."

"그럼 뭐하나, 팔지도 못할 것을!"

나는 문가에 서서 안쪽에 있는 두 남자에게 우리의 존재를 알리기 위해 필요 이상으로 세게 문을 닫았다. 나의 계획은 소기의 성과를 얻었다. 대화가 끊기더니 잠시 후 비쩍 마르고, 머리가 하얗고, 윙 칼라가 달린 짙은 색 양복에 검정색 넥타이로 나무랄 데 없이 차려입은 사람이 커튼 뒤에서 나왔다. 조끼에는 금줄이 달려 있었고, 역시 금으로 된 코안경이 그의 코끝에 걸려 있었다. 적어도 예순 살은 되어 보이는데 발걸음이 여전히 씩씩했고, 움직일 때마다 신경질적인 기운이 풍겨져 나왔다.

"핀치 씨이신 모양이로군요." 홈즈가 입을 열었다.

"그렇습니다. 제가 핀치입니다. 선생님은……?"

"셜록 홈즈라고 합니다."

"홈즈? 한 번도 뵌 적 없는 분인 듯한데, 이름이 낯익…….

"홈즈 씨!"

카스테어스까지 뛰어나왔다. 두 사람은 극과 극이었다. 한쪽은 나이가 들고 쭈글쭈글해서 거의 세대 차이가 느껴졌고, 다른 쪽은 젊은 멋쟁이인데 우리가 엿들은 대화 내용 때문이겠지만 화가 나고 좌절한 표정이었다.

"이쪽이 제가 예전에 말씀드린 탐정 홈즈 씨입니다."

그가 동업자에게 소개를 했다.

"그래, 그래. 이름이야 나도 알지. 방금 전에 본인 소개를 하셨거든."

"여기까지 찾아오실 줄은 몰랐습니다." 카스테어스가 말했다.

"어떤 곳에서 일을 하시는지 궁금해서 찾아왔습니다." 홈즈가 설명했다. "그리고 선생이 보스턴에서 동원했다는 핀커튼 요원들과 관련해서 몇 가지 질문도 있고요."

"끔찍한 사건이었지요!" 핀치가 끼어들었다. "나는 그 작품들을 잃은 충격에서 죽을 때까지 헤어나오지 못할 겁니다. 내 직업 인생 역사상 최악의 재앙이었으니까요. 자네가 적극 추천하는 휘슬러의 작품을 몇 점 팔았더라면 좋았을걸 그랬네, 에드먼드. 그거라면 갈기갈기 찢긴들 아무도 상관하지 않을 테니!"

일단 노신사의 이야기가 시작되자 막을 방법이 없어 보였다.

"미술품 매매는 고상한 사업이올시다, 홈즈 씨. 우리 고객 중에는 귀족들도 많습니다. 우리가 무장 강도, 살인 사건과 연루되었다는 사실은 알려지지 않았으면 좋겠습니다."

이 정도 선에서 그치는 게 아님을 알아차린 순간 노신사의 표정이 일그러졌다. 문이 열리면서 한 남자아이가 달려 들어왔던 것이다. 나는 그날 아침에도 만났던 위긴스의 얼굴을 한눈에 알아차렸지만, 핀치 입장에서는 최악의 습격이 감행된 것이나 다름없었다.

"가거라! 나가!" 그가 큰소리로 외쳤다. "우리는 너한테 줄 게 아무것도 없다!"

"걱정하실 것 없습니다, 핀치 씨." 홈즈가 말했다. "제가 아는 아이니까요. 어쩐 일이냐, 위긴스?"

"그 사람을 찾았습니다!" 위긴스가 신이 난 목소리로 외쳤다. "선생님이 찾던 그놈 말입지요. 브리지 레인에 있는 술집에 들어가려는데(로스가 뻔질나게 드나들던 곳이거든요!) 문이 열리면서 그 사람이 나오는 게 아니겠습니까. 얼굴에 떡하니 흉터를 달고서 말입니다." 아이는 자기 뺨에 대고 선을 그었다. "제가 발견한 겁니다. 로스가 아니고 말입죠."

"지금은 어디 있고?" 홈즈가 물었다.

"저희들이 호텔까지 뒤를 밟았지요. 거기까지 모셔다 드리면 1인당 1기니씩 주실랑가요?"

"그런 식으로 나오면 너하고는 끝장인 줄 알거라." 홈즈가 말했다. "나는 지금까지 약속을 어긴 적이 없다, 위긴스. 그건 너도 잘 알 텐데. 어느 호텔이냐?"

"버먼지에 있습니다. 미시즈 올드모어스 프라이빗 호텔이라고 하고요. 로스가 거기서 지키고 있습니다. 그 앨 심어 놓고 선생님 하숙집에 갔다 여기까지 온 거고요. 그 남자가 나가면 로스가 어디로 가는지 감시할 겁니다. 같이 가시겠습니까, 홈즈 선생님? 마차 타고 가실 건가요? 저도 같이 타도 될까요?"

"마부 옆자리에 타거라." 홈즈는 내 쪽을 돌아보았다. 힘이 들어간 눈썹과 격한 표정으로 보건대 앞으로 들이닥칠 일에 모든 에너지를 집중시키고 있음을 알 수 있었다. "당장 출발해야겠네." 그가 말했다. "운이 좋으면 목표물을 붙잡을 수 있겠어. 다 잡은 고기를 놓칠 수야 없지."

"저도 같이 가겠습니다." 카스테어스가 선언했다.

"카스테어스 씨, 위험할 수도 있으니……."

"이 남자를 본 사람이 접니다. 선생님께 인상착의를 설명해 드린 사람도 저고요. 그러니까 아이들이 제대로 찾았는지 확인할 수 있는 사람이 있다면 바로 접니다. 그리고 저는 개인적으로도 끝을 보고 싶은 욕심이 있습니다, 홈즈 씨. 만약 이 남자가 제가 생각하는 그자가 맞다면 저 때문에 여기까지 찾아온 것일 테니 제 눈으로 끝까지 지켜보고 싶습니다."

"왈가왈부할 시간이 없습니다." 홈즈가 말했다. "알겠습니다. 셋이 함께 출발하도록 하죠. 더 이상 시간 낭비 말고요."

이렇게 해서 홈즈, 위긴스, 카스테어스, 나는 입을 떡 벌리고 있는 핀치 씨를 남겨 둔 채 화랑을 뛰쳐나갔다. 우리는 마차를 발견하고 올라탔다. 위긴스가 옆자리로 오르자 마부는 깔보는 눈빛으로 흘끗 쳐다보다 마음을 풀고 담요 한 귀퉁이를 내주었다. 우리의 다급한 심정이 말들에게도 전해졌는지 탁 하는 채찍 소리와 함께 마차가 출발했다. 날이 거의 저물었고, 밤이 가까워질수록 조금 전에 느껴졌던 평온함이 사라지면서 도시가 또다시 차갑고 싸늘한 분위기로 바뀌었다. 쇼핑객과 악사들도 모두 집으로 돌아갔고, 그늘이 있어야 일을 벌일 수 있는 꾀죄죄한 남자와 천박한 여자들, 하는 일 자체에 그늘이 드리워진 전혀 다른 종족들이 그 자리를 대신했다.

마차가 블랙프라이어스 브리지를 지나자 냉기가 극에 달한 바람이 칼처럼 우리 몸을 갈랐다. 홈즈는 출발한 이래 한마디도 말이 없었는데, 앞으로 어떤 일이 벌어질지 예감하고 있는 게 아닐까 싶었다. 그는 앞일을 예감한들 한 번도 그렇다고 시인한 적이 없었고, 나도 이야기를 꺼낸 적이 없었다. '내가 점쟁이란 말인가!' 하며 짜증을 낼 게 뻔했기 때문이다. 그에게 이것은 지적 능력의 소산이었다. 그의 표현을 빌자면 체계화된 상식의 소산이었다. 그래도 나는 설명이 되지 않고 불가사의하다고 할 만한 부분이 느껴졌다. 싫든 좋든 홈즈는 오늘 저녁을 계기로 그의 인생이, 아니 우리 둘의 인생이 일대 전환점을 맞이해 결코 예전으로 돌아갈 수 없음을 직감하고 있었다.

미시즈 올드모어스 프라이빗 호텔은 주당 30실링이면 침대와 응접실을 쓸 수 있다고 선전하는, 딱 그 가격에 걸맞은 시설이었다. 양옆으로 싸구려 식당과 벽돌 가마를 거느리고 있는, 초라하고 다 쓰러져 가는 건물이었다. 강 근처라 공기가 습하고 탁했다. 창문 너머에서 등잔들이 이글거렸지만, 유리창에 워낙 먼지가 잔뜩 껴서 빛이 뚫고 나오지 못할 지경이었다. 위긴스의 친구인 로스가 속을 신문지로 두툼하게 채운 재킷을 입고서도 추위에 벌벌 떨며 우리를 기다리고 있었다. 홈즈와 카스테어스가 마차에서 내리자 그는 뒷걸음질을 치며 뭔가에 소스라치게 놀란 표정을 지었다. 잔뜩 불안해하는 눈빛이었고, 가로등 불빛에 비친 얼굴이 백짓장처럼 하얬다. 하지만 위긴스가 풀쩍 뛰어내려 팔을 잡자 주문이라도 풀린 듯한 반응을 보였다.

"야, 괜찮아!" 위긴스가 외쳤다. "우리 둘 다 1기니씩 받기로 했으니까. 홈즈 씨가 약속하셨다."

"혼자 지키고 있는 동안 별일 없었니?" 홈즈가 물었다. "너희가 알아본 그자가 호텔을 나가지는 않았고?"

"이분들은 누구세요?" 로스가 카스테어스와 나를 차례로 가리키며 물었다. "경찰이에요? 순경이에요? 여기는 왜 오신 거예요?"

"긴장 풀어라, 로스." 내가 말했다. "걱정할 필요 없어. 나는 의사로 일을 하는 존 왓슨이다. 오늘 아침에 베이커 가로 찾아왔을 때 본 적 있지? 그리고 이쪽은 앨버말 가에서 화랑을 하는 카스테어스 씨야. 너를 해코지하러 온 게 아니란다."

"앨버말 가면…… 메이페어에 있는 데요?"

아이는 너무 추운지 이를 딱딱 부딪쳤다. 런던의 부랑아들은 당연히 겨울이라면 이골이 나 있지만, 최소 두 시간 동안이나 이 자리에 혼자 서 있었던 것이다.

"별일 없었니?" 홈즈가 물었다.

"아무 일 없었어요." 로스가 대답하는데, 목소리가 전과 달랐다. 뭔가 숨기는 듯한 분위기였다. 이 아이들은 어린 시절을 제대로 보내기도 전에 어른이 되어 버린다는 생각이 다시금 내 뇌리를 스치고 지나갔다. "저는 여기서 선생님을 기다리고 있었어요. 그 사람은 나오지 않았어요. 들어간 사람도 없었고요. 추워서 뼛속까지 얼어 버릴 것 같아요."

"약속한 돈 여기 있다. 위긴스, 너도." 홈즈는 두 아이에게 대가를 지불했다. "이제 집으로 돌아가거라. 오늘은 이 정도면 충분하니까."

둘이서 돈을 받아들고 달려가다 말고 로스가 우리 쪽을 마지막으로 한 번 돌아보았다.

"호텔로 들어가서 이 남자를 찾아가는 게 좋겠군." 홈즈가 말했다. "얼른 안으로 들어가고 싶은 심정이니까. 그나저나 저 아이 말일세, 왓슨. 자네가 보기에도 뭔가 숨기고 있는 것 같지 않던가?"

"우리한테 뭔가 말을 하지 않은 게 분명해 보이던데."

나도 인정했다.

"우리를 배신하는 그런 짓을 저지른 건 아니길 바랄 수밖에. 카스테어스 씨, 멀찍감치 물러서 있어 주시길 바랍니다. 우리의 표적이 폭력을 행사할 가능성은 없어 보이지만, 우리가 아무 준비도 없이 왔으니 말입니다. 왓슨 박사의 믿음직한 리볼버는 천으로 둘둘 말린 채 켄싱턴의 어느 집 서랍에서 잠을 자고 있을 테고, 나도 무기가 없어요. 기지로 대응해야 합니다. 갑시다!"

우리 셋은 호텔 안으로 들어섰다. 몇 발자국 걸어갔을 때 현관이 나왔고, 현관문을 열고 들어가자 카펫도 없고 불빛도 희미한 복도 한쪽 구석에 조그만 사무실이 있었다. 초로의 남자가 나무 의자에 기대고 앉아 반쯤 졸고 있다 우리를 보고 벌떡 일어섰다.

"어서 오십시오, 손님!" 그가 목소리를 떨어가며 말했다. "하룻밤 5실링이면 훌륭한 싱글룸을 쓰실 수가 있는 저희 호텔에……."

"방을 잡으러 온 게 아니오." 홈즈가 말했다. "얼마 전에 미국에서 건너온 남자를 찾고 있소. 한쪽 뺨에 선명한 흉터가 있는 남자 말이오. 아주 긴급한 상황이니 법적인 문제로 골머리 앓기 싫으면 그자가 어디 있는지 당장 알려 주는 게 좋을 거요."

구두닦이는 어느 누구하고도 귀찮은 일로 엮일 생각이 없는 듯했다.

"미국 손님이라면 딱 한 분밖에 없는뎁쇼. 뉴욕에서 오신 해리슨 씨를 말씀하시는 모양이네요. 이 층 복도 끝 방에 묵고 계십니다. 좀 전에 들어오셨는데 아무 소리도 없는 걸 보면 주무시고 계신 것 같던뎁쇼."

"방 번호는요?" 홈즈가 따져 물었다.

"6호실입니다."

우리는 당장 카펫도 깔려 있지 않은 복도로 나섰다. 다닥다닥 붙어 있는 문들로 보건대 방이 붙박이장보다 조금 넓은 수준이 아닐까 싶었고, 가스등 불빛이 워낙 희미해서 손으로 더듬으며 걸어야 할 지경이었다. 6호실은 정말 맨 끝 방이었다. 홈즈가 노크를 하려고 주먹을 들었다 뒤로 한 걸음 물러서며 외마디 탄성을 내뱉었다. 내가 밑을 내려다보니 희미한 불빛 때문에 거의 까만색으로 보이는 액체 한 줄기가 문 밑으로 흘러나와 굽도리 주변으로 작은 웅덩이를 이루고 있었다. 카스테어스가 비명을 지르더니 움찔하며 손으로 눈을 가렸다. 구두닦이는 복도 끝에서 우리를 지켜보고 있었다. 앞으로 펼쳐질 참사를 짐작하고 있기라도 한 것처럼.

홈즈가 문손잡이를 돌려 보았다. 열리지 않았다. 그가 아무 말 없이 어깨로 문을 밀자 허술한 자물쇠가 부서졌다. 우리 둘은 카스테어스를 복도에 남겨둔 채 안으로 들어갔고, 나는 한때 사소하다고 생각했던 사건이 바람직하지 못한 방향으로 변질되었음을 깨달았다. 창문이 열려 있었다. 방 안은 온통 난장판이었다. 그리고 우리가 찾던 남자는 목에 단도가 꽂힌 채 웅크리고 누워 있었다.

5

사건 해결에 나선 레스트레이드

 나는 얼마 전에 조지 레스트레이드를 만나면서 이제 두 번 다시 볼 일이 없겠구나 하고 생각한 적이 있었다.
 그는, 실질적인 현장은 인근 혹스턴이었고 한 건은 자살로 밝혀졌으나 당시 유명 언론에서 클러큰웰 연쇄 살인이라고 떠들어 댄 그 기괴한 사건을 수사하다 입은 총상의 후유증에 계속 시달리고 있었다. 그런데 일선에서 은퇴한 지 오래된 시점이었음에도 불구하고 고맙게도 내가 막 이사한 집으로 찾아와 둘이서 과거를 추억하며 오후 한나절을 함께 보낸 적이 있었다. 둘이서 주로 셜록 홈즈에 관한 이야기를 나누었대도 독자 여러분들은 그러려니 할 텐데, 나는 레스트레이드에게 사과하고 싶은 부분이 두 가지 있었다. 첫째로 나는 책을 쓰면서 그를 이른바 극찬한 적이 한 번도 없다. 지금 생각해도 퍼뜩 떠오르는 표현이 '쥐처럼 생겼다'고 한 것과

'흰 담비 같다'고 한 것이다. 분명히 잔인한 표현이기는 해도 틀린 말은 아닌 것이, 레스트레이드조차 조물주는 그에게 경찰이 아니라 범죄자의 얼굴을 부여했다고, 후자를 직업으로 선택했더라면 훨씬 더 돈을 많이 벌었을지 모른다고 농담처럼 이야기한 적이 있었다. 홈즈도 특히 자물쇠 따기와 위조에 탁월한 그의 능력을 종종 언급하며 그쪽 길로 나갔더라면 지금 못지않은 성공을 거두었을 거라고 했으니 다음 세상에서는 법의 이면에서 함께 활약하는 두 사람의 모습을 상상하면 흥미진진해진다.

하지만 내가 레스트레이드에게 지적 능력이나 수사력 나부랭이는 아예 있지도 않은 것처럼 간주한 것은 너무한 처사였다. 셜록 홈즈가 가끔 그를 깎아내린 적은 있지만, 홈즈야 워낙 특이하고 똑똑한 머리를 타고 난 친구라 런던에서 경쟁 상대가 없을 정도였고, 스탠리 홉킨스만 예외일 뿐 만나는 경찰마다 폄하하느라 여념이 없었다. 가끔은 그 젊은 형사에 대한 믿음도 호된 시험대에 오르곤 했다. 한마디로 말해서 홈즈 옆에 있으면 어떤 형사라도 두드러진 활약상을 보인다는 것이 거의 불가능에 가까웠고, 심지어 어느 누구보다 그 곁을 자주 지킨 나조차 가끔은 내가 그렇게 모자란 인간은 아니라고 마음을 다잡아야 할 정도였다. 레스트레이드는 여러모로 유능한 경찰이었다. 공식 기록만 봐도 그가 거의 단독으로 해결한 사건이 한두 가지가 아니었고, 신문에서도 항상 좋은 평가를 받았다. 심지어 홈즈조차 그의 끈기는 높게 샀다. 아무튼 그는 사실상 홈즈가 해결한 사건들로 신망을 쌓았음에도 불구하고 런던 경시청 수사과 치안감으로 공직 생활을 마감했다. 그런데 한참 동안 유쾌한 대화를 나누었을 때 그가 언뜻 말하길 셜록 홈즈 옆에 있으면 위축이 되곤 했다니 어쩌면 그 때문에 능력을 제대로 발휘하지 못한 것일 수도 있었다. 이제 고인이 되었으니 내가 비밀을 공개하고 정당한 평가를 내리거나 말거나 신경 쓰지도 않겠지만. 그는 절대 나쁜 사람이 아니었다. 그리고 무엇보다 중요한 것은 그가 어떤 심정에서 그런 말을 했을지 내가 정확히 알고 있었다는 것이다.

아무튼 다음 날 아침, 미시즈 올드모어스 프라이빗 호텔로 찾아온 사람이 레스트레이드였다. 그는 평소처럼 창백한 얼굴을 하고 움푹 들어간 눈을 반짝이며, 사보이 호텔에서 점심을 먹어야 하기 때문에 어쩔 수 없이 옷을 차려입은 생쥐 비슷한 분위기를 풍겼다. 홈즈가 순찰대에 알리자 경찰 측에서 방을 폐쇄하고, 서늘한 햇살이 그늘을 몰아내 호텔 주변의 전반적인 환경까지 제대로 수사할 수 있을 때까지 보초를 세웠다.

"하, 하, 홈즈 선생." 그가 살짝 짜증이 섞인 목소리로 입을 열었다. "내가 웜블던으로 찾아갔을 때도 조금 있으면 홈즈 선생이 도착할 거라고 하던데, 이번에는 여기서 만나는군요."

"우리 둘 다 여기서 생을 마감한 불운한 인간의 행적을 쫓고 있었으니 말이오."

홈즈가 되받아쳤다.

레스트레이드는 시신을 흘끗 쳐다보았다.

"우리가 찾던 그자가 맞는 듯합니다만." 홈즈는 아무 대꾸도 하지 않았고, 레스트레이드는 그를 날카롭게 노려보았다. "이자를 어찌 찾으셨소?"

"어이가 없을 정도로 간단했습니다. 당신이 놀라운 기지를 발휘해 알아봐 준 덕분에 이자가 기차를 타고 런던 브리지 역으로 돌아갔다는 소식을 입수할 수 있었죠. 그 뒤로 첩보원들을 풀어 이 일대를 뒤지게 했더니 운 좋게도 그중 두 명이 길거리에서 이자를 딱 만났지 뭡니까."

"부르기만 하면 달려오는 그 부랑아들 말씀이로군. 나 같으면 그 아이들과 일정한 거리를 유지하겠소이다, 홈즈 선생. 가까이 지내서 좋을 게 없잖습니까. 선생한테 일감을 받을 때말고는 하는 짓이 죄다 도둑질 아니면 소매치기니. 목걸이의 흔적은 찾으셨소?"

"아뇨, 눈에 띄는 곳에는 없습니다. 하지만 방 안을 샅샅이 수색할 만한 기회가 없었으니까요."

"그럼 수색부터 해야겠군요."

레스트레이드는 말을 행동으로 옮겨 방 안을 꼼꼼히 뒤지기 시작했다. 커튼은 너덜너덜하고, 카펫은 썩어 들어가고, 침대는 그 위에서 잠을 청하는 사람보다 훨씬 기진맥진해 보이는, 상당히 우중충한 방이었다. 한쪽 벽에는 금이 간 거울이 걸려 있었다. 한쪽 구석에 설치된 세면대에는 지저분한 세면기와 울퉁불퉁하고 딱딱한 비누가 놓여 있었다. 전망이라고는 없었다. 창문 너머로 고개를 돌리면 좁은 골목길을 지나 벽돌로 쌓은 맞은편 건물의 벽이 보였고, 멀어서 보이지는 않았지만 템스 강의 습기와 냄새가 느껴졌다. 레스트레이드가 그 다음으로 관심을 돌린 곳은 시신이었다. 그는 카스테어스가 설명한 것처럼 무릎까지 오는 프록코트에 두툼한 조끼를 입고, 셔츠 단추를 목까지 채운 상태였다. 그런데 이 모든 것이 피에 흠뻑 젖어 있었다. 자루가 목에 닿을 정도로 깊숙이 박혀 경동맥을 절단한 단도가 원흉이었다. 내 의학 지식으로 미루어 보건대 그는 즉사했을 것이다. 레스트레이드가 시신의 주머니를 뒤졌지만 아무것도 없었다. 시신을 좀 더 꼼꼼히 살펴보니 리지웨이 홀까지 카스테어스의 뒤를 밟았다는 이 남자는 40대 초반이었고, 두툼한 어깨와 근육질의 팔을 자랑하는 등 체구가 탄탄했다. 짧게 친 머리카락은 희끗희끗해지기 시작한 찰나였다. 무엇보다 눈에 띄었던 부분은 입가에서 시작해 한쪽 눈가까지 비스듬하게 광대뼈를 가로지른 흉터였다. 그는 이미 죽음의 문턱까지 다녀와 본 사람이었다. 이번에는 그때처럼 행운이 따라주지 않았던 것이다.

"이자가 에드먼드 카스테어스 씨를 협박한 그 남자라고 단정 지어도 되겠소?"

레스트레이드가 물었다.

"맞습니다. 카스테어스가 신원을 확인했으니까요."

"카스테어스 씨가 이 자리에 왔었단 말이오?"

"네, 잠깐 있었습니다. 아쉽게도 금세 자리를 뜰 수밖에 없었지만요."

홈즈는 혼자 빙그레 웃었고, 나는 둘이서 끙끙대며 에드먼드 카스테어스를 마차에 실어 윔블던으로 돌려보냈던 기억을 떠올렸다. 그는 시신을 거의 보지도 않았음에도 불구하고 정신을 잃었다. 보스턴에서 납작 모자단 사건을 겪은 뒤 카탈로니아호에 승선했을 때 그가 어떤 상태였을지 짐작할 수 있게 만드는 대목이었다. 어쩌면 그는 작품을 매매하는 그 화가들만큼이나 예민한 성격일지 모른다. 아무튼 피와 검댕으로 물든 버먼지는 그가 있을 만한 곳이 아니었다.

"혹시 필요할지 모르겠습니다만, 여기 추가 증거도 있군요."

홈즈가 침대 위에 놓여 있는 납작한 모자를 가리키며 말했다.

한편 레스트레이드는 그 옆 테이블에 놓인 담뱃갑에 주목했다. 그가 라벨을 살폈다.

"올드 저지……."

"그 뒤에 제조업체 이름으로 굿윈 앤드 컴퍼니 오브 뉴욕이라고 적혀 있을 겁니다. 리지웨이 홀에서도 내가 그 담배꽁초를 주운 적이 있죠."

"그러셨소?" 레스트레이드는 나지막이 탄성을 질렀다. "아무튼 이 미국 친구가 무작위적인 범행에 희생됐을 가능성은 배제해도 될 것 같소만? 물론 이 일대에서 그런 범행이 수없이 자행되기는 하고, 이 친구가 호텔로 돌아와 보니 누군가 방을 뒤지고 있었을 가능성도 있긴 하오. 그러다 난투극이 벌어지고, 칼이 등장하고, 그렇게 상황이 종료되고……."

"그랬을 가능성은 없어 보입니다." 홈즈도 동의했다. "얼마 전에 런던으로 건너왔고 못된 꿍꿍이가 있었던 남자가 이런 식으로 갑자기 살해당하다니 우연의 일치라고 하기에는 너무 지나치니까요. 이자가 윔블던에서 저지른 일 때문에 호텔방에서 이런 사건이 벌어진 게 분명합니다. 게다가 시신의 위치와 칼이 꽂힌 각도만 해도 그렇습니다. 어두컴컴한 방 안의 문 옆에 숨어서 기다리고 있다 공격을 한 것 같거든요. 우리가 도착했을 때 촛불이 켜져 있거나 그렇지도 않았고. 방으로 들어섰을 때 뒤에서 공격을 당한 겁니다. 이자를 보면 자기 몸 하나쯤 건사할 수 있을 만큼 건장하지 않습니까? 그런데 이번 경우에는 급습을 당하는 바람에 한 방에 목숨을 잃은 겁니다."

"절도범이 저지른 짓일 수도 있소." 레스트레이드는 고집을 꺾지 않았다. "50파운드와 목걸이가 걸려 있는 문제니까. 여기 없으면 어디 있을 것 같소?"

"브리지 레인의 전당포에 가면 목걸이를 분명히 찾을 수 있을 겁니다. 이 친구가 거기서 온 길이었으니까요. 이자를 죽인 범인이 돈을 가지고 간 것 같지만, 그것이 범행의 1차적인 동기는 아니었을 겁니다. 이 방에서 없어진 게 또 뭐가 있을까 생각을 해 봅시다. 이 시신은 신분증이 하나도 없지 않습니까. 미국에서 건너온 방문객이니 여권이나 하다못해 소개장이라도 있어야 은행 계좌를 개설할 수 있을 텐데 말입니다. 보아하니 지갑이 없군요. 이자가 호텔에 투숙할 때 어떤 이름을 썼는지 아십니까?"

"벤저민 해리슨이라고 했답디다."

"현직 미국 대통령 이름이죠."

"미국 대통령? 아, 물론 나도 알고 있었소." 레스트레이드는 얼굴을 찡그렸다. "하지만 어떤 이름을 썼던 간에 이자의 신원이야 알고 있지 않소이까. 보스턴 출신의 킬런 오도너휴요. 얼굴에 생긴 흉터 보셨잖소? 총알이 지나간 자국이오. 설마 그걸 가지고도 왈가왈부할 생각은 아니시겠지!"

홈즈가 내 쪽을 돌아보자 나는 고개를 끄덕였다.

"총알이 지나간 자국 맞네." 내가 말했다. 나는 아프가니스탄에서도 이 비슷한 상처를 숱하게 접한 적이 있었다. "한 1년쯤 됐을 걸세."

"그러니까 카스테어스한테 들은 이야기와 정확히 맞아떨어지지 않냐 말이오." 레스트레이드가 의기양양한 목소리로 결론을 내렸다. "이제 이 유감스러운 사건의 결론을 내릴 시점에 다다른 것 같구려. 오도너휴는 보스턴의 아파트에서 총격전이 벌어졌을 때 부상을 입은 거요. 그런데 이 총격전으로 쌍둥이 형제가 목숨을 잃자 복수를 하기 위해 영국으로 건너온 거고. 여기까지는 불 보듯 뻔한 이야기질 않소."

"내가 보기에는 불 보듯 뻔한 이야기가 전혀 아닌데요." 홈즈가 이의를 제기했다. "그럼 레스트레이드 당신이 설명을 해 보시오. 누가, 왜 킬런 오도너휴를 살해했는지 말입니다."

"그야 에드먼드 카스테어스가 가장 명백한 용의자 아니겠소?"

"그런데 카스테어스 씨는 사건 당시 우리와 함께 있었단 말씀입니다. 그뿐 아니라 시신을 발견했을 때 보인 반응으로 미루어 보건대 제 손으로 공격을 감행할 만한 용기도, 의지도 없는 성격인 것 같습니다. 그리고 그는 희생자의 숙소가 어디인지 그것조차 몰랐습니다. 우리도 그 직전에서야 소재를 파악했으니 리지웨이 홀에서는 어느 누구도 알지 못했던 겁니다. 그리고 또 한 가지 묻고 싶은 게 있습니다만, 이자가 킬런 오도너휴라면 담뱃갑에 WM이라는 이니셜이 새겨져 있는 이유가 무엇일까요?"

"담뱃갑이라니?"

"침대 위에 놓여 있는, 시트로 일부분이 덮여 있는 담뱃갑 말입니다. 시트에 가려져서 살인범도 못 보고 지나친 거겠죠."

레스트레이드는 문제의 담뱃갑을 찾아서 잠깐 살펴봤다.

"오도너휴는 절도범이었잖소. 이것도 훔친 물건이 아니라는 법이 없는 거 아니겠소."

"그런 담뱃갑을 뭐 하러 훔쳤을까요? 값나가는 물건도 아닌데. 붓으로 이니셜을 적은 양철 담뱃갑 아닙니까."

레스트레이드는 담뱃갑을 열었다. 안에 아무것도 없었다. 그는 다시 딱 소리를 내며 담뱃갑을 닫았다.

"쓸데없는 헛소리를 하시네. 홈즈 선생의 문제는 항상 문제를 복잡하게 꼬아 버린다는 거요. 가끔은 일부러 그러는 게 아닐까 싶을 정도로. 사건이 도전할 만한 수준에 도달해야 하고, 아주 특이한 사건이라야 해결할 가치가 있다는 거요? 이 방의 투숙객은 미국인이었소. 총격전에서 부상을 입은 적이 있었고. 스트랜드에서 한 번, 윔블던에서 두 번 목격이 됐소. 만약 이자가 선생이 말한 그 전당포를 찾아갔다면 카스테어스 씨의 금고를 부순 절도범이 이자라는 뜻이 될 뿐이오. 오도너휴는 분명 여기 이 런던의 범죄 조직 내에서도 연고자가 있었을 거요. 그중 한 명을 복수극에 동원했는데, 서로 사이가 틀어진 거지요. 그래서 상대방이 칼을 꺼내 들었을 테고. 이것이 내가 내린 결론이외다!"

"자신 있습니까?"

"충분히 자신 있소이다."

"뭐, 두고 보면 알겠지요. 하지만 여기서 왈가왈부해 봐야 얻을 수 있는 건 아무것도 없습니다. 호텔 주인장이 쓸 만한 정보를 알고 있을지도 모르겠군요."

하지만 어제 구두닦이가 지키고 있던 사무실에서 만난 올드모어 부인은 별 도움이 안 됐다. 희끗희끗한 머리에 뚱한 표정이 특징인 그녀는 벽에서 최대한 멀찌감치 떨어져 있지 않으면 병균이라도 옮는 양 팔짱을 끼고 앉아 있었다. 조그만 보닛을 쓰고 어깨에 모피를 둘렀는데, 어떤 짐승에게 어떤 식으로 털을 벗겨 냈을까 생각하니 몸서리가 쳐졌다. 아무래도 굶겨 죽이지 않았을까 싶었다.

"1주일 동안 있겠다면서 1기니를 냈지." 그녀가 말했다. "배를 타고 리버풀에서 내린 미국 신사라고 했는데. 그 정도밖에 모르겠다오. 말해 준 게 거기까지라. 런던은 처음인 것 같았지. 자기 입으로 말은 안 했지만 보니까 길을 하나도 모르더라고. 윔블던에 만날 사람이 있다면서 어떻게 가면 되느냐고 묻던데. '윔블던이라.' 내가 말했지. '윔블던이면 돈 많은 사람들이 으리으리한 집에서 사는 부자 동넨데.' 그 손님은 으리으리할 게 없었다오. 짐도 없고 옷은 촌스럽고 얼굴에는 징그러운 흉터까지 있고. '내일 찾아갈 겁니다.' 그러더라고. '나한테 빚을 진 사람이 있어서 받아야 하거든요.' 말하는 투로 보니까 속이 시커먼 양반인 것 같아서 난 속으로 이봐요, 뭐하는 양반인지 몰라도 조심해야 쓰겠구먼, 이렇게 생각했다오. 골치 아픈 일이 벌어질 것 같았지만 어쩔 수가 있나? 수상해 보이는 손님들을 다 퇴짜 놓으면 장사가 안 되는데. 그랬는데 미국에서 왔다는 해리슨 씨가 살해를 당했다지 뭐야! 뭐, 나는 그럴 줄 알고 있었다오. 번듯한 여자가 호텔을 운영하려면 벽은 피 칠갑이고 바닥에는 시체가 널브러져 있고 그런 것까지 감수해야 하는 세상에 우리가 살고 있으니까. 내가 런던에 있으면 안 되는 거였는데. 끔찍해라! 아유, 끔찍해라!"

우울한 표정으로 사무실을 나섰을 때 레스트레이드가 작별을 고했다.

"또 만날 날이 분명 있을 거요, 홈즈 씨." 그가 말했다. "내가 필요한 일이 생기거든 언제든지 연락 주시오."

그가 사라지고 난 뒤 홈즈가 중얼거렸다.

"내가 만의 하나 레스트레이드에게 연락을 한다면 사태가 몹시 난처한 지경에 이르렀다는 뜻이 되겠지. 아무튼 골목길로 나가 보세, 왓슨. 사건은 다 해결했지만, 짚고 넘어가야 할 사소한 부분이 하나 남았거든."

우리는 호텔 정문을 지나 대로로 나선 뒤 미국인이 최후를 맞이한 그 방에서 내다보이는 쓰레기투성이의 좁은 골목길로 들어섰다. 골목길 중간쯤에 그의 방 창문이 똑똑히 보이는데, 그 바로 밑에 나무 상자가 놓여 있었다. 범인이 이걸 딛고 방 안으로 들어간 게 분명했다. 창문은 잠기지 않은 상태였고 밖에서도 쉽게 열렸다. 홈즈는 형식적으로 바닥을 흘끗 쳐다보았지만, 주의 깊게 살필 만한 게 아무것도 없었다. 골목길을 따라 걷다 보니 커다란 나무 울타리 뒤로 공터가 펼쳐지는 곳이 나왔다. 우리는 그 지점에서 다시 대로 쪽으로 방향을 틀었다. 이즈음 홈즈는 깊은 상념에 젖었고, 나는 기다랗고 창백한 그의 얼굴에 깃든 근심 어린 표정을 느낄 수 있었다.

"어젯밤에 만난 그 아이, 자네도 기억하지? 로스 말일세."

그가 물었다.

"기억하네. 자네 말이 그 아이가 뭔가 감추는 게 있는 것 같다고 했잖은가."

"이제 와 생각해 보니 분명하다 싶어. 그 아이가 서 있던 자리에서는 호텔과 골목길이 양쪽 다 똑똑히 보이는데, 우리도 확인했다시피 골목길 끝이 막혀 있지 않은가. 그러니까 범인이 골목길에서 나왔을 테고, 로스는 그의 얼굴을 보았을 걸세."

"불안해하는 것처럼 보이긴 하던데. 하지만 홈즈, 뭔가 목격한 게 있다면 왜 우리한테 알리지 않았는지 그게 궁금하군."

"자기 나름대로 생각이 있어서 그랬을 테지. 어떻게 보면 레스트레이드가 한 말도 맞다고 볼 수 있을 걸세. 그 아이들은 매순간마다 임시변통으로 살아가고 있지 않은가. 살아남으려면 그 수밖에 없다는 것을 터득했겠지. 로스도 돈을 벌 수 있는 기회다 싶으면 물불 안 가리고 달려들 수밖에! 그런데 전혀 짐작조차 안 되는 부분이 있단 말일세. 그 아이가 본 것은 무엇이었을까? 가로등 불빛을 받으며 골목길 안으로 휙 하니 사라진 누군가의 모습, 일격이 가해졌을 때 비명 소리가 들렸을 수도 있겠지. 그리고 잠시 후 두 번째로 모습을 드러내 어둠 속으로 사라진 범인. 로스는 그 자리를 가만히 지켰고, 잠시 후 우리 셋이 도착했지."

"그 아이는 겁에 질려 있었네." 내가 말했다. "카스테어스를 경찰로 착각할 만큼."

"겁에 질린 정도가 아니라 공포에 가까운 상태였을 것 같은데, 나는 그만……." 그는 한 손으로 이마를 때렸다. "그 아이를 다시 불러다 이야기를 해 봐야겠군. 내가 엄청난 착각을 한 게 아니었으면 좋으련만."

우리는 베이커 가로 돌아가는 길에 우체국에 들러 홈즈가 거느린 특공대 대장인 위긴스에게 또다시 전보를 쳤다. 하지만 24시간이 지나도록 위긴스에게서 아무 연락이 없었다. 그리고 나서 잠시 후 가장 우려했던 소식이 전해졌다.

로스가 사라졌다는 것이다.

촐리 그레인지 남학교

　지금 쓰고 있는 이야기의 배경인 1890년도에는 런던 광역시 자치구라 불리는 4억 7000만여 평의 지역에 약 550만 명의 주민들이 거주했고, 늘 그래왔듯 부유층과 빈곤층이라는 영원한 이웃이 아슬아슬하게 나란히 살고 있었다. 이제 와 가끔 생각해 보면 오랜 세월 동안 중대한 변화를 수없이 목격했으니 내가 살았던 도시가 제멋대로 혼란스럽게 뻗어나갔던 과정을 기싱이나 50년 전 디킨스처럼 좀 더 장황하게 묘사했어야 하지 않나 싶다. 하지만 변명을 하자면 나는 역사학자나 기자가 아니라 전기 작가였고, 내가 경험한 모험의 성격상 고급 저택이나 호텔, 비공개 클럽, 학교, 정부 기관처럼 좀 더 고상한 장소와 접촉을 하게 되는 경우가 많았다. 홈즈의 고객은 온갖 계층을 망라했지만(훗날 잠깐 하던 일을 멈추고 이 말의 의미를 고민하는 사람이 있을지 모르겠다.), 내가 남들에게 소개하려고 선택하는 좀 더 흥미진진한 사건들은 부유층이 저지르는 경우가 거의 대부분이었다.

그런데 기싱이 '하계(下界)'라고 표현한 런던이라는 거대한 가마솥의 저 밑바닥을 곰곰이 생각해 보면 우리에게 떠맡겨진 임무가 얼마나 실현 불가능한 것인지 알 수 있다. 수많은 아이들 중에서 아무 힘없는 부랑아 한 명을 찾아야 하는 데다 홈즈의 짐작처럼 위험이 만연한 상황이라면 한시라도 빨리 서둘러야 했으니. 어디에서부터 시작하면 좋을까? 어딜 가든 이 집에서 저 집으로, 이 길에서 저 길로 끊임없이 움직이는 사람들뿐이라 옆집에 누가 사는지 이름도 모르는 경우가 허다한 이 불안한 도시의 특성상 물어보기도 간단치 않은 일이었다. 빈민가 철거와 선로 확산이 주범이기는 했지만, 수많은 런던 시민들이 좀 쑤셔서 한자리에 오래 머무르지 못하는 듯했다. 다들 집시처럼 아무 일이나 닥치는 대로 쫓아다녔다. 여름이면 과일을 따고 벽돌을 쌓다 추운 계절이 시작되면 집 안에 틀어박혀 석탄과 폐품을 찾아다녔다. 한곳에 보금자리를 트는가 싶다가도 돈이 다 떨어지면 달빛을 틈타 다시 떠났다.

게다가 우리 시대 최악의 폐단이 있었으니 수만 명의 아이들을 아무 생각 없이 길거리에 방치한 것이었다. 아이들이 구걸과 소매치기와 좀도둑질을 하고 그만한 능력도 안 되면 사랑받지 못한 익명의 존재로 조용히 죽어 가는데, 부모라는 작자들은 두 눈 시퍼렇게 뜨고 살아 있으면서도 무관심했다. 방 값을 낼 수 있는 아이들은 가축 우리나 다름없는 3페니짜리 간이 숙박소에서 끼어 살

앉다. 지붕, 스미스필드 시장의 헛간, 하수구로도 모자라 내가 듣기로는 해크니 늪지대의 쓰레기 더미에 구멍을 파 그곳에서 잠을 청하는 아이들까지 있다고 했다. 조만간 소개하겠지만 이런 아이들을 입히고 교육시키러 나선 자선 단체들도 있었다. 하지만 자선 단체는 워낙 적고 아이들은 워낙 많으니 금세기 말이 다가오는 이 시점에서도 런던은 부끄러워해야 할 이유가 충분했다.

자, 왓슨, 사설은 이 정도면 충분하다. 다시 본론으로 돌아가야지. 홈즈가 살아 있었다면 절대 용납하지 않았을 일이다!

홈즈는 미시즈 올드모어스 프라이빗 호텔을 나선 순간부터 줄곧 불안해했다. 그날 하루 종일 곰처럼 방 안을 왔다 갔다 했다. 담배만 줄기차게 피워 대며 점심이나 저녁은 먹는 둥 마는 둥하다 벽난로 선반 위에 놓인 근사한 모로코 가죽 상자 쪽으로 한 번인가 두 번 흘끗 눈길을 던져 나를 걱정하게 만들었다. 나도 알다시피 그 안에는 주사기가 들어 있었는데, 홈즈가 사건을 해결하다 말고 가장 끔찍한 습관이라 할 수 있는 7퍼센트짜리 코카인 용액에 탐닉한 경우는 없었다. 잠도 전혀 못 자는 듯했다. 밤늦도록 내 눈이 저절로 감길 때까지 스트라디바리우스를 켜곤 했는데, 음정도 들쑥날쑥하고 화음도 제대로 안 맞는 것을 보면 마음은 딴 데 있었다. 내 친구를 괴롭히는 불안감은 나도 익히 알고 있었다. 그는 엄청난 착각을 운운했었다. 로스가 사라진 것이 그 증거인 셈인데, 만약 정말로 착각을 한 거라면 그는 절대 자기 자신을 용서

하지 못할 것이다.

나는 윔블던을 다시 한 번 방문하면 어떨까 싶었다. 홈즈가 호텔에서 말하길 납작 모자를 쓴 남자의 사건은 해결됐다고 했으니 이제 그의 설명을 들으면서 나는 어쩌면 그걸 애초에 알아차리지 못할 만큼 둔한 인간일까 자책하는 과정만 남았다. 하지만 아침 식사와 더불어 도착한 편지에서 캐서린 카스테어스가 말하길, 남편과 함께 서퍽에 있는 친구네 집에서 며칠 지내다 올 예정이라고 했다. 에드먼드 카스테어스가 워낙 심약한 사람이다 보니 평정심을 되찾으려면 시간이 필요한데, 홈즈는 청중도 없는데 어떤 식으로 사건을 해결했는지 발표할 친구가 아니었다. 따라서 기다려야 했다.

사실상 이틀이 지난 다음에서야 위긴스는 혼자 베이커 가 221B번지를 다시 찾아왔다. 홈즈의 전보를 받고 (나는 위긴스가 어디에서 혹은 어떤 환경에서 지내는지 모르기 때문에 어떤 식으로 전보가 전달되는지 알 길이 없었다.) 그 뒤로 줄곧 로스를 찾았는데 소득이 없다고 했다.

"로스는 여름이 끝나 갈 때쯤 런던에 왔지 말입니다."

위긴스가 설명했다.

"원래 고향은 어디인데?"

"모릅니다. 처음 만났을 때 킹스 크로스에서 어떤 가족하고 같이 살고 있었는데(방 두 개짜리 집에서 아홉 명이 살았습니다.) 그 가족들한테 물어봐도 호텔에서 망을 봤던 그날 밤 이후로 본 적이 없다고 하더라고요. 본 사람이 아무도 없어요. 납작 엎드려 있는 게 아닌가 싶은데요."

"위긴스, 그날 밤에 무슨 일이 있었는지 가르쳐 주었으면 좋겠다." 홈즈가 험상궂은 목소리로 말했다. "너희 둘이 전당포에서 나온 외국인의 뒤를 밟아 호텔까지 갔지. 그런 다음 네가 로스한테 망을 보게 하고 나를 부르러 왔지. 로스는 두세 시간 동안 혼자서 그 자리를 지키고 있었어."

"로스가 그러겠다 한 겁니다. 제가 시킨 게 아니라고요."

"지금 당장은 그게 중요한 문제가 아니야. 한참 만에 카스테어스 씨, 왓슨 박사, 나 그리고 네가 돌아갔지. 로스는 그때까지 그 자리에 있었고. 내가 너희 둘에게 돈을 주고 이제 그만 집에 가라고 했다. 그러니까 너희 둘이 같이 떠났어."

"같이 오래 있지도 않았습니다." 위긴스가 대답했다. "걔는 걔 길로 가고 저는 제 길로 갔으니까요."

"너한테 아무 말도 않더냐? 너희 둘이서 아무 말도 안 했어?"

"로스가 확실히 좀 이상해 보이기는 했습니다. 뭘 봤다고 말하면서……."

"호텔에서? 뭘 봤다는 말은 안 하고?"

"남자를 봤다 했습니다. 그게 전부였습니다. 그 때문에 겁을 먹었더라고요. 로스가 열세 살밖에 안 됐지만 평소에는 똘망똘망하거든요. 그런데 불안해서 어쩔 줄 몰라 하더란 말이죠."

"범인을 본 게로군!" 내가 큰 소리로 외쳤다.

"뭘 봤는지는 모르겠지만 이렇게 말했습니다. '내가 그 인간을 아니까 뭐라도 뜯어낼 수 있겠다. 그 망할 홈즈 자식한테 받은 1기니보다 더 많이.' 죄송합니다. 하지만 걔가 한 말을 정확히 옮긴 겁니다. 누굴 협박하려고 한 게 아닌가 싶은데요."

"또 다른 이야기는 없었고?"

"막 서두르더라고요. 어둠 속으로 달려갔습니다. 킹스 크로스 쪽은 아니었는데, 어디로 갔는지는 모르겠습니다. 그 뒤로 걔를 본 사람이 아무도 없는 것만큼은 분명합니다."

이 말을 듣는 동안 홈즈의 표정이 그때까지 내가 본 중에서 가장 심각해졌다. 이제는 위긴스 쪽으로 바짝 다가가 쭈그리고 앉기까지 했다. 그의 옆에 있으니 위긴스가 아주 작아 보였다. 영양실조로 창백한 얼굴, 떡이 진 머리, 진물이 흐르는 눈과 런던의 먼지 때문에 시커메진 피부. 이 아이가 사람들 틈바구니에 섞여 있으면 찾아낼 방법이 없었다. 이런 아이들이 겪는 곤경을 그렇게 쉽게 못 본 척할 수 있는 것도 그렇기 때문일지 모른다. 너무 많으니까. 다들 너무 똑같이 생겼으니까.

"내 말 잘 들어라, 위긴스." 홈즈가 말했다. "로스가 상당히 위험한 상황에 처한 것 같은데……."

"제가 찾아봤거든요! 온 사방을 찾아봤다고요!"

"나도 그랬을 거라 생각한다. 하지만 그 아이의 과거에 대해 아는 대로 이야기해 줬으면 좋겠다. 너를 만나기 전에 어디에서 살았는지. 부모는 누구인지."

"부모님은 없다고 했습니다. 오래전에 죽었다고요. 전에 어디서 살았는지는 말 안 했고 저도 묻지 않았습니다. 우리가 어디서 살았건 무슨 상관입니까?"

"잘 생각해 봐라. 그 아이가 곤경에 처하면 의지할 만한 사람이 있는지, 도망칠 만한 곳이 있는지."

위긴스는 고개를 저었다. 하지만 잠시 후에는 곰곰이 생각해 보는 듯한 눈치를 보였다.

"1기니 또 주실랑가요?" 그가 물었다.

홈즈가 실눈을 떴고, 나는 그가 이성을 잃지 않으려고 애를 쓰고 있다는 것을 알 수 있었다.

"동포의 목숨 값이 그 정도밖에 안 된단 말이냐?"

그가 따지듯 물었다.

"'동포'라는 말은 뭔지 모르겠고요, 걔는 저한테 아무것도 아닌데요. 걔가 살아 있건 죽었건 저한테 무슨 상관입니까? 로스가 두 번 다시 안 나타난다 해도 그 자리를 대신할 애들은 차고 넘치는데요." 홈즈가 계속 노려보자 위긴스의 태도가 갑자기 누그러졌다. "알겠습니다. 한동안 걔를 돌봐 주던 곳이 긴 있었죠. 자선단체에서 데리고 갔거든요. 촐리 그레인지라고 햄워스 근처에 있는 남학교입니다. 예전에 거기서 산 적이 있는데 싫어서 도망쳤다고 했습죠. 그때부터 킹스 크로스에서 살았다고요. 그런데 무서운 일이 생겼으면, 자기 뒤를 쫓는 사람이 있으면 거기로 돌아갔을 수도 있지 않을까 싶은데요. 아무도 모르는 일이지만서도……."

홈즈는 자세를 바로잡았다.

"고맙다, 위긴스. 계속 찾아봐 주었으면 좋겠다. 아무라도 만나면 물어보고." 그는 동전을 꺼내 아이에게 주었다. "만약 찾으면 당장 여기로 데리고 와야 한다. 내가 돌아올 때까지 허드슨 부인이 너희 둘을 먹이고 돌봐 줄 거다. 알겠지?"

"예, 알겠습니다."

"좋아. 왓슨, 자네도 함께 갈 테지? 베이커 가에서 열차를 타고 가면 되겠군."

한 시간 뒤, 마차가 세 채의 으리으리한 건물 앞에 우리를 내려 주었다. 록시스 마을에서 햄워스 힐 쪽으로 최소 800여 미터 동안 가파르게 이어지는 좁은 골목길 한편에 나란히 서 있는 건물이었다. 그중에서도 가장 큰 가운데 건물은 빨간색 기와지붕과 1층 전면을 장식하는 베란다가 달린 것이, 100년 전쯤에 영국 귀족이 지었음직한 시골 별장 분위기였다. 앞면을 뒤덮은 덩굴은 여름에는 울창했겠지만 지금은 헐벗어 가느다란 지푸라기 같았고, 건물 주변이 온통 농지라 비탈진 잔디밭이 오래된 사과나무로 그득한 과수원과 맞닿아 있었다. 런던 바로 옆에 이렇게 공기가 상쾌하고 너무나 매력적인 시골이 있다니 믿기지가 않았다. 다시 추워지면서 이슬비가 내리기 시작한 이런 날씨가 아니라 좀 더 포근했을 때 찾아왔더라면 더욱 매력적이었겠지만. 양쪽 건물은 헛간 아니면 양조장이었는데 학교의 용도에 맞게 개조한 듯했다. 길 건너편에 있는 또 다른 건물은 요란하게 장식한 철문이 에워싸고 있는데 문이 열려 있었다. 불빛도 없고 움직임도 보이지 않아서 안에 아무도 없는 듯한 분위기를 풍겼다. 나무 간판에는 이렇게 적혀 있었다. 촐리 그레인지 남학교. 전답 너머로 고개를 돌려 보니 남자아이 몇 명이 가래와 괭이를 들고 텃밭을 공격하고 있었다.

대문에 달린 초인종을 누르자 짙은 회색 양복을 수수하게 차려입은 남자가 나왔는데, 홈즈가 우리의 정체와 찾아온 목적을 밝히는 동안 아무 말 없이 듣기만 했다.

"잘 알겠습니다, 손님. 여기서 기다려 주시면……."

그는 우리를 건물 안으로 안내하더니 나무 벽판을 댄 홀에 세워두었다. 벽에 걸린 것이라고는 너무 빛이 바래서 식별이 거의 불가능한 초상화 몇 점과 은 십자가 하나뿐이었다. 여러 개의 문이 달린 기다란 복도가 저 끝까지 이어졌다. 맞은편은 교실이 아닐까 싶었는데, 안에서 전혀 아무 소리도 들리지 않았다. 학교라기보다 수도원에 가까운 느낌이었다.

잠시 후 하인이었는지 누구였는지 모를 남자가 땅딸막하고 얼굴이 동그란 남자를 대동하고 다시 나타났다. 옆 사람이 한 걸음 걸을 동안 세 걸음을 걸으며 보조를 맞추느라 숨을 헐떡이는 두 번째 남자는 모든 게 둥글둥글했다. 일단 형체가 지금 아무 때라도 리젠트 공원에 나가면 볼 수 있는 눈사람을 닮았다. 얼굴이 눈 한 덩이, 몸이 또 한 덩이인데, 이목구비가 워낙 평범해서 당근 하나와 숯 몇 덩이면 표현이 가능할 듯했다. 나이는 마흔 살쯤 되어 보였고, 귀 주변에만 까만 머리카락이 살짝 남은 대머리였다. 옷은 사제복 스타일인데, 빳빳하게 세운 흰색 칼라까지 달려 있어 목 주변으로 또 하나의 동그라미가 만들어졌다. 그런 그가 얼굴을 환히 빛내며 환영하는 뜻에서 두 팔을 벌리고 우리 쪽으로 걸어왔다.

"홈즈 씨! 무한한 영광입니다. 선생님의 활약상은 저도 익히 알고 있습니다. 이 나라 최고의 탐정께서 촐리 그레인지를 찾아 주시다니! 이거 정말 놀라운 일이로군요. 이쪽이 왓슨 박사님 되시겠군요. 저희 학교에서는 박사님의 작품을 교재로 쓰고 있답니다. 아이들이 얼마나 좋아하는지 몰라요. 박사님이 여길 찾아오셨다면 못 믿겠다고 할 겁니다. 혹시 아이들한테 한 말씀 해 주실 시간이 되려는지요? 아, 제가 너무 앞서나갔군요. 용서해 주십시오. 너무 흥분을 해서 말입니다. 저는 찰스 피츠시먼스 목사입니다. 보스퍼 말로는 아주 심각한 일로 찾아오셨다고요. 보스퍼 선생은 이 시설 운영을 도우며 수학과 읽기를 가르칩니다. 자, 저와 함께 서재로 가시지요. 아내와 인사 나누시고 차라도 한잔하실까요?"

땅딸막한 남자를 따라서 또 다른 복도를 지나 어떤 문을 열고 들어가자 책꽂이와 소파를 놓고 벽난로 주변으로 의자를 몇 개 배치하는 등 노력한 흔적이 보이지만, 너무 넓고 너무 추워서 편하게 앉아 있을 수가 없는 방이 나왔다. 서류들이 높다랗게 쌓여 있는 큼지막한 책상이 몇 개의 전망창 너머로 잔디밭과 그 너머의 과수원을 감상할 수 있는 위치에 놓여 있었다. 복도도 추웠건만, 이곳은 벽난로에 불이 지펴져 있는데도 더 추웠다. 벌건 불빛과 석탄 타는 냄새가 따뜻하다는 착각만 유발할 뿐 그 이상은 아무 효과도 없었다. 이제 빗줄기가 창문을 두들기며 유리를 따라 흘러

내리기 시작했다. 내리는 비 때문에 전답이 무채색으로 변했다. 한낮인데도 밤인 것 같았다.

"여보." 이 건물의 주인이 큰 소리로 외쳤다. "이쪽은 셜록 홈즈 씨와 왓슨 박사라오. 도움을 청할 일이 있어서 찾아오셨다는구려. 여러분, 제 아내 조애나를 소개합니다."

알고 보니 어떤 여자가 가장 어두컴컴한 한쪽 구석 안락의자에 앉아 몇백 쪽짜리 책을 무릎에 얹어 놓고 읽고 있었다. 이 여자가 피츠시먼스 부인이라면 특이한 한 쌍이라 할 수 있었다. 여자 쪽이 상당히 키가 크고, 남자보다 나이가 몇 살은 많아 보였던 것이다. 그녀는 하이 네크라인이 목을 조이고 팔이 꼭 끼며 어깨에 구슬 자수가 놓인, 유행이 지난 까만색 새틴 드레스를 입고 있었다. 머리는 하나로 묶어 틀어 올렸고, 손가락은 길고 가늘었다. 내가 어린아이였다면 마녀 같다고 생각했을 인상이었다. 이 두 사람을 보고 있으려니 로스가 왜 도망을 쳤는지 알 것 같다는 쓸데없는 생각이 들었다. 내가 로스였더라도 똑같은 선택을 내렸을 것이다.

"차 좀 드시겠어요?"

부인이 물었다. 목소리가 나머지 모든 부분처럼 가늘었고, 일부러 고상한 억양을 쓰는 티가 났다.

"번거로우실 테니 사양하겠습니다." 홈즈가 대답했다. "잘 아시겠지만, 저희는 급한 일로 이곳을 찾았습니다. 부랑아 소년을 한 명 찾고 있는데, 로스라는 이름 외에는 아는 것이 없습니다."

"로스? 로스?" 목사가 기억을 더듬었다. "아, 맞다! 가엾은 어린 것! 로스를 본 지 한참 되었는데요, 홈즈 씨. 아주 어려운 환경에서 지내다 저희한테 온 아이인데, 여기서 저희 보살핌을 받고 있는 수많은 아이들이 그런 처지지요. 여기 오래 있지는 않았답니다."

"다루기 힘들고 버릇없는 아이였어요." 부인이 끼어들었다. "규칙도 안 따르고. 다른 아이들 사이에서 분란을 일으키고. 고분고분하게 말도 안 듣고."

"당신은 너무 모질어요, 너무 모질어. 하지만 홈즈 씨, 맞는 말이기는 합니다. 로스는 저희가 도움을 주려 해도 절대 고마워하지 않았고, 저희 방식을 따르려 하지 않았지요. 겨우 몇 개월 있다 도망쳤습니다. 그게 지난 여름이었는데…… 7월이었나, 8월이었나. 정확한 시기는 메모를 확인해야 알 수 있겠네요. 그 아이를 찾으시는 이유가 뭔지 여쭤 봐도 될까요? 그 아이가 설마 나쁜 짓을 저지른 건 아니겠지요?"

"아닙니다. 며칠 전에 런던에서 벌어진 어떤 사건을 그 아이가 목격했습니다. 그 아이가 무엇을 보았는지 알고 싶어서 그러는 겁니다."

"그것 참 알쏭달쏭한 말씀이로군요, 안 그렇소, 여보? 더 이상 캐묻지는 않겠습니다. 그 아이가 어디 출신인지는 저희도 모릅니다. 어디로 갔는지도 모르고요."

"그렇다면 이쯤에서 저희는 실례하겠습니다." 홈즈는 문 쪽으로 고개를 돌리다 생각을 바꾼 듯했다. "그런데 작별 인사를 하기 전에 여기서 어떤 일을 하시는지 설명을 부탁드려도 될까요? 졸리 그레인지가 목사님의 소유입니까?"

"아닙니다. 저희 부부는 런던 아동 개선 협회(The Society for the Improvement of London's Children)에 고용된 몸입니다." 그는 기둥에 기대고 서 있는 어느 귀족 신사의 초상화를 가리켰다. "저분이 지금은 돌아가신 설립자 크리스핀 오길비 경입니다. 이 농장을 50년 전에 매입하셨는데, 저분의 유산으로 이곳을 꾸려나가고 있죠. 여기 있는 서른다섯 명의 아이들은 모두 런던의 길거리 출신들입니다. 나중에 뱃밥을 만들거나(낡은 밧줄을 풀어서 배의 틈을 막는 일. 죄수나 빈민들이 하는 일이다 — 옮긴이) 디딜방아나 밟게 될 신세인 것을 저희가 구출한 겁니다. 먹을 것과 쉼터, 그보다 더 중요하게는 훌륭한 기독교식 교육을 제공하면서요. 저희는 읽기, 쓰기, 기본적인 산수 외에도 구두 만들기, 목공, 재단을 가르칩니다. 전답 보셨지요? 12만 평에 달하는 그곳에서 먹을거리를 거의 다 직접 재배하고 있습니다. 저희는 돼지와 가금류 기르는 법도 가르칩니다. 이곳에서 나간 아이들은 캐나다, 오스트레일리아, 미국으로 건너가 새로운 인생을 시작하죠. 저희와 가까이 지내는 몇몇 농가에서도 아이들을 기꺼이 받아들여 새 출발을 할 수 있도록 도울 겁니다."

"교사는 모두 몇 명입니까?"

"아내까지 합쳐서 네 명밖에 안 되는 터라 역할을 분담하고 있습니다. 보스퍼 선생은 아까 현관에서 만나셨지요? 제가 말씀드린 것처럼 이곳의 운영과 수학, 읽기를 맡고 있습니다. 지금 오후 수

업 시간이라 나머지 두 명은 수업 중이고요."

"로스는 어쩌다 이곳에 오게 됐습니까?"

"부랑아 시설이나 쉼터에서 선별됐을 겁니다. 저희 협회에는 런던에서 활동하며 아이들을 이쪽으로 보내는 자원봉사자들이 있거든요. 원하시면 알아봐 드릴 수 있지만, 그 아이 소식을 들은 지 하도 오래돼서 도움을 드릴 수 있을지 모르겠군요."

"저희가 아이들을 억지로 붙잡아 놓을 수는 없잖아요." 피츠시먼스 부인이 말했다. "대부분은 여기 남아서 자기 자신에게도 부끄럽지 않고 이 학교에도 부끄럽지 않은 사람으로 성장하지요. 하지만 가끔 고마움이라고는 모르는 말썽꾸러기들도 있답니다."

"모든 아이를 믿어야지, 조애나."

"찰스, 당신은 너무 마음이 여려요. 그래서 아이들한테 이용당하잖아요."

"로스가 그렇게 된 게 그 아이 탓은 아니잖소. 도축 일을 하던 아버지는 병에 걸린 양과 접촉을 하는 바람에 서서히 죽어 갔고. 어머니는 알코올 중독자가 되었다가 역시 세상을 떠나지 않았소. 누나가 한동안 로스를 돌봐 주었지만, 지금은 어찌 되었는지 감감 무소식이고. 아! 생각났소이다. 아까 그 아이가 어쩌다 이곳으로 오게 되었느냐고 물으셨지요? 가게에서 물건을 슬쩍하려다 잡혔답니다. 판사님이 딱하게 여기셔서 저희한테 맡기신 거고요."

"마지막 기회였는데." 피츠시먼스 부인은 고개를 저었다. "그 아이가 지금은 어찌 되었을지 생각만 해도 몸서리가 쳐지네요."

"그러니까 어디 가면 그 아이를 찾을 수 있는지 전혀 모르시는 거로군요."

"쓸데없이 시간만 낭비하게 되었으니 죄송합니다, 홈즈 씨. 이곳을 떠나기로 결심한 아이들을 찾을 만한 자료도 없는 데다 있다 한들 무슨 소용이 있겠습니까? '너희가 나를 버렸으니 나도 너희를 버리겠노라.'(역대하 12장 5절 — 옮긴이) 이런 식인 것을요. 그 아이가 무엇을 목격했고, 그 아이를 찾는 것이 왜 그렇게 중요하다 하시는지 들을 수 있을까요?"

"위험한 상황에 처한 것 같기 때문입니다."

"집 없는 아이들은 모두 위험한 상황이지요." 피츠시먼스는 무슨 생각이라도 난 것처럼 손뼉을 쳤다. "예전에 같이 공부했던 아이들과 말씀을 나누어 보면 혹시 도움이 될까요? 저희한테는 하지 않은 말을 친구한테는 했을 수도 있으니까요. 저를 따라오시면 학교를 보여 드리고 저희가 아는 일을 좀 더 자세히 설명해 드리겠습니다."

"정말 감사합니다, 피츠시먼스 씨."

"오히려 제가 영광입니다."

우리는 서재를 나섰다. 피츠시먼스 부인은 따라나서지 않고 한 귀퉁이 자기 자리에 남아 묵직한 책에 고개를 묻었다.

"아내가 한 말은 이해해 주십시오." 피츠시먼스 목사가 중얼거렸다. "조금 가혹하다 싶을지 몰라도 이 아이들을 위해 사는 여자랍니다. 아이들에게 하느님을 가르치고, 빨래를 거들고, 아프면 간

병을 해 가면서요."

"목사님은 아이가 없으십니까?" 내가 물었다.

"제가 표현을 제대로 하지 못한 모양이네요, 왓슨 박사님. 저희에게는 서른다섯 명의 아이들이 있습니다. 저희 혈육과 다름없이 보살피고 있으니까요."

그의 안내에 따라 내 눈에 맨 처음 들어왔던 복도를 지나 어느 교실 안으로 들어서자 가죽과 삼 냄새가 코를 찔렀다. 여덟아홉 명쯤 되어 보이는 깨끗하고 단정한 아이들이 앞치마를 두르고 아무 말 없이 앞에 놓인 구두에 집중하고 있고, 우리에게 문을 열어주었던 보스퍼 선생이 아이들을 감독하고 있었다. 우리가 들어서자 아이들이 일제히 자리에서 일어나 공손하게 서 있는 것을 보고 피츠시먼스가 떠들썩하게 손을 흔들며 자리에 앉게 했다.

"앉아라, 애들아! 앉아! 이분은 런던에서 이곳을 찾아오신 셜록 홈즈 씨란다. 우리가 얼마나 부지런한지 보여 드릴까?" 아이들은 다시 일에 열중했다. "아무 일 없지요, 보스퍼 선생?"

"네, 목사님."

"좋습니다! 좋아요!" 피츠시먼스는 만족스러워하며 얼굴을 환히 빛냈다. "이 아이들은 두 시간 더 작업을 한 다음 한 시간 쉬고 차를 마십니다. 이곳의 일과는 저녁 8시에 기도를 하고 잠자리에 드는 것으로 마무리가 되지요."

그는 다시 짧은 다리를 열심히 놀려 가며 앞으로 움직였다. 이번에 그가 안내한 곳은 2층 기숙사인데, 내무반 침상처럼 몇 발짝

간격을 두고 침대들이 일렬로 놓여 있는 것이 조금 스파르타식이기는 했지만 확실히 깨끗하고 상쾌했다. 우리는 부엌, 식당, 작업실을 거쳐 마침내 수업 중인 교실로 들어섰다. 한쪽 구석에 조그만 난로가 놓여 있고 한쪽 벽에는 칠판이, 다른 쪽 벽에는 한 땀씩 수를 놓은 시편 첫 구절이 걸려 있는 정사각형 공간이었다. 선반 위에는 차곡차곡 쌓아 놓은 책 몇 권과 주판 한 개, 소풍 나가서 주워온 게 분명한 솔방울, 돌멩이, 동물 뼈 등이 여기저기 놓여 있었다. 젊은 남자가 의자에 앉아 습자 연습장을 채점하는 동안 반장을 맡은 열두 살에서 열세 살 정도 나이의 아이가 자리에서 일어나 친구들에게 나달나달한 성서를 읽어 주고 있었다. 아이는 우리가 교실로 들어서자마자 읽던 것을 멈추었다. 3열로 앉아 열심히 듣고 있던 열다섯 명의 아이들이 또다시 공손하게 자리에서 일어나 핏기 없이 진지한 얼굴로 우리를 물끄러미 바라보았다.

"다들 앉으려무나!" 목사가 외쳤다. "방해해서 미안해요, 윅스 선생. 좀 전에 읽은 게 욥기였니, 해리? '내가 모태에서 알몸으로 나왔사온즉 또한 알몸이 그리로 돌아가올지라…….'"

"네, 목사님."

"아주 훌륭하구나. 잘 선택했어."

목사는 일어나지 않고 혼자 앉아 있는 교사를 향해 손짓했다. 그는 20대 후반으로 얼굴을 묘하게 찡그리고 있었고, 까치집 같은 갈색 머리를 한 방향으로 죄다 넘겨 놓은 모습이었다.

"이쪽은 로버트 윅스, 베일리얼 대학 졸업생입니다. 런던에서 잘나가는 직장 생활을 하다 여기서 1년 동안 불우한 아이들을 돕기로 결심을 한 분이죠. 윅스 선생, 로스라는 아이를 기억합니까?"

"로스? 도망친 아이 말씀인가요?"

"이분이 누구신고 하니 그 유명한 탐정, 셜록 홈즈 씨입니다." 이 말에 아이들이 알은 체하며 동요를 일으켰다. "홈즈 씨가 말하길 로스가 난처한 상황에 빠졌을 수도 있답니다."

"그럴 만도 하죠." 윅스 씨가 중얼거렸다. "다루기 수월한 아이가 아니었으니까요."

"그 아이하고 한 반이었니, 해리?"

"아뇨." 반장이 대답했다.

"그 아이와 가까이 지내면서 대화도 나누었던 친구 중에 그 아이를 찾을 수 있게 도와줄 사람 누구 없을까? 로스가 떠났을 때 우리가 한참 이야기했던 거 너희들도 기억하지? 내가 어디 갔는지 모르겠느냐고 물었을 때 다들 입을 다물었지만, 마지막으로 다시 한 번 생각해 보길 간절히 부탁한다."

"너희 친구를 돕고 싶어서 그러는 거다." 홈즈가 덧붙였다.

짧은 정적이 흘렀다. 그러다 잠시 후 뒷줄에 앉아 있던 한 아이가 손을 들었다. 금발에 야리야리하고 열한 살쯤 되어 보이는 아이였다.

"책에 등장하는 그분이세요?" 아이가 물었다.

"그래. 그리고 이쪽은 그 책을 쓴 작가고." 홈즈가 이런 식으로 나를 소개한 적이 거의 없었던 터라 내가 얼마나 뿌듯해했는지 모른다. "너도 읽어 봤니?"

"아뇨. 글이 너무 길어서요. 하지만 가끔 웍스 선생님께서 읽어 주세요."

"다시 공부에 집중할 수 있게 우리가 이만 자리를 비켜 줘야겠구나."

피츠시먼스가 이렇게 말하며 우리를 교실문 쪽으로 안내하려고 했다. 하지만 아이의 말이 아직 다 끝난 게 아니었다.

"로스는 누나가 있어요."

홈즈가 그 말을 듣고 고개를 돌렸다. "런던에?"

"그렇다고 한 것 같아요. 네, 맞아요. 누나 이야기하는 걸 한 번 들은 적이 있거든요. 이름이 샐리예요. 백 오브 네일스라는 술집에서 일한다고 했어요."

피츠시먼스 목사가 우리를 만난 이래 처음으로 화를 내자 그의 통통한 볼이 칙칙한 빨간색으로 물들었다.

"대니얼, 그러면 못 쓴다." 그가 말했다. "왜 진작 나한테 말을 안 했니?"

"생각이 안 났어요, 목사님."

"그 이야기는 이쯤에서 그치도록 하자꾸나. 이쪽으로 오시지요, 홈즈 씨."

우리 셋은 다시 학교 정문 쪽으로 걸어갔다. 홈즈가 대가를 지불하고 마차를 대기시켜 놓았는데, 굵은 비가 계속 내리고 있었기 때문에 기다리고 있는 마차를 보았을 때 반가운 마음이 들었다.

"이 학교가 자랑스러우시겠습니다." 홈즈가 말했다. "아이들이 무척 조용하고 규율이 잘 잡혀 있는 것처럼 보이더군요."

"감사합니다." 피츠시먼스는 긴장을 풀고 서글서글한 이전의 모습으로 돌아갔다. "제 방법은 아주 단순합니다. 말 그대로 당근과 채찍이지요. 아이들은 못된 짓을 저지르면 매를 맞습니다. 하지만 열심히 일하고 저희 규칙을 준수하면 배불리 먹으며 지낼 수 있습니다. 저희 부부가 이곳을 운영한 6년 동안 두 명이 죽었는데, 한 아이는 선천성 심장병, 또 다른 아이는 결핵이었지요. 하지만 도망친 아이는 로스 한 명뿐이었습니다. 그 아이를 찾으시거든, 선생님은 찾으실 수 있으시리라 믿습니다만, 돌아오라고 설득해 주셨으면 좋겠습니다. 오늘은 날씨가 궂어서 그렇지, 이곳 생활이 그렇게 칙칙하지만은 않답니다. 볕이 좋아서 야외에서 실컷 뛰어놀 수 있는 날은 졸리 그레인지도 즐거운 곳이 될 수 있어요."

"분명 그렇겠지요. 그런데 마지막으로 한 가지 여쭈어 볼 게 있습니다, 피츠시먼스 씨. 저 맞은편 건물 말입니다. 저곳도 학교 부속입니까?"

"그렇습니다, 홈즈 씨. 원래는 마차 공장이었는데 저희 목적에 맞게 개조해서 공연장으로 쓰고 있습니다. 저희 학교 아이들은 모두 밴드 활동을 한다고 말씀드렸던가요?"

"최근에 공연을 하신 모양이로군요."

"이틀 전에 했죠. 수없이 난 바퀴 자국을 보신 모양이로군요? 다음번 공연 때 홈즈 씨께서 참석해 주시면 영광이겠습니다. 왓슨 박사님도요. 혹시 저희 학교를 후원할 생각은 없으십니까? 저희도 최선을 다하고 있지만 가능한 한 많은 도움이 필요합니다."

"긍정적으로 생각해 보겠습니다." 우리는 악수를 하고 헤어졌다. "백 오브 네일스로 당장 달려가야겠네, 왓슨." 마차에 오르자마자 홈즈가 말했다. "단 1초도 꾸물거릴 시간이 없어."

"자네, 정말로……?"

"대니얼이라는 그 아이가 교장한테도 하지 않은 말을 우리에게 한 이유는 우리가 어떤 사람인지 알고 있고, 자기 친구를 구할 수 있다고 생각했기 때문이라네. 이번만은 나도 이성이 아니라 직감이 이끄는 대로 움직이고 있다네, 왓슨. 내가 무엇 때문에 이렇게 불안한 걸까? 마부 양반, 어서 출발해 기차역으로 가 주시오! 너무 늦지 않았기만을 기도할밖에."

7

하얀 리본

 런던에 백 오브 네일스라는 술집이 한 군데밖에 없었더라면 상황이 어떤 식으로 달라졌을까? 우리가 아는 백 오브 네일스는 쇼어디치 한복판의 에지 레인에 있었고, 부모를 잃고 땡전 한 푼 없이 길거리를 헤매는 아이의 누나가 일을 할 만한 곳이었기에 당장 그곳으로 찾아갔다. 오래된 맥주의 악취와 담배 연기가 나무마다 찌들어 있는, 길모퉁이의 작고 지저분한 곳이었지만, 큼지막한 손을 얼룩투성이 앞치마에 닦으며 바를 사이에 두고 우리를 살펴보는 주인만큼은 제법 우호적이었다.

 "샐리라는 아이는 없소이다." 우리 소개를 듣고 난 뒤에 그가 한 말이었다. "예전에도 없었고. 여기 오면 샐리라는 아이를 만날 수 있다고 생각한 이유가 어찌 되시오?"

 "그 아이의 남동생 로스를 찾고 있소."

그는 고개를 저었다.

"로스라는 아이도 모르는데. 제대로 찾아온 거 맞으시오? 램버스에도 백 오브 네일스라는 술집이 있다고 들은 것 같은데. 그쪽으로 가서 한번 알아보시오."

우리는 당장 밖으로 나와 이륜마차를 타고 런던을 가로질렀지만, 늦은 시각이라 램버스 남부에 도착했을 때는 이미 어둑어둑했다. 제2의 백 오브 네일스는 처음 갔던 곳보다 따뜻한 분위기였지만 수염을 기른 주인은 오히려 퉁명스러웠고, 부러졌다 흉측하게 굳은 코에 걸맞게 인상마저 험악했다.

"샐리?" 그가 따지듯 물었다. "어떤 샐리를 말하는 거요?"

"이름밖에 모르오만." 홈즈가 대답했다. "그리고 로스라는 남동생이 있다는 것 하고."

"샐리 딕슨? 그 아이를 찾아온 거요? 그 아이라면 남동생이 있는데. 저 뒤쪽으로 가면 만날 수 있지만, 무슨 일로 찾아왔는지 그것부터 먼저 알려 주셔야겠소이다."

"잠깐 이야기를 나누러 찾아온 겁니다." 홈즈가 대답했다. 그의 몸에 점점 힘이 들어가면서 매 사건마다 원동력 역할을 하는 지칠 줄 모르는 에너지와 투지가 발산되는 게 느껴졌다. 상황이 절망적인 방향으로 흐르려 할 때 가장 폭발적으로 분출되는 에너지였다. 그는 동전 몇 개를 바 위로 슬그머니 내밀었다. "우리 때문에 뺏기는 시간은 이것으로 보상하면 되겠소?"

"그럴 필요까지는 없는데." 주인은 말은 이렇게 하면서 돈을 받

알아챘겼다. "알겠소. 그 아이는 마당에 있을 거요. 하지만 얻어낼 수 있는 정보가 많지는 않을 거요. 말수가 없는 아이거든. 차라리 벙어리를 쓰는 게 낫지 않을까 싶을 만큼."

건물 뒤편으로 돌아가니 내린 비 때문에 돌멩이들이 아직까지 축축하게 번들거리는 마당이 있었다. 마당을 가득 메운 온갖 폐품들이 사방을 빙 두른 담벼락 높이 쌓여 있어 이게 다 어디서 난 걸까 싶을 정도였다. 망가진 피아노, 아이들이 타는 흔들 목마, 새장, 자전거 몇 대, 반만 남은 의자, 반만 남은 테이블…… 없는 가구가 없었지만 온전한 건 하나도 없었다. 한쪽에는 부서진 대바구니가 잔뜩 쌓여 있고, 다른 쪽에는 뭔지 모를 물건들이 가득 든 석탄 부대가 잔뜩 쌓여 있는 식이었다. 깨진 유리도 있고, 큼지막한 종이 더미도 있고, 찌그러진 금속 조각들도 있는 한가운데 열여섯 살쯤 되어 보이는 여자아이가 날씨에 비해 너무 얇은 원피스를 입고 맨발로 서서, 그러면 뭔가 달라지기라도 하는 것처럼 얼마 안 되는 빈 공간을 쓸고 있었다. 남동생과 이목구비가 닮은 구석이 있었다. 머리는 금발이고 눈은 파랗고, 처한 환경을 감안했을 때 예쁜 얼굴이었다. 하지만 도드라진 광대뼈와 막대처럼 가는 팔, 시커먼 손과 뺨에 가난과 역경의 잔인한 흔적이 묻어 있었다. 고개를 든 아이의 얼굴에 깃들어 있는 것이라고는 남을 의심하고 업신여기는 표정뿐이었다. 열여섯 살이건만! 어떤 삶을 살다 이곳까지 오게 된 걸까?

우리가 그 앞으로 다가가 발걸음을 멈추어도 아이는 못 본 척

하던 일만 계속했다.

"딕슨 양?" 홈즈가 물었다. 그래도 앞뒤로 움직이는 빗자루의 리듬에 아무 변화가 없었다. "샐리?"

아이는 빗질을 멈추고 천천히 고개를 들어 우리를 살폈다.

"네?"

아이가 빗자루를 무기라도 되는 양 움켜쥐는 것이 내 눈에 들어왔다.

"불안해할 것 없다." 홈즈가 말했다. "해치려고 온 게 아니니까."

"원하시는 게 뭔데요?"

눈빛이 어찌나 사나운지 우리 둘 다 가까이 다가가지 못했다. 감히 그럴 수가 없었다.

"동생 로스하고 이야기를 좀 나누고 싶은데."

빗자루를 움켜쥔 아이의 손에 힘이 들어갔다.

"누구신데요?"

"로스 친구야."

"실크 하우스에서 온 거죠? 로스는 여기 없어요. 한 번도 여기 찾아온 적 없어요. 그 아이가 어디 있는지 절대 못 찾을 걸요?"

"그 아이를 돕고 싶어서 온 거야."

"당연히 그러시겠죠. 다시 한 번 말씀드리지만 여기 없다니까요? 두 분 다 여기서 나가 주세요! 토 나올 것 같으니까. 원래 있던 그곳으로 돌아가시라고요."

홈즈가 내 쪽을 흘끗 쳐다보며 도움을 청하는 눈치길래 내가 한 걸음 앞으로 다가갔다. 아이를 진정시킬 생각에 움직인 것이었는데, 그것이 엄청난 실수였을 줄이야. 그때 무슨 일이 벌어졌는지 나는 아직도 잘 모르겠다. 빗자루가 바닥으로 떨어졌고, 홈즈의 고함 소리가 들렸다. 아이가 내 앞에서 주먹을 휘두르는가 싶더니 내 가슴이 화끈거렸다. 나는 외투 앞섶을 손으로 누르며 비틀비틀 뒷걸음질을 쳤다. 내려다보니 손가락 사이로 피가 뚝뚝 떨어지고 있었다. 너무 충격을 받아서 어느 정도 시간이 지난 다음에서야 칼 아니면 유리 조각으로 찔린 것임을 알아차릴 수 있었다. 아이는 짐승처럼 두 눈을 번뜩이고 사납게 이를 드러낸 채 으르렁거리며 내 앞에 서 있었다. 홈즈가 내 옆으로 달려왔다.

"왓슨!"

그때 뒤에서 무슨 소리가 들렸다.

"무슨 일이오?"

주인의 등장이었다. 아이는 거친 신음 소리를 한 번 내뱉더니 대로로 연결되는 좁은 아치길로 달아났다.

통증이 느껴지기는 했지만, 심각하게 다친 건 아니었다. 두툼한 외투와 그 아래 입은 재킷이 최악의 사태를 막아 준 덕분에 비교적 가벼운 부상으로 그쳐 나중에 소독하고 붕대로 덮은 것으로 끝이었다. 이제 와 생각해 보니 그 일로부터 10년 뒤에도 셜록 홈즈를 따라다니다 다시 한 번 부상을 당한 적이 있었는데, 이상하게 들릴지 몰라도 이때도 그렇고 그때도 그렇고 상대방에게 고마운 마음이 없지 않았다. 덕분에 이 위대한 탐정이 내 육체적인 안위에 마음을 쓰고 있고, 가끔 아닌 척해도 보기보다 마음이 따뜻한 사람이라는 걸 알 수 있게 되었으니 말이다.

"왓슨?"

"아무것도 아닐세, 홈즈. 가볍게 긁힌 거야."

"어떻게 된 거요?" 주인이 따지듯 물었다. 그는 피로 물든 내 손을 뚫어져라 쳐다보았다. "그 아이한테 무슨 짓을 한 겁니까?"

"그 아이가 나한테 무슨 짓을 한 거냐고 묻는 쪽이 더 맞겠소이다만."

나는 끙끙거리며 대꾸했다. 이 충격적인 순간에도 제대로 먹지도 못하고 지낸 이 가엾은 아이에게 원망은 없었다. 아이는 두려운 마음에 아무것도 모르는 채 무기를 휘두른 것이지, 나를 정말로 해치려고 했던 건 아니었다.

"아이가 겁이 났던 모양이더군." 홈즈가 말했다. "정말 괜찮은가, 왓슨? 안으로 들어가세. 좀 앉아 있어야겠어."

"아닐세, 홈즈. 보기보다 심각하지 않아."

"하늘에 감사할 일이로군. 당장 마차를 불러야겠네. 주인장, 우리는 그 아이의 동생을 찾으러 온 거요. 열세 살이고, 똑같이 금발이고, 키는 좀 더 작지만 더 통통한 남자아인데."

"로스 말이오?"

"아는 아입니까?"

"알다마다, 여기서 제 누나와 함께 일을 하고 있는데. 진작 그 아이를 찾아왔다고 말씀을 하셨어야지."

"지금도 여기 있습니까?"

"지금은 나가고 없소이다. 신세질 곳이 필요하다며 며칠 전에 찾아왔길래 내가 부엌일을 도우면 누나와 한 방에서 지내도 좋다고 했소. 그래서 샐리가 쓰는 계단 아랫방에서 같이 지냈소. 그런데 밥값도 못하는 말썽꾸러기인 데다 필요할 때 옆에 있어야 말이지. 뭐지는 모르겠지만 분명 꿍꿍이속이 있었소이다. 두 분이 찾아오기 조금 전에 황급히 나가던데."

"어디로 갔는지 짐작이 가는 데라도 있습니까?"

"그야 모르지요. 샐리라면 알고 있을지 모르는데. 하지만 이제는 샐리마저 어디론가 사라졌으니, 원."

"나는 이 친구를 옮겨야겠소. 하지만 둘 중 하나라도 돌아오거든 베이커 가 221B번지에 있는 내 하숙집으로 꼭 연락해 주시오. 번거로울 테니 여기, 이 돈 받으시오. 가세, 왓슨. 나한테 기대게. 마차 소리가 들리는 것 같은데……."

둘이서 벽난로 앞에 바짝 붙어 앉아 나는 강장제 역할을 하는 브랜디 소다를 마시고 홈즈는 미친 듯이 담배를 피워 대는 것으로 그날의 모험은 끝이 났다. 나는 우리가 어떤 과정을 거쳐 이 시점에 이르렀는지 잠깐 되짚어 보았다. 납작 모자를 쓴 사나이 내지는 그자를 살해한 범인의 신원을 파악하려던 원래 계획에서 한참 벗어난 것처럼 느껴졌던 것이다. 로스가 미시즈 올드모어스 프라이빗 호텔 밖에서 목격한 사람이 범인이었을까? 만약 그렇다면 로스가 무슨 수로 그자의 신원을 알아차렸을까? 로스는 그 우연한 만남으로 돈을 벌 수 있겠다는 판단을 내리고, 그 길로 자취를 감추었다. 누나에게는 자신의 계획을 알렸을 것이다. 그렇지 않았다면 동생 이야기가 나왔을 때 샐리가 그렇게 불안해 할 이유가 없었다. 샐리는 마치 우리가 올 줄 알고 있었던 듯했다. 그러니까 무기를 들고 있었던 것이다. 그리고 이 말은 또 무엇인가. '실크 하우스에서 온 거죠?' 돌아오자마자 홈즈가 색인과 선반 위에 있는 여러 종류의 백과사전을 뒤졌지만, 그게 무슨 뜻인지 알 수가 없었다. 우리는 이 문제로 서로 의논을 하거나 그러지는 않았다. 나는 피곤했고, 친구는 자기만의 상념에 젖어 있었다. 이렇게 기다리면서 다음 날 상황이 어떤 식으로 전개될지 지켜보는 수밖에 없었다.

다음 날 상황은 아침 식사를 마친 직후에 순경 하나가 찾아와 문을 두드리는 것으로 시작됐다.

"레스트레이드 경감님께서 정중한 말씀 전하신답니다. 지금 서더크 브리지에 계신데, 그리로 와 주시면 감사하겠다고요."

"무슨 일인가?"

"살인 사건이 터졌습니다. 그것도 아주 고약한 살인 사건요."

우리는 외투를 입은 뒤 당장 마차를 잡아타고, 칩사이드에서 무쇠로 만든 거대한 아치를 세 개 지나 서더크 브리지를 건넜다. 레스트레이드가 남쪽 강둑에서 우리를 기다리고 있었는데, 한 무더기의 경찰들이 멀리서 보면 내다 버린 누더기처럼 보이는 무언가를 에워싸고 있었다. 햇빛이 반짝였지만 오늘도 사무치도록 추운 날이었고, 이보다 더 무정할 수 있을까 싶은 템스 강의 잿빛 물결이 단조롭게 강가를 때리고 있었다. 우리는 도로에서 구불구불 이어지는 회색의 나선형 계단을 내려가 진흙과 자갈을 건넜다. 썰물 때라 강물이 여기에서 벌어진 사건에 염증을 느끼며 뒤로 물러선 것처럼 느껴졌다. 가까이에서 삐죽 고개를 내민 증기선창에서는 승객 몇 명이 발을 구르고 하얀 입김을 뿜어내며 배를 기다리고 있었다. 그들은 우리 앞에 펼쳐진 광경과 완벽하게 단절된 듯했다. 그들이 속한 곳은 살아 있는 자들의 세상이었다. 이곳에 있는 것이라고는 죽음뿐이었다.

"찾으시던 그 아이 맞소? 호텔에서 봤다는 그 아이가 맞냔 말이오." 레스트레이드가 물었다.

홈즈는 고개를 끄덕였다. 입을 열면 어떤 말이 쏟아져 나올지 장담할 수가 없었던 것이다.

아이는 잔인하게 구타를 당했다. 갈비뼈가 부러졌고, 팔과 다리와 손가락도 마찬가지였다. 끔찍한 상태를 찬찬히 들여다보니 한 번에 하나씩 체계적으로 부러뜨렸다는 것을 한눈에 알 수 있었는데, 로스로서는 기나긴 고통의 터널 끝에 맞이한 죽음이었을 것이다. 끝으로 목이 잔인하게 잘려 머리가 거의 떨어져 나가기 직전이었다. 나는 홈즈와 함께 다니면서도 그렇고 군의관으로 복무했던 당시에도 그렇고 시신이라면 숱하게 목격했지만 이토록 소름 끼치는 광경은 처음이었고, 인간이 열세 살짜리 어린아이에게 이런 짓을 저지를 수 있다니 도저히 이해할 수가 없었다.

"수법이 악랄하군." 레스트레이드가 말했다. "이 아이에 대해 어떤 정보들을 알고 있소? 선생 밑에서 일하던 아이요?"

"이름은 로스 딕슨입니다." 홈즈가 대답했다. "나도 이 아이에 대해 아는 게 거의 없소, 레스트레이드. 햄워스에 있는 촐리 그레인지 남학교에 문의해 봐도 되겠지만, 추가적으로 들을 만한 사항이 별로 없을 겁니다. 고아였지만, 누나가 최근까지 램버스의 백 오브 네일스라는 술집에서 일을 했죠. 그 술집을 찾아가 보면 아직도 있을지 모르겠습니다만. 시신은 살펴보았습니까?"

"그렇소. 주머니 안에는 아무것도 없더군요. 그런데 특이한 사실이 한 가지 있는데, 도무지 뭐라고 설명하면 좋을지 모르겠소. 보면 속이 메슥거린다, 이것 말고는."

레스트레이드가 고개를 끄덕이자 경찰 하나가 무릎을 꿇고 아이의 부러진 한쪽 팔을 들었다. 소매가 밑으로 내려가면서 손목에 묶인 하얀 리본이 드러났다.

"새 리본이오." 레스트레이드가 말했다. "보아하니 고급 실크고. 그런데 보시오. 핏자국도 없고, 템스 강의 오물도 전혀 묻지 않았소. 따라서 아이를 살해한 뒤 일종의 상징으로 묶어 놓은 거요."

"실크 하우스!" 내가 큰 소리로 외쳤다.

"그게 뭡니까?"

"실크 하우스라고 압니까, 레스트레이드?" 홈즈가 물었다. "들으니까 생각나는 게 있습니까?"

"아니, 없소. 실크 하우스? 공장이오? 그런 곳은 들어 본 적이 없는데."

"하지만 나는 보았습니다." 홈즈는 경악과 자책이 가득한 눈빛으로 먼 곳을 응시했다. "하얀 리본 말일세, 왓슨! 나는 예전에도 그걸 본 적이 있지." 그는 레스트레이드 쪽을 돌아보았다. "나를 이곳으로 호출해 이 사건의 존재를 알려 주어서 감사합니다."

"선생께서 이 사건 해결에 도움을 주셨으면 좋겠군요. 결국 선생의 책임일 수도 있으니까."

"내 책임이라고요?"

홈즈는 뭐에 찔리기라도 한 사람처럼 움찔했다.

"이 아이들과 거리를 두라고 내가 경고했잖소. 선생이 이 아이를 동원했죠? 선생이 이 아이에게 범죄자로 밝혀진 자의 뒤를 밟도록 했고 말이오. 물론 이 아이만의 꿍꿍이가 있었고, 그것이 파멸의 원인이었겠지. 하지만 결과가 이렇잖소이까."

레스트레이드가 계획적으로 도발을 한 건지 어쩐지 알 수 없었지만, 내가 베이커 가로 돌아가는 동안 목격한 바에 따르면 분명히 효과가 있었다. 홈즈가 이륜마차 한구석에 웅크리고 앉아 가는 내내 아무 말도 않고 나와 눈도 마주치지 않았던 것이다. 누가 광대뼈에 대고 피부를 늘리기라도 한 것처럼, 죽을병에 걸리기라도 한 것처럼 그 어느 때보다 얼굴이 수척했다. 나는 애써 대화를 유도하지 않았다. 그에게 나의 위로는 필요가 없었다. 오히려 나는 가만히 지켜보며, 그가 그 엄청난 지적 능력을 동원해 끔찍하게 변해 버린 이 사건에 집중해 주길 기다렸다.

"어쩌면 레스트레이드 말이 맞을지도 모르겠군." 마침내 그가 입을 열었다. "내가 아무 생각이나 배려 없이 베이커가 특공대를 동원하기는 했으니까. 그 아이들을 내 앞에 일렬로 세워놓고 한두 푼씩 나누어 주면 재미있었거든. 하지만 장난삼아 아이들을 사지로 내몬 적은 없었네, 왓슨. 자네도 알겠지만. 하지만 이제 호사가로 내몰려 무죄를 입증해야 하는 상황이 되었군. 위긴스와 로스와 나머지 아이들은 내게 무의미한 존재였지. 그들을 길거리로 내몬 이 사회에서 무의미한 존재로 간주했던 것처럼. 이 끔찍한 사건이 나로 인해 벌어진 것일지 모른다는 생각은 단 한 번도 한 적이 없었건만. 아무 말도 하지 말아 주게! 자네 아들이나 내 아들이었다면 그 어린 것을 컴컴한 호텔 밖에 세워 둘 생각이나 했을까? 그리고 일련의 과정은 논리적으로 빠져나갈 방법이 없지. 그 아이는 범인이 호텔로 들어가는 것을 보았네. 그 사실로 인해 얼마나 괴로워했는지 우리 둘 다 똑똑히 보았지. 그럼에도 불구하고 그 아이는 상황을 자신에게 유리하게 활용할 수 있다고 생각했네. 그러려고 하다 목숨을 잃었고. 그것은 내가 책임을 져야 할 부분이지.

하지만! 하지만! 이 수수께끼와 실크 하우스가 어떤 관계이고, 아이의 손목에 묶인 실크 조각을 어떤 식으로 해석해야 한단 말인가. 그것이 사건의 핵심인데, 이 부분에 있어서도 내가 비난을 받아 마땅하다네. 경고를 받았거든! 그냥 하는 말이 아니라 진짜로. 솔직히 말해서 왓슨, 나는 가끔 이 일을 그만두고 다른 일거리를 찾아야 하지 않나 싶은 생각이 들 때가 있다네. 아직도 쓰고 싶은 논문이 몇 가지 있거든. 예전부터 양봉을 하고 싶은 마음도 있었고. 이 사건 수사에서 내가 지금까지 거둔 성과를 보면 탐정이라고 불릴 만한 자격이 못 되는 것 같지 않은가? 아이가 한 명 죽었네. 어떤 식으로 죽었는지 자네도 보았지? 내가 앞으로 어떻게 살아갈 수 있겠는가?"

"이보게……."

"아무 말도 말게. 자네한테 꼭 보여 주어야 할 것이 있어. 나는 사전에 경고를 받았다네. 이 사태를 막을 수도 있었는데……."

집에 도착했다. 홈즈는 건물 안으로 뛰어들어가 계단을 한 번에 두 개씩 올라갔다. 나는 좀 더 천천히 뒤따라갔다. 아무 말도 하지 않았지만 그 전날 다친 부위가 상처를 입은 그때보다 훨씬 더 욱신거렸기 때문이었다. 응접실에 도착해 보니 홈즈가 앞으로 몸을 숙여 어떤 봉투를 집고 있었다. 내 친구의 남다른 특징 중 하나가 편지와 서류들이 온 사방에 쌓여 있는 뒤죽박죽 난장판 속에서 살고 있는데도 불구하고 필요한 게 있으면 당장 찾아낸다는 것이었다.

"여기 있네!" 그가 외쳤다. "이 봉투로는 아무것도 알 수가 없지. 앞면에 내 이름만 적혀 있을 뿐 주소도 없으니까. 인편으로 배달된 것이거든. 보낸 사람이 누군지 몰라도 필체는 감출 생각이 없었는지 내가 단박에 알아차릴 수 있도록 썼더군. 홈즈(Holmes)의 'e'를 희랍어로 쓴 게 한눈에 들어오지 않나? 유난히 멋을 부린 그 꼭대기 부분이 내 기억 속에서 쉽게 잊혀질 리 만무하지."

"안에는 뭐가 들었나?" 내가 물었다.

"자네가 직접 확인하게나."

홈즈가 대답하고는 봉투를 내게 주었다.

봉투를 열어 본 나는 전율을 감추지 못하며 하얀색의 짤막한 실크 리본을 꺼냈다.

"여기 담긴 의미가 무엇인가, 홈즈?"

"나도 이걸 받았을 때 똑같은 질문을 내게 던졌지. 이제 와 생각해보니 경고가 아니었을까 싶네."

"이걸 받은 게 언제인가?"

"7주 전이라네. 나는 그때 자베즈 윌슨이라는 전당포 주인이 연루된 기이한 사건을 수사하는 중이었는데, 자베즈 윌슨으로 말할 것 같으면……."

"빨간 머리 연맹!"

내가 말허리를 잘랐다. 나도 그 사건을 익히 기억하는 데다 어떤 식으로 해결이 되었는지 직접 확인하는 행운까지 누린 바 있었다.

"그렇지. 그 사건이 굳이 분류하자면 담배 세 대를 피울 수준의 문제였던 터라, 아무튼 그래서 이 봉투가 도착했을 때 나는 딴 데 정신이 팔려 있었지. 내용물을 살펴보고 의미를 파악하려다 신경 쓸 겨를이 없어서 치워 놓고 까맣게 잊고 있었다네. 그랬더니 다시 돌아와 나를 괴롭히는군."

"하지만 누가 이걸 보냈을까? 보낸 목적은 무엇일까?"

"나도 모르겠지만 살해된 그 아이를 위해 찾아낼 작정이라네."

홈즈는 손을 내밀어 내가 들고 있던 실크 리본을 가져갔다. 그걸 뼈만 앙상한 손가락에 끼운 다음 눈앞으로 갖다 대고 독사를 관찰하듯 살펴보았다. "이것이 나를 향한 도전장이라면 받아 주지." 그는 하얀 리본을 쥐고 허공에 주먹을 날렸다. "그리고 왓슨, 자네 앞에서 장담하지만 저들이 내게 이걸 보낸 날을 후회하게 만들어 줄 걸세."

8

갈까마귀 한 마리와 두 개의 열쇠

샐리는 그날 밤에도 다음 날 아침에도 일터로 돌아오지 않았다. 그도 그럴 것이 나를 공격했으니 후환이 두려웠을 것이다. 그뿐 아니라 동생의 사망 사건이 신문에 보도된 뒤라, 이름은 실리지 않았지만 서더크 브리지 밑에서 발견된 시체가 동생인 줄 그 아이도 눈치 챘을 공산이 컸다. 그 당시만 해도 특히 가난한 동네에서는 더욱 그랬다. 나쁜 소식이 있으면 불길처럼 번져 북적거리는 방마다, 지저분한 지하층마다 부드럽고 끈질기게 스며들어 건드리는 모든 것을 더럽혔다. 백 오브 네일스의 주인은 로스가 죽었다는 것을 알고 있었다. 이미 레스트레이드가 찾아왔었기 때문인데, 그는 우리를 만났을 때 그 전날보다도 한참 더 퉁명스러웠다.

"소란은 이만하면 된 거 아니오?" 그가 따지듯 물었다. "샐리가 별 볼일 없는 아이였을지 몰라도 일을 많이 덜어 주었는데 없어졌으니 아쉽단 말이오. 게다가 경찰이 설치고 다니면 장사하는 데도 안 좋고! 당신들 둘 다 다시는 보는 일이 없었으면 좋겠소이다."

"소란을 일으킨 사람이 우리는 아니잖습니까, 하드캐슬 씨." 홈즈는 문 위에 적혀 있던 주인의 이름을 읽은 터라(이프리엄 하드캐슬이었다.) 이렇게 대꾸했다. "이미 여기서 시작된 것을 우리가 뒤쫓아 왔을 뿐이지. 보아하니 생전에 그 아이 모습을 마지막으로 본 사람이 주인장 같던데요. 나가면서 아무 말도 없었습니까?"

"그 아이가 나한테 아니면 내가 그 아이한테 할 말이 뭐가 있었겠소?"

"하지만 주인장 말로는 무슨 꿍꿍이속이 있는 게 분명하다고 그러지 않았습니까?"

"그게 뭐였는지 나는 모르오."

"그 아이는 고문 끝에 죽임을 당했습니다, 하드캐슬 씨. 한 번에 한 개씩 뼈를 부러뜨리는 고문을 당하다가요. 나는 범인을 잡아 정의의 심판대에 세우겠다고 다짐을 했습니다. 그런데 주인장이 협조를 거부하면 그럴 수가 없지 않겠습니까?"

주인은 천천히 고개를 끄덕였고, 잠시 후 좀 더 신중한 투로 다시 입을 열었다.

"알겠소이다. 사흘 전 밤에 그 아이가 찾아와서는 같이 살던 사람들과 싸웠다며 정리가 될 때까지 잠을 잘 만한 곳이 필요하다고 했소. 샐리가 그래도 되느냐고 묻기에 내가 허락을 했소이다. 안 될 것도 없잖소? 우리 마당을 보았잖소? 정리해야 할 쓰레기가 한

두 가지가 아니라 아이한테 좀 거들어 달라 할까 생각했소. 그런데 첫날에 정말로 일을 좀 하는가 싶었는데 오후에 나갔다 들어오는 얼굴을 봤더니 아주 희희낙락하더란 말이오."

"그 누나는 동생이 무슨 속셈인지 알고 있었을까요?"

"알고 있었겠지만, 나한테는 아무 말도 하지 않았소."

"말씀 계속하십시오."

"이게 거의 전부외다, 홈즈 씨. 그 뒤로 한 번 더 본 게 당신들이 찾아오기 직전이었으니. 내가 맥주 통을 나르고 있는데 바로 와서는 시간을 묻더군. 길 건너편에 있는 교회를 보면 뻔히 알 수 있는데 얼마나 덜 떨어진 아이인지 알 수 있는 구석이었소."

"그러더니 약속된 장소로 나갔겠군요."

"아마 그랬을 거요."

"분명히 그랬을 겁니다. 몇 시에 어디로 나오라는 이야기가 없었다면 로스 같은 아이가 시간을 알아서 뭐 하겠습니까? 여기서 누나와 사흘 밤을 함께 지냈다고 했지요?"

"한 방을 썼소."

"어떤 방인지 보고 싶은데요."

"경찰이 이미 다녀갔소. 샅샅이 뒤졌는데 아무것도 없다고 하더구먼."

"나는 경찰이 아닙니다." 홈즈는 몇 실링을 바 위에 올려놓았다. "폐를 끼치는 대가는 이 정도면 될까요?"

"알겠소이다. 하지만 이번에는 돈을 안 받겠소. 괴물을 추적 중이라고 했으니 그 작자가 더 이상 아무도 해칠 수 없게, 그쪽이 장담한 대로 잡아 주는 것이면 충분하니까."

그는 우리를 뒤편에 있는 바와 부엌 사이 좁은 통로로 안내했다. 지하실로 내려가는 계단 앞에서 그가 촛불을 켜고 보여 주는데, 작고 창문도 없고 맨 마룻바닥이 전부인 조그맣고 음침한 방이 하나 계단 밑에 숨어 있었다. 길고 힘든 하루를 마친 샐리가 들어가 바닥에 깔린 매트리스에 몸을 누이고 홑이불 한 장을 덮고 잠을 청하던 곳이었다. 임시변통으로 들여놓은 침대 한가운데 두 가지 물건이 놓여 있었다. 하나는 칼이었고, 또 하나는 쓰레기 속에서 주웠을 게 분명한 인형이었다. 인형의 부러진 팔과 새하얀 얼굴을 보고 있으려니 이처럼 아무렇지 않게 내동댕이쳐진 이 아이의 동생이 생각났다. 양초가 놓인 조그만 테이블과 의자 하나가 한쪽 구석을 차지하고 있었다. 샐리는 인형과 칼 말고는 가진 게 아무것도 없었다. 자기 것이라고 할 만한 게 이름밖에 없었으니 경찰에서 수색하는 데 시간이 얼마 걸리지도 않았을 것이다.

홈즈가 방 안을 눈으로 훑었다.

"웬 칼일까?" 그가 중얼거렸다.

"호신 차원에서 갖다 놓은 거겠지." 내가 말했다.

"아이가 호신용으로 들고 다녔던 그 무기는 가지고 떠났을 게 아닌가. 자네가 어느 누구보다 더 잘 아는 그 무기 말일세. 이 칼은 거의 뭉툭하다시피 한데."

"게다가 부엌에서 슬쩍한 물건이외다!"

하드캐슬이 중얼거렸다.

"내 눈에는 양초가 흥미로워 보이는군."

테이블 위에 놓인, 불이 꺼진 양초를 두고 하는 말이었다. 홈즈는 양초를 집더니 허리를 숙이고 발을 질질 끌며 걷기 시작했다. 나도 잠깐 뒤에 알아차렸다시피 인간의 눈에는 거의 보이지 않는 촛농의 흔적을 따라가는 것이었다. 그의 눈에는 훤히 보이는 흔적이겠지만. 촛농이 인도한 곳은 침대에서 가장 멀리 떨어진 모서리였다.

"여기까지 촛불을 들고 왔다는 건데…… 이번에도 이유를 알 수가 없단 말이지. 혹시…… 그 칼 좀 주게, 왓슨." 그는 내가 건넨 칼을 받아들어 나무로 된 바닥 널 틈새로 쑤셔 넣었다. 널 하나가 헐거워지자 그는 칼을 써서 들어올린 다음 안으로 손을 집어넣어 똘똘 뭉쳐진 손수건을 하나 꺼냈다. "하드캐슬 씨, 죄송하지만 이리 잠깐……."

주인이 자기 촛불을 들고 건너갔다. 홈즈가 손수건을 펼치자 그 안에 들어 있던 동전 몇 개가 깜빡이는 불빛 아래 드러났다. 파딩(0.25페니 ─ 옮긴이) 두 개, 플로린(2실링짜리 은화 ─ 옮긴이) 두 개, 크라운(5실링짜리 동전 ─ 옮긴이) 한 개, 소브린 금화(20실링 ─ 옮긴이) 한 개, 실링 다섯 개였다. 가난한 두 아이에게는 명실상부한 보물이었을 텐데, 문제는 둘 중 어느 녀석의 돈이냐는 것이었다.

"로스 돈일세." 홈즈가 내 생각을 읽기라도 한 것처럼 말했다. "소브린 금화, 내가 준 것이거든."

"홈즈! 그게 자네가 준 그 소브린 금화인지 무슨 수로 알 수 있단 말인가?"

홈즈가 그 동전을 촛불에 대고 비추었다.

"제작일이 같으니까. 그리고 도안을 보게. 성 조지가 말 위에 앉아 있지만 다리에 큰 상처가 있지 않은가. 내가 주면서 보았던 도안일세. 베이커 가 특공대랑 함께 일을 하고 받은 기니의 일부분이지. 그런데 나머지는 어디서 난 걸까?"

"삼촌한테 받은 거라고 했소." 하드캐슬이 중얼거렸다. 홈즈가 그를 돌아보았다. "이곳을 찾아와 하룻밤 지내겠다고 하면서 방값을 낼 수 있다고 하지 않았겠소. 내가 대놓고 웃었더니 삼촌한테 받은 돈이 있다고 했지만, 나는 그 말을 안 믿고 그 대신 마당에서 일을 하라고 시켰소이다. 이만한 돈이 있는 줄 알았더라면 2층에 괜찮은 방을 내주는 건데."

"윤곽이 잡혀 가는군. 앞뒤가 맞아 가고 있어. 아이는 미시즈 올드모어스 호텔에서 습득한 정보를 활용할 작정이었지. 일단 찾아가 자신의 정체를 밝히고 요구 사항을 전달했고. 그러니까 저쪽에서 정식으로 만나자고 했어…… 시간과 장소를 정해 주면서. 그 자리에서 아이는 살해를 당한 걸세. 하지만 전 재산을 누나에게 맡겼으니 최소한의 예방 조치를 취했다고 할까. 누나는 그걸 마루 밑에 숨겼지. 왓슨, 자네와 내가 쫓아 버린 격이 되었으니 그 아이는 돈을 가지러 올 수도 없고 지금 얼마나 비참한 심정이겠나. 하드캐슬 씨, 떠나기 전에 마지막으로 한 가지만 묻겠습니다. 샐리한

테서 실크 하우스라는 단어를 들은 적이 있습니까?"

"실크 하우스? 못 들어 봤소, 홈즈 씨. 한 번도 못 들어 봤소. 이 동전들은 어찌하면 좋겠소?"

"가지고 계십시오. 아이는 동생을 잃었습니다. 모든 걸 잃었습니다. 나중에 아이가 주인장을 찾아와 도움을 청할지도 모르는데, 그때 최소한 이거라도 돌려줄 수 있지 않겠습니까?"

백 오브 네일스를 나선 우리는 템스 강줄기를 따라 다시 버먼지 쪽으로 돌아갔다. 나는 홈즈에게 호텔을 다시 찾아가 볼 생각이냐고 물었다.

"호텔로 가는 게 아닐세, 왓슨." 그가 말했다. "그 근처에 가는 거라네. 동전이 어디에서 났는지 알아내야 하니까. 어쩌면 그것이 아이가 살해당한 결정적인 이유일 수도 있네."

"삼촌한테 받았다고 하지 않았나. 부모님도 돌아가신 마당에 친척을 무슨 수로 찾을 수 있을지 모르겠군."

홈즈는 웃음을 터뜨렸다.

"놀랍군, 왓슨. 런던 주민의 최소한 절반 이상이 쓰는 표현을 정말로 모른단 말인가? 수많은 노무자와 뜨내기 일꾼들이 매주 삼촌네 집을 찾아가지. 그러니까 전당포를 찾아간단 말일세. 로스는 거기서 부정 이득을 취한 거라네. 문제는 뭘 팔아서 플로린과 실링을 받았느냐는 거지."

"그리고 어디에다 팔았는지도 모르지 않나." 내가 덧붙였다. "런던의 이 동네만 해도 전당포가 수백 개는 될 텐데."

"그렇지. 그런데 위긴스가 정체불명의 침입자가 브리지 레인의 어느 전당포에서 나오는 것을 보고 호텔까지 뒤를 밟았다고 하면서 로스도 자주 드나들던 곳이었다고 했던 것, 기억 안 나나? 거기 가면 그 '삼촌'을 만날 수 있을 걸세."

지키지 못한 약속과 깨져 버린 희망의 상징 전당포! 모든 계층과 직업과 사회적 위치가 그 지저분한 쇼윈도에 전시되고, 수많은 삶의 편린들이 나비처럼 핀에 박혀 있는 이곳. 파란색 바탕에 빨간 공 세 개가 그려진 나무 간판이 녹슨 체인으로 연결돼 머리 위에 걸려 있는데, 이 안의 그 어떤 것도 움직이지 않는다는 것을, 한 번 잃어버린 물건은 두 번 다시 되찾을 수 없다는 것을 강조라도 하는 양 바람이 불어도 꿈쩍하지 않는다. 그 밑으로 '접시, 보석, 옷, 모든 것을 담보로 돈을 빌려 드립니다'라고 적혀 있는데 과연 그런 것이, 알라딘이라도 동굴에서 이 많은 보물을 발견하지는 못하지 않았을까 싶었다. 석류석 브로치와 은시계, 사기 컵과 꽃병, 펜 꽂이, 티스푼, 책들이 태엽 달린 병정이나 박제한 어치처럼 이질적인 물건들과 선반 위에서 자리다툼을 벌이고 있었다. 양 옆에는 손바닥만 한 손수건에서부터 식탁보, 밝은 색깔로 수를 놓은 침대 커버에 이르기까지 여러 종류의 정사각형 리넨들이 걸려 있었다. 체스 말 풀세트가 초록색 모직 천 위에 놓인 반지와 팔찌들을 전쟁터라도 되는 양 지키고 서 있었다. 끌과 톱을 팔아 주말에 마실 맥주와 소시지를 충당한 직공은 누구였을까? 엄마 아빠가 먹을거리를 마련하느라 고군분투하는 동안 일요일 예배용 원피스

없이 지내야 했던 아이는 누구였을까? 이 쇼윈도는 인간의 추락을 단순히 전시하는 수준을 넘어 찬양했다. 그리고 로스가 드나들었던 곳이 바로 여기일 것이다.

내가 보았던 웨스트엔드의 몇 군데 전당포에는 남들 눈에 띄지 않고 출입할 수 있도록 옆문이 달려 있었다. 그런데 브리지 레인 근처에 사는 사람들은 아무 거리낌이 없는지 이곳엔 옆문 같은 것이 없었다. 정문 하나뿐이었고 그조차 활짝 열려 있었다. 홈즈를 따라 어두컴컴한 안쪽으로 들어가 보니 한 남자가 등받이 없는 의자에 앉아 한 손에 들린 책을 읽고 있었는데, 다른 쪽 손은 카운터 위에 올려놓고 손바닥에 있는 투명한 물건을 뒤집기라도 하는 것처럼 손가락을 안쪽으로 천천히 오므렸다 폈다 했다. 호리호리하고 까다로워 보이는 50대 남자로 얼굴은 말랐고, 목까지 단추를 채운 셔츠에 조끼와 스카프를 걸치고 있었다. 깔끔하고 꼼꼼해 보이는 인상이라 시계 기술자가 연상됐다.

"어쩐 일로 오셨습니까?" 그가 책에서 시선을 떼지도 않은 채 물었다. 하지만 우리가 가게 안으로 들어오는 동안 속속들이 파악을 끝냈는지 이렇게 덧붙였다. "보아하니 공무 집행차 오신 모양인데, 경찰이십니까? 그렇다면 도와 드릴 방법이 없겠는데요. 저는 고객들에 대해 아는 것이 전혀 없습니다. 아무것도 묻지 않는 것이 관례라서요. 저한테 맡기고 싶은 물건이 있어 찾아오신 거면 후하게 값을 쳐 드리겠습니다. 아니면 안녕히 가시라는 인사를 전할 밖에요."

"저는 셜록 홈즈라고 합니다."

"그 탐정 말씀입니까? 이것 참 영광이로군요. 그런데 여긴 어인 일이십니까, 홈즈 씨? 아마도 사파이어 세팅이 된 그 멋진 금 목걸이 때문에 오신 거겠죠? 5파운드를 주고 맡은 건데 경찰에서 가져가 버렸으니 남는 게 없지 뭡니까. 5파운드를 안 갚으면 그 두 배를 받고 처분할 수 있는 물건이었는데 말이지요. 하지만 어쩌겠습니까. 우리 모두 파탄의 길로 향해 가는 와중에 남들보다 몇 걸음 앞선 사람들이 있을 따름인 것을요."

그가 한 이야기 중에서 적어도 한 가지는 거짓말이었다. 카스테어스 부인의 목걸이가 얼마의 가치를 가졌든간에 자신의 생계에 기반한 이 간단한 불평등에 근거해, 그는 오직 그 진정한 가치의 일부만을 지불했을 뿐이었다. 우리가 발견한 파딩이 그의 주머니에서 나온 것일 터였다.

"목걸이에는 관심 없습니다. 그 목걸이를 맡긴 남자에 대해서도 마찬가지고요." 홈즈가 말했다.

"그렇다면 다행이로군요. 경찰 말로는 그 목걸이를 맡긴 미국인이 죽었다고 하니까요."

"저희가 관심을 두고 있는 쪽은 다른 고객입니다. 로스라는 아이입니다만."

"로스도 이 눈물의 골짜기를 떠났다고 들었는데요. 며칠 상관으로 비둘기 두 마리가 나란히 떠나다니 참으로 확률이 희박한 일이 벌어진 게지요."

"최근에 로스한테 돈을 주셨죠."

"누구한테 그런 이야기를 들으셨습니까?"

"부인하시는 겁니까?"

"부인도, 시인도 않겠습니다. 제가 바쁜 사람이 되다 보니 이제 그만 나가 주시면 더할 나위 없이 감사하겠습니다만."

"성함이 어떻게 되십니까?"

"로셀 존슨입니다."

"그렇군요, 존슨 씨. 제가 제안 하나 할까요? 로스가 들고 온 물건이 뭐였는지 모르겠지만 제가 후한 값에 사겠습니다. 단, 존슨 씨가 저를 속이지 않는다는 조건 하에 말입니다. 저는 존슨 씨에 대해 상당히 많은 것을 알고 있습니다. 만에 하나라도 거짓말을 하시면 제가 당장 알아차리고 경찰을 대동하고 다시 찾아와 원하는 물건을 가져갈 테니 그러면 존슨 씨 입장에서는 밑지는 장사가 되겠죠?"

존슨은 미소를 지었지만 내가 보기에는 애수에 젖은 미소였다.

"저에 대해 아는 게 아무것도 없을 텐데요, 홈즈 씨."

"그렇게 생각하십니까? 당신은 유복한 집안에서 태어나 훌륭한 교육을 받았죠. 한때는 실력 있는 피아니스트였을 겁니다. 그게 꿈이었으니. 그러다 추락한 것은 중독 때문입니다. 아마 도박이었겠죠, 그중에서도 주사위. 올해 초에 장물 취득죄로 철창신세를 진 적이 있는데, 간수들 사이에서 골칫덩어리로 간주됐죠. 최소 3개월 동안 복역하고 9월에 석방되었는데, 그 뒤로 장사가 잘되고 있고요."

우리가 이 가게에 들어선 이래 처음으로 존슨이 홈즈에게 지극한 관심을 보였다.

"누가 그런 소리를 하던가요?"

"누구한테 들을 필요가 뭐가 있습니까, 존슨 씨. 빤히 보이는 걸요. 이제 다시 한 번 묻겠습니다. 로스가 들고 온 물건이 뭐였습니까?"

존슨은 곰곰이 생각을 하더니 천천히 고개를 끄덕였다.

"제가 이 로스라는 아이를 만난 건 2개월 전이었습니다. 얼마 전에 런던으로 건너와 킹스 크로스에서 살고 있었는데, 다른 부랑아들 틈에 섞여 여길 찾아왔었습니다. 다른 아이들에 비해 통통하고 옷차림이 좋았던 것 말고는 별다른 기억이 없는데, 남자용 주머니 시계를 들고 왔었죠. 물론 훔친 물건이었겠습니다만. 그 뒤로도 몇 번 더 찾아왔지만, 그 시계만큼 값나가는 물건을 들고 온 적은 없었습니다." 그는 캐비닛 쪽으로 걸어가 안을 뒤지더니 금으로 만든 케이스 안에 들어 있는 체인 달린 시계를 꺼냈다. "이 시계인데 최소 10파운드는 나갈 물건이지만 제가 그 아이에게 준 돈은 단돈 5실링이었습니다. 원하시면 그 가격에 가지고 가십시오."

"그 대가로 바라시는 것은요?"

"저에 대해 무슨 수로 그 많은 것들을 알게 되었는지 알려 주셔야 합니다. 물론 탐정이신 거야 저도 아는 바이지만, 이 짧은 만남으로 그렇게 많은 사실들을 파악할 수는 없는 거 아니겠습니까?"

"제 설명을 들으시면 얼마나 간단한 문제였는지, 얼마나 밑지는 장사를 했는지 알게 되실 텐데요."

"하지만 듣지 못하면 잠을 설칠 겁니다."

"알겠습니다, 존슨 씨. 교육 문제는 말투를 들으면 누구라도 알 수 있는 부분이죠. 그리고 들어오면서 보니 플로베르가 조르주 상드에게 보낸 서간집을 원서로 읽고 계시더군요. 아이에게 그 정도 수준의 불어를 가르칠 수 있었다니 유복한 집안일 수밖에요. 피아노는 상당히 오랫동안 치셨죠? 피아니스트의 손가락은 누가 봐도 한눈에 알 수 있으니까요. 그런데 이런 일을 하고 있다니 엄청난 파국이 들이닥쳐 부와 명예를 순식간에 잃었다는 뜻이 되겠죠. 그 정도의 파국을 유발할 수 있는 일은 몇 가지 안 됩니다. 술, 마약, 그리고 투자 실패. 하지만 확률을 운운하고 손님을 비둘기에 빗대 말씀하셨죠. 비둘기는 초보 도박꾼을 가리킬 때 쓰이는 단어이니 그쪽 세계가 퍼뜩 떠올랐습니다. 그리고 보아하니 신경성 습관이 있으시더군요. 손을 오므렸다 폈다 하는. 주사위 테이블을 연상시키는 부분이죠."

"복역을 한 것은 어찌 아셨습니까?"

"일명 까까머리라고 하는 죄수용 헤어스타일을 하고 계시잖습니까. 자르고 나서 약 8주 정도 기른 듯하니 9월에 석방이 되었다는 뜻이죠. 피부색을 봐도 알 수 있습니다. 지난달이 유난히 따뜻하고 화창했는데, 그달에는 자유의 몸이었던 게 피부색을 통해 확연히 드러납니다. 양쪽 손목을 보면 수갑을 찼던 자국이 남아 있으니 수감 생활을 하는 동안 반항을 했다는 뜻이죠. 전당포 주인이 가장 흔히 저지르는 범죄가 장물 습득이고요. 이 가게로 말할 것 같으면 햇볕 때문에 빛이 바랜 쇼윈도의 책들이나 선반에 쌓인 먼지를 보면 장시간의 부재를 알 수 있습니다. 그런가 하면 이 시계를 비롯해서 먼지 없이 깨끗한 물건들도 많으니 최근 들어 장사가 잘돼서 그만큼 추가가 됐다는 뜻이겠죠."

존슨은 물건을 건넸다.

"고맙습니다, 홈즈 씨. 모든 면에서 상당히 정확히 맞추셨네요. 저는 서식스의 괜찮은 집안 출신이고 한때 피아니스트가 꿈이었습니다. 그 꿈이 틀어지자 법조계로 투신했는데, 유능한 법조인이 될 수도 있었건만 일이 지긋지긋할 정도로 재미가 없더군요. 그러던 어느 날 저녁, 한 친구가 샬럿 가에 있는 프랑스 독일 클럽으로 저를 데리고 갔습니다. 선생님은 모르시는 곳이겠죠. 프랑스나 독일과는 전혀 상관없고 사실 유대인이 주인입니다. 아무튼 간판이 없는 격자무늬 출입문, 페인트로 칠한 창문, 환하게 불을 밝힌 2층으로 올라가는 어두컴컴한 계단, 이걸 본 순간 제 인생은 끝장이 났습니다. 일상에서 전혀 누릴 수 없었던 짜릿함이 이곳에는 있었으니까요. 2실링 6펜스의 입장료를 내자 바카라, 룰렛, 해저드 그리고 주사위의 세상이 펼쳐졌습니다. 이때부터 밤의 유혹을 즐기기 위해 낮 동안 억지로 버티는 생활이 시작된 겁니다. 저를 보면 반가워하는 근사한 새 친구들이 생겼습니다. 물론 업주한테 돈을 받고 저를 꼬드기는 바람잡이들이었죠. 가끔 돈을 딸 때도 있었습니다. 하지만 잃을 때가 더 많았죠. 어느 날은 5파운드. 다음 날은 10파운드. 더 이상 무슨 말이 필요하겠습니까? 하는 일에 무관심해졌습니다. 회사에서도 잘렸고요. 마지막 남은 돈을 털어 이 가게를 차리면서 아무리 비천하고 한심하더라도 새로운 일을 시작하면 여기에만 집중할 수 있을 줄 알았습니다. 천만에요! 밤이면 밤마다 그곳을 다시 찾는 겁니다. 저를 막을 방법이 없으니 앞으로 어찌 되겠습니까? 이런 제 모습을 보셨더라면 부모님이 뭐라고 하셨을까 생각만 해도 면목이 없습니다. 두 분 다 돌아가셨으니 다행이라고 할까요. 저는 결혼도 하지 않았고 아이도 없습니다. 한 가지 위안이 있다면 이 세계에서는 아무도 저를 상관하지 않는다는 겁니다. 그러니까 부끄러워하지 않아도 된다는 겁니다."

홈즈가 대가를 지불했고 우리는 다시 베이커 가로 돌아갔다. 하지만 이렇게 하루 일과가 끝난 줄 알았다면 그것은 나의 엄청난 착각이었다. 홈즈는 마차 안에서 시계를 열심히 관찰했다. 에나멜로 만든 하얀색 앞면에 분침이 달려 있고 금 케이스 안에 들어 있는, 제네바의 투송 사(社)에서 제작한 멋진 시계였다. 다른 이름이나 글귀는 없는데 뒷면에 그림이 새겨져 있었다. 서로 엇갈리게 놓인 두 개의 열쇠 위에 새 한 마리가 앉아 있는 그림이었다.

"집안의 문장인가?" 내가 의견을 내놓았다.

"왓슨, 자네 기지가 번뜩이는구먼. 나도 그런 게 아닐까 생각하던 참일세. 백과사전이 도움이 되면 좋으련만."

아니나 다를까, 백과사전을 찾아보니 갈까마귀와 두 개의 열쇠가 레이븐쇼의 문장이라고 되어 있었다. 레이븐쇼는 글로스터셔의 콜른 세인트 올드윈 외곽에 대저택이 있는, 이 왕국에서 가장 오랜 역사를 자랑하는 가문이었다. 현 내각에서 외무장관으로 수훈을 세운 바 있는 레이븐쇼 경은 얼마 전에 여든둘의 나이로 세상을 떠났다. 그의 아들인 알렉 레이븐쇼가 유일한 후계자로 작위와 영지를 모두 물려받았다. 홈즈가 당장 찾아가겠다고 하니 나로서는 당황스럽기 짝이 없는 일이었지만, 잠시도 가만히 있지 못하는 그의 성격이야 너무나도 잘 알고 있었다. 때문에 나는 왈가왈부하지 않았다. 그냥 집에 있겠다고 하지도 않았다. 이제 와 생각해 보면 나는 여러 가지 사건을 수사한 친구 못지않게 전기 작가로서 나에게 주어진 임무에 충실했던 것 같다. 어쩌면 그래서 우리 둘이 그렇게 잘 지냈던 것인지 모른다.

  나는 숨 돌릴 겨를도 없이 일박용으로 몇 가지 소지품을 챙겼고, 이렇게 해서 해가 질 무렵 우리는 쾌적한 여인숙에서 민트 소스를 곁들인 양다리 구이와 제법 괜찮은 클라레로 만찬을 즐길 수 있었다. 그 자리에서 무슨 이야기를 나누었는지 지금은 생각이 안 난다. 홈즈가 내 병원에 대해 물었고, 나는 메치니코프의 재미있는 세포 이론에 대해 알려 주었던 것 같다. 홈즈는 예전부터 의학이나 과학에 관심이 지대했지만, 다른 작품에서도 밝혔다시피 스스로 생각하기에 유형(有形)의 가치가 없다 싶은 정보는 꼼꼼하게 걸러 냈다. 그와 정치나 철학적인 대화를 시도하려는 사람은 신의 가호를 빌어야 한다. 차라리 열 살짜리를 상대하는 것이 나을 테니까. 한 가지 분명한 것은 그날 저녁에 떠들썩하게 이야기를 주고받으며 즐거운 시간을 보내기는 했지만, 당면 과제는 단 한 번도 화제로 삼은 적이 없었고 일부러 그러는 것처럼 느껴졌다는 것이다. 그는 속으로 여전히 불안해하고 있었다. 로스의 죽음이 그를 괴롭히며 잠시도 쉴 틈을 주지 않았다.

다음 날 아침, 홈즈는 식전부터 레이븐쇼 홀로 명함을 보내 면담을 요청했고 금세 답장을 받았다. 신임 레이븐쇼 경이 몇 가지 처리할 일이 있기는 하지만, 10시에 우리를 만날 수 있다는 답장이었다. 인근 교회에서 10시를 알리는 종이 울릴 무렵에 도착한 우리는 진입로를 지나, 코츠월드의 돌을 써서 사방을 에두른 잔디밭이 아침 서리를 맞고 반짝이는 엘리자베스 양식의 근사한 대저택을 향해 걸어갔다. 열쇠 위에 앉은 갈까마귀 친구가 대문 옆 석조물에서, 현관 위 상인방에서 우리를 맞이했다. 숙소에서 얼마 안 되는 거리라 여기까지 가볍게 걸어왔는데, 어떤 남자가 안에서 황급히 뛰쳐나오더니 집 밖에 서 있던 마차에 올라 문을 닫았다. 마부가 채찍을 휘두르자 잠시 후 마차가 덜컹거리며 우리 옆을 지나갔다. 하지만 나는 이미 남자의 얼굴을 확인했다.

"홈즈, 내가 아는 사람일세!"

"그러게 말일세, 왓슨. 토바이어스 핀치 씨 아니었나? 앨버말 가에 있는 카스테어스 앤드 핀치 화랑의 공동경영자. 아주 이례적인 우연의 일치로군, 안 그런가?"

"참으로 희한한걸."

"조심스럽게 이야기를 꺼내 봐야겠네. 레이븐쇼 경이 집안의 가보를 매각하려는 것이라면…….."
"매입하는 것일 수도 있지."
"그럴 가능성도 있고."

초인종을 누르자 나온 하인이 홀을 지나 진정 귀족다운 규모의 응접실로 우리를 안내했다. 벽의 일부분을 장식한 나무 벽판 위로 가족들의 초상화가 걸려 있었고, 천장이 하도 높아서 방문객 입장에서는 울릴까 봐 감히 언성을 높일 수가 없었다. 중간 문설주가 달린 창문 쪽으로 고개를 돌리면 장미 정원과 그 너머에 있는 사슴 사냥터가 보였다. 파릇파릇한 장작이 탁탁거리는 소리를 내며 타고 있는 거대한 석조 벽난로(여기에도 상인방에 갈까마귀가 새겨져 있었다.) 주변으로 의자와 소파가 몇 개 놓여 있었다. 레이븐쇼 경은 그 앞에 서서 손을 녹이고 있었다. 내가 느낀 첫인상은 그다지 호의적이지 못했다. 불그스름한 얼굴에 은발을 뒤로 빗어 넘겼는데 잘생겼다고 할 수 없는 외모였다. 두 눈이 상당히 도드라지게 튀어나와 있는 것을 보면 갑상선에 이상이 있는 게 아닐까 싶었다. 그는 승마용 외투에 가죽 부츠를 신고 승마용 채찍을 겨드랑이에 끼워서 들고 있었다. 우리가 인사를 하기 전부터 나가고 싶어 안달이 난 기색을 보였다.

"셜록 홈즈 씨. 네, 네. 성함을 들어 본 것 같습니다. 탐정이시죠? 어쩐 일과 관련해서 저를 찾아오셨는지요?"

그가 말했다.

"레이븐쇼 경의 소지품이 아닐까 싶은 물건이 있어서 들고 왔습니다."

그는 우리에게 앉으라는 소리도 하지 않았다. 홈즈가 시계를 꺼내 이 영지의 주인에게 건넸다.

레이븐쇼는 시계를 받더니 자기 것이 맞는지 잘 모르겠다는 듯이 가만히 들고 있었다. 그러다 분명히 자신의 고유 재산을 들고 있다는 사실을 천천히 알아차리는 기색을 보였다. 그는 홈즈가 어떻게 이 시계를 우연히 찾았는지 궁금히 여겼고, 그걸 되찾았다는 사실을 기뻐했다. 말은 한마디 하지 않았는데 표정으로 고스란히 드러나서 심지어 나조차 그의 속마음을 훤히 읽을 수 있었다. 마침내 그가 말했다.

"아, 이것 참 감사한 일이로군요. 제가 아주 좋아하던 시계입니다. 누이한테 선물로 받은 것이지요. 되찾을 수 있을 거라고 생각도 못했건만."

"어쩌다 잃어버리셨는지 들을 수 있겠습니까, 레이븐쇼 경?"

"정확히 알려 드릴 수 있습니다, 홈즈 씨. 지난 여름에 런던에서 잃어버렸지요. 오페라를 보러 갔다가요."

"몇 월이었는지 기억하십니까?"

"6월이었습니다. 마차에서 내리는데 어떤 부랑아가 달려와서 저를 치고 지나갔습니다. 열두 살이나 열세 살쯤 되어 보이는 아이였죠. 그 당시에는 그런가 보다 했다가 중간 휴식 시간 때 시간을 확인하려다 소매치기를 당했다는 것을 알아차렸습니다."

"워낙 근사해서 애지중지하시는 시계였을 텐데요. 경찰에 신고는 하셨습니까?"

"어떤 의도에서 그런 질문을 하시는지 잘 모르겠군요, 홈즈 씨. 그 부분에 대해서라면 저로서는 선생 정도 되는 분께서 시계를 돌려주려고 런던에서 여기까지 굳이 찾아오셨다는 게 조금 놀랍습니다. 대가를 바라시는 겁니까?"

"전혀 그런 게 아닙니다. 사건을 수사하다 발견한 시계라 경께 도움을 청할 수 있을까 싶어 찾아온 겁니다."

"그렇다면 제가 기대에 부응하지 못할 것 같은데요. 더 이상 아는 게 없으니까요. 그리고 신고는 하지 않았습니다. 길거리 구석구석마다 좀도둑에 깡패들로 넘쳐나서 경찰에서도 별 수 없을 테니 신고해 봐야 경찰 측에 민폐를 끼치는 게 아닐까 싶어서 말입니다. 시계를 찾아 주셔서 정말 감사합니다, 홈즈 씨. 여기까지 오시는 데 들인 경비와 시간은 기꺼이 보상해 드리겠습니다. 하지만 이야기가 끝났으면 이만 작별 인사를 해야겠는데요."

"마지막으로 한 가지만 여쭈어 보겠습니다, 레이븐쇼 경." 홈즈는 침착하게 이야기했다. "저희가 도착했을 때 이 집을 막 나서던 남자분이 한 명 있었습니다. 안타깝게도 간발의 차로 못 만났습니다만. 제 오랜 친구 토바이어스 핀치 씨인 것 같던데, 제 짐작이 맞습니까?"

"친구라고요?"

홈즈가 짐작했던 대로 레이븐쇼 경은 화상과 함께 있었다는 사실이 밝혀진 것을 달가워하지 않았다.

"지인입니다."

"뭐, 물어보시니 말씀해 드리겠습니다만 맞습니다. 집안 문제는 별로 화제로 삼고 싶지 않습니다만, 홈즈 씨도 아실지 몰라도 저희 아버님이 미적 감각이 워낙 형편없으셨던 분이라 소장품을 일부분만이라도 처분하려는 게 저의 생각입니다. 그래서 런던의 몇몇 화랑과 접촉을 했지요. 그중에서 카스테어스 앤드 핀치가 가장 믿음직한 반응을 보였고요."

"핀치 씨가 경 앞에서 실크 하우스라는 단어를 꺼낸 적이 있습니까?"

홈즈가 이렇게 묻자 정적이 이어졌다. 그 순간 공교롭게도 장작이 쩍 하고 갈라지는 바람에 마침표처럼 느껴졌다.

"마지막으로 한 가지만 묻겠다고 하지 않으셨나요, 홈즈 씨? 이게 벌써 두 번째 질문이고 무례한 행위는 이 정도 참아 드렸으면 충분한 것 같은데요. 하인을 부를까요, 아니면 이제 그만 나가 주시겠습니까?"

"만나서 반가웠습니다, 레이븐쇼 경."

"시계 찾아 주셔서 감사합니다, 홈즈 씨."

나는 그 응접실에서 빠져나온 것이 그렇게 반가울 수가 없었다. 너무 어마어마한 재산과 특권에 눌려 숨이 막힐 것 같았다. 보도를 따라 대문을 향해 걸어가는데 홈즈가 쿡쿡거리며 웃었다.

"왓슨, 자네가 해결해야 할 수수께끼가 하나 더 늘었군."

"경이 이상하다 싶을 정도로 적의를 보이던데."

"시계를 훔친 범인이 누군지 알아봐야겠어. 6월에 벌어진 일이라면 로스의 짓일 수가 없지. 우리가 아는 한 그 당시 로스는 촐리 그레인지 남학교에 있었으니까. 존슨의 말로는 시계를 전당잡은 게 두 달 전, 9월이었다고 했지. 그렇다면 그 사이 3개월 동안 무슨 일이 있었던 걸까? 만약 로스가 훔친 거라면 왜 그렇게 오랫동안 가지고 있었을까?"

대문에 거의 다다랐을 때 까만 새 한 마리가 우리 머리 위로 날아갔다. 갈까마귀가 아니라 까마귀였다. 나는 날아가는 새를 눈으로 따라가다 뭔가 이상한 낌새에, 고개를 돌려 홀 쪽을 흘끗 돌아보았다. 레이븐쇼 경이 창가에 서서 떠나는 우리를 지켜보고 있었다. 양손을 허리춤에 얹고 불룩 튀어나온 동그란 눈으로 우리를 똑바로 쳐다보고 있었다. 워낙 거리가 있어서 내가 착각한 것일 수도 있지만, 내가 보기에는 그가 증오로 가득한 표정을 짓고 있는 듯했다.

경고

"어쩔 수가 없군. 마이크로프트 형한테 부탁하는 수밖에."

홈즈가 짜증이 섞인 한숨을 내뱉으며 말했다.

내가 마이크로프트 홈즈를 처음 만난 것은 그가 사악한 범죄자 부부와 얽혀 버린 이웃의 희랍어 통역관과 관련해서 도움을 청했을 때였다. 그전까지만 해도 홈즈에게 일곱 살 많은 형이 있을 줄은 상상조차 하지 못했다. 그는 나의 가장 절친한 친구라 할 수 있건만 나와 수많은 시간을 함께 보내는 동안 어린 시절이나 부모님, 고향 혹은 베이커 가 이전의 생활에 대해 단 한마디도 한 적이 없으니 생각해 보면 희한한 일일지 모른다. 하지만 천성이 그랬다. 자기 생일을 기념한 적도 없어서 나도 부고를 보고 태어난 날이 언제인지 알았을 정도다. 선대가 지방의 대지주였고 친척 하나가 상당히 유명한 화가라는 이야기를 한 번 한 적 있었지만, 보통은 식구가 아예 없는 사람처럼 지내는 쪽을 더 좋아했다. 자기 같은 천재는 어느 누구의 도움도 없이 세계 무대에 등장한다는 걸까.

나는 홈즈에게 형이 있다는 소리를 처음 들었을 때 홈즈도 인간이구나 하는 생각이 들었다. 최소한 그 형을 만나기 전까지는 그랬다. 마이크로프트는 여러 면에서 동생 못지않게 특이했다. 미혼이고 세상사에 무관심하고 자기가 만든 조그만 세계에서 살았다. 그가 만든 조그만 세계란 대개 5시 15분 전부터 8시 사이까지 날마다 출입하는 펠멜 가의 디오게네스 클럽으로 이루어져 있었다. 그의 집은 아마 이 클럽 근처에 있는 아파트였을 것이다. 디오게네스 클럽은 널리 알려져 있다시피 런던에서 가장 비사교적이고 가장 클럽과 안 어울리는 남자들이 모이는 곳이었다. 여기에서는 아무도 서로 대화를 나누지 않았다. 사실상 접객실 밖에서는 대화가 절대 불가였고, 접객실 내에서도 대화가 자연스럽게 이어지는 경우가 거의 없었다. 내가 기억하기로 짐을 날라 주는 직원이 한 회원에게 안부 인사를 건넸다 당장 해고됐다는 기사가 신문에 실린 적도 있었다. 식당은 따뜻하고 화기애애하기가 트라피스트회(기도, 침묵 등을 강조하는 엄격한 수도회 ― 옮긴이) 수도원 수준이었지만, 음식만큼은 프랑스의 유명한 주방장을 영입한 클럽 못지않게 훌륭했다. 지나치게 넉넉한 마이크로프트의 체구를 보면 식도락을 상당히 즐기는 게 분명했다. 한쪽에는 브랜디, 다른 쪽에는 시가를 두고 의자에 끼여 앉아 있던 그의 모습이 아직도 눈에 선하다. 나는 그를 만나면 늘 당황스러웠다. 그에게서 내 친구의 모습이 언뜻 보이기 때문이었다. 특히 똑같이 날카롭게 번뜩이는 연한 회색 눈동자가 말 그대로 살아 움직이는 육중한 살덩어리에 이식이 되어 있다 보니 이상하게 어울리지 않는 것처럼 느껴졌다. 마이크로프트는 고개를 돌리면 완벽하게 낯선 사람이 되었다. 가까이 다가가면 안 될 것 같은 그런 사람이 되었다. 둘이 어렸을 때는 어떤 모습이었을까 가끔 궁금했다. 둘이 같이 싸우고 책도 읽고 공놀이도 하고 그랬을까? 둘 다 어린 시절이라고는 없었던 것 같은 어른으로 성장했으니 상상이 잘 되지 않았다.

홈즈가 나에게 마이크로프트의 존재를 맨 처음 설명했을 때는 정부 여러 부처의 일을 돕는 회계 감사관이라고 했다. 그런데 반은 맞고 반은 틀린 설명이었다. 나중에 알고 보니 훨씬 더 중요하고 영향력 있는 인물이었던 것이다. 해군성에서 특급 기밀 잠수함 설계도를 도난당했던 브루스파팅턴 설계도 사건을 보면 알 수 있지 않은가. 이때 설계도를 되찾아오는 일이 마이크로프트에게 맡겨지자 홈즈가 솔직히 고백하길 그가 정부 내에서 없어서는 안 될 인물이고, 온갖 난해한 사실들을 꿰뚫고 있는 지식의 보고와 같아서 모든 부처에서 뭐든 알아내야 할 일이 있으면 그에게 문의를 한다고 했다. 그가 탐정이라는 직업을 선택했다면 자신과 비슷하거나 혹은 더 뛰어났을지 모른다는 홈즈의 평가를 들었을 때 한 수 위인 것을 인정하는구나 싶어 얼마나 놀랐는지 모른다. 하지만 마이크로프트 홈즈는 성격적으로 한 가지 문제가 있었다. 워낙에 게으름이 몸에 박여 그 어떤 사건이라도 관심이 없었기 때문에 해결을 할 수가 없었다. 그나저나 그는 아직 살아 있다. 마지막으로 소식을 들었을 때 기사 작위를 받고 일류 대학교 학장이 되었다고 했는데 이후 퇴직했다.

"런던에 계신가?" 내가 물었다.

"런던 밖으로 나가 본 적이 거의 없을걸? 우리가 클럽으로 찾아가겠다고 기별해 놓겠네."

디오게네스는 폴 몰에서도 규모가 작은 축에 속하는데, 고딕 양식으로 지은 베네치아 궁전 비슷하게 상당히 장식이 요란한 아치 모양의 창문과 조그만 난간이 달려 있어 덕분에 안이 조금 어둑어둑했다. 앞문을 열고 들어가면 이 건물의 천장까지 이어져 있고 저 높이 돔형 창문이 달린 아트리엄이 나오지만, 건축주가 회랑과 기둥과 계단을 여기저기 너무 많이 만들어 놓는 바람에 그 사이를 뚫고 들어올 수 있는 햇빛이 한 줌밖에 안 됐다. 방문객은 1층만 출입할 수 있었다. 회칙에 따르면 방문객이 회원과 함께 2층 식당을 출입할 수 있는 날이 일주일에 이틀인데, 1870년대에 이 클럽이 설립된 이래 그런 경우는 단 한 번도 없었다. 마이크로프트는 평소처럼 접객실에서 우리를 맞았다. 떡갈나무로 만든 책꽂이가 책 무게 때문에 휘어 있고, 대리석 흉상이 다양하게 배치돼 있으며, 내닫이창 너머로 폴 몰 맞은편이 보이는 곳이었다. 벽난로 위에 걸린 여왕의 초상화는 이 클럽 회원이 여왕을 모욕하는 의미에서 떠돌이 개와 감자를 넣어 그린 것이라는데, 나로서는 떠돌이 개와 감자가 어떻다는 건지 알 도리가 없었다.

"셜록!" 마이크로프트가 큰 소리로 외치며 어기적어기적 들어왔다. "잘 지냈니? 요즘 들어 살이 빠졌구나. 그래도 예전 모습으로 돌아가서 다행이다."

"형은 독감에 걸렸다면서."

"아주 가볍게 앓았지. 문신을 다룬 네 논문은 재미있게 읽었다. 밤중에 쓴 논문 같던데. 불면증 때문에 고생하고 있니?"

"여름에 지독하게 더웠잖아. 앵무새 샀다는 얘기 왜 안 했어?"

"산 게 아니다. 빌린 거지. 왓슨 박사, 만나서 반갑소. 못 만난 지 거의 1주일이 되었지만 부인도 잘 계시겠지? 방금 전에 글로스터셔 다녀왔구나?"

"형은 프랑스에 다녀왔고."

"허드슨 부인이 집을 비운 모양이네?"

"지난주에 돌아왔어. 형은 요리사가 바뀌었네."

"예전 요리사가 그만두는 바람에."

"앵무새 때문이겠지."

"예전부터 아주 신경질적이었단다."

이런 식의 대화가 어찌나 빠르게 이어지던지 머리를 이쪽에서 저쪽으로 획획 돌려가며 테니스 경기를 관람하는 듯한 기분이었다. 마이크로프트가 손짓해 우리를 소파 쪽으로 안내하고 자신의 육중한 몸은 긴 의자에 앉혔다.

"로스라는 그 아이가 죽었다는 소식은 참으로 유감스럽더구나." 그가 갑자기 좀 더 심각한 투로 이야기를 꺼냈다. "셜록, 너도

알다시피 내가 길거리 아이들은 동원하지 않았으면 좋겠다고 했
잖니. 너 때문에 죽음으로 내몰린 게 아니었으면 좋겠는데."

"속단하기는 아직 이르지. 신문 기사 읽었어?"

"그럼. 레스트레이드가 수사를 맡고 있더구나. 그렇게 형편없는
사람은 아니야. 그런데 이 하얀 리본 말이다. 나는 그 부분이 가장
걱정이 된다. 아이를 오랜 시간에 걸쳐 너무나 고통스럽게 살해한
것과 더불어 경고의 뜻이 아닐까 싶은데. 네가 일차적으로 고민해야
할 부분은 그 경고가 일반적인 것인지, 너를 향한 것인지 여부다."

"나한테도 7주 전에 하얀 리본이 한 조각 배달됐어."

홈즈가 들고 온 봉투를 꺼내 건네자 마이크로프트가 살펴보았다.

"봉투에는 별 것 없구나. 가장자리가 쏠린 걸 보니 너희 집 우편
함에 황급히 쑤셔 넣은 모양인데? 너의 이름을 적은 사람은 교육
수준이 높은 오른손잡이 남자고." 그는 리본을 꺼냈다. "이 실크는
인도산이야. 너도 알아차렸겠지만. 천이 흐물흐물해진 걸 보니 햇
빛이 비치는 곳에 놓아둔 모양이로군. 길이가 정확히 23센티미터
인 것이 흥미롭구나. 여성용 모자 가게에서 구입했고 두 번 잘렸
어. 보다시피 한쪽 끝은 날카로운 전문가용 가위로 자른 티가 나
는 반면, 다른 쪽 끝은 칼로 대충 자른 티가 나질 않으냐. 이 정도
가 전부인 것 같다만, 셜록."

"나도 그 이상은 기대하지 않았어, 형. 그런데 이게 어떤 의미
인지 형은 혹시 알겠어? 실크 하우스라는 장소나 단체 들어본 적
있어?"

마이크로프트는 고개를 저었다.

"실크 하우스라니 전혀 모르겠는데. 어떤 가게 이름 같기는 하다만. 생각해 보니 에든버러에 그런 이름의 남성복 전문점이 있었던 것도 같고. 이 리본을 산 곳 아닐까?"

"일련의 상황을 감안했을 때 그럴 가능성은 없어. 우리 앞에서 그 단어를 맨 처음 내뱉은 사람이 평생 런던을 벗어난 적이 없어 보이는 여자아이였으니까. 어찌나 겁에 질려 있었던지 여기 이 왓슨 박사에게 칼을 휘둘러 가슴에 상처를 남길 정도였지."

"저런!"

"레이븐쇼 경 앞에서도 이 이야기를 꺼냈는데……."

"전직 외무장관의 아들 말이냐?"

"맞아. 내 말을 듣고 깜짝 놀란 것 같았어. 감추려고 무척 애를 썼지만."

"그럼 내가 수소문해 보마. 괜찮으면 내일 같은 시각에 연락 주겠니? 그때까지 이건 내가 가지고 있고."

그는 포동포동한 손으로 하얀 리본을 챙겼다.

하지만 마이크로프트가 알아본 결과를 들으러 24시간씩이나 기다릴 필요가 없었다. 다음 날 아침 10시 무렵에 이쪽으로 덜커덩덜커덩 달려오는 바퀴 소리가 들리더니 마침 창가에 서 있던 홈즈가 밖을 내다보곤 "마이크로프트 형이다!" 하고 외쳤던 것이다.

내가 그쪽으로 건너가 보니 마침 홈즈의 형이 부축을 받으며 랜도 마차에서 내리고 있었다. 참으로 범상치 않은 상황이라는 생각이 퍼뜩 들었다. 마이크로프트가 베이커 가로 우리를 찾아온 경우는 전무후무했던 것이다. 홈즈도 더 이상 아무 말도 하지 않고 아주 어두운 표정을 지었다. 그 표정으로 보건대 상당히 불길한 무언가가 새로이 추가돼 이런 결정적인 사건이 야기된 것이 분명했다. 어느 정도 기다린 다음에라야 마이크로프트가 응접실로 합류할 수 있었다. 앞 계단이 좁고 가팔라서 그만한 체격의 소유자로서는 이중고였을 것이다. 마침내 문 앞에 당도한 그가 주변을 한 번 둘러보고는 가장 가까운 의자에 자리를 잡고 앉았다.

"여기가 네가 사는 곳이냐?" 홈즈는 고개를 끄덕였다. "내가 상상했던 그대로구나. 벽난로의 위치까지. 물론 네가 오른쪽에, 네 친구가 왼쪽에 앉겠지. 인간이 어떤 식으로 틀을 만드는지, 어떤 식으로 주변 공간에 휘둘리는지 생각해 보면 신기하지 않니?"

"차 좀 마실래?"

"아니다, 셜록. 금방 일어나련다." 마이크로프트는 봉투를 꺼내 그에게 건넸다. "너한테 받은 봉투다. 돌려주면서 네가 따라 주길 진심으로 바라는 몇 가지 충고를 곁들이고 싶구나."

"말해."

"네 질문에 해답은 찾지 못했다. 실크 하우스가 뭔지, 그게 어디 있는 건지도 모르겠다. 하지만 알았으면 좋겠다는 것만큼은 믿어주었으면 좋겠다. 그래야 내가 하려는 말에 더욱 설득력이 생길 테니까. 이번 수사를 당장 그만둬라. 더 이상 파고들면 안 돼. 실크 하우스라는 단어는 잊어 버려라, 셜록. 그 단어를 두 번 다시 입에 담지 마라."

"그럴 수 없다는 걸 알잖아."

"네 성격이야 나도 알지. 그래서 내가 직접 런던을 가로질러 이렇게 찾아온 거 아니냐. 내가 경고를 해 봐야 이 사건을 너 혼자 치르는 성전으로 만들어 버리기만 할 테니 내가 얼마나 심각하게 하는 말인지 이런 식으로 강조하려고 말이다. 오늘 저녁까지 기다렸다 아무리 조사해도 알아낸 게 아무것도 없었다고, 그냥 그렇게 알라고 할 수도 있었다. 하지만 그럴 수가 없었던 것이, 네가 아주 위험한 상황 속으로 뛰어들고 있는 것 같아 걱정스러워서 말이다. 너와 왓슨 박사 두 사람 모두. 디오게네스 클럽에서 너를 만난 뒤에 어떤 일이 있었는지 알려 주마. 내가 정부 모처에 몸담고 있는 한두 명을 찾아갔다. 이 실크 하우스라는 것이 어떤 범죄 조직의 음모 같은데 경찰이나 정보부에서 조사를 하고 있는지 궁금해하는 척하면서. 그런데 내 이야기를 들은 사람들이 모르겠다고 하더구나. 적어도 그 사람들 하는 말로는.

그런데 그 뒤로 불쾌하고 놀라운 일을 경험했지 뭐냐. 오늘 아침에 집을 나서는데 기다리고 있던 마차가 나를 태우고 화이트홀(많은 관공서가 있는 런던의 거리─옮긴이)에 있는 어느 집무실로 데리고 가는 것이야. 그곳에서 누굴 만났는지 신원은 밝힐 수 없지만, 이름을 들으면 너도 알 만하고 수상과도 긴밀한 관계를 맺고 있는 인물이다. 나도 잘 알고 그 지혜와 판단을 한 번도 의심한 적 없는 인물이기도 하지. 그런 인물이 나를 보더니 전혀 반가워하지 않는 얼굴을 하고 단도직입적으로 묻더구나. 실크 하우스에 대해 묻고 다니는 이유가 무엇이며 무슨 의도에서 그러는 거냐고. 그 태도가 뭐랄까, 이상할 정도로 적대적이라 대답을 하기 전에 아주 신중하게 고민을 했다. 네 이름은 들먹이면 안 되겠다고 당장 결론을 내렸지. 만약 네 이름을 들먹였다면 내가 아니라 다른 사람이 너희 집 문을 두드렸을지 몰라. 하지만 이러나저러나 별 상관없을 수도 있지. 너와 나의 관계는 만인이 알고 있으니 너는 이미 의심을 받고 있을지도. 아무튼 나는 정보원 중에 한 명이 버먼지 살인 사건과 관련해서 그 이름을 말했는데, 듣고 나니 호기심이 생겼노라고 했다. 그가 정보원 이름을 묻길래 사소한 문제인 척하려고, 처음부터 무심코 물었던 척하려고 아무 이름이나 지어 냈고.

 그는 살짝 긴장을 푸는 듯했지만 계속 아주 신중하게 단어를 골라가며 말을 하더구나. 실크 하우스가 실제로 경찰의 조사 대상이라 내가 갑자기 묻고 다니는 것이 자신에게 보고가 됐다고. 현재 미묘한 상황이라 제삼자가 끼어들면 막대한 손실이 발생할 수 있다고. 나는 단 한마디도 믿지 않았지만 내가 혹시나 하고 묻고 다닌 것이 이런 불안을 유발했다는 데 자책하며 수긍하는 척했지. 우리는 그 뒤로도 몇 분 동안 환담을 주고받았고 인사를 나눈 뒤 내가 그분의 시간을 뺏은 데 마지막으로 다시 한 번 사과를 한 다음 밖으로 나왔다. 하지만 요지는 무엇인가 하면 말이다, 홈즈, 이정도 위치의 고위 정치인들은 아무것도 누설하지 않아도 많은 의미를 전달하는 데 도가 튼 사람들이라 나도 이분과 대화를 나누면서 무슨 말을 하고 싶어 하는 건지 알아차릴 수 있었다. 내가 너에게 하려는 말과 같은데, 괜히 건드리지 말라는 것! 부랑아의 죽음이 참극이기는 하지만 더 넓은 관점에서 보면 상당히 하찮은 사건이다. 실크 하우스는 뭔지 몰라도 국가적으로 중요한 문제고. 정부에서 알고 있고 처리 중이라고 하는데, 네가 계속 관여하면 얼마나 막대한 손실과 추문을 유발할지 아무도 모르는 일이다. 내 말무슨 뜻인지 알겠지?"

"이보다 더 청산유수일 수가 없는걸."

"그리고 내가 한 말을 명심할 테냐?"

홈즈는 담배를 집었다. 그러더니 불을 붙일까 말까 고민하는 사람처럼 잠깐 그대로 담배를 들고 있었다.

"그건 장담 못하겠는데. 그 아이의 죽음에 내가 책임감을 느끼고 있으니 살인범 혹은 살인범들을 정의의 심판대에 세울 수 있도록 최선을 다해야 할 의무가 있단 말이지. 그 아이에게 맡겨진 임무는 호텔에서 한 남자를 감시하는 것뿐이었어. 그러다 우연히 더 광범위한 음모 속으로 빨려 들어가게 됐으니 나는 사건을 계속 추적하는 수밖에 없단 말이야."

"나도 네가 그렇게 말할 줄 알고 있었다, 셜록. 그리고 의로운 사람이라면 그렇게 말을 하는 것이 맞고. 하지만 몇 마디만 보태마." 마이크로프트는 이렇게 말하면서 일어섰다. 얼른 자리를 뜨고 싶었던 것이다. "내 충고를 무시하고 수사를 강행해 위험에 처하더라도, 내가 보기에는 아마도 그럴 것 같다만, 나를 다시 찾아오면 안 된다. 내가 도울 수 있는 방법이 아무것도 없을 테니까. 너를 대신해 수소문하느라 내 신분이 노출됐다는 것은 손 쓸 도리가 없어졌다는 의미니까. 그리고 다시 한 번 생각해 주기 바란다. 이건 즉결 심판소가 걸린 시시한 수수께끼가 아니야. 엉뚱한 사람들을 건드렸다가는 네 탐정 생활이 끝장날 수도 있고…… 그보다 더 심각한 사태가 벌어질 수도 있다."

이것이 최후통첩이었다. 두 형제 모두 그 사실을 알고 있었다. 마이크로프트는 살짝 고개를 숙여 인사하고 자리를 떴다. 홈즈는 탄산가스 제조기 위로 몸을 기울여 담배에 불을 붙였다.

"자, 왓슨." 그가 외쳤다. "자네가 보기에는 어떤가?"

"형님이 한 말을 신중하게 고민해 주길 바라네."

나는 용기를 내서 말했다.

"이미 고민은 끝났다네."

"내 그럴 줄 알았네."

홈즈는 웃음을 터뜨렸다.

"자네는 나를 너무 잘 아는군. 이제 나는 잠깐 실례해야겠네. 한 가지 처리해야 할 일이 있는데 서둘러야 석간신문이 나오는 시간에 맞출 수 있을 테니까."

그는 걱정스러워하는 나를 남겨 둔 채 밖으로 달려나갔다. 그러고는 점심 무렵에 돌아왔지만 끼니를 걸렀다. 짜릿한 수사에 돌입했다는 확실한 신호였다. 전에도 자주 접했던 모습이다. 그를 보면 가슴 높이에서 풍기는 냄새를 쫓아 달리는 사냥개가 생각났다. 사낭개가 한 가지 일에 자신의 모든 것을 바치듯 그도 가장 기본적인 인간의 욕구인 먹을거리, 물, 수면조차 생략할 수 있을 만큼 사건에 몰입하기 때문이었다. 석간신문이 배달되자 나는 그가 무슨 짓을 벌였는지 알 수 있었다. 개인 광고란에 광고를 실은 것이다.

실크 하우스와 관련된 정보 제공자에게 20파운드의 포상금을 제공함. 극비로 다룰 것을 약속드림. 베이커 가 221B로 문의 바람.

"홈즈! 형님의 당부와 정반대로 한 거 아닌가! 수사를 계속하고 싶은 마음이야 이해하지만, 그래도 신중하게 진행해야지."

"신중해 봐야 도움이 안 되거든. 이제는 주도권을 쥐어야 할 시점이라네. 마이크로프트가 사는 곳은 불을 꺼 놓은 방에서 속삭이는 사람들의 세계 아닌가. 이 작은 도발에 그들이 어떤 반응을 보일지 두고 보세나."

"반응이 있을 거라고 생각하나?"

"두고 보면 알겠지. 그래도 최소한 이런 식으로 명함을 내밀었으니 아무 소득이 없더라도 밑져야 본전 아닌가."

이것이 그가 한 말이었다. 자신이 어떤 부류의 사람들을 상대하고 있는지, 그들이 자기 보호를 위해 어떤 짓까지 저지를 수 있는지 전혀 모르고 한 말이었다. 그는 진정 음험한 기운 속으로 발을 들여놓은 셈이었고, 최악의 사태가 금세 우리를 덮쳤다.

블루게이트 필즈

"하, 왓슨! 뭐가 있는지 알 수 없는 물 속으로 던진 우리 미끼에 뭔가 걸려든 것 같은데?"

며칠 뒤 아침에 실내복 차림으로 주머니 깊숙이 손을 찔러 넣고 내닫이창 앞에 서 있던 홈즈가 말했다. 나는 당장 옆으로 달려가 베이커 가를 양옆으로 지나가는 사람들의 물결을 내려다보았다.

"누구 말인가?" 내가 물었다.

"안 보인단 말인가?"

"사람들이 너무 많은데."

"그렇기야 하지. 하지만 이 추운 날씨에 밖에서 꾸물거리고 싶은 사람이 어디 있겠나. 그런데 꾸물거린다는 표현이 딱 알맞은 사람이 한 명 있거든. 저기! 우리 쪽을 보고 있는 저 남자 말일세."

문제의 그 남자는 코트와 스카프와 챙이 넓은 까만색 펠트 모자로 온몸을 감싸고 두 손을 겨드랑이에 넣고 있어 남자이고 한 자리에서 꼼짝 않고 서서 갈까 말까 망설이고 있는 것처럼 보인다는 것 외에는 딱 잘라 말할 수 있는 부분이 없었다.

"저자가 우리 광고를 보고 온 사람이라는 건가?" 내가 물었다.

"두 번이나 우리 대문 앞을 지나갔다네. 15분 전에 처음 봤을 때는 메트로폴리탄 레일웨이 역 쪽에서 걸어오고 있었지. 그러다 왔던 길을 되짚어 가더니만 꼼짝 않고 있다네. 자기를 감시하는 사람이 없는지 확인하는 걸세. 드디어 결심을 한 모양이로군!" 우리가 보이지 않게 뒤로 물러서 지켜보는 가운데 남자가 길을 건넜다. "잠시 후면 우리를 찾아올 걸세."

홈즈가 이렇게 말하며 자기 자리로 돌아갔다.

아니나 다를까, 문이 열리면서 허드슨 부인이 새로운 손님을 소개했고, 모자와 스카프와 외투를 벗자 묘하게 생긴 청년이 모습을 드러냈다. 얼굴과 체격이 부조화의 극치를 달려서 천하의 홈즈마저 정체 파악이 불가능하겠다 싶을 정도였다. 좀 전에도 이야기했다시피 젊은 청년으로 기껏해야 20대였다. 체격은 권투 선수인데, 머리는 숱이 없고 피부는 칙칙하고 입술은 갈라져 더 나이 들어 보였다. 최신 유행이랄 수 있는 비싼 옷을 입고 있었지만, 옷이 지저분했다. 이 자리에 있다는 데 불안해하고 있었지만, 우리를 대하는 태도에서는 공격적이다 싶을 만큼 강한 자신감이 느껴졌다. 나는 그 자리에 선 채로 그가 입을 열 때까지 기다렸다. 그래야 귀족인지 가장 형편없는 불한당인지 알 수 있을 것 같았다.

"앉으시죠." 홈즈가 최대한 친절하게 자리를 권했다. "한참 동안 밖에 계셨을 텐데 감기 걸리셨으면 어쩝니까. 뜨거운 차를 한 잔 드릴까요?"

"럼주가 더 좋겠습니다만."

"럼주는 없습니다. 브랜디는 어떨까요?"

홈즈가 나를 향해 고개를 끄덕이기에 내가 유리잔에 상당히 많은 양을 따라 건네주었다.

남자는 그걸 단숨에 들이켰다. 얼굴에 살짝 화색이 돌기 시작했고 그는 자리에 앉았다.

"고맙습니다." 그가 말했다. 쉬었지만 교양 있는 목소리였다. "포상금을 받으려고 왔습니다. 그러면 안 되는 줄 알면서요. 여기 찾아온 걸 들통 나면 그 사람들 손에 목이 날아가겠지만, 거두절미하고 돈이 필요해서요. 20파운드면 악마들을 당분간 멀찌감치 떼어 놓을 수 있으니 그 정도면 목숨을 걸 만하죠. 지금 포상금을 가지고 계신 건가요?"

"정보를 알려 주시면 드리겠습니다. 나는 셜록 홈즈라고 합니다. 손님께서는……?"

"헨더슨이라고 부르시면 됩니다. 본명은 아니지만 아무런들 어떻습니까. 워낙 몸을 사려야 하거든요. 선생님께서 실크 하우스와 관련된 정보를 찾는다는 광고를 실은 그 순간부터 이 집은 감시 대상이 되었을 겁니다. 그들이 들어오는 사람과 나가는 사람들을 모두 체크하고, 나중에 선생님께 그동안 찾아온 방문객의 이름을 대라고 할지도 모릅니다. 저는 얼굴을 가리고 이 집 문지방을 넘었습니다. 제 신상도 그와 마찬가지로 밝히지 못하더라도 이해해 주시기 바랍니다."

"그래도 신상에 대해 조금은 알려주어야 포상금을 드릴 수가 있는데요. 직업은 교사죠, 안 그렇습니까?"

"어째서 그럴 거라고 생각하셨습니까?"

"소맷부리에 분필이 묻어 있고, 세 번째 손가락 안쪽에 빨간 잉크 자국이 있으니까요."

헨더슨(앞으로 이렇게 부르도록 하겠다.)은 삐뚤빼뚤하고 누렇게 착색이 된 이를 드러내며 살짝 미소를 지었다.

"죄송하지만 교사가 아니라 사실은 승선 세관원입니다. 수화물을 싣기 전에 분필로 표시를 하고 빨간 잉크로 원장에 숫자를 적죠. 채텀 세관에서 근무하다 2년 전에 런던으로 왔습니다. 환경의 변화를 주면 직업상 도움이 될 줄 알았건만 파멸의 단초가 되었네요. 저에 대해 더 이상 어떤 말씀을 드려야 할까요? 제 고향은 원래 햄프셔고 부모님은 아직도 거기 살고 계십니다. 결혼은 했지만 아내 얼굴을 못 본 지 한참 됐고요. 저로 말할 것 같으면 쓰레기 같은 인간 말종인데, 남을 탓하고 싶지만 결국에는 전적으로 제 잘못인 걸 알고 있습니다. 무엇보다 한심한 건 돌이킬 방법이 없다는 겁니다. 20파운드를 받을 수 있다면 저희 어머니라도 팔 겁니다, 홈즈 씨. 제가 못할 게 없어요."

"어쩌다 파멸의 길을 걷게 된 겁니까, 헨더슨 씨?"

"브랜디 한 잔 더 주시겠습니까?" 내가 한 잔 더 따라 주자 그는 이번에는 잠깐 물끄러미 쳐다보았다. "아편 때문입니다."

그는 이렇게 말하고 잔을 비웠다.

"그것이 저의 일급비밀입니다. 아편에 중독된 것. 예전에는 좋아서 피웠죠. 지금은 안 피우면 살 수가 없습니다. 제 이야기를 들려 드릴까요? 저는 자리를 잡으면 합치기로 하고 채텀에 아내를 둔 채 새로운 직장에서 가까운 섀드웰의 하숙집으로 들어갔습니다. 그 동네를 아십니까? 두말하면 잔소리지만 선원, 부두 노동자, 중국인, 인도 선원, 검둥이들이 사는 곳이죠. 워낙 다채로운 곳이고 술집이며, 무도장이며 유혹도 많아서 정신 못 차리면 돈 다 날리기 십상이에요. 저는 외롭고 가족들이 보고 싶었습니다. 제가 어리석어서 그렇게 된 것이기도 하고요. 어느 쪽이 됐건 무슨 상관이겠습니까만. 제가 약장수에게 난생 처음 4펜스를 주고 갈색 밀랍을 입힌 작은 환을 산 게 12개월 전의 일입니다. 그때만 해도 어찌나 저렴하게 느껴지던지! 제가 얼마나 생각이 짧았던 겁니까! 그 쾌감은 제가 그때까지 경험한 모든 것을 뛰어넘는 수준이었습니다. 이제야 진정으로 인생을 사는 것 같은 기분이 들더군요. 두말하면 잔소리지만 저는 약장수를 다시 찾아갔습니다. 처음에는 한 달 뒤에, 그러다 일주일 뒤에, 그러다 어느 순간부터 매일이 되었고 얼마 안 있어 매시간이 되었죠. 이제 일은 안중에도 없었습니다. 실수를 저질렀고, 혼이 나면 말도 안 되게 분통을 터뜨렸습니다. 진짜 친구들이 떨어져나갔습니다. 가짜 친구들은 자꾸 더 피우라고 부추겼고요. 이윽고 제 상태를 알아차린 회사에서 해고하겠다며 협박을 했지만, 그러거나 말거나 상관없습니다. 눈을 뜨고 있으면 아편 생각뿐이고 지금도 마찬가지니까요. 못 피운 지 3일 됐습니다. 다시 망각의 안개 속으로 빠져들 수 있게 포상금을 주세요."

나는 경악을 금치 못하며 딱한 눈빛으로 쳐다보았지만, 그는 동정하는 나를 비웃는 듯했다. 자기가 저지른 짓을 자랑스러워하는 듯한 분위기였다. 헨더슨은 환자였다. 안에서부터 서서히 파괴되어 가고 있었다. 홈즈도 심각한 얼굴이었다.

"이 아편을 사러 가는 곳이 실크 하우스인가요?" 그가 물었다.

헨더슨은 웃음을 터뜨렸다.

"제가 고작 아편굴 때문에 이렇게 두려워하고 몸을 사리겠습니까?" 그가 큰 소리로 외쳤다. "섀드웰과 라임하우스에 아편굴이 얼마나 많은지 아세요? 사람들 말로는 10년 전에 비하면 줄어든 거라고 하더군요. 그래도 네거리에 서 있으면 어느 방향으로 고개를 돌리든 하나씩은 보입니다. 모츠도 있고 마더 압둘라스도 있고 크리어스 플레이스도 있고 야히스도 있고. 듣자하니 헤이마켓과 레스터 광장에 있는 나이트클럽에서도 살 수 있다던데요."

"그래서요?"

"돈을 달라고요!"

홈즈는 망설이다 5파운드짜리 지폐 네 장을 내밀었다. 헨더슨은 지폐를 낚아채 어루만졌다. 그 안에 똬리를 틀고 있던 중독이라는 짐승이 다시 깨어나면서 그의 두 눈이 희미하게 번뜩였다.

"런던, 리버풀, 포츠머스, 잉글랜드의 모든 판로, 아니 스코틀랜드와 아일랜드까지 어디에서 아편을 공급받을까요? 재고가 떨어져 간다 싶으면 크리어나 야히는 어딜 찾아갈까요? 전국 방방곡곡으로 이어진 유통망의 중심지가 어디일까요? 그것이 홈즈 씨가 궁금해하는 질문의 해답입니다. 다들 실크 하우스를 찾아가거든요!

실크 하우스는 대규모 범죄사업체인데 들리는 소문에 따르면 (단순한 소문이에요, 소문!) 최고위층에도 친구가 있고, 장관과 경관들에게까지 마수를 뻗치고 있다고 합니다. 지금 말씀드리는 게 수출입 사업인데, 연간 수천 파운드 규모예요. 아편은 동양에서 수입하죠. 그걸 중앙의 이 창고로 집결시킨 다음 훨씬 비싼 값에 각지로 유포하는 겁니다."

"이 업체의 위치는 어딥니까?"

"런던이에요. 정확한 위치는 모르고요."

"사장은 누구입니까?"

"글쎄요. 그건 모르겠는데요."

"그럼 도움을 거의 못 주신 거 아닙니까, 헨더슨 씨. 지금 말씀하신 내용이 사실인지 아닌지조차 확인할 방법이 없으니까요."

"제가 증명해 드릴 수 있습니다." 그가 귀에 거슬리는 소리를 내며 기침을 하자 나는 갈라진 입술과 구갈증이 마약 장기 남용의 증상이라는 사실이 생각났다. "저는 크리어스 플레이스의 단골이에요. 태피스트리와 부채를 동원해 중국풍으로 꾸민 곳으로 가끔 동양인들이 바닥에 웅크리고 앉아 있을 때도 있지만, 사실 주인인 크리어는 선생님이나 저와 다를 바 없는 영국인입니다. 마주치고 싶지 않을 만큼 사악하고 무자비한 영국인이죠. 눈은 까맣고 머리는 해골처럼 생겼어요. 4펜스가 있는 사람한테는 웃으며 친구라고 부르지만, 누가 자기한테 부탁을 하거나 심기를 건드리면 곧바로 두들겨 패서 하수구에 처박을 인간이죠. 그래도 저하고는 꽤 잘 지내고 있습니다. 이유는 묻지 마세요. 본관 옆에 그 인간의 조그만 사무실이 있는데 거기로 가끔 저를 불러 같이 한 모금씩 합니다. 아편 말고 담배를요. 부두에서는 어떤 일들이 벌어지는지 듣는 걸 좋아하거든요. 아무튼 그렇게 그 사무실로 찾아갔을 때 실크 하우스라는 이름을 처음 들었습니다. 그자는 남자아이들을 보급책으로 동원하고, 목재소나 저탄장에서 새로운 고객이 없나 찾을 때도……."

"남자아이들을요?" 내가 끼어들었다. "그 아이들을 만난 적 있습니까? 그 중에 로스라는 아이가 있었나요?"

"아이들 이름은 모르고 대화를 나눈 적도 없습니다. 아무튼 제 이야기를 들어 보세요! 몇 주 전에 사무실로 찾아갔더니 한 녀석이 들어오는데 늦은 모양이더군요. 크리어는 술을 마시고 있었고 기분이 언짢은 상태였습니다. 그가 아이를 잡고 주먹을 날려 바닥으로 쓰러뜨렸죠. '어디 갔었냐?' 그가 따지듯 묻자 아이가 대답했습니다. '실크 하우스요.' '뭐 가지고 왔어?' 아이는 꾸러미를 하나 건네고 살금살금 도망쳤습니다. '실크 하우스가 뭐요?' 제가 물었죠.

그러자 크리어가 들려준 이야기가 있습니다. 위스키를 마시지 않았던들 그렇게 나불거리지는 않았을 텐데, 이야기가 끝났을 때 자기가 저지른 실수를 깨달았는지 험상궂은 표정으로 돌변하더군요. 책상 옆에 있던 조그만 서랍장을 열더니 저한테 총을 겨누지 뭡니까. '왜 궁금해한 거야?' 그가 외쳤어요. '그런 걸 왜 물어본 거야?' 저는 놀라기도 하고 무섭기도 했지만 그를 일단 달랬습니다. '아무 생각 없이 물어본 거요. 그냥 심심해서요. 그뿐이오.' '심심해서? 이건 심심풀이 땅콩이 아니야, 친구. 나한테 들은 이야기를 아무한테라도 옮겼다가는 템스 강 고기밥이 될 줄 알라고. 내 말 알아들어? 내가 아니라도 저들 손에 죽게 될 테니까.' 그러더니 생각이 바뀌었는지 총을 내리고 좀 더 부드러운 목소리로 이렇게 말을 하는 겁니다. '오늘 밤에는 공짜로 물건을 가지고 가도 좋아. 워낙 훌륭한 고객이니까. 너하고 나, 우리 서로 잘 아는 사이잖아. 우리가 돌봐 주겠어. 나한테 들은 이야기는 다 잊어버리고 두 번 다시 입 밖에 꺼내지 마. 알아들었지?'

그걸로 끝이었습니다. 거의 잊고 있었던 사건이었는데 광고를 보니까 퍼뜩 생각이 나는 겁니다. 만약 제가 여기 찾아온 걸 알면 크리어는 분명 자기가 말한 대로 실행에 옮길 겁니다. 하지만 실크 하우스를 찾고 계시다면 그자의 가게부터 찾아가 보세요. 그자가 연결 고리가 될 수 있을 테니까요."

"어디로 찾아가면 됩니까?"

"블루게이트 필즈요. 가게는 밀워드 가 모퉁이에 있어요. 입구에서 빨간 등이 이글거리는 납작하고 지저분한 곳이에요."

"선생도 오늘 밤에 거기 계실 겁니까?"

"저는 하루도 빠짐없이 밤마다 찾아갑니다. 희사해 주신 돈 덕분에 앞으로 며칠 동안 걱정 없겠네요."

"크리어라는 이자가 가게를 비울 때도 있습니까?"

"자주 비웁니다. 거기가 워낙 답답하고 연기가 자욱하거든요. 나가서 바람을 쐬는 거죠."

"그럼 오늘 밤에 뵐 수 있겠군요. 만약 일이 잘 풀려서 제가 찾던 정보를 알아내게 되면 포상금을 두 배로 드리겠습니다."

"저를 안다는 이야기는 하지 마세요. 제가 보이더라도 아는 체도 하지 마시고요. 일이 잘못되더라도 더 이상 도움은 기대하지 말아 주십시오."

"알겠습니다."

"그럼 행운을 빌겠습니다, 홈즈 씨. 부디 성공하시길 기원합니다. 선생님을 위해서가 아니라 저를 위해서요."

헨더슨이 나갈 때까지 기다렸다 홈즈가 눈을 반짝이며 내 쪽을 돌아보았다.

"아편굴이라니! 그것도 실크 하우스와 거래를 하는 아편굴이라니! 자네 생각은 어떤가, 왓슨?"

"전혀 탐탁지 않은 곳일세, 홈즈. 멀찌감치 떨어져 있는 게 상책이라고 생각하네."

"푸하! 내 몸 하나쯤은 나도 건사할 수 있다네." 홈즈는 뚜벅뚜벅 책상 쪽으로 걸어가 서랍을 열고 권총을 꺼냈다. "무기를 들고 갈 생각일세."

"그럼 나도 같이 가겠네."

"친애하는 왓슨, 그건 안 되겠는데. 자네의 배려는 고맙지만, 우리 둘이서 찾아가면 목요일 밤에 이스트 런던의 아편굴을 찾은 손님처럼 보일 리 만무하지 않은가."

"그래도 이번만큼은 순순히 물러서지 않겠네, 홈즈. 정 뭐하면 밖에서 기다리겠네. 근처에 들어가서 기다릴 만한 곳이 있겠지. 도움이 필요하거든 총을 한 방 쏘게. 그러면 내가 현장으로 달려갈 테니. 크리어의 일을 돕는 폭력배들이 있을지도 모르는 일 아닌가. 그리고 헨더슨이 우릴 배신하지 말라는 법도 없고."

"자네 말에도 일리가 있군. 알았네. 자네 리볼버는 어디 있나?"

"안 가지고 왔는데."

"상관없네. 나한테 한 자루 더 있으니까." 홈즈는 씩 웃으며 즐거워하는 표정을 지었다. "오늘 밤에 크리어스 플레이스를 찾아가면 보고자 하는 것을 볼 수 있겠군."

그날 밤에도 또 안개가 꼈다. 11월 사상 최악의 안개였다. 웬만하면 다른 날 가자고 홈즈를 말리고 싶었지만 그래봐야 소용없는 일이었다. 매를 닮은 그 창백한 얼굴로 보건대 궤도 수정이 불가능했다. 말은 안 했지만, 로스의 죽음이 그를 짓누르고 있는 게 분명했다. 그는 일련의 사태에 일부분이라도 책임이 있는 한 쉴 수가 없었고, 자신의 안위쯤은 기꺼이 내팽개칠 수 있었다.

그럼에도 불구하고 라임하우스 베이신 근처 골목길 옆에 마차를 세우고 내렸을 때 내 마음이 얼마나 무거웠는지 모른다. 짙고 누르스름한 안개가 골목 구석구석까지 드리워져 모든 소리를 죽였다. 사악한 짐승이 먹이를 찾아 킁킁거리며 어둠 속을 배회하는 것처럼 음산한 분위기라 한 걸음씩 발을 옮길 때마다 녀석의 입 속으로 다가가는 듯한 기분이 들었다. 우리는 물을 뚝뚝 흘리고 있는 빨간 벽돌담 속에 갇힌 채 골목길을 걸었다. 담이 너무 높아서 희미하게 비치는 달빛마저 없었다면 하늘이 완전히 가려진 것처럼 느껴졌을 것이다. 처음에는 들리는 소음이 우리 발자국 소리밖에 없었는데, 골목길이 넓어지면서 히힝 하고 말이 우는 소리와 증기 기관이 나지막이 덜컹거리는 소리와 강이 물결치는 소리와 잠이 없는 아이가 목청 높여 우는 소리가 여기저기서 울려 퍼져 각자 나름대로 부연 세상을 밝혔다. 우리 옆쪽으로 운하가 있었다. 쥐인지 뭔지 모를 녀석이 우리 앞에서 쪼르르 달려가다 길가에서 발을 헛디뎌 시커먼 물 속으로 풍덩 빠지는 소리가 들렸다. 어디선가 개 한 마리가 짖었다. 한쪽에 묶여 있는 거룻배를 지나는데, 커튼이 쳐진 창문 틈새로 희미한 불빛이 새어 나왔고 굴뚝에서는 연기가 뿜어져 나왔다. 그 너머 드라이 독에는 형체를 잘 알아볼 수도 없는 배들이 한데 뒤엉켜 밧줄과 삭구 장치를 늘어뜨린 채 선사 시대 해골처럼 대롱대롱 매달려 수리해 줄 사람을 기다렸다. 길모퉁이를 돌자 우리 뒤로 커튼처럼 드리워진 안개가 이 모든 광경을 삼켜 버린 바람에 뒤를 돌아보면 내가 어디선가 갑자기 등장한 사람인 것처럼 느껴졌다. 앞을 보아도 역시 아무것도 없었고, 우리가 세상의 낭떠러지 너머로 떨어지게 생겼더라도 모를 법했다. 하지만 잠시 후, 한 손가락으로 피아노를 딩동거리는 소리가 들렸다. 어디에선가 갑자기 등장한 여자가 우리 앞으로 걸어왔다. 쭈글쭈글한 얼굴을 섬뜩하게 칠하고, 천박한 모자에 깃털이 달린 스카프를 두른 여자였다. 뿌린 향수는 꽃병 안에서 죽어 가는 꽃냄새 비슷했다. 여자는 짤막하게 웃음을 터뜨리더니 어디론가 사라졌다. 이윽고 앞에서 불빛이 보였다. 어느 술집 창문 너머로 새어나오는 불빛이었다. 피아노 소리가 들린 곳도 여기였다.

 술집 이름은 로즈 앤드 크라운이었다. 간판 바로 밑에 서 있어도 읽을 수 있는 글씨가 상호뿐이었다. 얼기설기 엮은 널빤지 사이로 벽돌을 쌓아서 만든 희한하고 조그만 건물인데, 금방이라도 무너질 것처럼 비틀거렸다. 네모반듯한 창문이 한 장도 없었다. 문이 하도 낮아서 허리를 숙여야 안으로 들어갈 수 있었다.

 "드디어 도착했네, 왓슨." 홈즈가 속삭이자 허연 입김이 나왔다. 그가 한쪽 방향을 손가락으로 가리켰다. "저쪽이 밀워드 가고, 저게 크리어스 플레이스겠군. 문에 달린 빨간 불빛이 보이지 않는가?"

 "홈즈, 마지막으로 한 번만 간청하겠네. 나도 따라가면 안 되겠나?"

 "아니, 아니. 우리 둘 중 한 명은 밖에서 대기하는 게 좋겠네. 그래야 저쪽에서 나를 기다리고 있었던 것으로 밝혀졌을 때 나를 더

쉽게 도울 수 있지 않겠나."

"헨더슨이 자네한테 거짓말을 했을 것 같은가?"

"모든 면에서 있을 법하지 않은 소리처럼 들리더군."

"그럼 홈즈, 제발……."

"들어가 보기 전에는 모를 일 아닌가, 왓슨. 헨더슨이 사실대로 이야기했을 수도 있으니 말일세. 하지만 이것이 덫이라면 밟아 보고 어떻게 되는지 지켜보도록 하세."

나는 항변을 하려고 입을 열었지만 홈즈는 그가 하던 이야기를 계속했다.

"우리는 무엇인가의 폐부를 건드렸다네, 친구. 너무나도 특이한 이 사건을 바닥 깊숙이 파헤치려면 위험을 감수하는 수밖에 없지 않겠나. 한 시간만 기다려 주게. 이 술집에서 뭐가 됐든 여흥을 즐기면서. 한 시간 뒤에도 내가 나타나지 않거든 뒤따라오되 조심해야 하네. 총소리가 들리면 당장 달려와 주고."

"좋을 대로 하시게."

하지만 길을 건너는 순간 안개와 어둠 속으로 잠깐 사라지는 그를 지켜보는데, 여전히 불안하기 그지없었다. 건너편에서 안개와 어둠을 뚫고 나온 그가 빨간 불빛을 받으며 문 앞에 섰다. 저 멀리서 11시를 알리는 시계 종소리가 들렸다. 첫 번째 종소리가 희미해지기도 전에 홈즈가 안으로 들어갔다.

두꺼운 외투를 입고 있어도 한 시간 동안 밖에 서 있기엔 날이 너무 추웠고, 가장 상스럽고 고약하고 범죄자에 가까운 사람들이 살기로 유명한 이 동네 길거리에 한밤중에 서 있는 것도 불안했다. 로즈 앤드 크라운의 문을 열고 들어가 보니 좁은 바를 기준으로 양쪽으로 나뉜 공간이 나를 맞이했다. 색칠한 사기 손잡이가 달린 맥주 꼭지가 바의 여기저기에 달려 있었고, 두 개의 선반에 술병이 일렬로 놓여 있었다. 놀랍게도 이런 날씨에도 불구하고 열다섯에서 스무 명 정도 되는 사람들이 이 좁은 곳에 모여 있었다. 테이블에 삼삼오오 떼지어 앉아 카드놀이를 하고 술을 마시고 담배를 피웠다. 궐련과 파이프 담배 연기가 자욱했고, 이탄 타는 냄새가 심하게 나는 이유는 한쪽 구석에 놓인 찌그러진 무쇠 난로 때문이었다. 이 안을 밝히는 게 촛불 몇 개 말고는 난로 불빛 밖에 없는데 오히려 역효과를 내는 듯했다. 두툼한 유리 너머에서 이글거리고 있는 빨간 불꽃을 보면 오히려 빛을 빨아들여 꿀꺽 삼킨 다음 굴뚝 너머 밤하늘 속으로 시커먼 연기와 재를 내뱉는 듯했다. 문가에 낡은 피아노가 한 대 서 있었고, 여자 하나가 그 앞에 앉아 하릴없이 건반을 누르고 있었다. 밖에서 들은 음악 소리가 바로 이 피아노 소리였다.

바 쪽으로 걸어가자 양쪽 눈에 백내장이 생긴 반백의 노인이 몇 펜스짜리 맥주를 한 잔 따라 주었다. 나는 술잔을 건드리지도 않은 채 그 자리에 서서 자꾸만 떠오르는 끔찍한 상상을 떨치며 홈즈를 잊어버리려고 애를 썼다. 이곳을 찾은 사람들은 대부분 선원 아니면 부두 노동자였고, 스페인과 몰타에서 건너온 외국인이었다. 아무도 나에게 관심을 보이지 않았고 그래서 고마웠다. 사실 그들끼리도 별 대화가 없어서 카드를 치는 사람들이 내는 소리가 전부였다. 벽에 걸린 시계가 시간의 흐름을 알려 주었는데, 내 눈에는 분침이 시간의 법칙을 무시하고 일부러 천천히 움직이는 것처럼 보였다. 나는 예전에도 홈즈와 함께 혹은 단독으로 바스커빌 저택 근처 황야에서, 템스 강변에서 아니면 수많은 전원주택 정원에서 악당의 출현을 숱하게 기다린 적이 있었다. 하지만 탁, 탁, 탁 카드가 테이블을 때리고, 피아노에서는 음정도 안 맞는 곡조가 흘러나오고, 사람들은 인생이라는 수수께끼에 대한 해답이 거기 모두 들어 있기라도 한 것처럼 우울한 얼굴로 술잔을 들여다보던 작은 공간에서 50분 동안 보초를 서던 그 순간만큼은 죽을 때까지 잊지 못할 것이다.

정확히 50분이 지나 12시 10분 전이 됐을 때 두 발의 총성이 밤의 정적을 갈랐고, 곧바로 귀청을 가르는 경찰 호루라기 소리와 놀란 사람들의 비명 소리가 들렸다. 나는 당장 밖으로 뛰쳐나가 쏜살같이 달렸다. 홈즈의 설득에 넘어가 이 위험한 계획을 수락한 나에게 환멸이 느껴지면서 화가 났다. 홈즈가 낸 총성인 것만큼은 분명했다. 그런데 나에게 보내는 경고였을까 아니면 위험한 상황에 처해 자구책을 강구할 수밖에 없었던 걸까? 안개가 살짝 걷혔고, 나는 길을 건너 크리어스 플레이스 입구로 내달렸다. 문손잡이를 잡고 돌렸다. 열려 있었다. 나는 주머니에 넣어 두었던 무기를 꺼내들고 안으로 들이닥쳤다.

아편을 태울 때 나는 특유의 건조한 냄새가 내 콧구멍을 간질이는 순간 눈이 따끔거리면서 머리가 지끈거려 이러다 약에 취해 쓰러지는 건 아닌가 싶어 숨을 쉴 수가 없었다. 이곳은 헨더슨이 말했던 것처럼 무늬가 있는 깔개와 빨간 갓을 씌운 램프, 비단 족자를 동원해 중국풍으로 꾸민 눅눅하고 음침한 공간이었다. 헨더슨의 흔적은 어디에서도 찾을 수가 없었다. 근처 나지막한 테이블에 일본식 쟁반과 아편 램프를 두고 매트리스 바닥에 대자로 뻗은 네 남자뿐이었다. 그 중 세 명은 의식불명이라 시체나 다름없었다. 나머지 한 명은 한손으로 턱을 괴고 흐리멍덩한 눈으로 나를 빤히 쳐다보았다. 매트리스 하나가 빈 자리였다.

한 남자가 내 쪽으로 달려왔다. 짐작건대 크리어인 게 분명했다. 완벽한 대머리였고, 백짓장처럼 하얀 살갗을 누가 잡아당기기라도 한 것처럼 어찌나 골격이 고스란히 드러나던지 움푹 들어간 까만 눈만 아니었다면 해골이라 해도 믿길 정도였다. 그는 나에게 말로 시비를 걸려다 리볼버를 보더니 뒤로 물러섰다.

"어디 있나?" 내가 따지듯 물었다.

"누구 말이오?"

"누굴 찾아온 건지 알잖아!"

그에게서 시선을 돌리자 저쪽 끝에 달린 열린 문 너머로 가스등이 불을 밝힌 복도가 이어지는 게 보였다. 나는 연기를 마시고 쓰러지기 전에 이 끔찍한 공간에서 벗어나고 싶은 마음에 크리어를 무시한 채 그쪽으로 걸어갔다. 매트리스에 누워 있던 불쌍한 인간 하나가 말을 걸며 돈을 달라는 듯이 손을 내밀었지만 상대하지 않았다. 복도 저쪽 끝에도 문이 하나 달려 있었다. 앞문에서 홈즈를 보지 못했으니 이쪽으로 나간 게 분명했다. 문을 비틀어 열자 차가운 공기가 나를 덮쳤다. 가게 뒤편이었다. 사람들 고함 소리, 말과 마차가 덜커덩거리는 소리, 경찰 호루라기 소리가 들렸다. 우리가 놈들의 농간에 걸려들었고, 모든 게 어그러진 것만큼은 분명했다. 하지만 어떤 상황이 나를 기다리고 있을지 알 수 없었다. 홈즈는 어디 있는 걸까? 다쳤을까?

좁은 골목과 아치길을 지나 모퉁이를 돌자 널찍한 공간이 나왔다. 사람들이 여기 모여 있었다. 이 밤중에 다들 어디서 나온 걸까? 야회복을 입은 남자와 경찰관 말고도 두 명이 더 있었다. 모두들 자기 앞에 펼쳐진 광경만 뚫어져라 쳐다볼 뿐 아무도 감히 앞으로 다가가거나 달려들지 못했다. 그 사이를 뚫고 들어갔을 때 나를 맞이한 광경을 나는 죽을 때까지 잊지 못할 것이다.

두 사람이 보였다. 한 명은 여자아이였고, 누군지 단박에 알아볼 수 있었다. 불과 며칠 전에 나를 죽이려고 했던 아이니 그럴 수밖에 없었다. 로스의 누나이자 백 오브 네일스에서 일을 하고 있었던 샐리 딕슨. 그 아이가 가슴과 머리에 두 발의 총을 맞고 자갈길 위에 쓰러져 있었다. 그 밑으로 생긴 웅덩이는 어두워서 검게 보이지만 핏물이었다. 그 아이를 향해 발사한 총을 든 채 의식을 잃고 그 앞에 대자로 뻗어 있는 나머지 한 명도 내가 아는 사람이었다.

셜록 홈즈였던 것이다.

체포

  그날 밤과 그 이후에 벌어진 일들은 아직도 기억에 생생하다.
  25년이 지난 지금 여기 이렇게 혼자 앉아 있는데도 사소한 부분들까지 낱낱이 머릿속에 각인이 되어 있어, 가끔 시간이라는 찌그러진 렌즈를 통해 열심히 들여다보아야 하지만 아군과 적군, 양쪽 모두의 생김새가 눈 깜빡할 사이 되살아난다. 해리먼, 크리어, 애클랜드 그리고 그 경관은…… 이름이 뭐였더라? 퍼킨스! 사실 나는 셜록 홈즈와 수많은 모험을 펼치는 동안 그가 곤경에 처하는 광경을 숱하게 목격했다. 그가 죽은 줄 알았을 때도 있었다. 1주일 전에도 헛소리를 하며 축 늘어진 그를 보고 수마트라의 쿨리병에 걸린 줄 알았다. 콘월의 폴두 만(灣)에 갔을 때도 내가 방에서 끌고 나오지 않았더라면 광기와 자해 앞에 무릎을 꿇었을 것이다. 서리에서 그와 함께 불침번을 서는데 늪지에 사는 맹독성 살무사가 어둠 속에서 스르르 기어나왔던 것도 생각난다. 라이헨바흐 폭포에서 나 혼자 돌아왔을 때 느꼈던 절망과 공허함을 빼놓으면 이 짤막한 리스트를 어찌 완성할 수 있을까. 하지만 그날 밤 블루게이트 필즈와 비교하면 이 모든 게 빛을 잃었다. 이제 정신을 차린 그가 사람들에게 둘러싸여 옴짝달싹 못하게 된 자신의 처지를 파악했는데, 방금 전에 무슨 일이 있었는지 설명을 하지 못했다. 올가미 속으로 기꺼이 뛰어든 것은 그의 선택이었다. 그리고 이것이 불행한 결과였다.

경관이 이미 출동해 있었다. 어디서 나타났는지는 알 수가 없었다. 젊고 안절부절못하기는 했지만 해야 할 일을 상당히 효율적으로 처리했다. 먼저 아이가 죽었는지 확인한 뒤 내 친구에게로 시선을 돌렸다. 홈즈는 처참한 상태였다. 얼굴은 백짓장처럼 새하얬고, 눈을 뜨고 있었지만 앞이 잘 안 보이는 듯했다. 나를 못 알아보는 것만큼은 분명했다. 모여 있는 사람들도 문제였는데, 이번에도 이들의 정체가 무엇이며 이 밤에 어떻게 하필이면 여기 모여 있을 수가 있었는지 의심스러운 부분이었다. 여자 둘은 운하 옆에서 스치고 지나갔던 그 흉측했던 쭈그렁 할멈과 비슷했고, 그들과 일행인 선원 둘은 맥주 냄새를 풍기며 서로 기대고 서 있었다. 눈을 휘둥그레 뜨고 쳐다보는 검둥이도 한 명 있었다. 로즈 앤드 크라운에서 술잔을 기울였던 몰타 인들도 그 옆에 두세 명 서 있었다. 심지어 누더기에 맨발인 아이들 몇 명은 자기들을 위해 펼쳐진 공연이라도 되는 양 예의 주시하고 있었다. 내가 이런 상황에 적응하고 있을 때 키가 크고 불그스름한 머리카락에 근사하게 차려 입은 남자 하나가 자기 지팡이로 가리키며 큰 소리로 외쳤다.

"경관, 이자를 데리고 가요! 이자가 여자아이를 쏘는 것을 내가 봤습니다. 내 두 눈으로 똑똑히 봤어요."

심한 스코틀랜드 억양을 쓰고 있어서, 지금 연극이 상연되고 있는데 관객석에 앉아 있던 그가 불쑥 무대 위로 올라온 것처럼 현재 상황과 어울리지 않았다.

"선생은 누구십니까?" 경관이 따지듯 물었다.

"내 이름은 토머스 애클랜드입니다. 집으로 가는 길이었습니다. 무슨 일이 벌어졌는지 내가 정확히 보았습니다."

나는 더 이상 수수방관하고 있을 수가 없어 사람들을 헤집고 나가 괴로워하는 친구 옆에 무릎을 꿇고 앉았다.

"홈즈!" 내가 큰 소리로 외쳤다. "홈즈, 내 말 들리나? 도대체 어찌 된 일인지 말을 해 보게."

하지만 홈즈는 대답을 하지 못했고, 이제는 경관이 나를 유심히 관찰했다. 그가 따지듯 물었.

"아는 분입니까?"

"아는 사람이에요. 셜록 홈즈라고 합니다."

"그리고 선생님은요?"

"내 이름은 존 왓슨이고 의사입니다. 경관님, 내 친구의 상태를 좀 살펴야겠습니다. 아무리 상황이 빤해 보이더라도 이 친구는 사건과 무관하다고 내가 장담할 수 있어요."

"아니에요. 저자가 아이를 쏘는 걸 내가 봤다니까. 저 사람 손에서 총알이 발사되는 걸 내가 봤단 말입니다." 애클랜드가 한 발자국 앞으로 나오면서 하던 이야기를 계속했다. "나도 의사입니다. 그래서 이자는 아편에 취한 상태라는 걸 척 보고 알아차렸습니다. 눈과 입 냄새를 보면 뻔하니 이 고약하고 몰지각한 범죄의 다른 동기는 찾을 생각도 하지 말아요."

그게 사실일까? 홈즈는 아무 말도 못하고 가만히 누워 있었다. 마약에 취한 상태이기는 한데 지난 한 시간 동안 크리어스 플레이스에 있었으니 이 의사가 지목한 것처럼 아편이라고 보아야 맞을 것이다. 그런데 그의 진단에 왠지 모르게 미심쩍은 부분이 있었다. 홈즈의 눈을 자세히 들여다보았더니 동공이 확장되기는 했지만 예상과 달리 반짝반짝하는 반점들은 보이지 않았다. 맥을 짚어도 너무 느려서 먼저 제물과 추격전을 벌인 다음 총을 쏴서 쓰러뜨리는 격렬한 행위를 한 것이 아니라 깊은 잠에서 깬 상태임을 시사했다. 게다가 언제부터 아편이 이런 사건의 단초를 제공해 왔단 말인가? 행복해지고 온몸의 긴장이 완전히 풀리고 육체적인 고통에서 해방되는 거라면 모를까, 아편이 폭력적인 행동을 유발한다는 소리는 들어 본 적이 없었다. 그뿐 아니라 홈즈가 가장 심각한 피해망상증에 빠져 정신이 오락가락했다 한들 열심히 찾아서 보호하려고 했던 아이를 도대체 무슨 이유로 살해한단 말인가? 게다가 이 아이는 어쩐 일로 여기 있는 걸까? 홈즈가 아편에 취한 상태였다면 아이를 과연 정확히 맞출 수 있었을까? 총을 제대로 드는 것조차 힘들지 않았을까? 이렇게 쓰고 보니 내가 증거를 앞에 두고 한참 동안 심사숙고했던 것처럼 보이지만, 사실은 오랜 세월 동안 의학계에 몸을 담고 있었던 데다 피의자를 워낙 잘 알고 있었기 때문에 전광석화처럼 내 뇌리를 스치고 지나간 생각들이었다.

"오늘 밤에 이분과 함께 있었습니까?" 경관이 물었다.

"같이 있다 잠시 헤어졌습니다. 그 뒤로 나는 로즈 앤드 크라운에 있었고요."

"이분은요?"

"이 친구는……." 나는 대답을 하려다 말고 멈추었다. 절대 밝힐 수 없는 것이 홈즈가 있었던 곳이었다. "이 친구는 유명한 탐정이고 사건을 수사하는 중이었습니다. 경관님도 나중에 알게 되겠지만, 런던 경시청하고도 잘 아는 사이고요. 레스트레이드 경감에게 연락하면 신원 보증을 서 줄 겁니다. 지금 상황이 곤혹스럽기는 하지만 분명 다른 이유가 있을 겁니다."

"다른 이유는 있을 수 없습니다." 애클랜드 박사가 끼어들었다. "이잔 저쪽 모퉁이에서 비틀거리며 걸어나왔어요. 아이는 길거리에서 구걸을 하고 있었고. 그걸 보더니 이자가 총을 꺼내 쐈어요."

"총이 발사되는 그 순간을 목격한 겁니까?" 내가 물었다.

"그건 아니지만 잠깐 뒤에 왔습니다. 그리고 현장에서 달아나는 사람을 보지도 못했고."

"저 사람이 범인이네!"

누가 소리를 지르자 옆에서도 맞다는 듯이 중얼거렸고, 앞줄에서 이 광경을 목격하게 돼서 신이 난 아이들이 덩달아 따라했다.

"홈즈!" 나는 큰 소리로 외치며 그의 옆에 무릎을 꿇고 앉아 그의 머리를 손으로 받쳤다. "무슨 일이 있었는지 말할 수 있겠나?"

홈즈는 아무 반응이 없었고 잠시 후, 조용히 다가와 스코틀랜드 출신의 의사 옆에 서서 나를 내려다보고 있는 누군가의 존재가 느껴졌다. 그가 밤공기만큼이나 차가운 목소리로 명령했다.

"일어나 주시겠습니까?"

"이 사람은 내 친구⋯⋯."

"지금 이곳은 범죄 현장이고, 선생님은 여기에 관여할 권리가 없습니다. 일어나서 뒤로 물러서 주세요. 감사합니다. 이제 뭐라도 목격하신 분이 계시거든 성함과 주소를 경관에게 알려 주시기 바랍니다. 아니면 집으로 돌아가 주시고요. 너희들, 깡그리 체포하기 전에 얼른 가거라. 경관? 이름이 어떻게 되나? 퍼킨스! 자네가 여기 담당인가?"

"네, 그렇습니다."

"여기가 자네 순찰 구역이고?"

"네, 그렇습니다."

"지금까지 제법 일처리를 잘한 것 같군. 무엇을 보았고 어떤 것을 알고 있는지 알려 주겠나? 간단하게. 날도 지독하게 추운데 짧게 끝내야 얼른 잠자리에 들 수 있지 않겠나."

경관이 내가 이미 아는 사실에 몇 가지 더 보태 상황을 설명하는 동안 그 사람은 잠자코 서서 듣기만 했다. 그런 다음 고개를 끄덕였다.

"알겠네, 퍼킨스 경관. 다른 사람들을 처리해 주게. 일지에 자세한 내용을 적고. 이제부터는 내가 이 사건을 맡을 테니."

내가 새로 등장한 인물이 어떤 사람인지 아직까지 설명을 하지 않은 이유는 내가 만난 사람 중에서 가장 파충류와 비슷해서 지금까지도 설명하는 데 어려움이 따르기 때문이다. 얼굴에 비해 너무 작은 눈, 얇은 입술, 너무 반질반질해서 눈에 띄는 부분이 없다시피 한 피부. 그의 가장 도드라진 특징은 비정상적인 수준으로 하얗고 숱이 많은 머리카락이었는데, 정말로 새하얘서 원래 그런 색이 아니었을까 싶을 정도였다. 나이가 많지도 않았다. 기껏해야 서른 아니면 서른다섯이었다. 이 머리카락이 까만 외투, 까만 장갑, 까만 목도리로 이루어진 차림새와 극적인 대조를 이루었다. 덩치가 크지는 않았지만, 상황을 지휘할 때 나도 느꼈던 것처럼 거만에 가까운 존재감이 있었다. 언성을 높이지 않았지만 목소리에 날이 서 있어 명령을 내리는 데 익숙한 사람임을 알 수 있었다. 하지만 나의 심기를 가장 불편하게 만들었던 부분은 어느 누구하고도 감정적인 교류를 거부하는 태도였다. 그래서 뱀이 생각났다. 나는 맨 처음 대화를 나눈 순간부터 그가 내 주변을 스르르 기어다니는 듯한 느낌을 받았다. 그는 상대방의 속을 들여다보거나 뒤에서 보기는 하지만 앞에서 똑바로 쳐다보지는 않는 그런 부류의 인간이었다. 나는 이렇게 타인이라면 누구든 접근이 금지된 불법 침입자로 간주하고 철저하게 스스로를 통제하며 사는 사람을 본 적이 없었다.

"그러니까 왓슨 박사님이시라고요?" 그가 물었다.

"그렇습니다."

"그리고 이분은 셜록 홈즈라! 박사님의 그 유명한 연대기에 이번 사건은 소개될 리 만무하겠군요. 「정신병을 앓는 아편 중독자의 모험」, 이런 제목이라면 모를까. 동료께서 오늘 밤에 크리어스 플레이스에 있었습니까?"

"사건을 수사하는 중이라서요."

"파이프와 주사 바늘을 동원해서 수사를 하신 모양이로군요. 변칙적인 탐지법이라고 할 수 있겠는데요? 아무튼 이제 가셔도 좋습니다, 왓슨 박사님. 오늘 밤에는 박사님이 할 수 있는 일이 더 이상 없으니까요. 이것 참 깜짝한 사건 아닙니까! 이 아이는 기껏해야 열여섯 아니면 열일곱 살 정도로 보이는데 말입니다."

"이름은 샐리 딕슨입니다. 램버스에 있는 백 오브 네일스라는 술집에서 일하고 있었고요."

"가해자도 이 아이와 아는 사이입니까?"

"홈즈는 가해자가 아니올시다!"

"저희들도 그렇게 생각하도록 설득하고 싶으시겠지요. 그런데 안타깝게도 견해의 차이를 보이는 목격자들이 있더군요." 그는 스코틀랜드 남자 쪽을 흘끗 쳐다보았다. "의사 선생님이시라고요?"

"그렇습니다."

"오늘 밤에 여기서 어떤 일이 벌어졌는지 목격하셨습니까?"

"경관에게 이미 이야기했습니다. 아이는 길거리에서 구걸을 하고 있었어요. 이 남자는 저기 저 건물에서 나왔고요. 술에 취했거나 제 정신이 아닌 것 같더군요. 이 광장까지 아이를 쫓아오더니 리볼버로 죽였습니다. 분명해요."

"선생님이 보시기에 홈즈 씨가 저와 함께 홀본 경찰서까지 갈 수 있을 것 같습니까?"

"걸어가지는 못할 겁니다. 하지만 마차를 타고 가면 안 될 이유는 없죠."

"마침 저기 오네요." 아직까지 이름을 밝히지 않은 하얀 머리 남자가 홈즈 쪽으로 천천히 걸어갔다. 홈즈는 조금 회복이 되기는 했지만 아직까지 땅바닥에 누워서 정신을 차리려고 애를 쓰고 있었다. "내 말 들립니까, 홈즈 씨?"

"네." 그가 내뱉은 첫 마디였다.

"나는 해리먼 경감입니다. 이 아가씨, 샐리 딕슨 살해죄로 당신을 체포하겠습니다. 원치 않는 발언은 하지 않을 권리가 있지만, 모든 발언이 기록으로 남겨져 이후에 불리한 증거로 채택될 수 있습니다. 알겠습니까?"

"이런 당치도 않은!" 나는 큰소리로 외쳤다. "셜록 홈즈는 이 사건과 아무 상관없다고 하지 않습니까! 증인이 거짓말을 하는 겁니다. 무슨 음모가……."

"공무 집행 방해로 체포되거나 명예 훼손으로 고소당하고 싶지 않으시거든 자중하시죠. 재판에 회부되면 선생님에게도 발언의 기회가 주어질 테니까요. 그 전까지는 다시 한 번 부탁드리지만 공무를 집행할 수 있게 비켜 주십시오."

"이 친구가 어떤 사람인지, 이 도시가, 아니 이 나라가 이 친구한테 얼마나 많은 빚을 지고 있는지 알고나 있는 겁니까?"

"이분이 어떤 분인지 잘 알고 있습니다만, 그런다고 상황은 전혀 달라질 게 없습니다. 여기, 죽은 아이가 있습니다. 살인에 쓰인 무기가 이분의 손에 들려 있고요. 증인도 있습니다. 그 정도면 충분하지 않을까요? 거의 12시가 다 돼가는데, 밤새도록 선생님과 쓸데없이 왈가왈부할 수는 없지 않겠습니까? 제 처리 방식에 불만이 있으시거든 내일 아침에 이의를 제기해 주시죠. 마차가 이쪽으로 오는 소리가 들리네요. 이 양반은 유치장에 넣고, 이 딱한 어린 것은 영안실로 옮기도록 하죠."

나는 현장으로 돌아온 퍼킨스 경관이 의사 선생의 도움 아래 홈즈를 일으켜 끌고 가는 모습을 가만히 서서 지켜보는 수밖에 없었다. 그가 들고 있었던 총도 천으로 둘둘 말아서 함께 가지고 갔다. 그는 부축을 받으며 마차에 오르다 마지막 순간 고개를 돌려 내 눈을 바라보았는데, 생기를 조금이나마 되찾은 게 보여 마음이 놓였다. 홈즈가 무슨 약물을 먹었는지(혹은 저들이 억지로 먹였는지) 몰라도 약효가 점점 사라지고 있는 게 분명했다. 경찰이 몇 명 더 등장했고, 나는 샐리 위로 담요가 덮이고 들것에 실려 옮겨지는 광경을 지켜보았다. 애클랜드 박사는 해리먼과 악수하고 명함을 건넨 뒤 사라졌다. 나도 모르는 새 런던에서도 험악하고 유해한 지역에 혼자 남겨졌다. 홈즈한테 받은 리볼버가 아직 내 외투 주머니에 있다는 사실이 퍼뜩 생각났다. 리볼버를 움켜쥐는데, 이걸로 해리먼과 다른 구경꾼들의 접근을 차단한 뒤 홈즈를 끌고 달아났어야 했던 게 아닐까 하는 말도 안 되는 생각이 들었다. 하지만 그런 짓을 벌였다가는 우리 둘 모두에게 도움이 안 됐을 것이다. 나는 달리 싸울 방법이 있다는 사실을 되새기며 차가운 쇳덩이를 움켜쥔 채 서둘러 집으로 향했다.

다음 날 아침 일찍 손님이 찾아왔다. 가장 보고 싶었던 레스트레이드 경감이었다. 그가 뚜벅뚜벅 걸어들어와 아침 식사를 방해했을 때 맨 처음 든 생각은 홈즈가 이미 풀려나 조만간 집으로 돌아올 거라는 소식을 들고 왔나 하는 거였다. 하지만 그의 얼굴을 한번 쳐다보는 것만으로도 희망이 와르르 무너지기에 충분했다. 표정이 웃음기 없이 무뚝뚝했고, 보아하니 새벽같이 일어났거나 아예 한숨도 못 잔 듯했다. 그가 허락을 구하지도 않고 어찌나 무겁게 주저앉는지 나중에 일어설 기운이라도 있을까 싶었다.

"아침 좀 드시겠습니까, 레스트레이드 씨?" 내가 물었다.

"주시면 정말 감사하겠소, 왓슨 박사. 뭐라도 먹고 기운을 차려야 하는 상황이라서요. 이 사건 때문에 말이오! 솔직히 믿기지가 않소이다. 셜록 홈즈란 말입니다! 런던 경시청이 그에게 얼마나 많은 도움을 받았는지 다들 잊어버리기라도 한 건지! 그를 죄인 취급하다니! 그런데 상황이 안 좋소, 왓슨 박사. 안 좋아요."

나는 허드슨 부인이 홈즈 몫으로 내온 찻잔에 차를 따랐다. 부인은 어젯밤에 어떤 일이 있었는지 알 턱이 없었다. 레스트레이드는 요란하게 차를 홀짝였다.

"홈즈는 지금 어디 있습니까?" 내가 물었다.

"밤새도록 바우 가에 붙잡혀 있었소."

"당신은 그를 만나보았고요?"

"나도 면회를 안 시켜 주더이다! 어젯밤에 어떤 일이 있었는지 듣자마자 당장 달려갔는데도. 그런데 이 해리먼이라는 작자가 워낙 괴짜요. 런던 경시청에서 같은 직급끼리는 대부분 최대한 어울려 지내거든. 그런데 해리먼은 예외라오. 늘 자기 혼자 독자 노선을 걸었소. 내가 알기로 친구도 없고 가족도 없답니다. 일은 잘하오. 그건 인정하지만 복도에서 마주쳤을 때 내 쪽에서 몇 마디 이상 건넨 적이 없었고, 그 친구는 한마디도 대답한 적이 없소. 오늘 아침에 잠깐 마주쳤을 때도 최소한 그거라도 해야겠다 싶어서 홈즈 씨를 면회하고 싶다고 했는데, 대꾸도 없이 그냥 지나가는 거요. 예의 좀 갖춘다고 돈이 드는 것도 아닌데, 우리가 그런 인간을 상대해야 한단 말이오. 지금 홈즈 씨를 취조하고 있소. 머리 싸움이 될 테니 어떻게든 나도 같이 들어가고 싶었는데. 내가 보기에 해리먼은 이미 결론을 내린 듯하오만 말도 안 되는 이야기라 사태 해결에 박사의 도움을 좀 받을 수 있을까 싶어 이렇게 찾아왔소이다. 당신도 어제 거기 있었소이까?"

"나도 블루게이트 필즈까지 같이 갔습니다."

"홈즈 씨가 아편굴에 갔었다는데 사실이오?"

"가긴 했지만, 그 가증스러운 물건을 탐닉하러 간 건 아닙니다."

"그렇소?"

레스트레이드의 눈길이 벽난로 선반과 피하 주사기가 들어 있는 모로코 가죽 상자 쪽으로 향했다. 홈즈가 가끔 즐기는 기호 식품을 그가 어찌 알아냈는지 모를 일이었다.

"홈즈가 어떤 사람인지 잘 아시잖습니까." 내가 나무라듯 말했다. "요즘도 납작 모자를 쓴 남자와 그 아이, 로스의 사망 사건을 수사 중이었습니다. 그래서 이스트런던을 찾아간 겁니다."

레스트레이드는 수첩을 꺼내 펼쳤다.

"수사에 얼마나 진전이 있었는지 말해 주면 좋겠소, 왓슨 박사. 내가 홈즈 선생을 대신해 싸워야 한다면 사투가 될 텐데 아는 게 많으면 많을수록 좋으니까. 하나도 남김없이 말해 주길 바라오."

사실 홈즈는 항상 스스로 경찰과 경쟁 관계라고 생각했기 때문에 평소 같으면 수사 내역을 시시콜콜 알리지 않았을 것이다. 하지만 이번만큼은 아이가 살해되기 전후 상황을 하나도 남김없이 가르쳐 주었다. 졸리 그레인지 남학교를 찾아간 것에서부터 시작해 샐리 딕슨과 백 오브 네일스 이야기를 했다. 내가 그 아이에게 공격을 당했고, 훔친 주머니 시계를 찾았고, 레이븐쇼 경과 만났지만 별 소득이 없었고, 홈즈가 석간신문에 광고를 싣기로 결심하게 된 이야기를 했다. 그리고 마지막으로 헨더슨이라고 불러 달라던 남자가 찾아와 크리어스 플레이스로 연결이 된 과정을 설명했다.

"승선 세관원이었다고 했소?"

"그자의 말로는 그랬습니다, 레스트레이드 씨. 하지만 그날 한 이야기도 그렇고, 직업도 대충 둘러댄 게 아닐까 싶습니다."

"사실대로 이야기한 것일 수도 있소. 크리어스 플레이스에서는 어떤 일이 있었는지 모른다고요?"

"나도 그 자리에 없었지만 헨더슨만 보이지 않았기 때문에 그래서 걱정이 되는 겁니다. 돌이켜 보면 홈즈에게 누명을 씌워 수사를 종결시키기 위해 계획적으로 설치한 함정인 것 같거든요."

"그런데 이 실크 하우스는 정체가 뭔 것 같소? 그렇게까지 해 가면서 보안을 유지하려는 이유가 뭐냔 말이오?"

"모르겠습니다."

레스트레이드는 고개를 저었다.

"왓슨 박사, 내가 현실적인 사람으로서 말하자면, 호텔방에서 죽은 한 남자라는 사건의 시발점에서 너무 멀리 간 느낌이오. 우리가 판단하기로 그자는 윔블던에 사는 화상, 카스테어스 씨에게 복수를 하기 위해 영국으로 건너온 보스턴의 사악한 깡패이자 은행 강도 킬런 오도너휴였소이다. 그런데 어쩌다 거기서 두 아이의 죽음과 하얀 리본과 이 정체모를 헨더슨이라는 작자와 기타 등등으로 발전을 하게 된 거요?"

"홈즈가 알아내려고 했던 것이 바로 그 부분이었습니다. 나는 면회가 가능할까요?"

"홈즈 씨가 정식으로 기소되기 전까지 해리먼이 이 사건을 맡고 있는데, 어느 누구의 면회도 허락하지 않을 거요. 오늘 오후에 즉결 재판소로 데리고 간다고 하더군."

"우리가 그곳으로 찾아가야겠군요."

"물론이오. 이 단계에서는 피고 측 증인이 소환되지 않는다는 걸 왓슨 박사도 알 테지만, 그래도 내가 변호를 자청해 그가 얼마나 훌륭한 사람인지 입증할 작정이라오."

"계속 바우 가에 있을까요?"

"당분간은 그렇겠지만 판사가 공판에 회부할 사안이라고 판단하면(내가 보기에는 그러지 않을 이유가 없는 것 같소만) 구치소로 옮겨질 겁니다."

"어느 구치소요?"

"잘 모르겠소이다, 왓슨 박사. 하지만 내가 모든 능력을 동원해 보겠소. 그나저나 박사는 도움을 청할 만한 분이 없소? 두 사람 정도 위치라면 영향력 있는 친구들이 많지 않소? 이른바 민감한 사안에도 숱하게 관여했는데. 홈즈 씨의 고객 중에 기댈 만한 분이 없겠소?"

내가 맨 처음 떠올린 인물은 마이크로프트였다. 말은 안 했지만, 레스트레이드가 그런 이야기를 꺼내기 전부터 염두에 두고 있었다. 마이크로프트가 나를 만나 줄까? 바로 이 방에서 경고를 했고, 그 경고를 무시하면 도와줄 방법이 없노라고 딱 잘라 말했건만. 나는 그렇다 하더라도 기회를 봐서 디오게네스 클럽으로 다시 한 번 찾아가야겠다고 마음을 먹었다. 하지만 즉결 재판 결과가 나올 때까지 기다려야 했다. 레스트레이드가 자리에서 일어섰다.

"2시에 데리러 오겠소." 그가 말했다.

"감사합니다."

"고마워하기에는 아직 이르오, 왓슨 박사. 내가 할 수 있는 일이 아무것도 없을지 모르니까. 불 보듯 뻔한 사건이 있다면 바로 이런 사건을 두고 하는 말이니까."

간밤에 해리먼 경감도 이 비슷한 말을 했던 게 생각났다.

"해리먼은 홈즈 선생을 살인죄로 기소할 작정이오. 박사도 최악의 상황에 대비해 마음의 준비를 하는 게 좋을 거요."

사건의 증거

즉결 재판소는 초행이건만 레스트레이드의 동행 하에 바우 가의 그 단단하고 근엄한 건물을 향해 걸어가는데 묘한 친밀감이 느껴졌다. 내가 이곳으로 소환돼 어쩔 수 없이 찾아오게 된 것이 당연하게 느껴졌다. 레스트레이드도 내 표정을 읽었는지 쓸쓸한 미소를 지었다.

"왓슨 씨가 이런 곳에 오게 될 줄은 생각도 못했겠소?"

나는 무슨 생각을 하는지 읽힌 기분이라고 대꾸했다.

"덕분에 이 길을 걸었던 사람들이 얼마나 많았는지 아시오? 박사와 홈즈 선생 덕분에 말입니다."

맞는 말이었다. 우리가 숱하게 착수했던 수사 과정의 마지막이자 올드 베일리(런던에 있는 중앙 형사 법원의 별칭—옮긴이) 혹은 교수대로 향하는 첫 단계 역할을 했던 것이 이 길이었다. 작가로서의 인생이 막바지에 이른 이제 와 돌이켜보면 신기한 것이, 나는 악당의 정체가 드러나거나 체포되는 것으로 모든 연대기의 끝을 장식했고, 궁금해하는 독자가 없을 것이라는 판단 아래 그 이후 그들의 운명에 지면을 할애한 적이 거의 없었다. 마치 범죄가 그들의 유일한 존재 이유라도 되는 것처럼, 사건이 해결되면 그들이 더 이상 살아 숨쉬는 심장과 낙심한 가슴을 안고 살아가는 인간이 아닌 것처럼. 이 회전문을 지나 이 음침한 복도를 걸었을 때 그들이 얼마나 두렵고 괴로웠을지 단 한 번도 생각해 본 적이 없었다. 회개의 눈물을 흘리거나 구원의 기도를 드린 사람이 있었을지, 끝까지 싸운 사람이 있었을지 관심을 두지 않았다. 그것은 내 이야기와 별개의 문제였다.

하지만 홈즈가 평소와 달리 심판대의 이편에 서게 되었던 살을 에듯 추웠던 12월의 그날을 돌이켜 보노라니 상대가 컬버튼 스미스처럼 잔인하거나 조너스 올더커처럼 음흉한 악당이었다 해도 내가 너무했다는 생각이 들었다. 나는 요즘 사람들이 탐정 소설이라고 부르는 작품을 썼다. 어쩌다 보니 내 이야기의 주인공이 가장 위대한 탐정이었다. 하지만 어떻게 생각해 보면 그와 대결을 펼친 상대 덕분에 위대한 탐정이 될 수 있었던 것일 텐데, 내가 그들을 너무 홀대했던 것이다. 즉결 재판소에 들어서는데 그들의 모습이 아주 생생하게 떠오르면서 "어서 오시오. 당신도 이제 우리와 같은 종족이 되었군." 하고 말하는 그들의 목소리가 들리는 듯했다.

재판소는 창문 하나 없이 나무 벤치와 칸막이만 놓인 정사각형의 공간이었고, 왕실의 문장이 저쪽 벽을 장식하고 있었다. 태도가 뻣뻣해서 나무토막을 연상시키는 초로의 치안 판사가 그곳에 앉아 있었다. 난간으로 둘러싸인 그 앞 단상으로 재소자들이 한 명씩 불려나왔는데, 재판 과정이 어찌나 신속하고 기계적인지 적어도 구경하는 사람 입장에서는 지루하게 느껴질 정도였다. 레스트레이드와 나는 일찌감치 도착해 다른 몇 명들과 함께 방청석에 자리를 잡고 앉았는데, 우리가 지켜보는 가운데 위조범과 절도범과 사기꾼이 한 명씩 공판을 위한 재구속 판결을 받았다. 그런가 하면 판사가 가끔 인정을 베풀기도 했다. 열여덟 번째 생일을 맞아 술에 취해 난동을 부린 죄로 끌려온 어느 견습생은 불기소 판례집에 범행의 기록을 소상하게 남기는 조건으로 훈방 조치됐다. 구걸을 하다 잡혀 온, 기껏해야 여덟 살이나 아홉 살밖에 안 되어 보이는 두 아이는 부랑아 및 미아 보호 협회나 바나도 박사가 운영하는 고아원이나 런던 아동 개선 협회의 보호를 받았으면 좋겠다는 권고와 함께 즉결 재판소 전도단으로 넘겨졌다. 홈즈와 함께 찾아갔었던 촐리 그레인지를 후원하는 런던 아동 개선 협회의 이름을 듣고 났더니 기분이 묘했다.

모든 게 일정한 속도로 진행이 되다 잠시 후 레스트레이드가 내 옆구리를 찔렀고, 법정의 분위기가 남다르게 숙연해지는 것이 느껴졌다. 제복을 입은 경찰과 서기가 몇 명 더 들어와 자리에 앉았다. 통통하고 올빼미처럼 생겼고 까만 법복을 입은 정리(廷吏)가

판사에게 다가가 나지막이 뭐라고 중얼거렸다. 나도 정체를 아는 두 남자가 들어와 서로 몇 발짝 거리를 두고 한 벤치에 앉았다. 한 명은 애클랜드 박사였고, 또 한 명은 크리어스 플레이스 앞에 서 있던 구경꾼들 중에 한 명일 텐데 사건 당시에는 내게 별다른 인상을 남기지 않았던 붉은 얼굴의 남자였다. 크리어는(레스트레이드가 가르쳐 주었다.) 그들 뒤쪽에 앉아 물기를 없애려는 사람처럼 손을 훔쳤다. 모두들 증인으로 출석한 참이었다.

잠시 후 어젯밤에 체포되었을 당시 입었던 옷을 그대로 걸친 홈즈가 끌려 들어왔는데, 어찌나 평소 모습과 차이가 나던지 다른 때 같았으면 예전에도 종종 그랬던 것처럼 내 허를 찌르려고 일부러 변장을 한 줄 알았을 것이다. 잠을 제대로 못 잔 게 확연히 눈에 보였다. 장시간에 걸쳐 취조를 받았을 텐데, 상습범처럼 얼마나 다양한 모욕에 시달렸을지 상상하고 싶지도 않았다. 안 그래도 수척한 친구라 상당히 초췌해 보였지만, 피고석으로 걸어가는 동안 내 쪽을 돌아보며 눈빛을 반짝였다. 싸움이 아직 끝나지 않았음을 의미하는, 승산이 없을수록 더욱 무시무시한 능력을 발휘했던 홈즈를 연상시키는 눈빛이었다. 내 옆에서 레스트레이드가 허리를 꼿꼿하게 펴며 뭐라고 중얼거렸다. 홈즈를 대신해 화를 내고 분개하며 평소에 한 번도 보이지 않았던 성격을 드러냈다.

곧이어 등장한 검사는 포동포동하고 아주 체구가 작은 사람으로 두툼한 입술과 숱 많은 속눈썹이 특징인데, 소추관이라는 역할을 맡고 있음에도 불구하고 재판정을 서커스 무대 비슷하게 간주하는 모양새로 봐선 서커스 단장이라는 표현이 더 어울림직했다.

"피고는 유명한 탐정입니다." 그는 이런 말로 포문을 열었다. "셜록 홈즈 씨는 천박하고 선정적이지만 일정 부분 사실에 근거한 일련의 작품으로 유명세를 얻었죠."

이 말을 듣고 내가 어찌나 발끈했던지 레스트레이드가 팔을 가볍게 토닥여 주지 않았더라면 이의를 제기할 뻔했다.

"물론 런던 경시청의 유능하지 못한 경관 한두 명은 그가 흘린 힌트와 식견으로 가끔 수사의 결실을 맺은 적이 있으니 그에게 고마워할지 모릅니다." 이번에는 레스트레이드가 얼굴을 찌푸릴 차례였다. "하지만 위인들도 저마다 치명적인 약점이 있는 법. 홈즈 씨의 경우에는 아편으로 인해 법의 친구에서 가장 죄질이 나쁜 악당으로 전락하고 말았습니다. 그가 지난밤 11시를 조금 넘긴 시각에 라임하우스 소재의 크리어스 플레이스라는 아편굴을 방문한 것은 논란의 여지가 없는 부분입니다. 저의 첫 번째 증인이 그 시설의 소유주인 아이자이아 크리어입니다."

크리어가 증인석에 섰다. 지금 단계에서는 증인 선서 같은 것이 없었다. 내가 앉은 쪽에서는 뒤통수만 보이는데, 희멀건 대머리가 목으로 이어져 어디가 끝이고 어디서부터 시작인지 분간이 되질 않았다. 검사의 재촉 아래 그의 증언이 이어졌다.

"피고는 11시 조금 넘은 시각에 손님들이 편안하고 안전하게 기호 식품을 즐길 수 있는 사적이고 합법적인 공간인 그의 가게에 들어왔다. 거의 아무 말 없이 1회분을 달라 하고 비용을 지불한 뒤

곧바로 아편을 피우기 시작했다. 30분이 지났을 때 다시 1회분을 달라 했다. 크리어는 나중에 그의 이름을 알았을 뿐 처음 만났을 당시에는 전혀 모르는 사람이었다고 확실히 짚고 넘어가면서, 홈즈 씨가 동요하고 흥분하는 것 같아서 안 그래도 걱정하던 참이었다. 그래서 그만하는 게 좋지 않겠느냐고 했지만 손님이 워낙 강력하게 반발하는 바람에 소란을 일으키지 말고 평온하기로 유명한 가게의 분위기를 그대로 유지하자는 생각에 돈을 받고 물건을 내주었다. 두 번째 파이프를 비운 홈즈 씨의 환각 상태가 도가 지나칠 정도에 이르자 크리어는 사환을 밖으로 보내 경찰을 불러오게 했다. 평화로운 분위기에 금이 갈까 두려웠기 때문이었다. 홈즈 씨를 말로 설득하고 진정시키려고 했지만 소용이 없었다. 더 이상 어쩔 수 없는 지경에 이른 홈즈 씨는 눈을 휘둥그레 뜬 채 가게 안에 적들이 있다고, 적들에게 추격을 당하고 있어서 목숨이 위태롭다고 했다. 그러면서 리볼버를 꺼내길래 그만 나가 달라고 했다.

"제 목숨이 위태로웠거든요. 그저 쫓아내자는 생각뿐이었습니다. 그런데 이제 생각해 보니 제가 잘못했네요. 퍼킨스 경관이라는 구원병이 도착할 때까지 가게에 그냥 두는 건데 말입니다. 제가 길거리로 내쫓았을 때 손님이 이미 제정신이 아니었거든요. 자기가 무슨 짓을 하는지 모를 정도로요. 판사님, 저는 예전에도 이런 일을 겪은 적이 있습니다. 흔치 않고 괴상한 현상이기는 하죠. 하지만 그것이 마약의 부작용입니다. 홈즈 씨는 분명 흉측한 괴물과 맞닥뜨린 줄 알고 그 가엾은 아이를 쏘았을 겁니다. 총을 들고 온 줄 알았더라면 애초부터 약을 팔질 않는 건데. 오, 주님, 굽어 살피소서!"

두 번째 증인으로 나선 얼굴이 붉은 남자가 그의 증언을 모든 면에서 뒷받침했다. 그는 기운이 없고 지나치게 고상하며 도가 지나칠 정도로 귀족 행세를 아는 부류로, 이런 품위 없는 공간의 공기를 마셔야 하다니 역겹다는 듯이 코를 잡고 킁킁거렸다. 나이는 아무리 많아도 서른 살밖에 안 돼 보였고, 최신 유행하는 스타일의 옷을 입고 있었다. 그가 새롭게 추가한 이야기는 없었고, 크리어의 증언을 거의 토씨 하나까지 그대로 옮기다시피 했다. 그는 자신이 가게 저쪽의 매트리스에 누워 있었고, 상당히 긴장이 풀린 상태였음에도 불구하고 주변 정황을 파악할 수 있을 만큼 의식이 또렷했노라고 주장했다.

"저에게 아편은 가끔 즐기는 기호 식품입니다." 그가 단정적으로 말했다. "아편을 피우면 몇 시간 동안 일상의 불안감과 책임감에서 벗어날 수 있죠. 그걸 부끄럽게 생각할 이유가 있습니까? 저와 똑같은 이유로 집이라는 혼자만의 공간에서 아편제를 먹는 사람들도 많은걸요. 제 입장에서는 담배를 피거나 술을 마시는 것과 다를 바 없습니다. 하지만 저는 자제를 할 수 있죠."

그는 특정인을 지목하듯 이렇게 덧붙였다.

판사가 기록으로 남기기 위해 그의 이름을 묻자 재판정이 술렁였다. 그가 "호레이스 블랙워터 경이라고 합니다."라고 대답했던 것이다.

판사가 그를 물끄러미 쳐다보며 물었다.

"헬럼셔의 블랙워터 가문의 일원인 겁니까?"

"맞습니다. 저희 아버님이 블랙워터 백작입니다."

청년의 대답에 나도 어느 누구 못지않게 깜짝 놀랐다. 영국에서도 가장 유서 깊은 가문의 후예가 블루게이트 필즈의 지저분한 아편굴을 출입하다니 놀라움을 넘어 충격적인 소식이었다. 이와 동시에 그의 증언에 힘이 실리면서 내 친구 입장에서는 불리하게 됐다는 생각이 들었다. 이것은 밑바닥 생활을 하는 선원이나 야바위꾼의 증언이 아니었다. 크리어스 플레이스에 있었음을 시인하는 것만으로도 파멸을 자초할 수 있는 자의 증언이었다.

재판정이다 보니 기자가 없는 것이 그로서는 다행이었다. 두말할 필요도 없는 일이지만 홈즈로서도 마찬가지였다. 호레이스 경이 증인석에서 내려왔을 때 다른 방청객들이 서로 수군대는 소리가 들렸다. 그들은 단순히 구경 차원에서 법정을 찾은 것이 아니었다. 이런 식의 추잡한 정보들이 그들에게는 일용할 양식이었다. 판사가 까만 법복을 입은 정리와 몇 마디 나누는 동안 문제의 그날 밤 나도 만난 적 있는 스탠리 퍼킨스 경관이 증인석에 섰다. 헬멧을 옆구리에 들고 뻣뻣하게 서 있는 것이, 자기 머리를 손에 들고 런던 탑에 출몰한다는 유령을 연상시켰다. 크리어가 보낸 사환이 그에게 다가와 밀워드 가 모퉁이에 있는 가게로 와 달라고 했다. 그쪽으로 가는 동안 두 발의 총성이 들리기에 코퍼게이트 광장으로 달려가 보니 한 남자가 총을 쥔 채 의식을 잃고 쓰러져 있었고, 한 여자아이는 피 웅덩이 속에 누워 있었다. 점점 구경꾼들이 몰려들기에 그가 현장을 정리했다. 아이는 손 쓸 도리가 없다는 것을 한눈에 알 수 있었다. 그는 내가 어떤 식으로 등장해 의식을 잃은 남자를 가리켜 셜록 홈즈라고 했는지 밝혔다.

"처음 들었을 때 믿을 수가 없었습니다. 셜록 홈즈 씨의 활약상을 저도 몇 편 읽었는데 이런 사건에 연루되리라고는…… 뭐, 믿고 말고 할 문제는 아니었지만요."

퍼킨스의 뒤를 이어 증인석에 오른 해리먼 경감은 하얗고 부스스한 머리카락 때문에 한눈에 알아볼 수 있었다. 완벽한 효과를 위해 단어 하나까지 재고 따져가며 어찌나 신중하게 증언을 하는지 몇 시간 동안 연습이라도 한 것 같았다. 어쩌면 정말 그랬을지도 모르지만. 그는 심지어 멸시하는 듯한 말투를 자제하려고 하지도 않았다. 내 친구의 구속과 처형이 인생의 유일한 임무인 듯했다.

"간밤에 제가 어떤 활약을 했는지 이 재판정에서 말씀드리도록 하겠습니다."

그는 이렇게 포문을 열었다.

"저는 거리상 가까운 화이트 호스 가의 은행에 강도가 침입했다는 신고를 받고 출동하던 길이었습니다. 그런데 총성과 경찰 호루라기 소리가 들리길래 도울 일이 있을까 싶어 남쪽으로 방향을 틀었습니다. 현장에 도착해 보니 퍼킨스 경관이 지휘를 아주 잘하고 있더군요. 나중에 퍼킨스 경관의 승진을 추진하려고 합니다. 현재 여러분 앞에 서 있는 남자의 신원도 퍼킨스 경관이 알려 주었습니판사가 그를 물끄러미 쳐다보며 물었다.

"햄럼셔의 블랙워터 가문의 일원인 겁니까?"

"맞습니다. 저희 아버님이 블랙워터 백작입니다."

청년의 대답에 나도 어느 누구 못지않게 깜짝 놀랐다. 영국에서도 가장 유서 깊은 가문의 후예가 블루게이트 필즈의 지저분한 아편굴을 출입하다니 놀라움을 넘어 충격적인 소식이었다. 이와 동시에 그의 증인에 힘이 실리면서 내 친구 입장에서는 불리하게 됐다는 생각이 들었다. 이것은 밑바닥 생활을 하는 선원이나 야바위꾼의 증언이 아니었다. 크리어스 플레이스에 있었음을 시인하는 것만으로도 파멸을 자초할 수 있는 자의 증언이었다.

재판정이다 보니 기자가 없는 것이 그로서는 다행이었다. 두말할 필요도 없는 일이지만 홈즈로서도 마찬가지였다. 호레이스 경이 증인석에서 내려왔을 때 다른 방청객들이 서로 수군대는 소리가 들렸다. 그들은 단순히 구경 차원에서 법정을 찾은 것이 아니었다. 이런 식의 추잡한 정보들이 그들에게는 일용할 양식이었다. 판사가 까만 법복을 입은 정리와 몇 마디 나누는 동안 문제의 그날 밤 나도 만난 적 있는 스탠리 퍼킨스 경관이 증인석에 섰다. 헬멧을 옆구리에 들고 뻣뻣하게 서 있는 것이, 자기 머리를 손에 들고 런던 탑에 출몰한다는 유령을 연상시켰다. 크리어가 보낸 사환이 그에게 다가와 밀워드 가 모퉁이에 있는 가게로 와 달라고 했다. 그쪽으로 가는 동안 두 발의 총성이 들리기에 코퍼게이트 광장으로 달려가 보니 한 남자가 총을 쥔 채 의식을 잃고 쓰러져 있었고, 한 여자아이는 피 웅덩이 속에 누워 있었다. 점점 구경꾼들이 몰려들기에 그가 현장을 정리했다. 아이는 손 쓸 도리가 없다는 것을 한눈에 알 수 있었다. 그는 내가 어떤 식으로 등장해 의식을 잃은 남자를 가리켜 셜록 홈즈라고 했는지 밝혔다.

"처음 들었을 때 믿을 수가 없었습니다. 셜록 홈즈 씨의 활약상을 저도 몇 편 읽었는데 이런 사건에 연루되리라고는…… 뭐, 믿고 말고 할 문제는 아니었지만요."

퍼킨스의 뒤를 이어 증인석에 오른 해리먼 경감은 하얗고 부스스한 머리카락 때문에 한눈에 알아볼 수 있었다. 완벽한 효과를 위해 단어 하나까지 재고 따져가며 어찌나 신중하게 증언을 하는지 몇 시간 동안 연습이라도 한 것 같았다. 어쩌면 정말 그랬을지도 모르지만. 그는 심지어 멸시하는 듯한 말투를 자제하려고 하지도 않았다. 내 친구의 구속과 처형이 인생의 유일한 임무인 듯했다.

"간밤에 제가 어떤 활약을 했는지 이 재판정에서 말씀드리도록 하겠습니다."

그는 이렇게 포문을 열었다.

"저는 거리상 가까운 화이트 호스 가의 은행에 강도가 침입했다는 신고를 받고 출동하던 길이었습니다. 그런데 총성과 경찰 호루라기 소리가 들리길래 도울 일이 있을까 싶어 남쪽으로 방향을 틀었습니다. 현장에 도착해 보니 퍼킨스 경관이 지휘를 아주 잘하고 있더군요. 나중에 퍼킨스 경관의 승진을 추진하려고 합니다. 현재 여러분 앞에 서 있는 남자의 신원도 퍼킨스 경관이 알려 주었습니다. 좀 전에도 그 친구가 이야기했다시피 셜록 홈즈 씨는 명망 있는 탐정입니다. 우리 모두 즐겨 읽었던 소설 속 내용과는 전혀 동떨어진 그의 본성과 마약 중독, 살인으로 이어진 중독의 결과가 밝혀지면 수많은 추종자들이 얼마나 실망스러워 할까요.

홈즈 씨가 샐리 딕슨을 살해한 것은 의심할 여지가 없는 사실입니다. 그의 전기 작가가 아무리 풍부한 상상력을 발휘해도 독자들의 머릿속에 드리워진 의혹의 그림자를 전혀 없애지 못할 겁니다. 사건 현장에 도착해 보니 그의 손에 쥐어진 총이 그때까지 따뜻했고, 그의 소맷자락에 시커먼 화약 자국이 남아 있었고, 아이가 총에 맞았을 당시 아주 근접한 거리에 있었음을 시사하듯 외투에 조그만 혈흔이 몇 개 묻어 있었습니다. 홈즈 씨는 아편의 최면 상태에서 깨어나는 중이라 의식이 완전치 않았고, 자신이 저지른 짓을 거의 인식하지 못했습니다. '거의 인식하지 못했다'고 해서 전혀 몰랐다는 뜻은 아닙니다. 자신이 저지른 죄는 알고 있었습니다, 판사님. 변론도 하지 않았고요. 제가 주의 사항을 전달하고 체포했을 때 상황이 제가 앞에서 설명한 바와 다르다고 저를 설득하려는 의지를 전혀 보이지 않았습니다.

그는 여덟 시간 동안 숙면을 취하고 오늘 아침, 차가운 물로 샤워를 한 다음에서야 무죄를 주장하는 허무맹랑한 이야기를 지어 냈습니다. 크리어스 플레이스에 가기는 했지만 불미스러운 욕구를 채우기 위해서가 아니라 수사 중인 사건 때문이었다고 하면서도 어떤 사건인지는 설명을 거부하더군요. 헨더슨이라는 자가 라임 하우스에 가면 단서를 찾을 수 있다고 했는데 그게 함정이었고, 가게로 들어서자마자 힘으로 제압을 당한 상태에서 억지로 마약을 흡입하게 되었다는 겁니다. 저는 개인적으로 아편굴을 찾아간 사람이 약에 취해 버렸다고 푸념하다니 좀 앞뒤가 안 맞는다는 생각이 듭니다. 게다가 크리어 씨는 평생 돈을 받고 마약을 팔아 왔는데 이번 한 번만 무료로 제공했다니 그것도 이해가 안 되고요. 우리 모두 알다시피 이것은 새빨간 거짓말입니다. 우리는 홈즈 씨가 파이프 한 자루를 피우고 또 한 자루 달라고 했다는 명사의 증언을 이미 들었습니다. 그런가 하면 홈즈 씨는 살해당한 아이를 안다고, 그 아이도 이 뭔지 모를 사건을 수사하며 알게 되었다고 했습니다. 저는 그의 증언에서 이 부분만큼은 인정할 용의가 있습니다. 예전에 만난 적 있는 아이인데, 환각 상태에서 상상 속의 중차대한 범죄자로 착각을 했다고 볼 수 있겠죠. 그게 아니라면 아이를 살해할 동기가 없으니까요.

마지막으로 한 가지 사실만 추가로 말씀드리자면 홈즈 씨는 이제 본인이 어떤 음모의 희생자라는 주장을 펼치고 있습니다. 저와 퍼킨스 경관, 아이자이아 크리어, 호레이스 블랙워터 경이 그 음모의 일원이라는 건데, 어쩌면 판사님도 마찬가지라고 할지 모르겠습니다. 과대망상으로 치부할 수 있다면 얼마나 좋겠습니까만, 사실은 그보다 더 바람직하지 못한 의도가 숨어 있습니다. 어젯밤에 일으킨 환각의 결과에서 빠져나오려고 하는 것이니까요. 살인의 순간을 목격한 두 번째 증인이 있으니 홈즈 씨로서는 참으로 불행한 일이겠습니다만. 그분의 증언을 들으면 그것으로 이 재판 절차가 끝이 나지 않을까 싶습니다. 제가 드리고 싶은 말씀은 런던 경시청에 근무한 15년 역사상 이보다 더 증거가 확실하고 유죄가 분명한 사건은 한 번도 본 적이 없다는 겁니다."

나는 그가 절이라도 할 줄 알았다. 그런데 판사를 향해 깍듯하게 고개를 끄덕이고는 자리에 앉았다.

마지막 증인은 토머스 애클랜드 박사였다. 간밤에는 어둡고 워낙 정신이 없어서 제대로 살피지 못했는데, 이제 보니 새빨간 고수머리가 길쭉한 머리에서 들쭉날쭉 쏟아져 내리고(빨간 머리 연맹에 한 자리를 맡아 놓은 것이나 다름없었다.), 새까만 주근깨가 어찌나 많은지 피부병 환자처럼 보일 정도였다. 콧수염이 막 자라기 시작한 시점이었고, 목이 유난히 길고 파란 눈에는 눈물이 고여 있었다. 내 친구의 유죄를 입증하는 데 마지막 결정타를 날리려는 사람이니 내가 지독하고 비합리적인 증오심에 외모를 과하게 폄하하는 것일 수도 있다. 따라서 내가 선입견으로 증언을 왜곡했다는 주장이 제기되는 것을 미연에 방지하는 차원에서 그가 어떤 질문을 받았고 어떤 식으로 답변했는지 정식 기록을 제시하겠다.

검사: 성함을 말씀해 주시기 바랍니다.

증인: 토머스 애클랜드입니다.

검사: 스코틀랜드 출신이시군요.

증인: 예. 하지만 지금은 런던에서 살고 있습니다.

검사: 과거 이력을 조금만 소개해 주시기 바랍니다.

증인: 저는 글래스고에서 태어나 그곳 대학교에서 의학 공부를 했습니다. 학위는 1867년에 받았고요. 에든버러의 왕립 의과 대학 병원에서 강사로 일을 하다 에든버러의 왕립 아동 병원 임상 교수로 자리를 옮겼습니다. 아내와 사별하고 5년 전에 웨스트민스터 병원 운영 이사 제안을 받고 런던으로 거처를 옮겼습니다.

검사: 웨스트민스터 병원이면 빈곤층을 위해 기부금으로 운영이 되는 곳 아닙니까?

증인: 맞습니다.

검사: 증인도 병원을 유지하고 확장하는데 인색하지 않으시겠군요.

판사: 본론으로 들어가는 게 좋겠습니다, 에드워즈 씨.

검사: 알겠습니다, 판사님. 애클랜드 박사님, 간밤에 어쩌다 밀워드가와 코퍼게이트 광장을 지나게 되었는지 말씀해 주시겠습니까?

증인: 환자 문병을 다녀오던 길이었습니다. 가난하지만 착하고 성실한 환자였는데 퇴원한 뒤에도 잘 지내고 있는지 걱정이 돼서요. 그 늦은 시각에 찾아간 이유는 왕립 내과 의사 협회 저녁 모임에 참석했기 때문입니다. 11시쯤에 그 집을 나서 홀번에 있는 하숙집까지 걸어갈 작정이었습니다. 그런데 안개 때문에 길을 잃은 바람에 아주 우연히 자정 조금 전에 광장을 지나가게 된 거죠.

검사: 그런데 어떤 광경을 목격하셨습니까?

증인: 전부 다 보았습니다. 여자아이는 이 엄동설한에 옷도 제대로 입지 못했고, 기껏해야 열네 살이나 열다섯 살쯤 되어 보였습니다. 그 시각에 온갖 흉측한 범죄로 악명이 높은 그 동네 길거리에서 뭘

하고 있었을지 생각만 해도 몸서리가 쳐지는군요. 맨 처음 제 눈에 띄었을 때 아이는 손을 들고 있었고 겁에 질린 얼굴이었습니다. 그런 채로 "제발⋯⋯." 이 한 마디를 내뱉었을 때 두 발의 총성이 들리면서 아이가 쓰러졌습니다. 죽었다는 걸 한눈에 알 수 있었죠. 두 번째 총알이 두개골을 관통했으니 즉사했을 겁니다.

검사: 총을 쏜 자가 누구인지 보셨습니까?

증인: 처음에는 못 봤습니다. 상당히 어두컴컴했고 워낙 충격을 받아서요. 이 조그맣고 무방비한 여자아이를 해치다니 미치광이가 거리를 활보하는 게 분명하다는 생각이 들면서 제 목숨도 걱정이 됐습니다. 그런데 잠시 후, 얼마 안 되는 거리에 아직도 연기가 나는 총을 들고 서 있는 어떤 사람의 모습이 보였습니다. 제가 지켜보는 가운데 남자가 신음 소리를 내며 무릎을 꿇었습니다. 그러더니 의식을 잃고 대자로 뻗었습니다.

검사: 그자가 지금 여기에도 있습니까?

증인: 네. 제 앞 피고석에 서 있습니다.

순간 다시 방청석에서 동요가 일었다. 나도 알고 모두 다 알다시피 이것이 가장 결정적인 증거이기 때문이었다. 내 옆에 앉아 있던 레스트레이드는 입을 꾹 다문 채 꼼짝하지 않았다. 지금까지 자랑스럽게 여겼던 홈즈에 대한 신뢰감이 뿌리째 흔들린 게 분명했다. 나는 어땠는가? 솔직히 고백하건대 나 역시 혼란스러웠다. 표면상으로는 내 친구가 그 아이를 죽일 이유가 없었다. 샐리 딕슨은 실크 하우스와 관련해서 동생한테 들은 이야기가 있을지 모르기 때문에 그가 가장 만나고 싶어 했던 아이였다. 게다가 우선 그 아이가 코퍼게이트 광장에서 뭘 하고 있었느냐는 문제도 있었다. 헨더슨이 우리를 찾아오기 전부터 아이를 인질로 잡아 놓고, 이런 결과를 노리고 함정으로 우리를 유인한 걸까? 논리적으로 따졌을 때 정답은 그것밖에 없는 듯했다. 하지만 가능성이 전혀 없는 답안을 모두 제하면 아무리 있을 법하지 않더라도 남은 것이 정답이라고 홈즈가 수없이 강조했던 이야기가 생각났다. 아이자이아 크리어의 증언은 무시해도 상관없을 듯했다. 그는 매수하면 무엇이든 시키는 대로 하고도 남을, 그런 부류의 인간이었다. 하지만 글래스고 출신의 저명한 의사와 런던 경시청의 상급 경찰과 영국 귀족 사회의 일원인 블랙워터 백작의 아들이 없는 이야기를 지어내 한 번 만난 적도 없는 사람에게 누명을 씌운다는 것은 불가능 정도는 아니더라도 최소한 터무니없는 일이었다. 나는 선택의 기로에 서 있었다. 네 사람이 모두 거짓말을 하고 있을까? 아니면 홈즈가 아편에 취해 정말로 끔찍한 범죄를 저지른 걸까?

  판사는 그런 고민을 할 필요가 없었다. 그는 증언을 듣더니 기소 판례집을 요청해 홈즈의 이름과 주소, 나이, 기소 이유를 적었다. 여기에 검사와 증인의 이름과 주소, 기소자의 소지품 목록이 추가됐다. (기소자의 소지품은 코안경, 노끈, 카셀 펠스타인 공작의 문장이 새겨진 반지, 《런던 콘 서큘러》를 한 장 찢어서 포장한 담배꽁초 두 개, 화학용 피펫, 그리스 동전 몇 개와 조그만 녹주석 한 개였다. 관계 당국에서 이걸 보고 뭐라고 생각했을지 아직도 궁금하다.) 재판 내내 한마디도 말이 없었던 홈즈에게 주말이 지난 뒤에 검시 재판이 열릴 때까지 구속 처분이 내려졌다. 검시 재판 이후에 열리는 것이 공판이었다. 그것이 마지막 절차였다. 판사가 진행을 서둘렀다. 몇 건 남았는데, 해가 이미 저물어 가고 있었던 것이다. 나는 퇴정하는 홈즈를 지켜보았다.

"따라오시오, 왓슨 박사!" 레스트레이드가 외쳤다. "얼른. 시간이 없소이다."

그를 따라 법정을 나서 한 계단 내려가니 심지어 페인트칠조차 변변찮고 다 떨어져 온기라고는 느낄 수 없는 지하실이 나왔다. 일상적인 세계에서는 유별한 남녀 수감자들을 한데 모아 놓는 공간인 것이 너무 확연하게 티가 났다. 물론 레스트레이드는 전에도 와 본 적이 있는 곳이겠지만. 그가 복도를 지나 나를 인도한 곳은 천장이 높고, 창문이 딱 한 개 달려 있고, 사방을 빙 둘러서 벤치가 놓여 있는 하얀 타일 방이었다. 벤치에는 나무 칸막이가 달려 있어 누구든 앉으면 양옆 사람과 대화가 불가능했다. 여기가 수감자 대기실이라는 것을 한눈에 알 수 있었다. 어쩌면 홈즈도 재판을 받기 전에 여기서 기다리고 있었을지 모른다.

우리가 들어가자마자 문이 열리더니 제복을 입은 경찰의 호송 아래 홈즈가 들어왔다. 나는 달려가 끌어안고 싶은 마음이 굴뚝같았지만, 지금까지 겪은 온갖 수모에 하나를 더하는 것일 뿐이라는 생각이 들었다. 그럼에도 불구하고 그에게 말을 거는데 목소리가 갈라졌다.

"홈즈! 뭐라고 말을 해야 좋을지 모르겠네. 부당하게 체포당한 것 하며, 지금까지 이런 취급을 받는 거 하며…… 이게 어디 상상이나 될 법한 일인가?"

"아주 흥미진진한 일이긴 하지." 그의 대꾸였다. "왔습니까, 레스트레이드 씨? 일이 이상하게 돌아가고 있죠? 당신이 보기엔 어떻습니까?"

"뭘 어떤 식으로 생각하면 좋을지 정말 모르겠소, 홈즈 선생." 레스트레이드가 중얼거렸다.

"뭐, 새로울 것 없는 이야깁니다. 우리의 친구 헨더슨이 아름다운 춤과 노래로 유혹을 한 거죠. 안 그런가, 왓슨? 내가 반쯤 속아 넘어갔고, 그가 아직도 유용한 존재라는 사실만 잊지 말기로 하세. 그전까지는 호텔방에서 벌어진 살인 사건보다 훨씬 심각한 음모와 우연히 맞닥뜨린 게 아닐까 의심하는 수준이었다면, 지금은 확신할 수 있다네."

"이제 구치소에 갇히고 자네 평판이 바닥에 떨어지게 되었는데 그걸 알아낸들 무슨 소용인가?"

내가 대답했다.

"내 평판은 알아서 유지가 될 걸세." 홈즈가 말했다. "왓슨, 내가 만약 교수형을 받거든 자네가 나서 모든 게 오해였다고 독자들을 설득해 주게."

"참 아무렇지 않은 일인 것처럼 말하는군요, 홈즈 선생." 레스트레이드가 투덜거렸다. "하지만 경고하건대 시간이 없소. 선생에게 불리한 증언이 말 그대로 반론의 여지가 없으니까."

"그 증언을 어찌 생각하나, 왓슨?"

"글쎄. 증인들은 서로 모르는 사이 같던데. 전국 각지에서 모인 사람들 아닌가. 그런데 어젯밤에 어떤 일이 벌어졌는지 서로 의견이 완벽하게 일치하더란 말이지."

"하지만 자네는 우리의 친구 아이자이아 크리어보다는 내 말을 믿겠지?"

"물론이지."

"그럼 이 자리에서 당장 밝히지만 내가 해리먼 경감에게 말한 그대로일세. 아편굴로 들어갔더니 크리어가 다가와 새로운 손님 대하듯이 하더군. 따뜻하게 맞이하는 한편으로 경계를 하더란 말일세. 네 남자가 반쯤 의식을 잃은 채로 아니면 그런 척 연극을 하면서 매트리스에 누워 있었는데, 그중 한 사람이 실제로 호레이스 블랙워터 경이었다네. 당시에는 나도 몰랐지만. 내가 4펜스짜리 물건을 사러 온 척했더니 크리어가 자기 사무실에서 돈을 받겠다고 하더군. 의심을 할까 봐 고분고분 따라갔더니 문지방을 넘자마자 두 남자가 달려들어 내 목을 잡고 팔을 묶지 뭔가. 그중 한 명은 아는 얼굴이었다네. 다름 아닌 헨더슨이었거든! 다른 한 명은 민머리에 어깨와 팔뚝이 레슬링 선수 수준이었지. 완력도 그렇고. 나는 옴짝달싹할 수가 없었다네. '당신과 아무 상관없는 일에 끼어 들다니, 그러면서 당신보다 훨씬 막강한 인물들과 맞상대할 수 있다고 생각했다니 어리석었어, 홈즈 씨.' 헨더슨이 이렇게 아니면 이 비슷하게 말했지. 그러는 동안 크리어가 고약한 냄새가 나는 액체가 가득 든 조그만 유리잔을 들고 내게 다가오더군. 일종의 아편제였는데 내 입을 벌리고 억지로 들이붓는데 당할 도리가 있어야지. 그쪽은 셋이고 나는 혼자인 것을. 총을 집을 수도 없었고. 거의 곧바로 효과가 나타나더군. 사방이 빙글빙글 도는가 싶더니 다리에서 힘이 풀렸지. 놈들이 손을 놓았고, 나는 바닥으로 쓰러졌다네."

"나쁜 놈들!" 내가 외쳤다.

"그래서요?" 레스트레이드가 물었다.

"눈을 떠 보니 왓슨이 옆에 있었던 것 말고는 기억이 안 납니다. 아주 강력한 마약이었던 모양이에요."

"그건 그렇다 칩시다, 홈즈 선생. 하지만 애클랜드 박사와 호레이스 블랙워터 경과 우리 쪽 동료 해리먼의 증언은 어떤 식으로 설명할 거요?"

"서로 공모한 겁니다."

"어째서? 다들 평범한 사람들이 아니오."

"그렇죠. 평범한 사람들이었다면 내가 오히려 믿었을 겁니다. 그런데 그렇게 범상치 않은 인물들이 세 명씩이나 똑같은 시간에 어둠 속에서 불쑥 나타나다니 이상하지 않습니까?"

"하는 말들이 앞뒤가 딱 맞아떨어지더란 말이오. 오늘 법정에서 듣기에 미심쩍은 부분이 한 군데도 없었소."

"그래요? 나는 당신과 달리 여러 군데가 의심스럽던데요, 레스트레이드. 먼저 애클랜드 박사부터 시작해 볼까요? 너무 어두워서 총을 쏜 사람이 안 보였다고 해 놓고 곧바로 총구에서 연기가 나는 게 보였다니 이상하지 않았습니까? 시력이 참으로 특이하게 발휘되는 모양입니다. 그리고 해리먼도 마찬가지예요. 정말로 화이트 호스 가의 은행을 침입한 강도가 있었는지 알아보시는 게 좋을 겁니다. 천우신조치고는 조금 심한 것 같으니까요."

"어째서요?"

"내가 만약 은행을 털러 나선 강도라면 자정이 지나서 길거리에 인적이 뜸해질 때까지 기다릴 것 같거든요. 그리고 메이페어나 켄싱턴이나 벨그래비아 등 돈을 맡길 만한 사람들이 많이 사는 동네를 선택할 테고요."

"그러면 퍼킨스는 어떻소?"

"거짓 증언을 하지 않은 딱 한 사람이 퍼킨스 경관이었습니다. 왓슨, 번거롭게 해서 미안하네만……."

하지만 홈즈의 말이 끝나기도 전에 해리먼이 붉으락푸르락한 얼굴을 하고 대기실로 들이닥쳤다.

"도대체 이게 어떻게 된 거요?" 그가 따지듯 물었다. "수감자는 구치소로 이동을 해야지. 댁은 뭡니까?"

"나는 레스트레이드 경감이오."

"레스트레이드! 나도 그 이름은 들어 봤습니다. 하지만 이건 내가 맡은 사건입니다. 끼어드는 이유가 뭡니까?"

"셜록 홈즈 선생과 워낙 잘 아는 사이다 보니……."

"셜록 홈즈 씨야 수많은 유명 인사들과 워낙 잘 아는 사이죠. 그 사람들을 모조리 불러서 인사를 시킬까요?"

해리먼은 재판정에서 여기까지 홈즈를 호송한 경찰 쪽으로 고개를 돌렸다. 아까부터 가만히 서 있었던 그는 점점 더 불편해하는 기색이 역력했다.

"자네! 자네 이름과 직위를 적어 두었다 나중에 한소리 해야겠군. 지금은 홈즈 씨를 뒷마당으로 호송하도록. 다음 장소로 압송하려고 경찰 마차가 기다리고 있으니."

"어디로 압송하는 겁니까?" 레스트레이드가 따지듯 물었다.

"홀로웨이 구치소가 될 겁니다."

이 말에 내 얼굴이 핼쑥해졌다. 그 음산하고 거대한 요새가 어떤 환경인지 모르는 런던 사람은 없었다.

"홈즈! 내가 면회를……"

"이런 식으로 말허리를 잘라서 심란하기 그지없지만, 홈즈 씨는 수사가 끝날 때까지 면회 금지입니다."

레스트레이드나 내가 할 수 있는 일은 아무것도 없었다. 홈즈는 반항하지 않았다. 그를 일으켜 세운 경찰의 호송을 받으며 밖으로 나갔다. 해리먼도 그 뒤를 따라 나갔고 우리 둘만 남았다.

독극물

샐리 딕슨 사망 사건과 잇따른 재판 소식이 모든 일간지에 실렸다. 세월이 흐르면서 종이가 낡고 휴지처럼 약해지기는 했지만 아직도 그때 어느 신문에 실린 기사를 간직하고 있다.

이틀 전날 밤, 템스 강과 라임하우스 베이신과 인접한 코퍼게이트 광장에서 심각하고 파렴치한 사건이 벌어졌다. 이 일대를 순찰하던 H 지부 소속 퍼킨스 경관이 총성을 듣고 소동이 벌어진 현장으로 달려간 것은 자정이 조금 못 미친 시각이었다. 그가 현장에 도착했을 때 런던 술집에서 근무하며 이 근처에 거주하던 열여섯 살의 소녀는 이미 숨을 거둔 뒤였다. 추측에 따르면 희생자는 집으로 가던 도중, 아편굴에서 나온 습격자를 뜻밖에 맞닥뜨린 듯하다. 이 일대는 아편굴이 많기로 악명이 높은 곳이다. 습격자의 신원은 탐정인 셜록 홈즈 씨로 밝혀졌고, 경찰에서는 곧바로 구속 조치를 취했다. 그는 모든 혐의를 부인했지만, 웨스트민스터 병원의 토머스 애클랜드 박사, 햄프셔에 120만여 평에 달하는 농지가 있는 호레이스 블랙워터 경 등 상당히 명망 있는 인물들이 그에게 불리한 증언을 한 것으로 전해진다. 홈즈 씨는 현재 홀로웨이 구치소로 이송되었는데, 우리 사회에 만연한 마약의 폐단을 정확히 지적하고, 마약을 자유롭게 소비할 수 있는 악의 소굴들을 지속적으로 합법화해도 될 것인지 의문을 제기하는 유감스러운 사건이라 하겠다.

홈즈가 체포되고 난 뒤 월요일 아침 식탁에서 이런 기사를 접했을 때 내가 얼마나 불쾌했을지 굳이 설명할 필요가 없을 것이다. 게다가 이 기사에는 상당히 의심스러운 구석이 있었다. 백 오브 네일스는 램버스에 있는 술집인데, 샐리 딕슨이 집으로 가는 길이었다고 간주한 이유가 무엇이었을까? 게다가 호레이스 경도 그 '악의 소굴'에서 마약을 탐닉했건만 그 부분은 언급하지 않은 것도 이상했다.

나는 주말 이틀 동안 애를 태우며 소식을 기다리는 것 말고는 아무것도 할 수가 없었다. 갈아입을 옷가지와 먹을거리를 홀로웨이로 보냈지만, 홈즈에게 전달됐을지 알 수가 없었다. 분명 신문에서 기사를 읽었을 테고 나도 디오게네스 클럽으로 여러 번 전갈을 보냈건만 마이크로프트에게서는 아무 기별이 없었다. 화를 내야 하는 건지 정신을 바짝 차려야 하는 건지 알 수가 없었다. 감감무소식인 그가 쩨쩨하고 심통 사나운 사람처럼 느껴졌다. 바로 이런 결과를 낳을 거라고 사전에 경고를 하긴 했지만, 동생이 처한 심각한 상황을 감안했을 때 당장 영향력을 행사해야 하는 게 아닌가 말이다. 하지만 "내가 도울 수 있는 방법이 아무것도 없을"거라고 했던 그의 말이 다시금 떠오르면서 실크 하우스의 정체가 뭔지 몰라도 정부 핵심층에까지 입김을 행사하는 인물조차 무능력하게 만들 수 있는 정도인가 하는 생각이 들었다.

내가 클럽으로 찾아가 직접 부딪쳐야겠다고 결심을 했을 때 초인종 소리가 들렸고, 잠시 후 허드슨 부인이 손님을 모시고 왔다. 장갑이며 옷차림에서 단아한 매력이 물씬 풍기는 미모의 여성이었다. 나는 혼자만의 생각에 워낙 푹 빠져 있었기 때문에 상대가 캐서린 카스테어스 부인이라는 사실을 알아차리기까지 약간 시간이 걸렸다. 그녀의 남편인 웜블던의 화상이 이 집을 찾아온 것이 일련의 불행한 사건의 기폭제 역할을 하지 않았던가. 사실 미국의 어느 도시에서 활약했던 아일랜드 폭력단과 폭파당한 존 컨스터블의 풍경화 넉 점, 핀커튼 요원들과의 총격전으로 인해 현재 우리가 이런 상황에 처하게 된 것임에도 불구하고, 나는 그녀를 마주대하고도 접점을 느끼는 데 어려움이 있었다. 아이러니한 일이었다.

한편으로 생각하면 미시즈 올드모어스 프라이빗 호텔에서 발견된 남자의 시체가 이 모든 사건의 발단이었건만, 또 한편으로 생각하면 전혀 별개의 사건이었다. 내 안의 작가 기질을 동원해 표현하자면 두 작품이 어느 순간 뒤엉키면서 이쪽 이야기의 등장인물이 저쪽 이야기에 불쑥 등장하는 식이었다. 카스테어스 부인이 찾아왔을 때 나는 이런 식의 혼란스러움을 느꼈다. 그런데 그녀가 바보처럼 멀뚱멀뚱 쳐다보고만 있는 내 앞에 서서 갑자기 울음보를 터트리는 게 아닌가!

"카스테어스 부인!" 나는 외치며 벌떡 일어섰다. "슬퍼하지 마십시오. 앉으세요. 물 한 잔 드릴까요?"

그녀는 말을 하지 못했다. 내가 의자가 있는 곳으로 안내하자 그녀는 손수건을 꺼내 눈가를 닦았다. 내가 물을 한 잔 따라 들고 갔지만, 그녀는 손사래를 쳤다.

"왓슨 박사님." 드디어 그녀가 말을 꺼냈다. "이렇게 찾아온 저를 용서해 주세요."

"별 말씀을 다하십니다. 만나뵈어서 이렇게 반가운 것을요. 처음 들어오셨을 때는 제가 딴생각에 빠져 있었지만 지금은 부인께 온전히 집중하고 있습니다. 리지웨이 홀에 새로운 일이라도 생겼습니까?"

"네. 끔찍한 일이 생겼어요. 그런데 홈즈 선생님은 안 계신 모양이네요?"

"소문 못 들으신 모양이로군요. 신문에서 못 읽으셨습니까?"

그녀는 고개를 끄덕였다.

"저는 뉴스에 관심 없어요. 남편도 별로 좋아하지 않고요."

나는 읽고 있던 신문 기사를 보여 줄까 하다 관두기로 했다.

"죄송하지만 셜록 홈즈 씨는 운신이 불가능합니다. 당분간 그럴 겁니다."

"그럼 가망이 없네요. 기댈 사람이 아무도 없어요." 그녀는 고개를 떨구었다. "남편은 오늘 제가 여기 찾아온 걸 몰라요. 사실은 찾아오겠다고 했을 때 강력하게 반대했어요. 하지만 왓슨 박사님, 제가 미쳐 버릴 것 같아요. 느닷없이 찾아와 우리의 인생을 망쳐 놓고 있는 이 악몽이 끝날 날이 있을까요?"

그녀는 다시금 울음을 터뜨렸고, 나는 마침내 눈물이 잦아들 때까지 속수무책으로 앉아서 기다리는 수밖에 없었다.

"무슨 일 때문에 그러시는지 저한테 말씀해 주시면 도움이 되지 않을까요?"

내가 넌지시 물었다.

"말씀 드릴게요. 그런데 박사님이 도움이 될까요?" 이렇게 말하던 그녀의 표정이 갑자기 밝아졌다. "아! 박사님은 의사 선생님이시죠! 진찰은 벌써 여러 번 받아 보았어요. 주치의와 그 밖의 다른 의사 선생님들께. 하지만 박사님은 다를지 모르겠어요. 박사님은 이해해 주실지 모르겠어요."

"남편께서 편찮으십니까?"

"남편이 아니라 시누이 엘리자가요. 기억하시죠? 박사님을 처음 만났을 때부터 이미 머리가 아프고 여기저기가 쑤신다고 했는데 그 뒤로 상태가 갑자기 악화됐어요. 남편은 엘리자가 죽을병에 걸렸다고 생각하는데, 어느 누구도 손쓸 방법이 없네요."

"어째서 여길 찾아오면 도움을 받을 수 있을지 모른다고 생각하신 겁니까?"

카스테어스 부인은 의자에 앉은 채로 자세를 바로잡았다. 그러고는 눈가를 훔쳤다. 순간, 맨 처음 만났을 때 나도 실감했던 강단이 느껴졌다.

"시누이와 저는 사이가 좋지 않아요. 아닌 척하지 않을게요. 엘리자는 처음부터 저를 자신의 동생이 가장 힘든 시기에 발톱을 내밀어 그를 낚아챈 투기꾼, 그의 재산만 노리고 결혼한 여자 취급했죠. 저도 나름대로 적지 않은 재산을 챙겨들고 이 나라로 건너왔는데 그 사실은 까맣게 잊어버리고요. 카탈로니아호에서 남편이 건강을 다시 회복할 때까지 돌본 사람이 저였는데 그 사실도 까맣게 잊어버리고요. 엘리자와 어머님은 제가 어떤 여자라도 싫었을 테니 기회를 주지 않았죠. 남동생이자 헌신적인 효자로 언제나 자기들 곁을 지켰던 에드먼드가 다른 사람과 행복하게 산다는 발상 자체를 용납할 수가 없었던 거예요. 엘리자는 심지어 어머님이 돌아가신 것도 제 탓이라고 했어요. 믿기세요? 가스 난로의 불이 꺼진 끔찍한 사고였는데도 일부러 자살을 하신 거라고 했어요. 어머님이 저를 그 집의 새로운 여주인으로 인정하느니 차라리 죽는 게 낫겠다고 생각이라도 하신 것처럼. 어떻게 보면 둘 다 정상이 아니에요. 남편 앞에서는 감히 그런 소리를 못했지만 진짜 그래요. 그게 아니면 그 사람이 저를 사랑한다는데 인정하지 않고 우리의 앞날을 축복하며 기뻐해 주지 않은 이유가 달리 뭐겠어요?"

"그런데 새롭게 나타난 질병이라는 것은……?"

"엘리자는 누가 자기를 독살하려는 거라고 생각해요. 한술 더 떠서 제가 범인이라고 하죠. 어쩌다 그런 결론을 내렸느냐고 저한테 묻지 마세요. 제정신이 아니라 그런 거니까요!"

"남편께서도 그런 사실을 알고 있습니까?"

"당연하죠. 다같이 한 방에 있었을 때 엘리자가 저한테 퍼부었으니까요. 남편만 딱하게 됐죠! 그렇게 어쩔 줄 몰라 하는 모습은 처음 봤어요. 어떤 반응을 보여야 할지조차 모르는 눈치더라고요. 제 편을 들었다가는 엘리자의 정신 상태에 어떤 영향을 미칠지 아무도 모르는 일이니까요. 남편은 꾹 참고 있다 엘리자와 헤어지자마자 얼른 제 옆으로 달려와 용서를 구했어요. 엘리자가 병에 걸린 것만큼은 분명하고, 남편은 병 때문에 망상이 생긴 거라고 생각하는데 어쩌면 그 생각이 맞을지도 모르죠. 아무리 그렇더라도 저로서는 더 이상 참을 수 없는 지경에 이르렀어요. 이제는 모든 음식을 부엌에서 따로 준비하고, 커비가 내내 지켜보고 있다 들고 올라간답니다. 남편까지 그 음식을 같이 먹고 있어요. 자기 말로는 말벗이 되어 주는 거라지만, 사실은 고대 로마 시대에 있었던 시식 시종이나 다를 바 없지 뭐예요. 어쩌면 제가 고마워해야 할 일인지도 몰라요. 두 사람이 모든 음식을 같이 먹기 시작한 지 1주일이 지났는데 남편은 여전히 건강하고, 엘리자만 점점 상태가 악화되고 있으니까요. 만약 제가 음식에 벨라도나(자주색 꽃이 피고 까만 열매가 열리는 독초—옮긴이)라도 넣었다면 왜 엘리자만 병에 걸리는지 완벽한 수수께끼일 거 아니겠어요?"

"의사들은 병명이 뭐라고 합니까?"

"모두들 갈팡질팡해요. 처음에는 당뇨라고 하더니 그 다음에는 패혈증이라고 하더군요. 지금은 최악의 사태가 발생할까 두려워하며 콜레라 검사를 준비하고 있어요." 그녀가 고개를 떨구었다 다시 들자 두 눈에 눈물이 가득 맺혀 있었다. "끔찍한 고백 하나 할까요, 왓슨 박사님? 저는 엘리자가 죽어 버렸으면 좋겠다는 마음도 있어요. 그 어떤 사람한테도, 하물며 전남편이 가장 심하게 술에 취해서 폭력을 휘둘렀을 때도 그런 생각은 한 적이 없었거든요. 그런데 요즘은 가끔 엘리자가 죽으면 적어도 남편과 둘이서 평온하게 살 수 있겠구나…… 그런 생각이 들어요. 엘리자가 저희 둘을 갈라놓으려고 작정을 하고 덤비는 것처럼 보이거든요."

"제가 윔블던까지 동행해 드릴까요?" 내가 물었다.

"그래 주시겠어요?" 그녀가 눈을 반짝였다. "남편은 두 가지 이유에서 제가 셜록 홈즈 씨를 만나는 걸 반대했어요. 그이 입장에서는 볼일이 끝난 셈이잖아요. 보스턴에서 건너와 그이를 위협하던 사람도 죽었고, 더 이상 무슨 조치를 취할 것도 없으니까요. 그리고 탐정을 집 안으로 들이면 엘리자의 심증만 더욱 굳히는 게 아니겠느냐며 걱정했어요."

"반면에 부인께서는……?"

"저는 홈즈 씨라면 저의 무죄를 입증해 줄 거라고 생각했고요."

"그 덕분에 부인의 마음의 짐이 덜어진다면 기꺼이 동행해 드리겠습니다. 저는 일반의라 경험에 한계가 있지만, 오랫동안 셜록 홈즈와 함께 일을 하는 동안 수상한 부분이 있으면 알아차리는 식별력이 생겼습니다. 어쩌면 다른 분들은 못 보고 지나간 부분이 제 눈에는 띨지 모르죠."

"정말요, 왓슨 박사님? 그래 주시면 얼마나 감사할까요. 가끔은 이 나라가 너무 낯설어서 제 편이 아무라도 있으면 고마운 일이거든요."

우리는 함께 집을 나섰다. 나로 말할 것 같으면 원래는 베이커 가를 떠날 마음이 전혀 없었건만, 생각해 보니 혼자 앉아서 기다려 봐야 시간 낭비였다. 레스트레이드가 나를 대신해 열심히 동분서주하고 있었지만, 나는 아직 허락이 안 떨어져 홀로웨이로 홈즈 면회를 가지 못하는 상황이었다. 마이크로프트는 오후나 되어야 디오게네스 클럽에 나타날 것이다. 그리고 카스테어스 부인의 말과 달리 납작 모자를 쓴 남자의 수수께끼를 해결하려면 아직 갈 길이 멀었다. 에드먼드 카스테어스와 그 누나를 다시 만나면 흥미진진할 것 같았다. 그리고 내 비록 형편없는 대타이기는 했지만 이번 사건에 광명을 비춰 친구의 석방을 앞당길 수 있는 단서를 목격하거나 들을 수도 있는 일이었다.

우아한 예술품과 나지막이 째깍거리는 시계로 장식한 자기 집 홀에서 나를 맞닥뜨렸을 때 카스테어스는 반가워하지 않았다. 그는 프록코트와 회색 새틴 넥타이와 반질반질하게 광을 낸 구두로

딱 떨어지게 차려입고 점심 식사를 하러 막 나가려던 참이었다. 실크 해트와 지팡이는 문가 테이블에 놓여 있었다.

"왓슨 박사님!" 그가 큰 소리로 내 이름을 부르고 나서 자기 아내를 돌아보았다. "셜록 홈즈 씨의 도움을 받지 않기로 우리 서로 합의를 본 줄 알았더니."

"나는 홈즈가 아니잖습니까."

"그렇기는 하죠. 홈즈 씨가 참으로 불명예스러운 상황에 처하셨다는 신문 기사를 방금 전에 읽은 참입니다."

"카스테어스 씨가 들고 온 사건을 수사하다 그렇게 됐답니다."

"이제는 결론이 내려진 사건 아닙니까?"

"그의 생각은 다릅니다."

"저는 그렇다고 생각하는데요."

"여보." 카스테어스 부인이 끼어들었다. "왓슨 박사님이 런던에서 여기까지 저와 함께 와 주시다니 얼마나 고마운 일이에요. 엘리자를 진찰하고 의견을 주기로 하셨어요."

"이미 여러 사람한테 진찰을 받았잖소."

"한 분 생각을 더 들어서 나쁠 것 없잖아요." 그녀는 남편의 팔을 잡았다. "지난 며칠 동안 내가 어떤 심정이었는지 당신은 모를 거예요. 부탁이에요, 여보. 박사님께 진찰을 맡겨 봐요. 투덜거릴 상대가 생긴 것에 불과하더라도 엘리자한테 도움이 될지 모르잖아요."

카스테어스는 마음이 약해졌는지 부인의 손을 토닥였다.

"알았어요. 하지만 왓슨 박사님, 지금 당장은 안 됩니다. 누님이 오늘 아침에 늦잠을 자서 좀 전에 목욕을 하는 소리가 들렸거든요. 엘지가 옆에서 시중을 들고 있습니다. 최소 30분은 지나야 박사님을 만날 수 있을 겁니다."

"기꺼이 기다리겠습니다. 하지만 그 시간에 괜찮으시다면 부엌을 둘러보고 싶은데요. 누님께서 누군가 자기 음식에 손을 대고 있나고 굳게 믿는 상황이라면 음식을 준비하는 공간부터 살피는 게 좋을지 모르니까요."

"그러시죠, 왓슨 박사님. 제가 무례하게 굴었던 것은 부디 용서해 주시겠습니까? 홈즈 씨도 모쪼록 무사했으면 좋겠고, 박사님도 다시 뵈니 반가운 것을요. 그나저나 이 악몽 같은 상황은 그칠 줄을 모르네요. 맨 처음에는 보스턴에서 그러더니 가엾은 우리 어머니에 이어 호텔에서 그런 사건이 있었고 이제는 누님까지. 저는 바로 어제, 루벤스 학파가 그린 구아슈화(고무를 수채화 그림물감에 섞어서 불투명 효과를 연출한 작품 ─ 옮긴이)를 한 점 매입했습니다. 홍해 앞에 선 모세를 그린 근사한 습작인데, 제가 파라오들이 겪었던 그 무시무시한 저주에 걸린 게 아닐까 그런 생각이 들지 뭡니까."

우리는 아래층으로 내려가 널찍하고 바람이 잘 통하는 부엌으로 들어갔다. 냄비와 프라이팬, 김이 모락모락 나는 가마솥과 도마들이 하도 많아서 누가 딱히 뭘 하는 것도 없는데 바빠 보였다. 부엌에는 세 사람이 있었다. 그중 한 명은 나도 아는 얼굴이었다. 우리가 맨 처음 리지웨이 홀을 찾았을 때 문을 열어 주었던 하인 커비가 식탁에 앉아 점심으로 먹을 빵에 버터를 바르고 있었다. 스토브 앞에서는 키가 작고 통통한 빨간 머리 여자가 수프를 젓고 있었는데, 쇠고기와 야채를 넣은 수프 냄새가 부엌을 가득 메웠다. 제3의 인물은 교활해 보이는 청년으로 한쪽 구석에 앉아 숟가락과 포크와 나이프들을 설렁설렁 닦고 있었다. 우리가 들어서자마자 커비가 자리에서 일어섰는데도 청년은 우리가 자신을 방해할 권리가 없는 침입자라도 되는 것처럼 어깨 너머로 흘끗 쳐다보기만 하며 그 자리에 가만히 앉아 있었다. 누르스름한 장발에 얼굴은 살짝 여성스러운 분위기를 풍겼고 열여덟 살이나 열아홉 살쯤 되어 보였다. 커비의 처조카 패트릭이 1층에서 일을 한다고 카스테어스한테 들은 기억이 났다. 이 아이가 패트릭인 모양이었다.

카스테어스가 나를 소개했다.

"이분은 우리 누님의 병명을 알아보러 오신 왓슨 박사님이오. 모두에게 몇 가지 질문을 하실지 모르는데, 가능한 한 솔직하게 대답을 해 주면 고맙겠군."

나는 부엌행을 자청하기는 했지만 뭐라고 말문을 열면 좋을지 생각이 안 나서 셋 중 붙임성이 가장 좋아 보이는 요리사에게 먼저 물었다.

"커비 부인 되십니까?"

"네, 박사님."

"부인께서 모든 식사 준비를 도맡고 계시죠?"

"저와 남편이 이 부엌에서 모든 음식을 만듭니다. 패트릭이 마음이 내키면 감자 껍질도 벗기고 설거지도 거들지만, 모든 요리가 제 손을 거치기 때문에 이 집에서 독이 든 뭔가가 나왔더라도 여기서 나온 것일 리가 없어요. 제 부엌은 티끌 한 점 없이 깨끗해요, 왓슨 박사님. 한 달에 한 번씩 소다로 소독까지 한답니다. 식료품 창고도 들어가 보셔도 돼요. 모든 게 제자리에 있고 공기도 얼마나 잘 통한다고요. 식자재는 이 동네에서 구입하고, 신선하지 않은 것은 아예 들이질 않는답니다."

"카스테어스 아가씨의 병은 음식 때문에 생긴 게 아닙니다, 박사님." 커비가 이렇게 중얼거리며 슬쩍 주인 눈치를 보았다. "주인님과 부인께서도 똑같은 걸 드시는데 두 분 다 아무 탈 없으시잖아요."

"제가 보기에는 이 집이 어딘가 모르게 이상한 것 같아요."

커비 부인이 말했다.

"그게 무슨 뜻이야, 마거릿?" 카스테어스 부인이 따지듯 물었다.

"글쎄요, 마님. 무슨 뜻이 있어서 한 이야기는 아니에요. 가엾은 카스테어스 아가씨 때문에 다들 몹시 걱정을 하고 있는데, 꼭 이 집에 뭐가 문제가 생긴 것 같은 분위기란 말이죠. 그게 뭔지 몰라도 저는 양심에 거리낄 게 없고, 그걸 걸고 넘어지는 사람이 있으면 내일 당장이라도 짐을 싸서 나갈 수 있어요."

"누가 자네한테 뭐라 그러겠어."

"하지만 그 말이 맞아요. 이 집은 문제가 있거든요."

부엌일을 거드는 아이가 처음으로 입을 연 것인데, 억양을 들으니 아일랜드 출신이라고 했던 카스테어스의 말이 생각났다.

"이름이 패트릭 맞지?" 내가 물었다.

"네, 박사님."

"고향이 어디니?"

"벨파스트요."

우연의 일치겠지만, 루크와 킬런 오도너휴도 벨파스트 출신이었다.

"이 집에서 지낸 지 얼마나 됐니?" 내가 물었다.

"그리 오래되지는 않았죠, 박사님. 하지만 다들 절 몹시 환영해 줬다고요."

아이는 이렇게 말하면서 그 말이 자기만 아는 농담이라도 되는 양 히죽거렸다. 내가 상관할 바는 아니었지만, 등받이가 없는 의자에 구부정하니 앉아 있는 것하며 심지어 말투까지 모든 게 일부러 예의를 갖추지 않는 듯했는데, 카스테어스가 가만히 보고만 있다니 놀라운 일이었다. 부인은 남편처럼 너그럽지 못했다.

"어디서 감히 그런 식으로 말을 하니, 패트릭. 할말이 있으면 교묘하게 돌리지 말고 당당하게 말해. 그리고 여기 있기 싫으면 나가고."

"저는 여기 생활이 좋은데요, 카스테어스 마님. 그리고 딱히 다른 데로 가고 싶은 생각도 없고요."

"어디서 건방지게! 여보, 가만 두고 볼 거예요?"

카스테어스가 머뭇거리느라 짤막한 정적이 이어지던 순간 딸랑하는 소리가 들렸고, 커비가 저쪽 벽에 일렬로 달린 하인 호출용 방울을 살폈다.

"카스테어스 아가씨가 부르시는 건데요, 주인님." 그가 말했다.

"누님 목욕이 끝난 모양이네요." 카스테어스가 말했다. "이제 위로 올라가서 만나도 되겠습니다. 더 여쭈어 볼 게 있으십니까, 왓슨 박사님?"

"아닙니다." 내가 말했다.

몇 개 안 되는 질문이 헛수고로 돌아가자 홈즈가 왔더라면 지금쯤 모든 수수께끼를 해결했을 거라는 생각이 들면서 갑자기 어깨가 쳐졌다. 홈즈였다면 아일랜드 심부름꾼을 어떤 식으로 요리하고, 다른 하인들과 어떤 식으로 관계를 맺었을까? 부엌을 훑어보며 어떤 부분들을 알아차렸을까? "왓슨, 자네는 보기만 하고 관찰을 하지 않아." 그에게 자주 들었던 그 말이 이보다 더 가슴에 와 닿을 수가 없었다. 식탁에 놓여 있는 부엌칼, 난로 위에서 부글부글 끓고 있는 수프, 식료품 창고 갈고리에 걸려 있는 꿩 한 쌍, 시선을 떨군 커비, 앞치마에 손을 얹고 서 있는 그의 아내, 계속 웃고 있는 패트릭…… 내가 아니라 홈즈였다면 이들이 더 많은 이야기를 했을까? 분명 그랬을 것이다. 홈즈는 물을 한 방울 보여 주면 거기에서 대서양의 존재를 유추하는 친구다. 나는 그걸 보여 주면 어디 수도꼭지가 있나 보다고 생각할 사람이다. 그것이 우리 둘의 차이점이었다.

우리는 다시 2층으로 올라가 꼭대기 층으로 향했다. 계단을 올라가는데 대야와 수건 두 장을 들고 맞은편에서 황급히 내려오는 젊은 아가씨가 보였다. 식모 엘지였다. 고개를 숙이고 있어서 얼굴은 보이지 않았다. 그녀는 그렇게 우리 옆을 지나 저쪽으로 사라졌다.

카스테어스가 가볍게 노크를 하고, 나를 만날 생각이 있는지 의사를 타진하러 누나의 침실로 들어갔다. 나는 카스테어스 부인과 함께 밖에서 기다렸다.

"저는 갈게요, 왓슨 박사님." 카스테어스 부인이 말했다. "제가 같이 들어가 봐야 엘리자의 심기만 건드릴 따름이니까요. 하지만 병과 관련해서 뭐라도 눈에 띄는 부분이 있으면 꼭 알려 주세요."

"알겠습니다."

"와 주셔서 다시 한 번 감사드려요. 박사님 같은 친구가 생겨서 얼마나 마음이 놓이는지 몰라요."

문이 열리는 순간 그녀는 얼른 사라졌고, 카스테어스가 나를 안으로 들였다. 안으로 들어가 보니 사치스러운 가구들이 놓인 비좁은 방이 나를 맞았다. 조그만 창문을 달아서 처마 밑에 만든 방인데, 커튼이 창문을 일부분 가리고 있었고 벽난로에서는 화톳불이 이글거렸다. 또 다른 문이 딸린 욕실과 연결되어 있었고, 거기서 흘러나온 라벤더 목욕 소금 냄새가 공기 중에 진하게 감돌았다. 엘리자 카스테어스는 숄을 걸치고 베개에 기댄 채 침대에 누워 있었다. 지난번에 만났을 때보다 건강 상태가 많이 나빠진 것을 한

눈에 알 수 있었다. 내가 심각한 환자들을 진찰할 때 자주 접했던 특유의 초췌하고 피곤해하는 분위기였고, 뾰족한 언덕이 되어 버린 광대뼈 위로 자리 잡은 두 눈은 처량하기 그지없었다. 머리는 빗었는데도 어깨 위로 어지럽게 널려 있었다. 앞쪽 시트 위에 얹은 두 손은 시체의 손이라고 해도 믿길 정도였다.

"왓슨 박사님!" 그녀가 나에게 인사를 건네는데 목소리가 갈라져 나왔다. "어쩐 일로 저를 찾아 오셨어요?"

"카스테어스 양의 올케께서 와 달라고 하셔서요."

"우리 올케는 내가 죽었으면 하는데."

"제가 보기에는 그런 것 같지는 않았습니다. 맥을 짚어 봐도 될까요?"

"뭐든 마음대로 하세요. 제가 달리 뭐 드릴 것도 없으니까요. 장담하지만 제가 죽으면 다음은 에드먼드 차례예요."

"쉿, 엘리자! 그런 말 하지 마." 동생이 그녀를 나무랐다.

맥을 짚어 보니 몸에서 병균을 물리치려고 작정이라도 한 것처럼 너무 빨랐다. 피부도 살짝 푸르스름한 걸 보니 내가 들은 다른 증상들과 종합해 보건대 콜레라를 의심한 의사들의 판단이 맞을지 모르겠다는 생각이 들었다.

"배가 아프신가요?" 내가 물었다.

"네."

"관절도 쑤시고요?"

"뼈들이 썩어 문드러지고 있는 게 느껴져요."

"주치의가 몇 분 계시죠? 그분들이 어떤 약을 처방하던가요?"

"누님은 지금 아편 팅크를 먹고 있습니다." 카스테어스가 말했다.

"식사는 하시고요?"

"그 먹는 것 때문에 아주 죽겠어요!"

"그래도 꼬박꼬박 드셔야 합니다, 카스테어스 양. 끼니를 거르면 몸만 더 약해질 뿐이에요." 나는 그녀의 손을 놓았다. "이 이상은 별로 드릴 말씀이 없네요. 창문을 열어서 환기를 해 주시고, 청결이 가장 관건입니다."

"목욕은 매일 해요."

"옷과 침대 시트도 매일 바꾸는 게 좋습니다. 하지만 무엇보다도 잘 챙겨 드셔야 해요. 부엌도 찾아가 보았는데, 식사를 아주 정성껏 준비하고 있던데요. 걱정하실 것 없습니다."

"저를 독살하려는 사람이 있어요."

"누나를 독살하려는 사람이 있다면 나도 마찬가지 상황이게!" 카스테어스가 큰소리로 외쳤다. "엘리자, 제발! 왜 정신을 못 차리는 거야?"

"피곤하다." 환자는 누우며 눈을 감았다. "와 주셔서 감사합니다, 왓슨 박사님. 창문을 열고 침대 시트를 갈아라! 하시는 일이 아주 잘되고 있겠어요!"

카스테어스가 나를 밖으로 안내했고, 나는 솔직히 이 방을 나갈 수 있어서 기뻤다. 엘리자 카스테어스는 처음 만났을 때부터 예의가 없고 냉소적이더니 병에 걸리면서 그런 성향이 더욱 강해졌다.

우리는 현관까지 같이 가서 헤어졌다.

"와 주셔서 감사합니다, 왓슨 박사님." 카스테어스가 말했다. "사랑하는 캐서린이 박사님을 찾아갈 수밖에 없었던 심정은 저도 이해합니다. 홈즈 씨께서 현재 처하신 어려운 상황에서 빠져나올 수 있었으면 좋겠습니다."

우리는 악수를 했다. 나는 막 현관을 나서려는 찰나, 문득 생각난 게 있었다.

"뭐 하나만 여쭈어 봐도 될까요, 카스테어스 씨? 부인께서는 수영을 할 줄 아십니까?"

"네? 그것 참 특이한 질문이네요! 어떤 연유로 궁금해하시는 겁니까?"

"저 나름대로 생각한 게 있어서……."

"사실 캐서린은 수영을 전혀 못합니다. 바다를 몹시 무서워해서 무슨 일이 있더라도 물에는 들어가지 않을 거라고 한 적도 있을 정돕니다."

"고맙습니다, 카스테어스 씨."

"좋은 하루 되십시오, 왓슨 박사님."

문이 닫혔다. 나는 홈즈가 궁금해했던 질문의 해답을 얻었다. 이제는 내가 왜 그걸 물어보았는지 이유만 파악하면 된다.

어둠 속으로

돌아와 보니 마이크로프트가 보낸 쪽지가 나를 기다리고 있었다. 그날 저녁에는 디오게네스 클럽에 일찍 출근할 예정이니 그때쯤 시간이 되면 찾아와 달라는 내용이었다. 요 며칠 동안 분주하게 움직인 데다 윔블던까지 다녀오느라 쓰러지기 일보 직전인데……. 나는 조금만 무리해도 아프가니스탄에서 입은 부상이 도지곤 했다. 하지만 아무리 그렇더라도 잠깐 쉬었다 다시 나가기로 했다. 내가 마음껏 돌아다니는 동안 홈즈는 어떤 시련을 감당하고 있을지 너무나도 잘 알고 있었기 때문에 내 건강은 중요한 문제가 아니었다. 마이크로프트는 두 번씩이나 기회를 주지 않을 것이다. 그는 몸집이 비대한 한편으로 변덕스러워서 권력의 회랑을 휙휙 돌아다니는 거대한 그림자 비슷했다. 나는 허드슨 부인이 차려 준 늦은 점심을 먹고 의자에 앉은 채로 눈을 붙였다. 그런 다음 하늘이 어둑어둑해지기 시작할 무렵 집을 나서 마차를 타고 펠멜로 다시 향했다.

그는 이번에도 접객실에서 나를 맞았지만, 홈즈와 같이 왔던 지난번에 비해 나를 대하는 태도가 좀 더 딱 부러지고 깍듯했다. 그는 인사치레 없이 곧장 본론으로 들어갔다.

"상황이 안 좋소. 아주 안 좋아. 녀석은 귀담아 들을 생각도 없으면서 왜 조언을 청한 건지."

"조언이 아니라 정보를 얻으려고 찾아왔으니까 그랬던 것 아닐까요?"

나는 이렇게 되받아쳤다.

"정곡을 찌르시는군. 하지만 내가 하나만 줄 수 있고 다른 하나는 줄 수 없는 입장이었으니 내 말을 들었어야 했소. 내가 뒤져 봐야 좋을 것 없다고 하지 않았소. 하긴 그게 녀석의 성격이지. 어렸을 때부터 그랬으니. 어찌나 성격이 급했던지. 우리 어머니도 똑같은 말씀을 하시면서 잘못되기라도 하면 어떻게 하나 늘 걱정하셨소. 녀석이 탐정으로 자리를 잡는 걸 보고 돌아가셨더라면 좋았을 텐데. 그럼 미소를 지으셨을 텐데!"

"동생을 도와주실 수 있습니까?"

"거기에 대한 대답은 이미 선생도 알고 있지 않소, 왓슨 박사. 지난번에 만났을 때 내가 이미 이야기하지 않았소. 내가 할 수 있는 게 아무것도 없다고."

"동생이 살인범으로 교수형을 당하도록 내버려 두실 겁니까?"

"그렇게 되진 않을 거요. 그렇게 될 리가 없소. 내가 진작부터 은밀하게 작업을 벌이고 있소. 방해하고 뒤섞으려 드는 사람들이 뜻밖에 많기는 하지만, 녀석이 고위층 사이에서 워낙 유명한 인물이니 그럴 일은 없을 거요."

"홀로웨이에 갇혀 있습니다."

"그렇다고 하더이다. 그 끔찍한 시설이 허락하는 한도 내에서 잘 보살핌을 받고 있다고."

"해리먼 경감은 어떻게 생각하십니까?"

"훌륭한 경찰이오. 강직하고 기록상 오점이 하나도 없소."

"다른 증인들은요?"

마이크로프트는 고급 와인을 시음하는 사람처럼 눈을 감고 고개를 갸우뚱했다. 한참 뒤에 그가 말했다.

"무슨 생각을 하는지 압니다, 왓슨 박사. 그런데 내 말을 믿어 주었으면 좋겠소. 홈즈가 무모한 짓을 저지르기는 했지만 내가 녀석을 걱정하며 어떻게 된 사태인지 파악하려고 애를 쓰고 있다는 것을. 상당한 사재를 들여 토머스 애클랜드 박사와 호레이스 블랙워터 경의 뒷조사까지 마쳐 놓았는데, 유감스럽게도 둘 다 나무랄 데가 없더이다. 둘 다 좋은 가문 출신이고, 독신이고, 부유하고. 그 둘은 같은 클럽 회원도 아니오. 학교 동문도 아니고. 거의 한평생 몇 백 킬로미터의 거리를 두고 살아온 사이라오. 똑같은 시각에 라임하우스에 있었다는 우연의 일치 말고는 두 사람의 공통점이 전혀 없소."

"하지만 실크 하우스가 있죠."

"그렇소."

"실크 하우스의 정체가 뭔지는 저한테 당연히 안 가르쳐 주실 생각이겠죠?"

"모르기 때문에 못 가르쳐 주는 거요. 그래서 셜록한테 손 떼라고 경고한 거고. 정부 심장부에 나조차 모르는 단체나 협회가 있고, 너무 비밀스러운 곳이라 그 이름을 입에 올리기만 해도 당장 화이트홀의 모처로 소환될 정도라면 고개를 돌리고 다른 방향을 쳐다보는 게 좋겠다고 본능적으로 느꼈으니까. 중앙지에 바보 같은 광고를 실을 게 아니라! 최선을 다해 녀석을 설득했건만…… 필요 이상으로 열심히 설득했건만……."

"앞으로 어떻게 될까요? 동생을 이대로 법정에 세우실 겁니까?"

"내가 세우고 말고 할 문제가 아니오. 나를 너무 과대평가하는 모양이로군." 마이크로프트는 조끼 주머니에서 별갑 상자를 꺼내더니 코를 대고 킁킁거렸다. "나는 녀석의 변호인이오. 그 이상도, 그 이하도 아니오. 내가 녀석을 변호할 수는 있을 거요. 정말로 어쩔 수 없는 상황이면 성격 증인(법정에서 원고 또는 피고의 성격, 인품 등에 대해 증언하는 사람―옮긴이)으로 나설 수도 있고." 내가 실망한 표정을 지었는지 마이크로프트가 코담뱃갑을 내려놓고 내 쪽으로 다가왔다. "낙담할 것 없소, 왓슨 박사." 그가 다독였다. "동생은 임기응변이 상당하고, 이렇게 가장 암울한 순간에도 상대방을 놀랠 수 있는 녀석이니까."

"면회 가실 겁니까?" 내가 물었다.

"아니요. 녀석 입장에서는 당황스러울 테고, 내 입장에서는 얻는 소득도 없이 번거롭기만 할 거요. 하지만 나를 찾아가서 의논을 했는데 내가 최선을 다하고 있더라는 이야기는 전해 주시오."

"면회를 못하게 합니다."

"내일 다시 신청해 보시오. 결국에는 허락할 수밖에 없게 돼 있소. 막을 만한 근거가 없으니까." 그는 나와 함께 입구까지 걸어갔다. "이렇게 충실한 동지 겸 훌륭한 전기 작가를 옆에 두고 있다니 우리 동생이 엄청난 행운아로군."

"제 최신작이 마지막 작품은 아니길 바랄 따름입니다."

"살펴 가시오, 왓슨 박사. 선생을 홀대하면 나도 마음이 불편할 테니 앞으로는 연락을 삼가 주셨으면 좋겠소. 물론 정말로 긴급한 상황은 예외지만. 좋은 저녁 되시오."

나는 무거운 가슴을 달래며 베이커 가로 돌아갔다. 마이크로프트가 생각보다 비협조적이었을 뿐 아니라 이게 긴급한 일이 아니면 뭐가 긴급한 일일까 싶었다. 덕분에 면회 허가가 내려질 수도 있으니 아예 소득이 없는 것은 아니었지만, 머리가 아프면서 팔과 어깨가 욱신거려 기력을 거의 다 소진한 상태임을 알 수 있었다. 하지만 하루 일과가 아직 다 끝난 게 아니었다. 마차에서 내려 현관까지 눈 감고도 갈 수 있는 길을 걸어가는데, 땅딸막하고 체구가 탄탄하며 검은 머리에 검은 외투를 입은 남자가 인도에서 걸어오더니 내 앞을 가로막았다.

"왓슨 박사님?" 그가 물었다.

"그런데요."

나는 얼른 내 갈 길을 가고 싶었지만, 남자가 길을 막고 비켜 주지 않았다.

"죄송하지만 저와 함께 가 주시겠습니까?"

"무슨 일로요?"

"박사님의 친구분, 셜록 홈즈 씨 때문이지요. 다른 이유가 있겠습니까?"

그를 좀 더 찬찬히 뜯어보아도 내키지 않았다. 언뜻 보기에는 장사꾼 같았다. 일부러 연출한 구슬픈 표정을 짓고 있는 것이 장의사 아니면 재봉사 같았다. 눈썹은 두툼하고 콧수염은 윗입술을 덮었다. 장갑과 중산모도 까만색이었다. 발바닥 앞쪽의 볼록한 부분을 딛고 서 있는 자세로 보건대 당장이라도 줄자를 꺼낼 것 같았다. 그런데 치수를 재는 목적이 뭘까? 만들어 주려는 게 새 양복일까 아니면 관일까?

"홈즈에 대해 어떤 걸 알고 있습니까?" 내가 물었다. "어떤 정보를 알고 있기에 이 자리에서는 밝힐 수 없다는 거죠?"

"제가 아는 게 아닙니다, 왓슨 박사님. 저는 정보를 아는 분이 보낸 요원, 그러니까 아주 미천한 종복에 불과하고, 그분께서 당신을 만나러 와 주십사 부탁을 드리러 저를 보내신 겁니다."

"어디로 만나러 와 달라고요? 그분이 누굽니까?"

"유감스럽지만 제가 임의로 말씀드릴 수는 없습니다."

"그러면 괜히 시간만 낭비하고 계신 것 같군요. 나는 오늘 다시 외출할 기분이 아닙니다."

"제 말씀을 이해 못하시는군요. 저를 보낸 분께서는 초대하시는 게 아닙니다. 요구를 하시는 거죠. 이런 말씀드리기 괴롭지만 그분은 거절당하는 데 익숙지가 않으십니다. 거절하신다면 사실상 끔찍한 실수가 될 겁니다. 잠깐만 아래를 봐 주시겠습니까? 네! 가만히 계세요. 해치지 않을 테니 안심하시고요. 자, 이제 이쪽으로 와 주시면……."

나는 놀라서 뒷걸음질을 쳤다. 시키는 대로 하고 보니 그가 리볼버로 내 복부를 겨냥하고 있었던 것이다. 나와 이야기를 나누는 동안 꺼낸 건지 처음부터 들고 있었던 건지 알 방법이 없었지만, 그가 어디에선가 무기가 등장하는 불쾌한 마술이라도 부린 듯했다. 남자는 무기를 들고 전혀 불안해하지 않았다. 리볼버를 한 번도 써 본 적 없는 사람은 들고 있으면 티가 나기 마련이고, 그 점에 있어서는 숱하게 써 본 사람도 마찬가지다. 나를 찾아온 습격자는 어느 쪽인지 한눈에 알 수 있었다.

"대로 한복판에서 나한테 총을 쏠 생각은 아니겠지요?"

"박사님이 반항을 하면 그렇게 하라는 지시를 받았습니다. 하지만 솔직히 말씀드릴까요? 박사님은 죽기 싫으시겠지요? 저도 그만큼 박사님을 죽이기 싫습니다. 혹시 도움이 될까 싶어 말씀드리지만, 제가 이 자리에서 맹세하건대 저희는 박사님을 해칠 생각이 전혀 없습니다. 지금 현재로서는 그래 보이지 않겠지만요. 그렇더라도 잠시 후에 설명을 들으시면 왜 이런 조치가 필요한지 알게 되실 겁니다."

그는 상냥하면서도 매우 위압적인 범상치 않은 말투의 소유자였다. 그가 총으로 가리키는 곳을 보았더니 두 마리의 말과 마부를 거느린 까만색 마차가 서 있었다. 젖빛 유리를 끼운 사륜마차였고, 나와의 면담을 요구한 사람이 그 안에 앉아 있을까 싶었다. 나는 다가가 문을 열었다. 호화롭고 고급스러운 내부에는 아무도 없었다.

"얼마나 가야 합니까?" 내가 물었다. "주인 아주머니께서 저녁을 준비해 놓고 기다리실 텐데."

"저희가 가는 곳에서 더 맛있는 저녁을 드실 수 있습니다. 박사님께서 얼른 타셔야 얼른 출발할 수 있지 않겠습니까?"

이 남자는 정말 집 앞에서 나를 쏠 생각이 있을까? 아마 있을 것이다. 그는 호락호락하지 않은 위인이었다. 하지만 이 마차에 오르면 어디론가 끌려가 영원히 사라질 수 있었다. 로스와 그 누나를 죽이고 홈즈를 그렇게 교활하게 처리한 그자가 보낸 사람이면 어떻게 되는 걸까? 마차 내부가 실크로 덮여 있었다. 흰색은 아니고 푸르스름한 회색이었다. 남자는 정보를 아는 누군가를 대신해 찾아온 것이라고 했다. 어느 쪽으로 고개를 돌려도 선택의 여지가 없어 보였다. 나는 마차에 올랐다. 뒤따라 오른 남자가 문을 닫았다. 문이 닫히는 순간, 내가 바보 같은 착각을 했음을 알 수 있었다. 밖에서 안을 볼 수 없게 불투명한 유리를 끼운 줄 알았더니 그게 아니라 밖을 볼 수 없게 만든 장치였던 것이다.

남자가 내 반대편에 앉자마자 마부가 채찍을 휘둘렀고 마차가 출발했다. 보이는 것이라고는 지나가는 가스등 불빛뿐이었고, 런던을 나서 북쪽이 아닐까 싶을 곳으로 향해 가자 그나마도 더 이상 보이지 않았다. 내 쪽 좌석에 담요가 한 장 놓여 있길래 무릎을 덮었다. 12월 저녁이 늘 그렇듯 날씨가 많이 쌀쌀해졌다. 동행은 아무 말이 없었고, 총을 무릎에 얹어 놓고 고개를 앞으로 꾸벅거리는 것으로 보건대 조는 것 같았다. 하지만 한 시간쯤 지났을 때 내가 어디인지 궁금한 마음에 창문을 열어 보려고 손을 뻗자 그가 벌떡 고개를 들더니 말썽꾸러기를 꾸짖는 선생님처럼 좌우로 저었다.

"왓슨 박사님, 이러지 않으실 줄 알았는데요. 저를 고용한 분께서는 소재를 감추려고 많은 노력을 기울이셨습니다. 아주 수줍음이 많은 성격이라서요. 손은 얌전히 두시고 창문은 건드리지 말아 주시기 바랍니다."

"얼마나 더 가야 합니까?"

"갈 만큼 가면 됩니다."

"당신도 이름이 있겠죠?"

"물론입니다. 하지만 유감스럽게도 임의로 알려 드릴 수는 없습니다."

"당신을 고용한 사람에 대해서 나한테 해도 될 만한 이야기는 없나요?"

"그분에 대해서 이야기를 할라치면 북극까지 가는 동안 내내 떠들 수 있을 정돕니다. 워낙 대단하신 분이니까요. 하지만 달가워하지 않으실 겁니다. 대체로 말은 아낄수록 좋으니까요."

나는 거의 인내심의 한계에 다다랐다. 시계를 보면 두 시간이 지났는데 어느 방향으로 얼마만큼 왔는지 알 방법이 없었고, 사실은 목적지가 아주 가까운데 빙글빙글 돌고 있는 것일 수 있겠다는 생각도 들었다. 한 번인가 두 번 마차가 방향을 틀자 내 몸이 옆으로 흔들렸다. 거의 매끄러운 아스팔트 위를 달리는 듯했지만, 가끔 덜컹거려 포장도로로 가고 있나 싶을 때도 있었다. 머리 위로 증기 기관차가 지나가는 소리가 들린 적도 있었다. 그런 경우를 제외하면 온 사방을 에워싼 어둠이 나를 삼킨 듯한 기분이 들었다. 나는 마침내 꾸벅꾸벅 졸기 시작했고, 마차가 심하게 흔들리면서 멈추는 느낌에 깨어 보니 동행이 내 쪽으로 허리를 숙인 채 문을 열고 있었다.

"곧장 집 안으로 들어가도록 하겠습니다, 왓슨 박사님." 그가 말했다. "명령입니다. 밖에서 꾸물거리지 말아 주십시오. 밤공기가 춥고 고약하지 않습니까? 곧장 집 안으로 들어가지 않으면 죄송하지만 박사님을 황천길로 보내는 수밖에 없습니다."

앞면에는 담쟁이덩굴이 드리워져 있고 정원은 잡초로 뒤덮여 있어 썩 매력적이라 할 수 없는 대저택이었다. 묵직한 철문이 달린 높다란 담벼락이 사방을 에워싸고 있는 것으로 보건대 햄스테드 아니면 햄프셔 같았다. 등 뒤에서 벌써 철문이 닫혔다. 무딘 톱니 모양의 창문과 가고일(사람, 동물의 형상을 한 괴물 석상—옮긴이)이 있고 지붕 위로 탑이 보이는 건물 자체는 수도원을 연상시켰다. 2층은 창문들이 하나같이 어두컴컴했는데, 아래층에는 램프 불을 밝힌 창문이 몇 군데 있었다. 현관문이 열려 있었지만, 나와서 맞이하는 사람은 없었다. 이런 곳은 날씨가 너무나 화창한 여름 저녁에도 환영이라는 단어와는 거리가 멀다는 걸까. 나는 동행의 재촉 아래 서둘러 안으로 들어갔다. 그가 뒤에서 문을 세게 닫자 쾅 하는 소리가 음침한 복도를 울렸다.

"이쪽입니다."

그가 램프를 들었고, 나는 그를 따라 스테인드글라스가 달린 창문과 떡갈나무 벽판, 액자만 빼고 너무 어두컴컴한데다 빛이 바래서 형체를 거의 알아볼 수가 없는 그림들을 지나갔다. 문이 나왔다.

"여기 계십시오. 제가 그분께 박사님이 도착하셨다고 알리겠습니다. 잠시 후에 오실 겁니다. 아무것도 건드리지 마세요. 아무 데도 가지 마시고요. 절제된 태도를 보여 주십시오!"

그는 이렇게 이상한 지시 사항을 남긴 채 왔던 길을 되돌아갔다.

내가 있는 곳은 석조 벽난로에서 길쭉한 장작이 타고 있고, 선반 위에 양초들이 일렬로 늘어서 있는 서재였다. 짙은 색 나무로 만든 원형 테이블과 의자 몇 개가 한가운데 놓여 있었고, 그 위에서도 촛불이 몇 개 더 반짝이고 있었다. 두 개의 창문에는 양쪽 다 묵직한 커튼이 달려 있었고, 나무로 된 맨바닥에는 두툼한 깔개 말고는 아무것도 없었다. 장서는 수백 권에 달했다. 바닥에서부터 천장까지 서가가 설치되어 있어 높이가 상당했고, 서가 이쪽 끝에서부터 저쪽 끝까지 이동이 가능한 바퀴 달린 사다리도 있었다. 나는 촛불을 들어 표지를 몇 권 훑어보았다. 이 집주인이 누군지 몰라도 불어, 독어, 이태리어까지 능통한지 이 세 가지 언어로 된 책이 영어로 된 책들만큼이나 많았다. 그의 관심사는 물리학, 식물학, 철학, 지질학, 역사, 수학까지 아울렀다. 내가 보기에 소설은 한 권도 없었다. 다분히 셜록 홈즈를 연상시키는 구색이었다. 그의 취향을 상당히 정확하게 반영하고 있었던 것이다. 방의 구조에서부터 벽난로 모양, 화려하게 장식이 된 천장으로 미루어 짐작건대 이 집은 제임스 양식으로 지어진 게 분명했다. 나는 들은 지시 사항에 따라 의자에 앉아서 벽난로 쪽으로 손을 내밀었다. 담요가 있어도 혹독한 여행이었기 때문에 따스한 온기가 고마웠다.

  내가 들어온 방향에서 맞은편에 또 다른 문이 하나 달려 있었는데, 이 문이 벌컥 열리더니 한 남자가 들어왔다. 너무 키가 크고 말라서 골격과 균형이 안 맞아 보이고, 허리를 숙여야 문지방을 넘을 수 있지 않을까 싶은 남자였다. 그는 검정 바지와 벨벳 스모킹 재킷에 두툼하고 보풀이 긴 슬리퍼를 신고 있었다. 머리는 거의 대머리에 가깝고, 이마는 불룩하고, 눈은 움푹 꺼졌다. 나무토막 같은 두 팔이 온 몸을 지탱해 주기라도 하는 것처럼 가슴 위로 단단히 팔짱을 낀 채 천천히 움직였다. 이제 보니 서재가 화학 실험실과 연결이 되어 있고, 내가 밖에서 기다리는 동안 그 안에서 무언가를 하고 있었던 것 같았다. 그의 뒤로 시험관, 증류기, 유리병,

카보이, 쉭쉭대는 분젠 램프가 어지럽게 널린 기다란 테이블이 보였다. 남자의 몸에서도 화학 약품 냄새가 독하게 풍겼는데, 어떤 실험을 했을지 궁금했지만 묻지 않기로 했다.

"왓슨 박사님." 그가 입을 열었다. "기다리시게 해서 죄송합니다. 까다로운 문제에 꼼짝없이 붙들려 있다 이제야 유익한 결실을 맺었습니다. 와인 드셨습니까? 안 드셨나요? 언더우드가 맡은 임무는 열심히 하지만 남을 배려할 줄 아는 친구는 못되죠. 안타깝지만 제가 몸 담고 있는 이 분야에서는 누굴 고르고 말고 할 계제가 없습니다. 여기까지 먼 길 오시는 동안 그 친구가 잘 보살펴 드렸을 거라고 믿습니다."

"자기 이름조차 밝히지 않던걸요."

"그랬을 겁니다. 저도 제 이름을 알려 드릴 생각이 없으니까요. 그나저나 시간이 벌써 이렇게 되었고 처리해야 할 문제도 있지 않습니까? 저하고 저녁 식사 같이 하시면 어떨까요?"

"자기소개도 안 하는 사람과 저녁 식사를 같이 하는 것은 제 평소 습관과 거리가 있습니다만."

"그러시겠죠. 하지만 생각해 보십시오. 이 집 안에서 박사님한테 어떤 일이 벌어질지 모르는 상황인 것을요. 제가 박사님을 완벽하게 쥐고 있다고 하면 어이없고 극단적으로 들릴지 몰라도 사실이 그렇습니다. 박사님은 여기가 어딘지 모릅니다. 박사님이 이곳으로 오는 것을 본 사람도 아무도 없고요. 박사님이 이 집에 갇힌다 한들 바깥세상에서는 전혀 모릅니다. 그러니까 박사님이 선택할 수 있는 길은 여러 가지가 있겠지만, 저와 함께 즐겁게 저녁 식사를 하는 것이 그중에서 가장 바람직하지 않을까요? 음식은 간소하지만 와인은 훌륭합니다. 식탁이 옆방에 차려져 있습니다. 이쪽으로 오시죠."

나는 그의 안내에 따라 다시 복도로 나가서 식당으로 건너갔다. 식당이 이 집의 한 면을 거의 다 차지하는지 저쪽 끝에는 악단용 발코니가, 이쪽 끝에는 거대한 벽난로가 설치되어 있었다. 그 사이에 족히 30인용은 되어 보이는 식탁이 놓여 있어 과거에는 어떤 식으로 요리가 끊임없이 교체되는 가운데 일가족과 친구들이 여기 모여 앉아 난롯불을 쪼이며 음악을 연주했을지 금세 상상이 됐다. 하지만 오늘 밤에는 아무도 없었다. 갓을 씌운 램프 하나가 편육 몇 점과 빵, 와인 한 병을 비추고 있었다. 그림자로 둘러싸인 이곳에서 집주인과 나, 단 둘이서 식사를 해야 하는 모양이니 자리에 앉기는 했지만 압박감이 느껴졌고 식욕도 별로 없었다. 그는 어깨를 숙이고 상석 의자에 구부정하니 앉았다. 그처럼 흉측한 골격의 소유자에 맞춤하게 만들어진 의자가 아니었다.

"전부터 뵙고 싶었습니다, 왓슨 박사님." 그가 식사를 시작하며 이야기를 꺼냈다. "제가 박사님의 열렬한 팬이고 작품을 모두 읽었다고 말씀드리면 놀라워하시려나요?" 그는 들고 온 《콘힐 매거진》을 식탁 위에 올려놓고 펼쳤다. "여기 실린 「너도밤나무 집」을 이제 막 다 읽은 참인데 아주 훌륭한 작품인 것 같습니다."

묘한 오늘 저녁의 분위기에도 불구하고 일말의 뿌듯함이 느껴졌다.「너도밤나무 집」으로 말할 것 같으면 이야기의 전개 면에서 내가 특히 마음에 들어 하는 작품이었던 것이다.

"바이올릿 헌터 양의 운명에는 관심 없습니다." 그가 하던 이야기를 계속했다. "제프로 루캐슬은 인간 말종이라 할 수 있는 망나니죠. 그렇게 순진한 아가씨가 있다니 놀랍고요. 하지만 늘 그렇듯 가장 압권은 셜록 홈즈 씨와 특유의 해결 방식을 소개하는 부분이었습니다. 홈즈 씨가 이야기한 것처럼 사건을 일곱 가지 개별적인 시각에서 설명하지 않은 것은 아쉬운 대목이더군요. 그랬더라면 현명한 선택이 되었을 텐데. 그래도 박사님 덕분에 위인의 활약상을 대중들이 알게 되었으니 그 점에 대해서는 감사해야 하지 않겠습니까? 와인 드릴까요?"

"네, 고맙습니다."

그는 와인을 두 잔 따르고 하던 이야기를 계속했다.

"홈즈 씨가 이런 종류의 범죄, 그러니까 동기도 하찮고 피해자도 별 볼 일 없는 국내 범죄에 전념해 주었으면 좋겠는데 그렇지가 않으니 유감스러운 일입니다. 루캐슬은 그런 짓을 저질렀는데도 불구하고 체포조차 안 되지 않았습니까? 심하게 다치기는 했지만."

"처참한 몰골이 되었죠."

"그 정도면 충분한 대가를 치른 셈이겠군요. 그런데 친구분이 좀 더 규모가 큰 문제, 예컨대 저 같은 사람들이 운영하는 사업체 쪽으로 관심을 돌리면 선을 넘어서 성가신 존재가 되어 버린단 말입니다. 최근에도 그런 짓을 저지른 것 같던데 계속 이런 식이면 제가 나서서 만날 수밖에 없고, 그렇게 되면 장담컨대 친구분 입장에서 좋을 일이 없을 겁니다."

이렇게 말하는 그의 목소리에 날이 서 있어 몸서리가 쳐졌다.

"본인의 정체는 밝히지 않을 거라 하셨죠." 내가 말했다. "뭐하는 분인지 그건 알 수 있을까요?"

"나는 수학자입니다, 왓슨 박사님. 유럽 각지에 있는 대부분의 대학에서 내가 만든 이항 정리식을 가르치고 있다 해도 과언이 아닐 정도의 실력을 갖춘. 그런가 하면 흔히들 말하는 범죄자이기도 합니다. 나 스스로는 범죄로 과학을 창출한다고 생각합니다만. 내 손을 직접 더럽히지는 않습니다. 그런 건 언더우드 같은 친구들에게 맡기죠. 나는 추상적인 사상가라는 표현이 맞을 수도 있겠습니다. 가장 순수한 형태의 범죄는 음악 같은 추상 예술과 다를 게 없습니다. 나는 범죄를 지휘합니다. 남들은 저지르지만."

"그런데 나한테 원하는 게 뭡니까? 여기로 데리고 온 이유가 뭡니까?"

"박사님을 만날 수 있다는 기쁨 말고 다른 이유요? 박사님을 돕고 싶습니다. 내가 이런 말을 하다니 나조차도 놀랄 지경이지만, 더 정확하게 말씀드리자면 셜록 홈즈 씨를 돕고 싶습니다. 두 달 전에 내가 선물을 하나 보냈는데 관심이 없으시더군요. 홈즈 씨에게 현재 엄청난 고통을 안겨 주고 있는 이 사건에 관심을 기울여 주십사 하는 뜻에서 보낸 것이었는데 참으로 애석한 일이었죠."

"어떤 선물을 보냈는데요?"

나는 이렇게 물었지만 답을 이미 알고 있었다.

"하얀 리본을 보냈지요."

"당신, 실크 하우스의 일원이로군요!"

"나는 그 조직과 아무 상관이 없소이다!" 그가 나를 만난 이래 처음으로 노여움을 표출했다. "어리석은 삼단 논법으로 나를 실망시키는 일은 제발 삼가 주시기 바랍니다. 그런 건 책에서나 쓰세요."

"하지만 그 조직의 정체는 아는 거 아닙니까?"

"속속들이 알고 있죠. 이 나라에서 벌어지는 모든 범죄는 크건 작건 내 관심 대상이니까요. 모든 도시, 모든 거리에 나의 요원들이 있습니다. 그들이 내 눈이죠. 깜빡이는 경우조차 거의 없는."

나는 그의 이야기가 계속 이어지길 기다렸다. 하지만 그는 화제를 바꾸었다.

"약속 하나 해 주십시오, 왓슨 박사님. 오늘 이 만남은 홈즈 씨에게도, 어느 누구에게도 비밀로 하겠다고 소중한 모든 것을 걸고 맹세해 주십시오. 책에다 써서도 안 됩니다. 언급해서도 안 됩니다. 내 이름을 어디에서 접하더라도 처음 듣는 이름인 것처럼, 전혀 모르는 사람인 것처럼 해야 합니다."

"내가 그 약속을 안 지키더라도 당신은 알 방법이 없을 텐데요."

"박사님은 약속을 지키는 사람인 걸 나는 압니다."

"싫다면요?"

그는 한숨을 쉬었다.

"지금 홈즈 씨의 목숨이 위태롭습니다. 아니, 박사님이 내 말대로 하지 않으면 향후 48시간 안으로 죽을 겁니다. 박사님을 도울 수 있는 사람이 나 하나뿐인데 내 방식에 따라야 도울 수가 있습니다."

"그렇다면 알겠습니다."

"맹세하시는 겁니까?"

"맹세합니다."

"무엇을 걸고 맹세하시겠습니까?"

"제 결혼 생활을 걸겠습니다."

"그것만으로는 부족한데요."

"그럼 홈즈와의 우정을 걸겠습니다."

그는 고개를 끄덕였다.

"이제 우리 서로 파악이 끝난 것 같군요."

"그런데 실크 하우스가 뭡니까? 어딜 가야 찾을 수 있습니까?"

"그건 알려 드릴 수 없습니다. 알려 드렸으면 좋겠지만, 홈즈 씨가 직접 알아내야 할 겁니다. 왜냐고요? 무엇보다 내가 홈즈 씨의 능력을 알고 있고, 그의 방식을 연구하고 수사 과정을 지켜보는 일은 재미있을 테니까요. 그에 대해 아는 것이 많아질수록 그에 대한 외경심이 약해질 테니까요. 그뿐 아니라 원칙의 문제도 있습니다. 좀 전에 내가 범죄자라고 고백하지 않았습니까? 그게 정확히 무슨 뜻인 것 같습니까? 이 사회를 지배하는 원칙 중에 걸리적거리는 것이 있으면 무시하는 사람이라는 뜻입니다. 너무나 존경스러운 금융업자와 변호사들 중에서도 나와 똑같은 생각을 가지고 있는 사람들이 있더군요. 모두 다 정도의 차이가 있을 뿐이죠. 하지만 나는 짐승은 아닙니다, 왓슨 박사님. 나는 아이들을 살해하지는 않아요. 나 스스로 교양인이라고 생각하고, 절대 굽힐 수 없는 원칙도 있습니다.

 그런데 나 같은 사람들이 도리에 어긋나는 짓, 그러니까 도리에 어긋나는 범죄를 저지르는 사람을 만나면 어떻게 할까요? 그들의 정체와 소재를 알리는 것도 한 가지 방법이겠죠. 일찌감치 경찰에 고발할 수도 있겠고요. 하지만 그러면 내 밑에서 일하는, 나처럼 인격이 고매하지 못한 친구들이 뭐라고 생각할까요? 이 세계에는 범죄자들이 지켜야 하는 규율이라는 게 있는데, 내가 아는 범죄자들은 그걸 아주 심각하게 여깁니다. 사실 나도 같은 생각이고요. 나에게 같은 범죄자를 평가할 권리가 있을까요? 나도 그들에게 평가당하고 싶은 마음이 없는 것을요."

 "홈즈에게 단서를 보내신 거로군요."

 "나답지 않게 충동적으로 저지른 일입니다. 내가 얼마나 짜증이 났었는지 알 수 있는 대목이죠. 그렇긴 해도 일종의 절충안이었습니다. 그 상황에서 최소한의 성의를 보인 것이었다고 할까요. 그 리본이 기폭제 역할을 하더라도 내가 기여한 부분은 아무것도 없으니 욕먹을 이유가 없다고 나에게 최면을 걸 수 있었습니다. 홈즈 씨가 아무 반응을 보이지 않아도 상관없었죠. 양심의 가책을 느낄 일이 없어지는 거니까. 그렇기는 해도 홈즈 씨가 후자를 선택했을 때 내가 얼마나 애석해했는지 모릅니다. 나는 실크 하우스가 없어지면 이 세상이 훨씬 더 살기 좋은 곳이 될 거라고 굳게 믿어 의심치 않습니다. 그렇게 될 수 있을 거라는 희망을 아직 버리지 않았고요. 그래서 오늘 밤, 박사님을 이곳으로 초대한 겁니다."

"정보는 가르쳐 줄 수 없다 하고, 그럼 뭘 어떤 식으로 도와주겠다는 겁니까?"

"이걸 드리겠습니다."

그가 식탁에 무언가를 올려놓더니 내 쪽으로 밀었다. 내려다보니 조그만 철제 열쇠였다.

"이게 뭡니까?"

"홈즈 씨가 있는 독방 열쇠입니다."

"네?" 나는 껄껄 웃음을 터뜨릴 뻔했다. "홈즈더러 탈옥하라는 겁니까? 그게 당신이 세운 계획인가요? 나더러 홈즈가 홀로웨이를 탈옥할 수 있게 도우라는 겁니까?"

"왜 그렇게 재미있어 하시는지 모르겠군요, 왓슨 박사님. 장담컨대 다른 대안이 없습니다."

"공판이 열리지 않습니까. 그 자리에서 진실이 밝혀질 겁니다."

그의 표정이 어두워졌다.

"박사님이 어떤 인간들을 상대하고 있는지 아직도 전혀 모르시는군요. 내가 혹시 시간 낭비를 하고 있는 건 아닌가 하는 생각이 들기 시작했습니다. 내가 분명한 사실을 한 가지 알려 드릴까요? 셜록 홈즈는 구치소에서 살아 돌아올 수 없습니다. 공판일이 다음 주 목요일이지만, 홈즈 씨는 그 자리에 참석하지 못할 겁니다. 그의 적들이 허용하지 않을 테니까요. 구치소에서 그를 제거하는 것이 그들의 계획입니다."

나는 경악을 금할 수가 없었다.

"무슨 수로요?"

"그건 나도 모릅니다. 독살이나 교살이 가장 손쉬운 방법이겠지만 그밖에도 동원할 수 있는 방법이 수없이 많죠. 그러고 나서 자연사로 꾸밀 겁니다. 하지만 장담컨대 명령이 이미 내려졌습니다. 시간이 없어요."

나는 열쇠를 집었다.

"이걸 무슨 수로 손에 넣으셨습니까?"

"그 정도는 아무것도 아니죠."

"그럼 내가 홈즈한테 접근할 수 있는 방법을 알려 주십시오. 저들이 면회를 허락해 주지 않습니다."

"그건 박사님께서 방법을 강구해 보시기 바랍니다. 더 이상 개입했다가는 내 정체가 들통 날 테니까요. 레스트레이드 경감이 있지 않습니까. 그자와 이야기를 해 보시죠." 그는 의자를 뒤로 밀며 벌떡 자리에서 일어났다. "이제 더 이상 드릴 말씀이 없는 듯하군요. 베이커 가로 얼른 돌아가셔야 방법을 고민할 수 있지 않겠습니까?" 그는 살짝 긴장을 풀었다. "이것 한 가지만 더 말씀을 드릴까요? 박사님을 만날 수 있어서 얼마나 즐거웠는지 모릅니다. 이렇게 충실한 전기 작가를 곁에 두고 있다니 홈즈 씨가 참으로 부럽군요. 저도 대중들에게 소개하고 싶은 재미있는 이야기가 몇 가지 있는데, 나중에 박사님의 솜씨를 빌릴 수 있을까요? 싫으십니까? 뭐, 실없는 생각 한번 해 본 겁니다. 하지만 오늘의 만남을 떠나서 박사님의 이야기에 제가 등장할 수 있는 여지는 얼마든지 있지 않을까요? 그때 정당한 평가를 부탁드리겠습니다."

이 말을 끝으로 그가 비밀 장치로 신호를 보냈는지 문이 열리면서 언더우드가 등장했다. 나는 잔을 비웠다. 앞으로의 여행을 버티려면 와인으로 몸을 데워 놓아야 했다. 그런 다음 열쇠를 집고 자리에서 일어섰다.

"고맙습니다."

그는 대꾸가 없었다. 문가에 다다랐을 때 나는 마지막으로 뒤를 돌아보았다. 이 집의 주인이 촛불이 비추는 그 거대한 식탁의 상석에 앉아 앞에 놓인 접시를 뒤적이고 있었다. 잠시 후 문이 닫혔다. 그리고 1년 뒤, 빅토리아 역에서 언뜻 스치고 지나갔을 뿐 나는 두 번 다시 그의 얼굴을 볼 기회가 없었다.

홀로웨이 구치소

런던으로 돌아오는 길은 여행이라기보다 고문에 가까웠다. 조금 전까지만 해도 나는, 나를 해칠 수 있는 사람들에게 붙들려 이러다 밤을 새는 게 아닌가 하는 불안감에 시달려 가며 어디인지 모를 곳으로 끌려간 포로에 가까웠다. 이제는 집으로 돌아가는 길이었고 몇 시간만 참으면 된다는 걸 알고 있음에도 불구하고 마음을 가라앉힐 수가 없었다. 홈즈가 살해당할 위기에 놓였다니! 작당하고 홈즈를 체포한 정체불명의 세력은 그 정도로 만족하지 못하고, 그를 죽여야 직성이 풀릴 모양이었다. 받은 열쇠를 어찌나 세게 쥐고 있었던지 손바닥에 남은 자국으로 복사본을 만들 수 있을 정도였다. 얼른 홀로웨이로 달려가서 홈즈에게 어떤 음모가 진행 중인지 알리고 당장 탈옥을 돕고 싶은 생각뿐이었다. 그런데 어떻게 하면 홈즈를 만날 수 있을까? 해리먼 경감이 무슨 수를 동원해서라도 우리 둘을 갈라놓겠다고 이미 못을 박은 뒤이건만. 마이크로프트는 '정말로 긴급한 상황'에만 다시 연락을 달라고 했는데, 지금이 분명 그런 상황이기는 했다. 그렇다 하더라도 그가 어느 선까지 손을 쓸 수 있을 것이며, 그의 도움으로 면회 허락이 떨어질 즈음이면 이미 엎질러진 물일 수도 있지 않을까?

이런 생각들이 머릿속을 미친 듯이 어지럽히는데 맞은편에 앉아 아무 말 없이 나를 흘끗거리기만 하는 언더우드와 젖빛 유리 너머로 이어지는 어둠밖에 없으니 가도 가도 끝이 없는 것처럼 느껴졌다. 엎친 데 덮친 격으로 내가 속임수에 당하고 있는 낌새가 느껴졌다. 마차가 일부러 뱅뱅 돌아서 베이커 가와 내가 저녁 초대를 받고 찾아간 정체 모를 대저택 간의 거리를 왜곡하고 있었다. 만약 홈즈였다면 교회 종소리, 증기 기관차 경적 소리, 썩은 물 냄새, 계속 달라지는 지면의 느낌, 심지어 창문을 때리는 바람의 방향까지 온갖 요소들을 감안해 어떤 식으로 이동을 했는지 세세한 부분까지 완벽하게 지도를 만들 수 있었을 것이다. 하지만 나는 그럴 만한 인물이 못 됐기에 가스등 불빛이 보이자 다시 런던으로 돌아왔구나 하며 안심하고, 그로부터 약 30분 뒤에 마차가 속도를 늦추다 마침내 덜커덩하며 멈추자 이제 다 온 모양이라고 짐작하는 수준에 그쳤다. 아니나 다를까, 언더우드가 문을 열어 주자 맞은편으로 낯익은 하숙집이 보였다.

"집에 다 왔습니다, 왓슨 박사님." 그가 말했다. "번거롭게 해 드린 점, 다시 한 번 사과드립니다."

"앞으로 한참 동안 잊지 못할 겁니다, 언더우드 씨."

내가 대답했다.

그는 눈썹을 추켜세웠다.

"주인님께서 제 이름을 말씀하시던가요? 그것 참 신기한 일이로군요."

"그분 성함은 언더우드 씨한테 들을까요?"

"아, 안 됩니다. 저는 캔버스 위의 작은 점에 불과한 존재입니다. 위대한 주인님과 비교하면 하잘 것 없는 것이 제 목숨이죠. 하지만 그런 목숨이나마 꼭 붙들고 당분간은 부지하고 싶습니다. 안녕히 주무십시오."

나는 마차에서 내렸다. 그가 마부에게 신호를 보냈고, 나는 덜컹덜컹 출발한 마차가 속도를 내며 달리는 것을 바라보았다.

하지만 그날 밤에도 쉬기는 글렀다. 내가 면회를 못 가더라도 어떻게 하면 열쇠를 무사히 홈즈에게 전하고 당면한 위기 상황을 알릴 수 있을지 고민을 시작했으니. 솔직한 편지는 아무 도움이 안 될 것이다. 온 사방에서 우글거리는 적들이 중간에 편지를 가로챌 수 있다. 그들이 내 의도를 간파하면 공격에 더욱 박차를 가할지 모른다. 그래도 메시지를 전할 수는 있었다. 일종의 암호를 써서. 문제는 그것이 암호라는 사실을 어떤 식으로 알리느냐 하는 것이었다. 그리고 열쇠 문제도 있었다. 어떻게 하면 이걸 전달할 수 있을까? 그러다 나는 방 안을 둘러보던 도중에 해답을 발견했다. 불과 며칠 전에 홈즈와 함께 이야기를 나눈 적 있었던 윈우드리드의 『인류가 걸은 순교의 길』이 해답이었다. 수감 생활을 하는 동안 읽을 책을 넣어 주는 것만큼 자연스러운 일이 어디 있을까? 그보다 더 순진해 보이는 일이 어디 있을까?

그 책은 가죽 장정본이었고 제법 두꺼웠다. 살펴보니 책등과 제본면 사이에 열쇠를 넣을 만한 틈이 있었다. 나는 그 사이에 열쇠를 넣은 다음 양쪽 끝에 조심스럽게 촛농을 부어 고정시켰다. 그래도 책을 펼치는 데 아무 문제가 없었고, 손을 댄 티가 나지도 않았다. 나는 펜을 들어 속표지에 셜록 홈즈라고 이름을 쓰고 그 밑에 베이커 가 122B라고 주소를 적었다. 다른 사람은 어디가 잘못됐는지 모르겠지만, 홈즈라면 내 글씨체와 거꾸로 적힌 하숙집 번지수를 당장 알아볼 것이다. 나는 마지막으로 122면을 펼치고 이런 문장이 완성되도록 글자를 골라 육안으로는 거의 안 보일만큼 작은 동그라미를 연필로 찍었다. **자네는 지금 무척 위험한 상황. 저들이 자네를 죽이려 하고 있다. 방 열쇠를 사용. 기다리고 있음. JW.**

나는 뿌듯해하며 드디어 잠자리에 들었지만, 사방을 온통 피로 물들이며 길거리에 쓰러진 샐리의 모습과 죽은 아이의 손목에 묶여 있던 하얀 리본과 식탁 너머에서 나를 내려다보던 이마가 불룩한 남자가 번갈아 찾아와 잠을 설쳤다.

나는 다음 날 일찍 일어나 레스트레이드에게 전갈을 보냈다. 해리먼 경감이 뭐라고 하건 면회를 할 수 있게 도와 달라고 다시 한 번 다그치는 내용이었다. 놀랍게도 그날 오후 3시에 구치소 출입이 가능하며, 해리먼이 예비 수사를 마치고 정말 앞으로 이틀 뒤인 목요일로 공판 날짜가 잡혔다는 답장이 도착했다. 처음에 이런 답장을 읽었을 때는 희소식인 것 같았다. 하지만 불길한 예감이 나의 뇌리를 강타했다. 홈즈가 믿는 것처럼, 태도며 심지어 외모면에서도 그런 분위기를 물씬 풍기는 것처럼 해리먼도 공범이라면 이런 식으로 한 발 물러난 데에는 다른 이유가 있을 것이다. 어젯밤에 만난 그 사람이 말하길 홈즈는 법정에 설 수 없을 거라고 했다. 저들이 공격 준비를 하고 있는 걸까? 해리먼이 이제는 돌이킬 수 없는 시점임을 알게 된 걸까?

나는 오전 내내 안절부절못하다 일찌감치 베이커 가를 나섰고, 시계가 30분을 알리기도 전에 캠던 가에 도착했다. 마부는 외부 출입문 앞에 나를 내려놓더니 항의를 하는데도 들은 척도 않고 이 춥고 안개가 자욱한 길바닥에 나 혼자 남겨둔 채 쌩하니 달아나 버렸다. 마부를 나무랄 일은 아니었다. 기독교인이라면 아무도 오래 머물고 싶지 않은 장소였으니까.

구치소는 고딕 양식이었다. 언뜻 보면 못된 아이 교육용 동화책에 나오는 얼기설기 뻗은 불길한 분위기의 성을 연상시켰다. 켄트 산 석회암으로 지은 이 건물에는 작은 탑과 굴뚝, 깃대와 성벽이 줄줄이 이어졌고, 하늘로 우뚝 솟은 망루는 거의 구름 속으로 사라질 기세였다. 정문으로 향하는 울퉁불퉁한 진흙길은 최대한 음산한 분위기를 발산하는 것이 목적이었고, 헐벗고 시든 나무 몇 그루가 양옆을 지키고 있는 거대한 나무문과 창살문도 마찬가지였다. 높이가 최소 약 5미터는 됨직한 벽돌담이 온 사방을 감싸고 있었지만 그 위로 어떤 건물이 보였다. 창살이 달린 두 줄의 조그만 유리창이 뻣뻣하게 획일적으로 이어지는 모습에서 그 안의 공허하고 비참한 생활상을 언뜻 느낄 수 있었다. 구치소는 언덕 기슭에 지어졌고, 하이게이트로 이어지는 아름다운 목초지와 경사지가 그 너머로 펼쳐졌다. 하지만 그곳은 연극 무대에서 배경막을 잘못 내린 게 아닌가 싶을 만큼 전혀 다른 세상이었다. 홀로웨이 구치소 부지는 예전에 공동묘지가 있었던 곳이라 끈질기게 들러붙은 죽음과 부패의 냄새가 이 안에 갇힌 사람들을 저주하고, 밖에 있는 사람들에게 경고를 보냈다.

허연 입김을 내뿜고 발을 타고 스멀스멀 올라오는 냉기를 느끼며 침침한 불빛 아래 버틸 수 있는 시간은 30분이 한계였다. 마침내 나는 열쇠를 숨긴 책을 들고 앞으로 걸어갔고, 구치소 안으로 들어서는 순간 들통이 나면 나도 이 끔찍한 곳에서 지내야한다는 생각이 내 뇌리를 스치고 지나갔다. 지금까지 홈즈와 함께 선의로 법을 어긴 경우가 최소 세 번은 넘었지만, 이번이야말로 범법 행위의 절정이라 할 수 있었다. 그런데 이상하게 조금도 불안하지 않았다. 일이 틀어질 수 있다는 생각은 들지 않았다. 곤경에 처한 친구 말고는 아무 생각도 나지 않았다.

외부 출입문 옆에 숨어 있는 문을 두드렸더니 놀라우리만치 화통하고 심지어 명랑하기까지 한 간수가 당장 문을 열었다. 그는 감색 제복과 바지를 입고 있었고, 넓은 가죽 허리띠에 열쇠 한 묶음이 걸려 있었다.

"들어오십시오, 선생님. 들어오세요. 들어와 보시면 겉에서 보는 것보다 훨씬 쾌적하답니다. 그렇게 말할 수 있는 날도 얼마 안 남았지만요."

나는 뒤에서 그가 문을 잠그는 것을 바라보다 그의 인도에 따라 안마당을 지나 맨 처음 지나온 문보다 작지만 보안은 그 못지않게 철저한 두 번째 문 쪽으로 걸어갔다. 구치소 안을 감도는 섬뜩한 정적이 벌써부터 느껴졌다. 나뭇가지 위에 앉아 있는 지친 까마귀 말고는 생명체의 흔적이 그 어디에도 없었다. 해가 급속도로 지기 시작했지만 아직 램프는 켜기 전이라 빛깔이라고는 거의 없는 이 세상의 그림자 속에 깃든 그림자가 느껴졌다.

복도로 들어서자 저쪽으로 열린 문이 하나 있었고, 이 문을 지나자 책상 하나, 의자 두 개, 그 너머로 벽돌담이 보이는 창문 하나가 있는 조그만 방이 나왔다. 한쪽에 서 있는 캐비닛에는 50개쯤 되어 보이는 열쇠가 고리에 주렁주렁 매달려 있었다. 맞은편에 걸린 대형 시계는 분침이 사색이라도 하는 것처럼 잠깐씩 멈추었다 다시 움직이길 반복했다. 여기까지 온 모든 사람들에게 시간의 더딘 흐름을 강조하려는 걸까. 그 아래 한 남자가 앉아 있었다. 문을 열어 준 간수와 옷차림이 비슷했지만, 모자와 어깨에 금색 장식이 달려 있는 것으로 보건대 직급이 더 높았다. 희끗희끗한 머리를 짧게 치고 냉혹한 눈빛을 자랑하는 초로의 나이였다. 그는 나를 보더니 얼른 자리에서 일어나 책상 앞으로 돌아나왔다.

"왓슨 박사님 되십니까?"

"네."

"제 이름은 호킨스입니다. 이곳의 간수장이죠. 셜록 홈즈 씨를 면회 오셨죠?"

"네." 이렇게 대답하는데 문득 공포가 밀려왔다.

"이런 말씀드리게 돼서 죄송하지만, 홈즈 씨가 오늘 아침에 병환이 들었지 뭡니까. 홈즈 씨가 엄청난 중범으로 기소가 되기는 했지만, 저희 측에서는 그분 지위에 걸맞게 최대한 모든 편의를 제공했습니다. 다른 재소자들과 격리 수용도 했고요. 저 개인적으로도 몇 번 찾아가 대화를 누리는 즐거움을 만끽하곤 했죠. 그런데 갑자기 발병 증상이 나타나 곧바로 치료에 들어갔습니다."

"어디가 아픈 겁니까?"

"그걸 전혀 모르겠습니다. 11시에 점심을 먹자마자 곧바로 도움을 요청하는 종소리가 들렸다고 합니다. 간수들이 달려가 보니 홈즈 씨가 몸을 반으로 접고 무척 고통스러워하며 바닥에 쓰러져 있었다고 하고요."

가슴속 깊은 곳에서 얼음처럼 차가운 한기가 느껴졌다. 내가 바로 이런 상황을 우려했건만.

"지금 어디 있습니까?" 내가 물었다.

"진료소에 있습니다. 거기에 중환자용 1인실이 몇 개 있는데, 담당의 트리벨리언 박사가 진찰하자마자 당장 그곳으로 옮겨야겠다고 해서요."

"제가 당장 봐야겠습니다. 저도 의료계에 몸담고 있는 사람이니……."

"물론입니다, 왓슨 박사님. 박사님을 곧바로 모시고 가려고 기다리고 있었습니다."

하지만 그때 뒤에서 무슨 소리가 들리더니 내가 너무나도 잘 아는 인물이 나타나 우리 앞을 가로막았다. 해리먼 경감도 그 소식을 접했는지 어쨌는지 몰라도 놀란 기색이 전혀 없었다. 오히려 가운뎃손가락에 낀 금반지에 시선을 반쯤 고정시킨 채 상당히 맥없이 문틀에 기대고 서 있었다. 옷차림은 늘 그렇듯 검은색 일색이었고, 여기에 까만 지팡이를 들었다.

"이게 무슨 소립니까, 호킨스 씨?" 그가 물었다. "셜록 홈즈가 아프다고요?"

"많이 아픕니다." 호킨스가 힘주어 말했다.

"미치겠군요!" 해리먼은 이렇게 말하며 허리를 폈다. "홈즈 그자가 사기를 치는 거 아닙니까? 오늘 아침에 만났을 때만 해도 멀쩡했는데!"

"담당의와 제가 살펴보았는데 심각한 상태인 게 분명했습니다. 이제 막 살펴보러 가려던 참입니다."

"그럼 나도 같이 가겠소."

"그건 안 됩……."

"홈즈 씨는 내 죄수이고 내 수사 대상입니다. 어디 마음껏 항의를 해 보시지요. 나는 내 생각대로 할 테니."

그는 이렇게 말하며 사악한 미소를 지었다. 호킨스가 나를 흘끗 쳐다보았다. 아무리 좋은 사람이라도 감히 반론을 제기할 수 없는 상황이었다.

이렇게 해서 우리 셋은 구치소 안으로 깊숙이 들어갔다. 워낙 당황한 상태였다 보니 자세한 부분까지 기억이 나지는 않지만, 바닥에는 묵직한 판석이 깔려 있었고, 뒤에서 문이 열리고 닫힐 때마다 끼익, 쾅 하는 소리가 났고, 창살 달린 유리창은 너무 작고 너무 높아서 아무것도 내다볼 수 없었고…… 비참한 인생의 조그만 일면을 봉인한 똑같이 생긴 문들이 수도 없이 이어졌던 게 생각난다. 구치소는 놀라우리만치 따뜻했고, 오트밀과 오래된 옷과 비누 냄새가 코를 찔렀다. 교차점을 군데군데 지키고 서 있는 간수들이 보였지만, 재소자는 빨래 바구니를 들고 지나가려고 낑낑대는 두 명의 노인이 전부였다.

"운동장으로 나간 사람도 있고, 디딜방아를 밟고 있는 사람도 있고, 뱃밥을 만들고 있는 사람도 있습니다." 내가 묻지 않아도 호킨스가 알려 주었다. "여기서는 하루가 일찍 시작하고 일찍 끝나죠."

"홈즈가 독극물을 먹은 거라면 당장 병원으로 보내야 합니다." 내가 말했다.

"독극물?" 내가 한 말을 엿들은 해리먼이 물었다. "어디서 독극물 소리가 나온 겁니까?"

"트리벨리언 박사도 심각한 식중독이 아닐까 의심하던데요." 호킨스가 대답했다. "하지만 좋은 사람이니 가능한 한 모든 방법을 동원해 줄 겁니다…….."

본관의 끝에 다다르자 그곳에서부터 풍차 날개처럼 네 개의 별관이 뻗어 나갔는데, 여기가 휴식 공간인지 바닥에는 요크셔 석재가 깔려 있고 천장은 높고 나선형 철제 계단이 위층 전면을 장식한 발코니까지 이어져 있었다. 밑으로 아무것도 던지지 못하게 머리 위로 그물망이 설치돼 있었다. 회색 군복을 입은 몇 명이 테이블에 잔뜩 쌓인 아동복을 분류하고 있었다.

"성 이마누엘 병원의 아이들에게 보내려는 겁니다." 호킨스가 말했다. "여기서 만든 옷이죠."

우리는 아치를 지나 매트가 깔린 계단으로 올라갔다. 이쯤 되자 여기가 어디쯤인지 도무지 알 수가 없어서 나 혼자 돌아가려 해도 그럴 수가 없게 되었다. 나는 책 속에 숨긴 열쇠를 생각했다. 그걸 홈즈에게 무사히 전한들 무슨 소용이 있을까? 여기서 빠져나가려면 열 몇 개의 열쇠와 상세한 지도가 있어야 될 듯싶었다.

앞쪽에 양쪽으로 달린 유리문이 보였다. 이번에도 열려 있었지만 안으로 들어가 보니 전혀 아무것도 없고 매우 청결한 공간이 우리를 맞았다. 창문 없이 위쪽으로 천창만 달려 있었고, 이미 어둑해진 뒤라 한가운데 자리한 두 개의 테이블에 놓인 촛불이 주변을 밝히고 있었다. 여덟 개의 침대가 네 개씩 두 줄로 마주보게 놓여 있었는데, 침대보는 파란색과 하얀색의 체크무늬였고 베개 커버는 줄무늬 캘리코였다. 나는 이 방을 본 순간, 내 눈 앞에서 수많은 병사들이 전장의 용사답게 군소리 없이 절도 있는 죽음을 맞이했던 육군 병원이 생각났다. 침대에 누워 있는 환자는 딱 두 명이었다. 한쪽 침대에 누워 있는 대머리의 쭈글쭈글한 환자는 눈빛으로 보건대 이미 저승의 문턱에 서 있었다. 다른 쪽 침대에서 온몸을 부들부들 떨며 웅크리고 있는 환자는 홈즈라고 하기에는 너무 왜소했다.

여기저기 기운 낡은 프록코트를 입은 남자가 일을 하다 말고 자리에서 일어나 인사를 하러 우리 쪽으로 걸어왔다. 처음 본 순간부터 아는 얼굴이다 싶었고, 이제 생각해 보니 이름도 귀에 익었다. 그는 얼굴이 창백하고 초췌했고, 뺨 위에서 말라가는 듯한 분위기의 모래색 수염에, 크고 묵직한 안경을 쓰고 있었다. 나이는 40대 초반으로 보이지만, 인생 경험에 심하게 찌들면서 안절부절 못하고 예민한 성격과 나이 들어 보이는 인상이 생긴 듯했다. 길고 하얀 두 손은 반대편 손목을 잡고 있었다. 뭘 쓰고 있었는데 잉크가 샜는지 엄지손가락과 집게손가락에 잉크 자국이 있었다.

"호킨스 씨." 그가 간수장의 이름을 불렀다. "추가로 보고드릴 만한 사항이 없습니다. 아무래도 최악의 상황이 의심스럽다는 것 외에는요."

"이쪽은 존 왓슨 박사님이시오." 호킨스가 말했다.

"트리벨리언입니다." 그가 나에게 악수를 청했다. "만나 뵙게 돼서 반갑습니다. 좀 더 화기애애한 분위기에서 만났더라면 좀 더 좋았겠지만요."

분명 내가 아는 사람이었다. 하지만 그는 말투며 굳은 악수를 통해 예전부터 알던 사이더라도 오늘 처음 만나는 사람처럼 행세해 주었으면 좋겠다는 의사를 강력하게 전하고 있었다.

"식중독입니까?"

해리먼이 따지듯 물었다. 굳이 자기소개조차 하지 않았다.

"독극물이 원인인 게 거의 확실합니다." 트리벨리언 박사가 대답했다. "어떤 식으로 투여가 되었는지 그건 모르겠지만요."

"투여라고요?"

"모든 재소자들이 똑같은 음식을 먹는데 셜록 홈즈 씨만 탈이 났으니까요."

"지금 누가 살인을 기도했다는 겁니까?"

"제가 살인을 운운하지는 않았는데요."

"이거야 원, 믿을 수가 있어야지. 의사 양반, 내가 한 가지만 이야기하자면 이런 사태를 예상하고 있었다는 거요. 홈즈 씨는 어디 있습니까?"

트리벨리언이 머뭇거리자 간수장이 한 발 앞으로 나섰다.

"이쪽은 해리먼 경감님이시오, 트리벨리언 박사. 박사의 환자를 담당하고 있는."

"제 진료소에 있는 환자는 제 담당입니다." 트리벨리언이 되받아쳤다. "보면 안 될 이유가 없으니 안내는 하겠습니다만, 소란을 피우지는 말아 주십시오. 진정제를 맞고 깊은 잠을 자고 있을 테니까요. 옆방에 있습니다. 다른 재소자들과 격리시키는 게 좋을 것 같아서요."

"그럼 시간 낭비할 필요 없잖소."

"리버스!" 트리벨리언이 그때까지는 그 자리에 있는 줄도 몰랐던, 한쪽 귀퉁이에서 조용히 바닥을 닦고 있던 비쩍 마르고 어깨가 구부정한 남자에게 외쳤다. 그는 죄수복이 아니라 남자 간호사 복을 입고 있었다. "열쇠를……."

"알겠습니다, 트리벨리언 박사님."

리버스가 느릿느릿 책상으로 다가가 열쇠 꾸러미를 집더니 아치 모양 문이 달린 저쪽으로 들고 갔다. 절름발이인지 한쪽 다리를 질질 끌며 걸었다. 인상은 무뚝뚝하고 험악했고, 제멋대로 자란 적갈색 머리가 어깨를 덮고 있었다. 그는 문 앞에 서서 열쇠를 구멍에 꽂느라 뜸을 들였다.

"리버스는 잡역부입니다." 트리벨리언이 낮은 목소리로 설명을 했다. "착하기는 한데 좀 모자라죠. 야간에 진료소 관리를 맡고 있고요."

"저자도 홈즈와 대화를 나눈 적이 있습니까?" 해리먼이 물었다.

"리버스는 어느 누구하고도 대화를 나누는 경우가 거의 없습니다, 해리먼 씨. 홈즈 씨는 이곳으로 옮겨진 이래 단 한마디도 한 적이 없고요."

마침내 리버스가 맞는 열쇠를 찾았다. 텀블러(잠금 장치 안에 들어 있는 부품 — 옮긴이) 돌아가는 소리가 들렸다. 밖에 달린 두 개의 빗장까지 옆으로 옮긴 다음에서야 문이 열렸고, 아무것도 없는 벽에 정사각형 창문이 달려 있고 침대와 변기가 하나씩 놓여 있어 수도원에 가까운 조그만 방이 나왔다.

그런데 침대에 아무도 없었다.

해리먼이 달려들어 이불을 젖혔다. 무릎을 꿇고 침대 밑도 살폈다. 숨을 만한 곳이 없었다. 창문에 달린 창살도 그대로였다.

"지금 나하고 장난치자는 건가?" 그가 고함을 질렀다. "어디 있나? 그자를 어떻게 한 거야?"

나도 앞으로 걸어가 안을 들여다보았다. 의심의 여지가 없었다. 방 안에 아무도 없었다. 셜록 홈즈가 사라진 것이다.

사라진 홈즈

해리먼이 벌떡 일어나 트리벨리언을 덮치다시피 했다. 만전을 기울여 가꾼 냉철함이라는 가면이 이번만큼은 그를 저버렸다.
"이게 웬 수작이지? 지금 뭐하자는 거요?" 그가 울부짖었다.
"저도 잘……." 재수 없게 붙들린 의사가 말끝을 흐렸다.
"좀 자제해 주시기 바랍니다, 해리먼 경감님." 간수장이 그 둘 사이에 끼어들어 중재했다. "홈즈 씨가 이 방에 있었소?"
"네." 트리벨리언이 대답했다.
"그리고 좀 전처럼 잠그고 밖에서 빗장까지 걸었고?"
"네. 그게 구치소 규정이니까요."
"그분을 마지막으로 본 사람이 누구였소?"
"리버스였을 겁니다. 제 부탁으로 홈즈 씨에게 물을 한 잔 갖다 드렸으니까요."

"갖다주기는 했지만 마시지는 않던데요." 잡역부가 볼멘소리로 대답했다. "아무 말도 안 했고요. 그냥 누워만 있었어요."

"자고 있을 거라지 않았소?" 해리먼은 트리벨리언 박사 앞으로 바짝 다가갔다. "의사 선생, 그자가 정말로 아팠다고 생각하시오? 내가 애초에 짐작했던 것처럼 연극을 했던 게 아니고? 일단 이곳으로 방을 옮긴 다음 빠져나갈 기회를 노리기 위해서 말이지."

"첫 번째로 물으신 부분에 대해 말씀드리자면 분명히 아팠습니다. 최소한 고열에 시달렸고 동공이 확장됐고 땀을 비 오듯 흘렸으니까요. 제가 직접 진찰을 했으니 장담할 수 있습니다. 그리고 두 번째로 물으신 부분에 대해 말씀드리자면 여기서 빠져나가기란 불가능한 일입니다. 이 문을 보십시오! 밖에서 잠그게 되어 있지 않습니까. 열쇠는 하나뿐이고, 그 열쇠는 제 책상에서 움직인 적이 없습니다. 방금 전에 리버스가 열기 전까지 빗장도 걸려 있었고요. 그리고 만의 하나, 뭔지 알 수 없는 해괴한 수단을 동원해 여기서 빠져나갔다 하더라도 어디로 갔겠습니까? 제일 먼저 이곳을 지나갔어야 했을 텐데 제가 오후 내내 책상에 앉아 있었는걸요. 세 분께서 들어오신 문은 잠겨 있었습니다. 그리고 여기서 정문까지 거쳐야 할 잠금장치가 열댓 개는 될 겁니다. 지금 그가 그 모든 걸 통과해서 사라졌을 거라고 말씀하시는 겁니까?"

"홀로웨이에서 걸어나가는 것은 불가능하다고 보시면 됩니다." 호킨스도 맞장구를 쳤다.

"아무도 여길 나갈 수 없어요." 리버스가 중얼거리며 자기만 아는 농담이라도 되는 양 이죽거렸다. "우드라면 모를까. 우드가 오늘 오후에 여길 떠나기는 했죠. 두 다리로 걸어나간 건 아니었고 우드한테 어딜 가느냐고, 언제 돌아오느냐고 물을 생각을 한 사람도 없었지만."

"우드? 우드가 누굽니까?" 해리먼이 물었다.

"이 진료소에 입원해 있었던 조너선 우드를 두고 하는 말입니다." 트리벨리언이 대답했다. "리버스, 그렇게 농담처럼 말하면 안 되지. 어젯밤에 죽어서 한 시간 전에 관에 실려 나간 사람인데."

"관? 지금 뚜껑이 덮인 관이 여기서 나갔다는 거요?"

경감이 사태를 파악하고 그것이 가장 그럴 듯한, 아니 유일한 탈출 방법이었음을 깨달은 것이 내 눈에 보였다. 그가 잡역부 쪽으로 고개를 돌리고 따지듯 물었다.

"물을 가지고 들어왔을 때 관이 여기 있었나?"

"그랬을 겁니다."

"단 몇 초 동안이라도 홈즈를 혼자 내버려 둔 적이 있었나?"

"아뇨. 단 1초도 그런 적 없는뎁쇼. 눈을 뗀 적이 없어요." 잡역부는 발을 질질 끌며 왔다 갔다 했다. "콜린스가 기침을 할 때 보러 다녀온 적이 있기는 하지만."

"리버스, 지금 무슨 소리를 하는 건가?"

트리벨리언이 큰소리로 물었다.

"문을 열었어요. 안으로 들어갔지요. 침대 위에서 쿨쿨 자고 있더라고요. 그때 콜린스가 기침을 시작했어요. 그래서 물 잔을 내려놓고 달려갔죠."

"그런 다음? 홈즈를 다시 살폈나?"

"아뇨. 콜린스를 진정시킨 다음 다시 가서 문을 잠궜는뎁쇼?"

한참 동안 정적이 흘렀다. 모두 그 자리에 서서 누가 감히 먼저 입을 열까 기다리는 사람들처럼 서로 말똥말똥 쳐다보고만 있었다. 결국 해리먼이 나서 큰 소리로 물었다.

"관은 어디 있습니까?"

"밖으로 실려 나갔을 겁니다." 트리벨리언이 대답했다. "머스웰 힐에 있는 장의사로 싣고 가려고 우마차가 대기하고 있었을 겁니다." 그는 외투를 집었다. "아직 늦지 않았을지 모릅니다. 출발하기 전이면 낚아챌 수 있으니까요."

우리가 그때 어떤 식으로 구치소를 뚫고 지나갔는지 나는 죽을 때까지 잊지 못할 것이다. 먼저 호킨스가 노발대발하는 해리먼을 대동하고 앞장서서 달렸다. 트리벨리언과 리버스가 그 뒤를 따랐다. 내가 책과 열쇠를 쥔 채 마지막으로 따라갔다. 이제 보니 그 물건들이 한심하게 느껴졌다. 내가 열쇠와 함께 사다리와 밧줄을 전달했더라도 홈즈는 혼자 여기서 빠져나갈 방법이 없었을 것이다. 우리도 호킨스가 여러 간수들에게 신호를 보낸 덕분에 지나갈 수 있었으니 말이다. 문들이 하나씩 차례대로 열렸다. 아무도 우리를 막지 않았다. 사람들이 대형 빨래통 앞에서 땀을 뻘뻘 흘리는 세탁실과 구치소에 난방을 공급하는 스틸 파이프가 돌돌 말려 있는 보일러실을 지나 마침내 좀 더 작고 풀이 우거진 마당을 건너 옆문에 도착한 것을 보면 내가 처음에 왔던 때와 경로가 달랐다. 여기에 이르러서야 간수가 우리 앞을 막아서며 서류를 요구했다.

"서류는 무슨 얼어 죽을." 해리먼이 쏘아붙였다. "간수장 얼굴도 못 알아본단 말인가?"

"문을 열어라!" 호킨스가 옆에서 거들었다. "꾸물거릴 시간 없다."

간수가 시키는 대로 문을 열었고, 우리 다섯은 밖으로 달려나갔다.

그런데 달리는 동안에도 나는 내 친구의 탈출로 이어진 일련의 묘한 상황들을 반추하고 있었다. 그는 병이 난 척 노련한 의사를 속이는 데 성공했다. 뭐, 그 정도는 식은 죽 먹기였다. 나도 거기에 속아 넘어간 적이 있었으니까. 그런데 관이 배달된 그 시점에 진료소 1인실을 차지하고 있었고, 여기다 한 술 더 떠서 문이 열렸을 때 다른 환자가 기침을 하면서 정신 지체 장애가 있는 잡역부가 실수를 저질렀다. 너무나 있을 법하지 않은 이야기였다. 물론 그러거나 말거나 상관이 있는 것은 아니었다. 홈즈가 기적적으로 이곳을 탈출했다면 기뻐서 펄쩍 뛸 일이었다. 하지만 그럼에도 불구하고 뭔가 잘못됐다고, 그가 바란 대로 우리가 너무 쉽게 엉뚱한 결론을 내렸다고 장담할 수 있었다.

문을 나섰더니 한쪽은 구치소의 높은 담벼락과 맞닿아 있고 맞은편에는 가로수가 줄지어 서 있는, 바퀴 자국 가득한 대로가 나왔다. 해리먼이 탄성을 지르며 손가락으로 가리켰다. 우마차가 서 있고, 두 남자가 뒤편에 상자를 싣고 있었던 것이다. 크기와 모양으로 보건대 대충 만든 관이었다. 솔직히 고백하건대 나는 관을 보았을 때 안도의 한숨을 쉬었다. 셜록 홈즈를 만날 수만 있다면, 그의 병이 의도적인 음독의 결과가 아니라 꾀병이었던 것을 내가 직접 확인할 수만 있다면 그 자리에서 거의 무엇이든 내줄 수 있을 듯한 심정이었던 것이다. 하지만 잠깐 느꼈던 희열은 달려가는 동안 지독한 실망감으로 바뀌었다. 만약 저 안에 홈즈가 누워 있다면 체포돼 구치소로 다시 끌려들어갈 테고, 해리먼이 두 번 다시 그럴 만한 기회가 없도록, 나와 만나지 못하도록 철저하게 단속할 게 아닌가.

"잠깐 기다리게!" 그가 외치며, 상자를 비스듬히 들어 붙잡고 지렛대를 쓰듯 우마차 안으로 실으려 하고 있던 두 남자에게 다가갔다. "관을 다시 땅바닥으로 내려놓게나! 검사를 하고 싶으니까."

우락부락하고 험상궂은 두 남자 인부는 외모로 보아하니 부자지간이었는데, 미심쩍어하는 눈빛으로 서로 쳐다보다 명령에 따랐다. 관이 자갈길 위에 내려졌다.

"열어 보게!"

이번에는 두 남자가 머뭇거렸다. 시신을 운구하는 것과 쳐다보는 것은 차원이 다른 문제였다.

"괜찮아요."

트리벨리언이 달래는 투로 말을 하자 이상하게 바로 이 순간, 내가 그를 어디서 만났었는지 생각이 났다.

그의 이름은 퍼시 트리벨리언이었고, 6년인가 7년 전에 베이커 가로 찾아와 내 친구의 도움을 다급하게 청한 적이 있었다. 그의 환자 중에서 이상한 행동을 보이다 결국 자기 방에서 목을 맨 채 발견된 블레싱턴이라는 사람이 있었는데…… 경찰에서는 자살로 추정했지만 홈즈는 당장 아니라고 했었다. 내가 왜 트리벨리언을 한눈에 알아보지 못했는지 희한한 일이었다. 무려 브루스 핀커튼 상을 수상한 그를 존경해 왔고, 신경증을 다룬 논문도 읽은 적이 있었건만. 하지만 그 당시에도 안 좋던 상황이 악화일로를 걸었는지 상당히 늙어 버렸고, 피곤과 좌절에 찌든 표정으로 외모가 달라져 버렸다. 내가 기억하기로 처음 만났을 때는 안경을 쓰지도 않았다. 하지만 자기 능력에 한참 못 미치는 구치소 담당의로 전락하기는 했지만 내가 아는 그 트리벨리언이 맞았다. 순간, 그가 미수에 그친 이 탈주극의 공범이었던 게 분명하다는 생각이 들면서 나는 끓어오르는 흥분을 애써 참았다. 그는 분명 홈즈에게 마음의 빚을 지고 있었고, 그게 아니라면 나를 모르는 척할 이유가 없었다. 이제 홈즈가 애초에 무슨 수로 관 속에 들어갈 수 있었는지 이해가 됐다. 트리벨리언이 잡역부에게 일부러 물 심부름을 시킨 것이었다. 그게 아니라면 그렇게 막중한 책임을 맡을 만한 능력이 안 되는 그자에게 그런 일을 시킬 이유가 없었다. 모든 게 사전에 계획된 일이었다. 안타까운 부분이 있다면 인부들이 너무 꾸물댔다는 것이었다. 지금쯤이면 머스웰 힐까지 절반을 가고도 남았을 텐데. 트리벨리언의 도움이 헛수고로 돌아가고 말았다.

인부 하나가 쇠지렛대를 꺼냈다. 나는 그가 지렛대를 뚜껑 밑으로 밀어 넣는 것을 지켜보았다. 지렛대를 누르자 나무가 쪼개지며 뚜껑이 분리됐다. 인부 둘이 같이 앞으로 다가가 뚜껑을 열었다. 해리먼, 호킨스, 트리벨리언, 내가 일제히 바짝 다가갔다.

"맞는뎁쇼." 리버스가 툴툴거렸다. "조너선 우드 맞는뎁쇼."

사실이었다. 산전수전 다 겪은 흙빛 얼굴로 위를 올려다보며 누워 있는 시체는 셜록 홈즈가 아니었고, 누가 봐도 죽은 사람이었다.

트리벨리언이 가장 먼저 정신을 차렸다.

"당연히 우드일 수밖에 없지." 그가 외쳤다. "내가 말하지 않았던가. 어젯밤에 관상동맥 감염으로 죽었다고." 그는 인부들에게 고개를 끄덕였다. "뚜껑을 닫고 옮겨도 좋습니다."

"그럼 셜록 홈즈는 어디 있단 말이오?" 호킨스가 외쳤다.

"구치소에서 탈출했을 리는 없소!" 해리먼이 대답했다. "우리를 속이기는 했지만 아직 안에서 호시탐탐 기회를 노리고 있을 거외다. 경보를 울리고 구치소를 이 잡듯이 샅샅이 뒤져야 하오."

"하지만 그러려면 밤을 새야 할 텐데요!"

해리먼은 안색이 머리털처럼 새하얗게 변했다. 그런 채 발뒤꿈치로 땅을 쿡쿡 쑤시는데 화가 나서 거의 걷어차는 수준이었다.

"1주일이 걸려도 상관없소! 반드시 찾아야 하니까."

하지만 홈즈는 어디에도 없었다. 이틀 뒤, 나는 홀로 홈즈의 하숙집을 지키며 내가 직접 목격한 사건을 소개하는 기사를 읽었다.

경찰에서는 코퍼게이트 광장에서 벌어진 젊은 여성의 살인 사건과 관련해서 홀로웨이 구치소에 수감 중이던 탐정 셜록 홈즈가 어떤 식으로 불가사의하게 사라졌는지 아직도 해답을 찾지 못한 상황이다. 취조를 맡았던 J. 해리먼 경감은 구치소 당국을 직무태만으로 고발했고, 구치소 측에서는 이에 강력하게 반발하고 있다. 홈즈 씨가 잠긴 1인실에서 나온 뒤 잠긴 문을 10여 개 통과하는 등 자연의 법칙을 무시하는 듯한 양상을 보였다는 사실은 여전히 변함이 없고, 경찰에서는 그를 발견하고 체포하는 데 일조하는 정보 제공자에게 50파운드의 포상금을 약속했다.

허드슨 부인은 이 기묘한 일련의 상황에 상당히 무관심한 반응을 보였다. 당연히 신문에서 읽었을 텐데 내 아침을 차리면서 "참말이 안 되는 일이죠, 왓슨 박사님." 한마디 하고는 그만이었다. 개인적으로 모욕이라도 당한 투였는데, 오랜 시간이 지난 지금 돌이켜 보면 가장 유명한 하숙인에게 무한한 신뢰를 품고 있었다는 뜻이니 위로가 되는 대목이다. 하기야 어느 누구보다 그를 잘 알았고, 함께 지낸 그 오랜 세월 동안 종종 달갑진 않았을 절박한 방문객들이 드나들게 만드는가 하면 밤늦게까지 바이올린을 켜고, 코카인 용액 때문에 가끔 발작을 일으키고, 오랫동안 우울증에 시달리고, 벽지에 총알 구멍을 뚫어놓고, 심지어 파이프 담배까지 피워 댔던 그의 온갖 기행을 견뎠으니 그럴 만도 했다. 물론 홈즈가 제법 많은 액수의 하숙비를 내기는 했지만, 그래도 끝까지 불평 거의 하는 법 없이 의리를 지켰으니 대단하지 않은가. 내 작품에 스치듯 등장하는 인물이건만, 나는 사실 그녀에 대해 아는 것이 거의 없었다. 어쩌다 베이커 가 221번지의 주인이 되었는지 그것조차 알지 못했다.(아마 남편에게 물려받았을 것이다. 남편이 어찌되었는지는 모르겠지만.) 홈즈가 떠난 뒤 그녀는 혼자 살았다. 내가 좀 더 자주 대화를 나누고 그녀의 존재를 너무 당연하게 생각하지 않았더라면 좋았을 텐데.

아무튼 나의 휴식 시간은 지금까지 이야기한 그 허드슨 부인과 그녀가 모시고 온 손님의 등장으로 단절이 됐다. 나는 초인종 소리와 계단을 올라오는 발자국 소리를 들었지만 워낙 다른 생각에 정신이 팔려 있어 흘려 버리는 바람에, 졸리 그레인지 남학교 교장인 찰스 피츠시먼스 목사가 등장했을 때 처음 만나는 사람인 양 어리둥절한 표정으로 맞이하는 결례를 범하고 말았다. 그가 두툼한 까만색 외투에 모자를 쓰고 목도리로 얼굴을 반쯤 가리고 있었던 것도 알아보지 못한 한 가지 이유였다. 그런 차림새 때문에 예전보다 더욱 동그래 보였다.

"쉬시는데 방해해서 죄송합니다, 왓슨 박사님."

피츠시먼스가 겉옷을 벗고 사제복 특유의 칼라를 드러내자 퍼뜩 기억이 났다.

"올까 말까 망설였지만…… 찾아뵈어야겠다는 생각이 들어서요! 하지만 먼저 묻고 싶은 게 있습니다. 셜록 홈즈 씨의 그 놀라운 사건, 사실입니까?"

"홈즈가 전혀 무관한 사건의 범인으로 의심을 받았던 것은 사실입니다."

"하지만 지금 신문을 읽어 보니 탈옥했다던데요. 법의 구속에서 벗어났다고요."

"맞습니다, 피츠시먼스 목사님. 그를 붙잡아 가둔 사람들을 무슨 수로 따돌렸는지 저조차도 알 수 없는 수수께끼입니다."

"어디 계신지 아십니까?"

"전혀 모르겠습니다."

"그리고 그 아이, 로스는 소식이 있고요?"

"어떤 소식 말씀인가요?"

"아직 못 찾으셨나요?"

피츠시먼스는 아이의 끔찍한 죽음을 알리는 기사를 못 보고 지나간 모양이었다. 그런데 생각해 보니 충격적인 사건이기는 했지만, 실질적으로 로스의 이름이 언급되지는 않았다. 따라서 진실을 알리는 임무가 내 몫이 되었다.

"저희가 한발 늦었더군요. 그 아이를 찾긴 했지만, 이미 죽은 뒤였습니다."

"죽었다고요? 어쩌다가요?"

"누군가에게 심하게 구타를 당했습니다. 그런 다음 죽을 때까지 서더크 브리지 근처 강변에 방치되었고요."

교장은 눈을 깜빡이며 의자에 털썩 주저앉았다.

"오, 주여!" 그가 탄성을 내뱉었다. "어린아이에게 누가 그런 짓을? 세상이 어쩌면 이렇게 사악할 수가 있단 말입니까? 그렇다면 제가 찾아온 것이 헛걸음이 되었군요, 왓슨 박사님. 그 아이를 찾는데 도움이 될 수 있을 거라 생각했건만. 제가 단서를 발견했답니다. 아니, 사실은 사랑하는 아내 조애나가 발견한 거죠. 그래서 홈즈 씨가 어디 계신지 알면 전해 주십사 하고 들고 온 겁니다. 물론 홈즈 씨부터 급한 불을 꺼야 하는 상황이지만……." 그는 말끝을 흐렸다. "그런데 이미 늦었군요. 그러게 촐리 그레인지에 그대로 있었어야 하는 건데. 나가 봐야 좋을 게 하나 없을 줄 알고 있었습니다."

"단서라는 게 뭡니까?" 내가 물었다.

"여기 들고 왔습니다. 말씀드린 것처럼 아내가 기숙사에서 발견한 겁니다. 매트리스를 뒤집다가요. 저흰 때때로 매트리스를 뒤집거든요. 환기도 시키고 소독도 할 겸해서 말입니다. 이가 있는 아이들이 있어서…… 이를 상대로 부단한 전쟁을 치르는 중입니다. 아무튼 로스가 쓰던 침대를 지금은 다른 아이가 쓰고 있는데 거기 습자 연습장이 숨겨져 있었다고 합니다."

피츠시먼스는 표지가 까끌까끌하고 빛이 바래고 쭈글쭈글한 얇은 공책을 꺼냈다.

로스 딕슨

"로스가 처음 저희 학교에 왔을 때는 글을 몰랐는데 저희가 기초부터 열심히 가르쳤죠. 학생들은 저마다 연습장 한 권과 연필 한 자루씩 받는답니다. 열어 보면 아시겠지만, 로스는 중간에 연습을 중단했습니다. 아주 지저분해요. 낙서를 하며 시간을 때운 모양입니다. 하지만 내용을 살펴보다 이걸 발견했는데 중요한 단서가 아닐까 싶어서요."

그가 공책을 펼치자 일부러 감추려고 한 것처럼 깔끔하게 접어서 끼워 넣은 종이가 한 장 보였다. 그가 종이를 꺼내 내가 볼 수 있도록 펼쳐서 테이블에 올려놓았다. 이즐링턴과 칩사이드 일대에서 한참 보이더니 요즘은 뜸한 싸구려 광고 전단이었다. 뱀과 원숭이와 아르마딜로가 그려진 가운데 이렇게 적혀 있었다.

실킨 박사의 놀라움이 가득한 집

난쟁이, 저글러, 뚱보 아주머니
그리고 살아 있는 해골

세계 각지에서 건너온 신기한 인물들의 집합체
입장료 1페니

잭도 레인, 화이트채플

"저는 물론 아이들에게 그런 곳은 아예 출입도 하지 못하게 하죠." 피츠시먼스 목사가 말했다. "해괴망측한 쇼, 공연장, 1페니짜리 삼류 극장…… 런던 같은 대도시에서 천박하고 변태적인 모든 것을 찬양하는 이런 유흥 문화를 허용하다니 놀라운 일이죠. 소돔과 고모라의 교훈이 떠오르지 않습니까? 왓슨 박사님, 로스는 어쩌면 촐리 그레인지의 정신과 정면으로 대치된다는 이유 하나만으로 광고 전단을 숨겨 놨을지 모릅니다. 반항하는 뜻에서요. 저희 아내도 말씀드렸던 것처럼 상당히 고집이 셌던 아이라……."

"하지만 연관성이 있을지도 모르죠. 로스는 학교에서 도망친 이후에 킹스 크로스에서 어떤 가족과 함께 살았고 누나하고도 잠깐 같이 살았습니다. 하지만 그 전에는 어디서 지냈는지 모르지 않습니까. 이 패거리들과 어울렸을 수도 있어요."

"제 말이 그 말입니다. 조사해 볼 만한 일 같기에 제가 이걸 들고 온 겁니다." 피츠시먼스는 소지품을 챙겨들고 자리에서 일어섰다. "박사님께서 혹시 홈즈 씨와 연락이 닿을 가능성이 있을까요?"

"언젠가 홈즈 그 친구 쪽에서 연락이 오지 않을까 기대하고 있습니다."

"그럼 홈즈 씨께서는 어떻게 생각하는지 알 수 있을지 모르겠군요. 시간 내주셔서 감사합니다, 왓슨 박사님. 로스가 그렇게 됐다니 정말, 정말 충격입니다. 이번 주 일요일에는 학교 예배 시간 때 그 아이를 위해서 기도를 드리겠습니다. 아뇨, 나오실 것 없습니다. 제가 알아서 찾아가겠습니다."

그는 외투와 목도리를 챙겨들고 떠났다. 나는 광고 전단을 빤히 들여다보며 화려하게 꾸민 글씨와 조잡한 그림을 눈으로 훑었다. 두 번인가 세 번을 그렇게 읽었을 때 빤한 사실이 내 눈에 들어왔다. 실킨 박사의 놀라움이 가득한 집. 잭도 레인, 화이트채플.

내가 실크 하우스의 소재를 파악한 것이다.

17

메시지

그 다음 날 아내가 런던으로 돌아왔다. 언제쯤 도착하는지 캠버웰에서 전보로 미리 알린 터라 열차가 들어왔을 때 내가 홀본 바이어덕트 역에서 기다리고 있었다. 다른 때 같았으면 베이커 가를 지키고 있었을 것이다. 홈즈가 어떻게든 연락을 시도할 게 분명한데, 위험을 무릅쓰고 하숙집으로 찾아왔건만 내가 보이지 않으면 어떨지 생각만 해도 끔찍했다. 하지만 런던의 길바닥에 마리 혼자 방치할 수도 없었다. 아내의 가장 큰 장점 중 하나가 이해심으로, 내가 셜록 홈즈와 붙어 다니느라 오랫동안 집을 비워도 아내는 묵묵히 받아들였다. 단 한 번도 불평을 한 적이 없었다. 하지만 내가 위험한 상황으로 뛰어드는 것을 얼마나 걱정스러워하는지 알기에 아내가 없는 동안 어떤 일들이 있었는지 설명을 하고, 면목 없지만 당분간 계속 떨어져 지내야겠다고 양해를 구하는 것이 도리였다. 게다가 나는 마리가 보고 싶었다. 다시 만날 날을 손꼽아 기다리고 있었다.

때는 12월 둘째 주였고 월초부터 시작된 궂은 날씨가 누그러들면서 태양이 비쳐 몹시 춥긴 해도 온 사방이 풍요롭고 기분 좋게 반짝였다. 지방의 소도시에서 올라온 가족과 그들 틈바구니에 섞여 눈을 휘둥그레 뜨고 있는 수많은 아이들로 인도가 거의 발 디딜 틈이 없었다. 눈 치우는 사람과 횡단보도 청소하는 사람들이 등장했다. 사탕 가게와 식료품 가게들은 예쁜 꽃 장식을 뽐냈다. 쇼윈도마다 거위 노동조합(크리스마스 때 쓸 거위를 사기 위해 돈을 적립하는 조합—옮긴이), 로스트 비프 노동조합, 푸딩 노동조합 광고가 붙어 있었고, 눌은 설탕과 민스민트(잘게 썬 사과나 건포도 등 파이의 재료—옮긴이) 냄새가 허공을 가득 메웠다. 나는 브룸마차(마부석이 밖에 있는 2~4인승의 사륜 상자 마차—옮긴이)에서 내려 인파를 헤치고 역으로 걸어가며, 축제의 계절을 맞은 런던의 일상적인 즐거움과 소원하게 지낼 수밖에 없었던 일련의 상황들에 대해 곰곰이 생각했다. 셜록 홈즈와 가깝게 지내는 사이라 안 좋은 점이 아마 그런 부분일 것이다. 어느 누구도 제 발로 걸어 들어갈 리 만무한 음험한 곳들을 찾아다니게 된다는 것.

기차역도 복잡하기는 마찬가지였다. 열차들이 정시에 도착하자 보따리와 꾸러미와 바구니를 들고 앨리스 이야기에 나오는 하얀 토끼처럼 종종걸음을 치는 청년들로 플랫폼이 북적거렸다. 마리의 열차가 이미 도착해 있었고, 문이 열리면서 더 많은 인구가 런던으로 유입되자 처음 잠깐 동안은 아내를 찾을 수가 없었다. 그러다 열차에서 내리는 아내의 모습이 내 눈에 들어온 순간, 일시적으로 나를 불안하게 만드는 사건이 발생했다. 한 남자가 아내에게 접근을 시도하려는 것처럼 발을 질질 끌며 저쪽에서 다가왔던 것이다. 내 쪽에서는 뒷모습만 볼 수 있었던 터라 몸에 잘 안 맞는 재킷을 입었고 빨간 머리였다는 것 말고는 나중에 만나더라도 알아볼 방법이 없었다. 남자는 마리에게 잠깐 말을 붙이는 것 같더니 열차에 올라탔다. 내가 오해를 했던 걸까? 내가 다가가자 나를 발견한 아내가 미소를 지었다. 나는 아내를 품에 안고 마차를 대기시켜 놓은 입구 쪽으로 함께 걸어갔다.

마리는 여행과 관련해서 할 이야기가 많았다. 포레스터 부인이 어찌나 반가워하던지 두 사람은 가정교사와 주인마님의 관계는 먼 옛날의 일로 간주하고 절친한 친구처럼 지낼 수 있었다. 부인의 아들 리처드는 예의바르고 얌전했고, 병에서 회복되자 유쾌한 매력을 발산했다. 게다가 내 작품의 열렬한 팬이라지 않는가! 다른 식구들도 예전에 기억하는 그대로 편안하고 따뜻하게 대해 주었다. 며칠 전부터 머리가 살짝 지끈거리면서 목이 아프던 것이 기차를 타고 오는 동안 더 심해진 것 말고는 멋진 여행이었다. 피곤해 보이길래 내가 캐물었더니 팔다리가 무겁다고 했다.

"하지만 호들갑 떨지 말아요, 여보. 푹 쉬고 차 한 잔 마시면 예전의 나로 돌아갈 테니까. 당신은 어떻게 지냈는지 듣고 싶어요. 신문에서 읽은 셜록 홈즈 씨의 그 기막힌 사건은 다 뭐예요?"

마리를 좀 더 자세하게 관찰하지 않은 것이 어디까지 내 책임인지 아직도 모르겠다. 하지만 그때 나는 다른 데 정신이 팔려 있었고, 아내도 별일 아닌 것처럼 이야기했다. 거기다 아내에게 접근했던 남자까지 내 머릿속을 어지럽히고 있었으니……. 내가 알아차렸더라도 손 쓸 도리는 없었을 것이다. 그렇다 하더라도 그녀의 넋두리를 사소하게 간주하는 바람에 장티푸스의 초기 증상을 알아차리지 못했고, 그 결과 그녀를 너무 일찍 떠나보냈다는 죄책감은 죽을 때까지 안고 살아야 할 것이다.

출발하고 얼마 안 있어 메시지 이야기를 꺼낸 쪽은 마리였다.

"좀 전에 그 남자 봤어요?" 그녀가 물었다.

"기차역에서? 그래, 봤어요. 당신한테 말을 거는 것 같던데."

"내 이름을 알더라고요."

나는 화들짝 놀랐다.

"뭐라고 하던가요?"

"그냥 '안녕하세요, 왓슨 부인.' 그러던데요? 아주 거칠어 보였어요. 막노동꾼 같던데. 아무튼 이걸 내 손에 쥐어 주더라고요."

그녀는 지금까지 손에 들고 있었지만 재회의 기쁨을 만끽하고 서둘러 기차역에서 출발하느라 깜빡 잊고 있었던 조그만 천 주머니를 내밀어 내게 건넸다. 안에 뭔가 묵직한 물건이 들어 있었다. 금속끼리 쨍그랑 부딪치는 소리가 들리길래 동전인가 했는데 열어서 손바닥에 내용물을 쏟아보니 튼튼한 못 세 개였다.

"이게 무슨 뜻일까?" 내가 물었다. "남자가 다른 말은 않던가요? 남자의 생김새를 설명할 수 있겠소?"

"아뇨. 당신을 보느라 남자는 흘끗 쳐다보고 그만이었거든요. 머리는 밤색이었던 것 같아요. 얼굴은 수염을 안 깎아서 지저분했고. 이런 게 도움이 될까요?"

"아무 말도 않던가요? 돈을 달라고 하지도 않았고?"

"말했잖아요. 내 이름을 부르면서 인사했다고. 그게 전부였어요."

"도대체 당신한테 못이 든 주머니를 전한 이유가 뭘까?" 이 말이 내 입에서 튀어나오자마자 나는 퍼뜩 의미를 깨닫고 탄성을 질렀다. "백 오브 네일스! 그렇지!"

"그게 뭔데요?"

"마리, 좀 전에 당신이 만난 사람이 아마 홈즈였을 거요."

"전혀 안 닮았던데요?"

"바로 그런 효과를 노린 거요!"

"이 못 주머니가 중요한 물건이에요?"

아주 중요한 물건이었다. 우리가 로스 수색전을 펼쳤을 때 찾아갔던 술집으로 와 달라는 홈즈의 메시지가 담긴 물건이었다. 그런데 둘 중에서 어딜 말하는 걸까? 두 번째로 찾아갔던 램버스를 말하는 것은 아닌 듯했다. 그곳은 샐리 딕슨이 일을 했던 곳이라 경찰에게도 알려져 있었다. 모든 걸 종합해 보건대 에지 레인에 있는 백 오브 네일스일 가능성이 컸다. 그는 발각당할까 두려워하고 있었다. 어떤 방식으로 나와의 접촉을 시도했는지 그것만 봐도 알 수 있었다. 변장을 했고, 누군가에게 접촉하는 광경을 들켜 마리나 내가 플랫폼에서 체포당하더라도 못 세 개가 든 천 주머니 말고는 메시지가 전달된 조짐을 전혀 발견할 수 없도록 했다.

"여보, 미안하지만 집에 도착하자마자 나는 다시 나가야 될 것 같소."

"당신까지 위험한 상황은 아닌 거죠?"

"아니길 바랄 수밖에."

마리는 한숨을 쉬었다.

"가끔은 당신이 나보다 홈즈 씨를 더 좋아하는 게 아닐까 싶을 때도 있어요." 아내는 이렇게 말해 놓고 내 표정을 보더니 가볍게 손을 토닥였다. "농담이에요. 그리고 켄싱턴까지 같이 안 가 줘도 돼요. 우리, 다음 번 네거리에서 마차 세워요. 짐은 마부더러 옮겨 달라고 하면 되니까 나 혼자 갈 수 있어요."

내가 망설이자 그녀가 좀 더 진지한 표정으로 나를 바라보았다.

"그분한테 가요, 여보. 이런 방법까지 동원해 가며 메시지를 전할 정도면 곤란한 상황에 놓여서 늘 그랬던 것처럼 당신의 도움이 필요하다는 뜻이잖아요. 그걸 모른 척하면 안 되죠."

이렇게 해서 나는 그녀와 헤어졌는데, 모험을 감행하다 하마터면 목숨을 잃을 뻔했다. 스트랜드 가의 차도에서 슬그머니 내렸다 마차에 치일 뻔했던 것이다. 홈즈가 미행을 의식하고 있다면 나도 그래야 한다는 뜻이니 어느 누구에게도 내 모습을 들키지 않는 것이 무엇보다 중요했다. 나는 여기저기서 달려오는 마차를 피해 가며 안전한 인도로 건너갔고, 주위를 조심스럽게 살핀 다음 왔던 길을 되짚어 약 30분 뒤 쇼어디치에서도 황량하고 열악한 지역에 도착했다. 나는 그 술집을 또렷하게 기억하고 있었다. 다 쓰러져 가는 건물이지만 화창한 날에 찾아왔더니 안개가 꼈을 때보다 아주 조금 더 나아 보였다. 나는 길을 건너 그 안으로 들어갔다.

특실에 한 남자가 앉아 있기는 한데, 셜록 홈즈는 아니었다. 놀랍게도 그리고 조금은 유감스럽게도 홀로웨이 구치소에서 트리벨리언 박사의 일을 돕던 리버스였다. 간호사복은 벗었지만 그 멍한 표정하며 움푹 꺼진 눈과 덥수룩한 적갈색 머리로 보건대 분명했다. 그런 그가 독한 흑맥주를 한 잔 앞에 놓고 테이블에 구부정하니 앉아 있었다.

"리버스 씨!" 내가 큰 소리로 불렀다.

"이리로 와서 앉게, 왓슨. 다시 만나서 정말 반갑네."

홈즈의 목소리였다. 바로 그 순간, 나는 그가 나를 어떤 식으로 속이고 내 눈 앞에서 구치소를 탈출했는지 알 수 있었다. 솔직히 고백하건대 그가 권하는 의자에 쓰러지다시피 주저앉아 가발과 변장 사이로 빛나는 너무나도 낯익은 그 미소를 보았을 때 내 심정이 얼마나 참담했는지 모른다. 홈즈의 변장이 그 정도로 경이로운 수준이었다. 극적인 분장이나 위장술을 동원하는 건 아니었다. 그렇다기보다는 원하는 인물로 변신하는 재주가 있었고, 홈즈 스스로 그 인물이 되었다고 믿으면 폭로하는 그 순간까지 누구든 그런 식으로 믿게 되어 있었다. 멀리서 보았을 때는 동물인 줄 알았는데 알고 보니 바위 아니면 나무인 경우와 비슷했다. 이런 경우, 가까이서 일단 정체를 확인하면 두 번 다시 속아 넘어가지 않는 법이다. 내가 다가왔을 때만 해도 이 테이블에는 리버스가 앉아 있었다. 하지만 지금 내 앞에 앉아 있는 사람은 아무리 보아도 홈즈였다.

"이게 대체……." 내가 입을 열었다.

"때가 되면 다 알려 주겠네." 그가 내 말허리를 잘랐다. "먼저 여기까지 미행당하지는 않았는지 그것부터 분명히 짚고 넘어가세."

"아니라고 장담할 수 있네."

"홀본 바이어덕트 역에서는 자네 뒤를 두 남자가 밟고 있던걸. 보아하니 경찰인 것 같던데, 분명 우리 친구 해리먼 경감이 보낸 거겠지."

"나는 못 봤는데. 하지만 스트랜드 가를 절반쯤 지났을 때 아내만 두고 마차에서 내렸다네. 완전히 세우지 않고 사륜 포장마차 뒤로 슬그머니 내렸지. 역에서 두 남자가 내 뒤를 밟고 있었대도 지금은 켄싱턴에서 내가 어디로 갔나 당황스러워하고 있을걸세."

"이렇게 믿음직한 친구를 보았나!"

"그런데 아내가 오늘 오는 걸 어찌 알았나? 홀본 바이어덕트 역까지 무슨 수로 찾아온 건가?"

"그야 간단하지. 베이커 가에서부터 자네를 따라가 어떤 기차를 마중 나왔는지 확인하고 자네보다 앞장서 다가간 거라네."

"그 질문은 시작에 불구하네, 홈즈. 무슨 일이 있더라도 자네 설명을 충분히 들어야겠어. 여기 앉아 있는 자네를 보는 것만으로도 머리가 핑핑 돌 지경이니. 먼저 트리벨리언 박사부터. 아마 자네 쪽에서 그의 얼굴을 알아보고 도와 달라고 설득을 했겠지?"

"제대로 맞추었네. 과거 의뢰인이 구치소에서 근무하고 있었다니 행복한 우연의 일치 아닌가. 나를 살해하려는 음모가 밝혀지면 어떤 의사라도 내 설득에 넘어갈 수밖에 없었겠지만."

"그 음모를 알고 있었단 말인가?"

홈즈가 예리한 눈빛을 번뜩이며 나를 보았고, 나는 이틀 전날 밤에 만난 음험한 집 주인과 맺은 약속을 지키려면 아무것도 모르는 척해야 한다는 사실을 깨달았다.

"체포된 그 순간부터 예상하고 있었다네. 나에게 발언의 기회가 주어지는 순간 불리했던 증언들의 허점이 드러나기 시작할 텐데, 적들이 그걸 용납할 리 있나. 나는 온갖 종류의 공격을 예상하고, 음식물을 살피는 데 특별히 주의를 기울였지. 일반인들의 생각과 달리 전혀 아무 맛도 나지 않는 독극물은 거의 없다네. 특히 저들이 동원한 비소의 경우라면 두말할 나위가 없지. 이틀째 되던 날 저녁 때 배식 받은 쇠고기 수프에 그게 들어 있더군. 참으로 어리석기 짝이 없는 시도였지만, 내 입장에서는 필요하던 무기가 생긴 셈이었으니 고마울 밖에."

"해리먼도 공범인가?"

나는 목소리에서 배어나는 분노를 감출 수가 없었다.

"해리먼 경감은 보수를 아주 두둑이 받았든지 자네와 내가 파헤친 음모의 핵심 인물이든지, 둘 중 하나일세. 아마 후자가 아닐까 싶은데. 호킨스에게 도움을 청할 생각도 있었다네. 보아하니 양식이 있는 위인이었고, 내가 구치소에 있는 동안 최대한 편의를 제공했으니 말일세. 하지만 너무 일찍 경보를 울리면 저쪽에서 2차로 좀 더 치명적인 공격을 감행할 수 있기 때문에 담당의와 면담을 요청했는데, 반갑게도 구면이지 뭔가. 덕분에 일이 훨씬 쉬워졌지. 그에게 보관하고 있던 수프 샘플을 보여 주고 현재 상황을 알렸지. 내가 엉뚱하게 체포됐는데 홀로웨이 안에서 나를 죽이려는 것이 저들의 의도라고 말일세. 트리벨리언 박사는 경악을 금치 못하더군. 그는 뭐라고 했던 내 말을 믿었을걸세. 브룩 가에서 있었던 그 일로 나에게 진 빚이 있다고 생각했으니까."

"그가 어쩌다 홀로웨이에 있게 된 건가?"

"목구멍이 포도청 아닌가. 장기 입원 환자가 죽은 뒤로 병원에서 잘린 걸 자네도 기억할 테지? 트리벨리언은 똑똑하기는 하지만 운이 따라주지 않는 사람일세. 몇 개월 동안 떠돌아다니다 찾은 직장이 홀로웨이 하나뿐이었으니 싫어도 받아들일 수밖에. 나중에 우리가 도와주세나."

"그러게 말일세. 아무튼 하던 이야기를……."

"처음에 그는 간수장에게 알리자고 했지만, 나를 둘러싼 음모가 워낙 공고하고 적들이 너무 강력하다고, 내가 자유의 몸으로 되돌아가는 것도 중요하지만 다른 사람을 끌어들이는 위험 부담을 감수할 수는 없으니 다른 방법을 동원해야 한다고 설득했지. 이때부터 어떤 방법이 좋을까 둘이서 고민을 시작했다네. 트리벨리언이 보기에도 그렇고 내가 보기에도 그렇고, 물리적인 탈출은 불가능한 일이었지. 그러니까 터널을 뚫는다든지 담을 타고 넘는다든지 하는 것은 말일세. 내 감방과 바깥세상 사이에 놓인 문이 최소 아홉 개인데 아무리 변장을 잘하더라도 무사히 거길 통과할 수 있겠는가. 그렇다고 폭력을 행사할 수도 없었고. 그런 식으로 한 시간 동안 이야기를 나누는 내내 내가 얼마나 불안했겠는가. 해리먼 경감이 무의미한 허위 수사를 그럴 듯하게 포장하느라 취조를 계속하던 중이라 언제 다시 찾아올지 모르는 상황이었으니 말일세.

그때 트리벨리언이 조너선 우드라고 한평생을 구치소에서 보내다 거기서 눈을 감게 된 딱한 사람이 있다고 하지 뭔가. 상태가 아주 안 좋아서 그날 밤을 못 넘길 것 같다면서 말일세. 트리벨리언은 우드가 죽는 시점에 맞춰 내가 입원을 하면 어떻겠느냐고 했지. 그러면 시신을 다른 데 감추고 나를 관에 넣어 몰래 내보내겠다고 말일세. 하지만 나는 생각하고 말고 할 것도 없이 그 자리에서 당장 퇴짜를 놓았다네. 실현 불가능한 부분들이 너무 많았거든. 게다가 적들이 저녁 식사에 독극물을 넣었는데 내가 왜 아직 살아 있는지, 그들의 의도를 알아차린 게 아닌지 벌써부터 의심을 하고 있을 게 아닌가. 그런 시점에 시신이 실려나가면 너무 빤하지 않겠는가. 저들은 내가 그런 행보를 보일 거라고 예상하고 있을 테고.

그런데 진료소에 있는 동안 나는 리버스라는 잡역부를 일찍부터 주목하고 있었다네. 특히 칠칠찮은 태도와 빨간 머리라는 그 행운의 요소에 대해서 말일세. 해리먼, 독극물, 죽어 가는 수감자라는 삼박자가 딱 맞아떨어지는 것이 내 눈에 들어왔고, 이걸 이용해서 제2의 계획을 세울 수 있겠다 싶었지. 내가 필요한 물품을 알려주자 트리벨리언은 내 판단에 이의를 제기하지 않고 무한한 신뢰를 보이며 부탁한 대로 준비해 주었다네.

우드는 자정 직전에 숨을 거두었지. 트리벨리언이 직접 내 감방으로 찾아와 상황을 전하고 집에 가서 내가 부탁한 물품을 챙겨가지고 왔다네. 다음 날 아침, 내가 증상이 심각해졌음을 구치소 측에 알리자 트리벨리언이 심각한 식중독으로 진단을 내린 뒤 우드의 입관 준비가 끝난 진료소로 나를 입원시켰지. 우드의 관이 도착했을 때 나도 그 자리에 있었고, 심지어 옮기는 걸 도와주기까지 했다는 거 아닌가. 하지만 리버스는 없었다네. 하루 휴가를 받았거든. 트리벨리언이 준 가발을 쓰고 옷을 갈아입은 내가 리버스가 되었고, 3시 직전에 관이 나갔고, 마침내 모든 준비가 끝났지. 인간의 심리를 파악해야 하는 거라네, 왓슨. 해리먼의 도움이 필요했거든. 단단히 잠긴 방에서 내가 수수께끼처럼 사라졌음을 보여주는 것이 1단계였다네. 그런 다음 거의 곧바로 방금 전에 관에 실려 나간 시신이 있었음을 알리는 것이 2단계였고. 전후 상황을 감안했을 때 그는 엉뚱한 결론을 내릴 게 분명했고, 내 예상이 딱 맞아떨어졌지. 내가 관 속에 누워 있을 거라고 확신한 나머지 그 사태를 벌인 장본인이라 할 수 있는 머리가 모자란 잡역부는 신경도 안 쓰지 않았나. 그 자리에서 총알처럼 튀어나가 사실상 내 탈출을 도와준 셈이었지. 문을 열라고 명령한 사람이 해리먼이었잖은가.

나를 가두어 놓고 있었던 보안 조치를 해리먼이 해제한 셈이지."

"그러게 말일세." 나는 탄성을 질렀다. "나도 자네가 안중에 없었네. 관에만 온 신경을 집중하고 있었지."

"솔직히 말해서 자네가 난데없이 등장할 가능성은 전혀 생각 못 했는데, 트리벨리언 박사와 아는 사이인 티를 내면 어떻게 하나 걱정이 되더군. 하지만 왓슨, 자네 정말 최고였네. 자네와 간수장 덕분에 급박한 분위기가 한층 고조돼 해리먼이 더더욱 관을 쫓는 데 매진하게 됐지 뭔가."

나는 내가 이 사건에서 어떤 역할을 했는지 충분히 알고 있었지만, 그가 이 말을 하면서 눈을 반짝이는 것을 보고 칭찬으로 받아들이기로 했다. 홈즈는 무대에 오르는 연극배우만큼이나 관객들의 호응을 즐기는 성격이라 사람이 많을수록 맡은 역할을 수행하기가 훨씬 수월했을 것이다.

"하지만 이제는 어떻게 하면 좋은가?" 내가 물었다. "자네는 탈주한 몸일세. 세간의 신뢰가 땅에 떨어졌고. 탈주를 선택한 자체가 유죄를 인정하는 증거가 되지 않겠나."

"자네 참 비관적인 소리만 하는군, 왓슨. 내 생각을 말할 것 같으면 지난 주보다 상황이 훨씬 좋아졌다고 보는데."

"숙식은 어디서 해결하고 있나?"

"내가 말 안 했던가? 이런 상황에 대비해서 런던 곳곳에 은신처를 마련해 두었다고. 이 근처에도 한 군데가 있는데, 내가 얼마 전까지 머물렀던 그곳에 비하면 얼마나 쾌적한지 모른다네."

"그나저나 홈즈, 자네가 은연중에 적을 많이 만든 모양일세."

"그러게 말일세. 영국에서 가장 오랜 역사를 자랑하는 가문의 후예인 호레이스 블랙워터 경, 웨스트민스터 병원의 후원자인 토머스 애클랜드 박사, 런던 경시청에서 15년 동안 흠잡을 데 없는 경력을 쌓은 해리먼 경감, 서로 다른 이들을 하나로 연결하는 게 무엇인지 고민을 해야 하지 않겠나? 내가 본스 가의 적절하달 수 없는 공간에서 자네한테 던진 질문도 그것이었지. 이 세 사람의 공통점은 무엇일까? 뭐, 일단 모두 남자야. 하나같이 부유하고 인맥도 훌륭하고. 마이크로프트가 말한 추문이 터지면 피해를 입을 만한 사람들. 그나저나 자네, 윔블던에 다시 다녀왔더군."

홈즈가 무슨 수로 혹은 누굴 통해 그 사실을 알았는지 모르겠지만, 지금은 시시콜콜 캐물을 때가 아니었다. 나는 곧바로 인정하고, 무슨 일로 다녀왔는지 간단하게 설명했다. 그는 엘리자 카스테어스의 건강이 급속도로 악화됐다는 대목에서 유난히 불안해하는 모습을 보였다.

"상대는 흔치 않을 정도로 교활하고 잔인한 인간일세, 왓슨. 문제가 상당히 심각하니 얼른 이 일을 마무리하고 에드먼드 카스테어스를 다시 찾아가야겠는걸."

"그 둘이 서로 맞물려 있다고 생각하는가?" 내가 물었다. "보스턴에서 벌어졌던 일이나 여기 이 런던의 어느 호텔에서 킬런 오도너휴가 살해된 것이 이 끔찍한 사건과 어떤 식으로 연결이 되어 있다는 건지 나는 모르겠네만."

"자네는 킬런 오도너휴가 죽었다고 생각하고 있으니 그런 게지. 아무튼 그쪽에 대해서는 조만간 새로운 소식이 전해질 걸세. 내가 홀로웨이에서 벨파스트로 전갈을 보냈으니…….."

"거기서 전보도 보낼 수 있단 말인가?"

"우체국까지 갈 필요가 없다네. 범죄자들의 지하세계가 훨씬 빠르고 저렴한 데다 어쩌다 법을 어기게 된 사람이라면 누구든 이용할 수 있지. 우리 건물에 잭스라는 위조범이 있었고 나하고는 운동장에서 알게 된 사이인데 이틀 전에 출소를 하지 않았겠나. 그 편에 문의를 해 놓았으니 조만간 답장이 오거든 둘이서 같이 윔블던을 찾아가세나. 그나저나 자네, 내가 묻는 말에 대답은 하지 않을 텐가?"

"그 세 사람의 공통점 말인가? 너무 빤하지 않은가. 실크 하우스겠지."

"그런데 실크 하우스는 뭐란 말인가?"

"그건 나도 모르겠네. 하지만 어딜 찾아가면 알 수 있는지 내가 알아냈다네."

"왓슨, 나를 이렇게 놀라게 하긴가?"

"자네는 모른단 말인가?"

"나는 얼마 전부터 알고 있었지. 그래도 자네가 어떤 결론을 내렸는지, 어떤 식으로 그런 결론을 내렸는지 듣고 싶구먼."

요행히 그 광고 전단을 가지고 있었기에 그 자리에서 펼쳐 친구에게 보여 주며 얼마 전에 찰스 피츠시먼스 목사가 찾아온 이야기를 했다.

"'실킨 박사의 놀라움이 가득한 집'이라." 그는 광고 문구를 읽고 잠깐 어리둥절한 표정을 짓더니 이내 얼굴을 환히 빛냈다. "그렇지. 이게 바로 우리가 찾던 걸세. 자네한테 다시 한 번 축하 인사를 건네야겠는데? 내가 갇혀서 끙끙대는 동안 자네는 바쁘게 지낸 모양이로군."

"자네가 생각한 그 주소지가 맞는가?"

"잭도 레인? 그건 아닐세. 그래도 우리가 찾고 있던 모든 해답이 여기 있다고 장담할 수 있다네. 지금 몇 신가? 1시가 거의 다 됐군. 그런 곳은 어둠을 틈타 찾아가는 게 좋겠지? 어디 보자, 4시간쯤 뒤에 여기서 나를 다시 만나 주겠나?"

"물론일세, 홈즈."

"자네가 한 건 해낼 줄 알고 있었다네. 그리고 리볼버를 들고 오는 게 좋을 걸세. 숱한 위험이 도사리고 있는 기나긴 밤이 될 것 같으니."

점술사

목적지가 아직은 보이지 않아도 바로 앞 모퉁이를 돌면 나오겠구나 하는 생각이 들면서 긴 여행의 끝에 다다른 것이 느껴지는 때가 있다. 이미 해가 지고 싸늘한 어둠이 가차 없이 도시를 덮은 5시 직전에 그날 들어 두 번째로 백 오브 네일스를 찾았을 때 내 기분이 그랬다. 집으로 돌아가 보니 마리가 자고 있길래 깨우지 않았다. 진찰실에서 리볼버를 들고 장전이 다 되었는지 확인하는데, 무심코 지나가던 사람이 이 광경을 보면 어떤 생각이 들까 싶었다. 무장을 하고 살인, 고문, 납치 그리고 정의의 왜곡으로 얼룩진 음모를 파헤치러 나서는 켄싱턴의 명망 있는 의사라니. 나는 권총을 주머니에 넣은 뒤 두꺼운 외투를 들고 나갔다.

홈즈는 변장을 벗고 모자를 쓰고 목도리로 얼굴 아랫부분을 살짝 가린 게 전부였다. 혹독한 밤길에 대비해 브랜디 두 잔을 주문해 놓은 상태였다. 도착해 보니 벌써 눈송이 몇 개가 바람에 흩날리는 것이, 눈이 내린다고 해도 놀라울 것 없는 날이었다. 우리는 별로 말을 하지 않았지만, 잔을 내려놓았을 때 내가 너무나도 잘 아는 설렘과 굳은 결심으로 반짝이는 그의 눈빛을 보고 그도 나만큼이나 의욕이 충만하다는 것을 깨달았던 게 생각난다.

"그러면 왓슨……?" 그가 물었다.

"그래, 홈즈." 내가 대답했다. "준비가 되었네."

"자네가 다시 한 번 내 곁을 지켜 주어 얼마나 기쁜지 모른다네."

우리는 마차를 타고 동쪽으로 건너가 화이트채플 가에서 내린 뒤 잭도 레인까지 걸어갔다. 이런 식의 유랑 극단은 여름 내내 전국 각지를 돌아다니다 계절이 바뀌면 곧바로 런던으로 돌아오는데, 밤늦게까지 영업을 하고 시끄럽기로 악명이 높았다. 사실 '실킨 박사의 놀라움이 가득한 집'도 한참 멀리서부터 삐걱거리는 풍금 소리와 북 소리, 밤하늘에 대고 외치는 어떤 남자의 목소리가 들리건만 이 동네 주민들은 무슨 수로 견디는지 신기했다. 잭도 레인은 화이트채플 가와 커머셜 가를 연결하는 좁은 골목길이고 주로 가게와 상점으로 쓰이는 3층짜리 건물들이 양옆으로 늘어서 있는데, 그 주위를 둘러싼 벽돌 숫자에 비해 창문이 너무 작아 보였다. 이 길 중간쯤에서 뒷골목이 시작됐고 바로 여기서 프록코트에 구식 넥타이를 매고, 하도 쭈글쭈글해서 밑으로 뛰어내리려고 그의 머리에 비딱하게 얹혀 있는 것처럼 보이는 실크 해트를 쓴 남자가 민폐를 끼치고 있었다. 콧수염과 턱수염을 길렀고 코는

뾰족한데, 팬터마임 속의 메피스토펠레스(괴테의 『파우스트』에 등장하는 악마―옮긴이)처럼 눈을 반짝였다.

"입장료가 1페니!" 그가 큰 소리로 외쳤다. "들어오시면 절대 후회 없습니다. 검둥이에서부터 에스키모, 기타 등등에 이르기까지 전 세계의 신기한 인물들을 구경할 수 있습니다. 깜짝 놀라실 겁니다. 화들짝 놀라실 겁니다. 오늘 밤의 기억을 절대 잊지 못할 겁니다."

"당신이 실킨 박사요?" 홈즈가 물었다.

"영광스럽게도 그렇습니다. 얼마 전까지 인도에서 살았고, 콩고에서도 살았던 애스모디어스 실킨입죠. 제가 전 세계 각지를 여행하며 경험한 모든 것을 단돈 1페니만 내면 여기서 감상하실 수 있습니다."

피 재킷에 군복 바지를 입은 흑인 난쟁이가 그 옆에 서서 북을 치다 1페니라는 단어만 나오면 마구 두드렸다. 우리는 입장료를 내고 정식으로 안내를 받았다.

우리 앞에 펼쳐진 광경은 상당히 뜻밖이었다. 훤한 대낮이었다면 얼마나 천박하고 초라한지 확연하게 드러났겠지만, 지금 같은 밤에는 원형으로 놓인 이글거리는 화로가 접근을 차단하며 이국적인 분위기를 연출해 너무 자세히 들여다보지 않으면 동화 속에 나오는 다른 세상으로 이동한 듯한 착각을 느낄 법했다.

우리가 있는 곳은 자갈이 딸린 공터였고, 주변을 빙 둘러싼 다 쓰러져가는 건물들은 출입구가 폭삭 주저앉고 당장 부서질 것 같은 계단이 벽에 대롱대롱 매달려 있는 등 악천후에 취약한 구조였다. 어떤 건물 입구에는 짙은 빨간색 커튼과 함께 반 페니나 파딩을 추가로 지불해야 관람이 가능하다는 게시판이 달려 있었다. 목이 없는 사나이. 세상에서 가장 못생긴 여자. 다리 다섯 개 달린 돼지. 나머지 공짜 프로그램은 밀랍 인형과 요지경 상자(작은 구멍으로 들여다보면 여러 가지 그림이 움직이는 것처럼 보이도록 만든 상자 ― 옮긴이)를 동원해 내가 홈즈와 다니면서 익숙해질 대로 익숙해진 끔찍한 광경들을 연출해 놓았다. 살인이 가장 흔한 주제인 듯했다. 마리아 마틴의 모습이 보였고, 목을 베이고 내장을 드러낸 메리 앤 니콜스도 있었다. 2년 전, 여기서 멀지 않은 곳에서 발견됐을 당시 모습 그대로였다. 소총이 찰칵거리는 소리가 들렸다. 어느 건물 안에 사격장이 설치돼 있는지 뿜어져 나오는 가스 불꽃과 저 끝에 놓인 초록색 병들이 보였다.

 이런 놀이 시설들이 있는 곳은 제일 바깥쪽이었고, 안쪽으로 들어가면 세워 놓은 집시용 짐마차 사이로 밤새도록 공연을 펼칠 수 있는 무대가 마련되어 있었다. 동양에서 온 일란성 쌍둥이가 열 몇 개의 공을 주고받으며 저글링을 하는데 어찌나 솜씨가 매끄러운지 기계적으로 보일 정도였다. 허리에 천만 하나 두른 흑인은 화로에 넣어 뜨겁게 달군 부지깽이를 혀로 핥았다. 어떤 여자는 깃털이 달린 거추장스러운 터번을 쓰고 시편을 읽었다. 나이 지긋한 마술사는 숨은 재주를 보여 주었다. 내가 예상했던 것보다 훨씬 많은 사람들이(못해도 200명은 넘어 보였다.) 이 공연, 저 공연 하릴없이 찾아다니며 온 사방에서 웃고 박수를 치는 가운데 손풍금이 끊임없이 소음을 울려 댔다. 허리둘레가 어마어마한 여자가 내 앞을 걸어 다니는가 하면 너무 작아서 아이인가 싶은데 얼굴은 할머니인 여자도 있었다. 구경꾼일까 아니면 여기 출연진일까? 알 수 없었다.

"이제 어쩌면 좋겠나?" 홈즈가 물었다.

"나도 모르겠네." 내가 대답했다.

"자네 아직도 여기가 실크 하우스인 것 같은가?"

"솔직히 그럴 법해 보이지 않는군." 나는 대답을 하고 나서 퍼뜩 그가 한 말에 담긴 의미를 깨달았다. "자네는 그렇게 생각하지 않는다는 건가?"

"나는 처음부터 여기가 실크 하우스일 리 없다는 걸 알고 있었네."

이번만큼은 나도 짜증을 감출 수가 없었다.

"홈즈, 자네는 가끔 내 인내심의 한계를 시험할 때가 있단 말이지. 처음부터 여기가 실크 하우스가 아닌 걸 알고 있었다면 말을 할 것이지, 왜 여기까지 찾아온 건가?"

"왜냐하면 그래야 하기 때문이지. 초대를 받았거든."

"그 광고 전단이……?"

"그 전단은 발견될 운명이었다네. 자네는 그걸 나한테 전할 운명이었고."

나는 이 수수께끼 같은 대답에 고개를 저었고, 홀로웨이 구치소에서 그 고생을 한 것도 잠시뿐, 비밀스럽고 지나치게 자신만만

하고 철저하게 짜증나는 예전의 그 모습으로 완전히 돌아간 모양이라고 결론을 내렸다. 그래도 나는 그의 짐작이 틀렸음을 증명해 보일 작정이었다. 실킨 박사의 이름이 적힌 광고 전단이 로스의 침대 밑에서 발견된 것이 우연의 일치일 수는 없었다. 그것이 발견될 운명이었다면 뭐 하러 거기 두었겠는가? 나는 눈에 띄는 뭔가가 없을까 싶어 주변을 둘러보았지만, 햇불이 너울대며 춤을 추는 가운데 온 사방이 어찌나 와자지껄한지 집중을 할 수가 없었다. 이제는 저글러들이 서로 칼을 던지고 있었다. 또다시 소총 소리가 들리는가 싶더니 병이 터지면서 선반 위로 유리 조각들이 폭포수처럼 쏟아졌다. 마술사는 허공에서 비단 꽃다발을 만들어 냈다. 그를 동그랗게 에워싸고 있던 구경꾼들이 박수갈채를 터뜨렸다.

"뭐, 그럼······."

이렇게 말을 꺼내려는 순간 나는 무언가를 목격했고, 숨이 목에서 걸렸다. 물론 우연의 일치일 수 있었다. 아무 의미 없는 일일 수도 있었다. 우리가 여길 찾아온 이유를 정당화하기 위해 내가 사소한 것에 의미를 부여하려는 것일 수도 있었다. 하지만 점술사가 아닌가. 그녀는 자기 마차 앞에 설치한 테이블 위에 타로 카드, 수정 구슬, 은 피라미드, 희한한 룬 문자와 그림이 그려진 종이 몇 장 등 여러 가지 도구를 펼쳐놓고, 그 뒤 단상 비슷한 곳에 앉아 있었다. 그런 채로 내 쪽을 물끄러미 바라보고 있다 나와 눈이 마주치자 한 손을 들어 인사를 하는데 바로 거기, 그 손목에 하얀 실크 리본이 묶여 있었다.

나는 홈즈에게 알리려다 당장 그만두었다. 오늘 저녁에 놀림감이 되는 것은 그 정도면 충분하다 싶었다. 그래서 나는 아무 말 없이 괜한 궁금증이 생긴 것처럼 어슬렁어슬렁 발걸음을 옮겨 단상으로 몇 계단을 올라갔다. 집시 여자는 나를 훑어보았다. 내가 와주길 기다린 게 아니라 올 줄 이미 알고 있었다는 식이었다. 그녀는 턱이 두툼하고 회색 눈이 쓸쓸해 보이는 근육질의 거구였다.

"점을 보고 싶은데요." 내가 말했다.

"앉아요." 그녀가 말했다.

외국 억양이 느껴졌고, 말투가 무뚝뚝하고 퉁명스러웠다. 그녀의 맞은편, 비좁은 공간에 발판이 하나 있길래 그곳에 앉았다.

"점 볼 줄 알아요?" 내가 물었다.

"값은 1페니."

내가 돈을 내자 그녀는 내 손을 잡고 하얀 리본이 훤히 보이도록 자기 손 위에 얹어 쫙 펼쳤다. 그러더니 말라비틀어진 손가락을 내밀어 건드리면 지워지기라도 하는 것처럼 내 손금을 따라 훑기 시작했다. "의사이신가?" 그녀가 물었다.

"네."

"그리고 결혼을 했군. 행복해. 아이는 없고."

"셋 다 정확히 맞히셨습니다."

"최근에 결별의 아픔이 뭔지 알게 됐구먼."

아내가 캠버웰에 다녀온 것을 말하는 걸까 아니면 홈즈가 잠깐 철창신세를 졌던 것을 말하는 걸까? 둘 중 뭐가 됐건 어떻게 아는 걸까? 나는 지금도 그렇지만 그때도 의심이 많았다. 그럴 수밖에 없었다. 홈즈와 함께 다니다 집안 대대로 이어지는 저주와 거대한 쥐와 흡혈귀를 수사하게 됐을 때도 셋 다 논리적으로 아무 문제 없이 설명할 방법이 있는 것으로 밝혀지지 않았던가. 때문에 나는 집시의 수법이 들통 나길 기다렸다.

"혼자 오셨나?" 그녀가 물었다.

"아뇨. 친구랑 같이 왔습니다."

"그럼 손님한테 전할 메시지가 있네. 우리 뒤에 있는 건물 안으로 들어가면 사격장이 있는 게 보일 거요."

"네."

"그 사격장 위에서 손님이 원하는 모든 해답을 찾을 수 있어요. 하지만 조심하시게, 의사 양반. 그 건물에는 저주가 걸려 있고 바닥은 지저분하니까. 손님은 명줄이 길어. 여기 보이지? 하지만 약점이 있어. 이 주름들…… 손님을 향해 날아오는 화살인데 앞으로도 많이 남았거든. 조심해야지. 거기 한 방이라도 맞으면……."

"고맙습니다."

나는 불에 데기라도 한 것처럼 얼른 손을 뺐다. 여자가 사기꾼인 것만큼은 분명했지만, 왠지 모르게 불안했다. 진홍색 그림자들이 온 사방에서 꿈틀거리는 밤이라 그런 것일 수도 있었고, 음악과 구경꾼들이 끊임없이 연출하는 불협화음 때문에 예민해져서 그런 것일 수도 있었다. 하지만 문득 여기는 불길한 곳이고 오지 말았어야 했다는 느낌이 들었다. 나는 홈즈에게 돌아가 좀 전에 들은 점괘를 전했다.

"이제 점술사의 안내에 따르는 건가?" 이것이 그의 무뚝뚝한 대답이었다. "뭐, 달리 대안도 없잖은가, 왓슨. 끝까지 파고들어보는 수밖에."

우리는 어깨에 원숭이를 올려놓은 남자와 웃통을 벗고 다양한 근육을 꿈틀거려 요란한 문신을 움직이는 남자 옆을 지나갔다. 사격장 앞으로 다가가자 나선형으로 배뚤배뚤 이어지는 계단이 보였다. 일제 사격 소리가 들렸다. 견습생들이 병에 대고 운을 시험해보는데, 술에 취한 덕에 총알이 어둠 속으로 사라져 버리곤 했다. 홈즈를 앞장세우고 조심조심 계단을 올라갔다. 나무 계단이 금방이라도 무너질 것 같았다. 예전에는 문이 달려 있던 곳인 듯 앞쪽으로 들쭉날쭉하게 벽에 뚫린 구멍이 보이는데 그 너머에는 어둠밖에 없었다. 뒤를 돌아보니 집시 여자가 자기 마차에 앉아 사악한 눈빛으로 우리를 쳐다보고 있었다. 손목에는 아직도 하얀 리본이 대롱대롱 매달려 있었다. 나는 꼭대기 층에 닿기도 전에 속았다는 것을, 애초에 이곳을 찾아온 게 잘못이었다는 것을 알 수 있었다.

2층에 들어서니 원래 커피를 보관하던 곳인지 아직도 퀴퀴한 공기 속에서 진한 커피 냄새가 났다. 하지만 지금은 아무것도 없었다. 벽은 썩어 가고 있었다. 두툼한 먼지가 온 사방을 덮고 있었다. 마룻바닥은 밟으면 삐걱삐걱 소리가 났다. 손풍금 소리가 이제는 저 멀리서 간헐적으로 들렸고, 사람들의 웅성거림도 사라졌다.

공연장 여기저기서 이글거리는 횃불이 이 방까지 비추었지만 워낙 불규칙하게 끊임없이 움직여 우리 주변으로 뒤틀린 그림자를 드리웠고, 안으로 들어갈수록 점점 더 어두워졌다.

"왓슨……." 홈즈가 중얼거렸고, 무엇을 바라는 말투인지 알 수 있었다. 나는 총을 꺼내 그 묵직함에서, 내 손바닥에 와 닿는 차가운 느낌에서 위안을 얻었다.

"홈즈. 이건 시간 낭비일세. 여긴 아무것도 없어." 내가 말했다.

"하지만 우리보다 먼저 이곳을 찾아왔던 아이가 있지 않은가."

홈즈의 대답에 시선을 돌려 보니 저쪽 구석에 버려진 장난감이 두 개 있었다. 하나는 팽이였고, 또 하나는 칠이 거의 다 벗겨진 채 뻣뻣하게 차렷 자세로 서 있는 납 병정이었다. 둘 다 왠지 모르게 눈물나도록 애처로운 분위기였다. 로스가 가지고 놀던 장난감이었을까? 살해되기 전에 숨어 지내던 곳이 여기였을까? 이 장난감이 누린 적 없는 어린 시절의 추억일까? 나도 모르게 발걸음이 그쪽으로 향한 순간 반침 뒤에서 어떤 남자가 걸어 나오는 것이 보였지만 이미 엎질러진 물이었고, 허공을 가르며 나를 향해 날아오는 곤봉도 피할 수 없었다. 팔꿈치 바로 아랫부분을 강타당하자 엄청난 고통이 작렬하는 바람에 손가락이 움찔하며 펼쳐졌다. 들고 있던 총이 철커덕 바닥으로 떨어졌다. 내가 총이 떨어진 곳으로 달려들었지만 또다시 날아온 곤봉에 이번에는 대자로 뻗었다. 바로 이때 다른 누군가의 목소리가 어둠 속에서 들렸다.

"둘 다 꼼짝 마라. 안 그러면 그 자리에서 날려 버릴 테니까."

홈즈는 명령을 무시한 채 벌써 내 옆으로 달려와 몸을 굽히고 나를 들여다보았다.

"왓슨, 괜찮은가? 심각한 부상이면 나는 죽을 때까지 나를 용서하지 못할 걸세."

"아니, 아닐세." 나는 팔을 쥐고 부러지거나 금이 갔는지 살폈지만 심하게 멍이 든 것에 불과했다. "다치지 않았네."

"겁쟁이 같으니라고!"

점점 벗어지고 있는 이마와 들창코와 두툼하고 둥그스름한 어깨가 특징인 남자가 밖에서 비쳐 들어오는 불빛을 받으며 우리 쪽으로 걸어왔다. 크리어의 아편굴에 덫을 쳐놓고 홈즈를 유인했던 승선 세관원(혹은 자칭 승선 세관원) 헨더슨이었다. 우리한테 마약 중독자라고 하더니 그 부분만큼은 사실이었는지 핏발이 선 눈과 환자 같은 안색은 내가 기억하는 그대로였다. 그는 리볼버를 들고 있었다. 공범도 내가 떨어뜨린 리볼버를 주워들고 우리를 겨냥하며 다가왔다. 공범은 내가 모르는 남자였다. 건장한 두꺼비 같은 인상에 짧게 친 머리가 특징이었고, 난투극을 벌이고 난 권투 선수처럼 귀와 입술이 부어 있었다. 곤봉처럼 쓴 묵직한 지팡이를 아직도 왼손에 들고 있었다.

"잘 지냈나, 헨더슨."

홈즈가 아무리 귀를 쫑긋 세우고 들어도 차분하달 수밖에 없는 목소리로 물었다. 말투만 들으면 오랜 지인에게 가볍게 인사를 건네는 분위기였다.

"나를 보고도 놀라지 않으시는군, 홈즈 씨?"

"놀라기는커녕 예상하고 있었지."

"그리고 내 친구 브랫비는 기억하겠지?"

홈즈는 고개를 끄덕이고 내 쪽을 돌아보았다.

"크리어스 플레이스에서 아편제를 강제로 먹였을 때 나를 붙잡고 있던 친구일세." 그가 설명했다. "저 친구도 이 자리에 나와 주길 바랐더니만."

헨더슨은 머뭇거리다 웃음을 터뜨렸다. 우리 하숙집을 찾아왔을 때 보였던, 연약하거나 못난 척했던 모습은 사라지고 없었다.

"그 말을 내가 믿을 것 같은가, 홈즈 씨? 당신은 너무 쉽게 속는단 말이지. 당신은 원하던 걸 크리어스에서 찾지 못했어. 여기서도 찾지 못했고. 내가 보기에 당신은 폭죽 같은 사람이야. 아무 방향으로나 펑펑 터지는."

"자네의 의도가 뭔가?"

"뻔하지 않은가 싶은데. 홀로웨이 구치소에서 처리한 줄 알았더니만. 이러니저러니 해도 거기 얌전히 있는 게 좋았을 텐데. 그래서 이번에는 좀 더 직접적인 방법을 동원해야겠어. 당신을 죽이라는, 개처럼 쏘아 죽이라는 명령이 떨어졌거든."

"그렇다면 그 전에 내 몇 가지 궁금증을 좀 해결해 주겠나? 블루게이트 필즈에서 그 아이를 죽인 게 자네였나?"

"맞았어. 멍청하게 일하던 술집으로 다시 돌아와 준 덕분에 쉽게 붙잡을 수 있었지."

"그 동생도?"

"로스? 맞아, 그것도 우리였지. 끔찍한 짓이긴 했지만, 그 아이가 자초한 거야. 선을 넘었으니 본때를 보여 줘야 했거든."

"고맙네. 내가 생각했던 그대로 맞아떨어졌군."

헨더슨은 다시 한 번 웃음을 터뜨렸지만, 나는 그렇게 싸늘한 표정을 본 적이 없었다.

"홈즈 씨, 당신 아주 대단한 고객이로구만? 그걸 다 꿰뚫고 있었다고?"

"물론이지."

"저 할망구가 여기로 올라가라고 했을 때도, 당신을 기다리고 있다가 그렇게 말할 줄 알고 있었다?"

"점술사한테 그런 소리를 들은 사람은 내가 아니라 동료였네. 자네가 돈을 주고 시킨 거겠지?"

"6펜스만 쥐어 주면 무슨 일이든 하는 할망구거든."

"또 다른 함정이 나타날 줄 알고 있었지, 아무렴."

"얼른 해치우자고." 브랫비라는 남자가 다그쳤다.

"아직은 안 돼, 제이슨. 아직은."

이번만큼은 홈즈의 설명을 듣지 않아도 저들이 왜 기다려야 하는지 나도 알 수 있었다. 우리가 계단을 올라왔을 때만 해도 아래층 사격장에 사람들이 모여 총을 쏘아 대고 있었다. 그런데 지금은 조용했다. 두 암살자는 총소리가 다시 시작되길 기다리고 있었다. 그래야 여기서 들리는 두 발의 총성이 묻힐 수 있었다. 살인이 원래 인간이 저지를 수 있는 가장 흉악한 범죄지만, 이 냉혹하고 계획적인 이중 살인은 그중에서도 특히 비열했다. 나는 계속 팔을 붙잡고 있었다. 얻어맞은 주변의 감각이 모두 사라졌지만, 그래도 나는 무릎을 꿇은 채 이들에게 살해당할 수 없다는 굳은 결심 아래 비틀거리며 일어섰다.

"무기를 내려놓고 이제 그만 포기하는 게 어떻겠나?"

홈즈가 물었다. 어찌나 침착한지 정말로 이 두 사람이 여기서 기다리고 있을 거라고 처음부터 알고 있었나 싶을 정도였다.

"뭐라고?"

"오늘 밤에는 살인을 할 수 없게 되었으니 말이지. 사격장은 문을 닫았네. 쇼가 끝났거든. 모르겠나?"

그러고 보니 손풍금 소리가 들리지 않았다. 구경꾼들도 떠난 듯했다. 아무것도 없는 이 버려진 방 밖은 온 사방이 고요했다.

"지금 무슨 소리를 하려는 거야?"

"나는 헨더슨, 자네를 처음 만난 순간부터 믿지 않았어. 하지만 자네 꿍꿍이속을 파악하려면 자네가 친 함정 안으로 들어가야 하지 않겠나? 그런데 내가 이번에도 똑같이 그랬을 거라고 믿는 건 아니겠지?"

"총 내려놔!" 누군가 외치는 소리가 들렸다.

그 뒤로 몇 초 동안 순식간에 많은 일들이 벌어져 그 당시에는 뭐가 뭔지 정신이 하나도 없었다. 헨더슨이 나 아니면 내 옆을 향해 총을 겨누었다. 하지만 방아쇠를 당기지 못했기 때문에 의도한 방향이 정확히 어디였는지는 영원히 알 수 없는 수수께끼로 남았다. 바로 그 순간, 어디에선가 총구가 하얗게 번뜩이며 총탄이 빗발치더니 그가 머리에서 피를 뿜으며 말 그대로 내동댕이쳐졌던 것이다. 브랫비라고 했던 헨더슨의 공범이 홱 하니 몸을 돌렸다. 그는 방아쇠를 당길 생각이 없었던 것 같지만 무기를 들고 있다는 사실만으로도 충분했다. 총탄이 하나는 어깨에, 또 하나는 가슴팍에 꽂혔다. 그가 내 총을 내동댕이치고 뒤로 쓰러지며 울부짖는 소리가 들렸다. 지팡이가 마룻바닥에 부딪치더니 저쪽으로 굴러갔다. 그는 죽지 않았다. 바닥에 쓰러진 채 고통과 충격으로 헐떡이고 흐느꼈다. 잠깐 정적이 흘렀다. 방금 전에 벌어진 총격사태만큼이나 충격적인 침묵이었다.

"아주 여유를 부리더군요, 레스트레이드." 홈즈가 말했다.

"악당이 뭐라고 할지 궁금했거든."

뒤를 돌아보니 정말로 레스트레이드 경감이 세 명의 경찰을 데리고 벌써 방 안에 들어와 총에 맞은 남자들을 확인하고 있었다.

"범행을 시인한 거 들으셨습니까?"

"네, 들었습니다, 홈즈 선생." 경찰 하나가 헨더슨 쪽으로 다가가 잠깐 살펴보더니 고개를 저었다. 나도 총상을 이미 확인했기 때문에 놀라지 않았다. "죗값을 치르지 못하게 됐군요."

"어떻게 생각하면 이미 치른 거 아닐까요?"

"그렇더라도 증인으로 쓸 수 있게 생포하고 싶었는데 말입니다. 제가 이미 홈즈 씨를 위해 목숨을 내놓은 몸이기는 하지만, 오늘 밤 일로 치를 대가는 상당하겠는데요."

"대가를 치르기는커녕 다시 한 번 칭찬을 들을 텐데, 알면서 왜 이러십니까." 홈즈는 내 쪽으로 관심을 돌렸다. "왓슨, 자네는 어떤가? 다쳤나?"

"도포제와 위스키 소다면 못 고칠 병이 없지." 내가 대답했다. "홈즈, 정말로 처음부터 이게 함정인 걸 알고 있었던 말인가?"

"그럴 가능성이 높다고 생각했지. 글도 못 읽는 아이가 광고 전단을 접어서 침대 밑에 숨겨 놓다니 믿기지 않는 일이었거든. 그리고 이제는 고인이 된 우리의 친구 헨더슨도 이야기했다시피 이미 한 번 속은 다음이 아닌가? 적들이 어떤 수법을 동원하는지 이제 슬슬 파악이 되고 있다네."

"그 말인 즉……?"

"저들은 자네를 이용해 나를 찾아내려고 했지. 홀본 바이어덕트 역까지 자네 뒤를 밟은 쪽은 경찰이 아니었다네. 저들이 자네가 나의 행방을 알면 전달할지 모른다는 계산 아래 거부할 수 없는 증거를 제시해 놓고 부하를 붙인 거였어."

"하지만 이름이 '실킨 박사의 놀라움이 가득한 집' 아니었나. 그게 아무 연관성이 없다는 건가?"

"왓슨, 이 친구야! 실킨은 그렇게 희귀한 성도 아닐세. 러드게이트 서커스에 사는 편집자도 실킨일 수 있고, 배터시에도 실킨이라는 적재장이 있을 수 있다네. 실크먼이 됐건 실크 웨이가 됐건 실크 하우스와 비슷하다 싶은 건 아무 이름이나 상관없었지. 나를 밖으로 유인해 제거할 수만 있다면."

"레스트레이드, 당신은 어떻게 된 겁니까? 어떻게 여기까지 오셨습니까?"

"홈즈가 내게 접근해선 이리로 와 달라고 했소, 왓슨 선생."

"그의 무죄를 믿으셨군요!"

"애초부터 의심한 적이 없었소이다. 게다가 쿠퍼게이트 광장 사건을 조사해 보니 수상한 낌새를 당장 느낄 수 있었거든. 해리먼 경감은 화이트 호스 가에서 벌어진 은행 강도 사건을 처리하러 가던 길이었다고 했는데 그런 사건은 벌어진 적이 없었소. 내가 일지를 찾아봤소. 은행에도 찾아갔고. 보아하니 법정에서 증언을 하게 되면 거짓말로 둘러대야 하는 부분이 그 외에도 몇 군데 더 있더이다."

"레스트레이드는 도박을 했다네." 홈즈가 끼어들었다. "처음에는 나를 구치소로 넘기려고 했지. 하지만 우리가 서로 다르기는 하지만 워낙 잘 아는 사이고, 허위 혐의 때문에 틀어지기에는 지금까지 공조한 경험이 너무 많지 않은가. 안 그렇습니까?"

"좋을 대로 생각하시오, 선생."

"그리고 나 못지않게 이 사건에 종지부를 찍고 진범을 정의의 심판대에 세우고 싶은 마음도 있었을 테고요."

"이자는 살아 있습니다!"

한 경찰이 큰 소리로 외쳤다. 홈즈와 내가 이야기를 나누는 동안 범인들을 살피고 있었던 모양이었다.

홈즈가 쓰러져 있는 브랫비에게 다가가 무릎을 꿇고 앉았다.

"내 말 들리나, 브랫비?" 그가 물었다.

잠깐 정적이 흐르더니 아파하는 어린아이처럼 나지막이 끙끙대는 소리가 들렸다.

"우리가 해줄 수 있는 건 아무것도 없지만, 조물주를 만나기 전에 속죄하고 회개할 시간이 아직 남아 있지 않은가."

브랫비가 들릴락 말락 하게 흐느끼기 시작했다.

"나는 실크 하우스에 대해 모든 걸 알고 있네. 그게 뭔지. 어딜 가면 찾을 수 있는지. 사실 어젯밤에도 찾아가 보았지만 아무도 없고 조용하기만 하더군. 이 사건을 완전히 해결하려면 이 정보를 꼭 알아야 하는데 나로서는 알아낼 방법이 도무지 없지 뭔가. 자네의 구원을 걸고 알려 주겠나? 다음 번 모임이 언제인지."

오랜 침묵이 흘렀다. 몇 분 전까지만 해도 나를(그리고 홈즈까지) 죽이려 했던 자이건만, 마지막 숨을 내뱉으려는 상황이 되고 보니 나도 모르게 연민이 일었다. 죽음의 순간에는 모든 사람이 평등한 법이고, 훨씬 더 엄청난 심판이 기다리고 있는데 누가 누굴 심판하겠는가.

"오늘." 그가 말했다. 그리고 숨을 거두었다.

홈즈는 허리를 폈다.

"드디어 행운의 여신이 우리 편에 섰군요, 레스트레이드." 그가 말했다. "조금만 더 동행해 주시겠습니까? 동원할 수 있는 병력이 열 명은 되지요? 견실하고 심지가 굳은 친구들이라야 합니다. 앞으로 맞닥뜨릴 광경을 평생 잊지 못할 테니까요."

"함께 하겠소, 홈즈." 레스트레이드가 대답했다. "얼른 해치웁시다."

홈즈가 내 총을 들고 있었다. 언제 주웠는지 모르겠지만, 그 총을 다시 한 번 내 손에 쥐어 주며 내 눈을 똑바로 쳐다보았다. 나는 그 눈빛의 의미를 알고 있었다. 나는 고개를 끄덕였고, 우리는 다함께 출발했다.

실크 하우스

 우리의 발걸음이 다시 향한 곳은 햄워스 힐 꼭대기에 있는 촐리 그레인지 남학교였다. 여기서 광고 전단이 나왔으니 여기일 수밖에 없었다. 교장이 발견하면 우리에게 들고 갈 것이라는 계산 아래 누군가 실킨 박사의 겨울 공연으로 우리를 유혹하기 위해 로스의 침대 밑에 광고 전단을 넣어 둔 게 분명했다. 물론 찰스 피츠시먼스가 처음부터 거짓말을 하고 있었고 그도 공범이었을 가능성도 있었다. 하지만 책임감 있고, 아이들의 행복을 걱정하며, 모범적인 아내와 함께 살고 있고, 로스가 죽었다는 소식에 그렇게 괴로워했던 것으로 보았을 때 그럴 것 같지는 않았다. 이 모든 게 연극에 불과했을 리는 없어 보였고, 만의 하나 사악하고 음흉한 무언가에 휩쓸렸더라도 몰라서 혹은 아무 생각 없이 그랬을 것이다.
 레스트레이드가 부하 열 명을 태워서 온 넉 대의 마차가 런던

북쪽 끝에서 끝없이 이어지는 언덕길을 꼬리에 꼬리를 물고 묵묵히 올라갔다. 그는 리볼버를 들고 있었고 홈즈와 나도 마찬가지였지만 나머지는 무기가 없었기 때문에, 물리적인 충돌에 대비하려면 속도와 기습이 필수였다. 홈즈가 신호를 보내자 목표 지점 바로 앞에서 마차 행렬이 멎었는데, 내 예상과 달리 학교가 아니라 마차 공장이었던 맞은편의 정사각형 건물이었다. 피츠시먼스 말로는 공연장으로 쓰인다더니 그 부분만큼은 사실이었는지 마차 몇 대가 밖에 서 있었고 안에서 피아노 소리가 들렸다.

우리는 빽빽이 모여 있는 나무 뒤로 몸을 숨겼다. 8시 30분이었고 눈이 내리기 시작해 두툼하고 하얀 깃털이 밤하늘에서 떨어졌다. 땅바닥은 이미 하얬고, 여기 이 언덕 꼭대기는 시내보다 훨씬 더 추웠다. 나는 공연장에서 맞은 부위가 상당히 아파 온 팔이 욱신거리는가 하면 예전에 입은 부상까지 덩달아 쑤셔서 이러다 열이 나는 게 아닐까 걱정스러웠다. 하지만 그런 티를 절대 내지 않을 작정이었다. 여기까지 왔으니 끝을 보고 싶었다. 홈즈는 뭔가를 기다리고 있었고, 밤새도록 여기 서 있어야 한대도 나는 그의 판단을 한없이 믿었다.

레스트레이드가 내 불편한 기색을 알아차렸는지 팔꿈치로 살짝 찌르더니 은색 휴대용 술병을 건넸다. 나는 브랜디를 한 모금 마시고 다시 그에게 돌려주었다. 그는 입구를 소맷부리로 닦고 자기도 한 모금 마신 다음 옆으로 치웠다.

"계획이 어떻게 되오, 홈즈 선생?" 그가 물었다.

"이들을 현행범으로 체포하려면 몰래 들어갈 방법을 알아내야 합니다."

"공연장에 몰래 잠입하는 거요?"

"여기는 공연장이 아닙니다."

마차 한 대가 나지막이 덜거덕거리며 다가오는 소리가 들리기에 고개를 돌려보니 회색의 멋진 암말이 끌고 있는 브룸마차였다. 언덕길이 가파른 데다 진흙과 눈 때문에 지면이 벌써부터 미끄러워서 바퀴가 자꾸 헛도는지라 마부가 채찍을 휘두르고 있었다. 나는 홈즈를 흘끗 훔쳐보았다. 그는 내가 지금까지 보았던 것과 상당히 다른 표정을 짓고 있었다. 서늘한 만족감이라고 표현해야 할지, 아무튼 자신의 짐작대로 맞아떨어져 이제 복수할 수 있게 되었다는 얼굴이었다. 눈빛은 반짝였지만 그 밑으로 광대뼈가 검은 그늘을 드리우고 있어 사신도 그렇게 위협적인 분위기는 아닐 듯했다.

"보이나, 왓슨?" 그가 속삭였다.

나무 뒤에 숨어 있어 저쪽에서는 우리가 안 보이지만 우리 쪽에서는 학교 건물과 양쪽으로 난 길을 훤히 볼 수 있었다. 홈즈가 가리키는 곳으로 시선을 돌려 보니 브룸마차 옆면에 금색으로 그려진 상징이 보였다. 갈까마귀와 두 개의 열쇠였다. 레이븐쇼 집안의 문장이었다. 우리가 도난당한 시계를 들고 글로스터셔로 찾아가서 만났던, 눈이 불룩하고 오만했던 남자가 생각났다. 그도 이 일에 연루되어 있는 걸까? 마차가 진입로로 방향을 틀어 멈추어 섰다. 레이븐쇼 경이 내리자 까만색 망토를 걸치고 실크 해트를 쓴 그의 모습이 이 정도 거리에서도 보였다. 그가 현관으로 다가가 문을 두드렸다. 문을 열어 준 사람의 얼굴은 확인할 수 없었지만, 레이븐쇼 경의 손에서 대롱거리는 무언가가 안에서 쏟아지는 노란 불빛에 비쳐 보였다. 기다란 종잇조각처럼 생겼지만 물론 종잇조각일 리가 없었다. 하얀색의 실크 리본이었다. 새로 도착한 사람에게 입장 허가가 떨어졌다. 문이 닫혔다.

"내가 생각했던 그대로군." 홈즈가 말했다. "왓슨, 나랑 동행할 준비가 되었나? 미리 경고하지만 저 안에서 펼쳐지는 광경을 맞닥뜨리고 나면 정신적으로 무척 괴로울 걸세. 오래전부터 우려했던 바이지만, 흥미진진했던 이번 사건의 결론은 한 가지일 수밖에 없거든. 장전은 되었나? 단발의 총성입니다, 레스트레이드. 내가 그 신호를 보내면 병력을 이끌고 진입해 주십시오."

우리는 나무 밖으로 나와 갓 쌓인 눈을 밟으며 길을 건넜다. 바로 앞에서 건물이 어른거리는데, 커튼으로 창문을 꼭꼭 가려 놓아 보이는 것이라고는 어렴풋한 직사각형의 불빛뿐이었다. 피아노 소리가 계속 들렸지만 알고 보니 정식 연주곡이 아니라 아주 저질스러운 술집에나 어울림직한 아일랜드 민요였다. 우리는 일렬로 늘어서 주인을 기다리는 마차들을 지나 현관에 다다랐다. 홈즈가 문을 두드렸다. 문을 연 젊은 남자는 납작하게 붙인 까만 머리와 아치 모양의 눈썹과 거만하면서도 공손한 태도의 소유자로 지난번에 학교를 찾아왔을 때 못 보던 얼굴이었다. 짧은 재킷과 팽이 모양의 바지와 단추가 달린 부츠를 신은 것이 살짝 군인 스타일이었다. 거기다 연보라색 조끼를 입고 같은 색 장갑을 끼고 있었다.

"네?"

집사인지 뭔지 모르겠지만 아무튼 그가 모르는 얼굴이라는 듯 의심스러워하는 눈빛으로 우리를 쳐다보며 물었다.

"우리는 호레이스 블랙워터 경의 친구이오만."

홈즈가 말했다. 검사 측 증인으로 법정에 섰던 인물의 이름을 들먹이다니 놀랄 일이었다.

"경께서 여길 알려 주시던가요?"

"당신을 적극 추천하셨소."

"성함이?"

"파슨스요. 이쪽은 동료인 스미스 씨고."

"호레이스 경께서 신분을 증명할 만한 증표나 물건이나 뭐 그런 걸 주셨습니까? 한밤중에 낯선 사람들을 들이는 것은 저희 관례가 아니라서요."

"물론이오. 이걸 보여 주면 된다고 하던데."

홈즈가 주머니에서 하얀색의 실크 리본을 꺼내 잠시 들고 있다 남자에게 건넸다.

당장 효과가 나타났다. 남자가 고개를 숙이고 문을 좀 더 활짝 열며 한 손으로 안을 가리켰다.

"들어오십시오."

안쪽 현관으로 들어선 나는 깜짝 놀랐다. 길 건너편에 있는 학교처럼 엄숙하고 어두운 분위기를 예상했건만 이렇게 극과 극일 수가 없었다. 풍요롭고 따뜻하고 환하기 그지없었다. 네덜란드 스타일로 검정색과 하얀색 타일이 깔린 복도가 저 끝까지 이어지는데, 소용돌이 무늬에 맵시 있는 다리가 달린 우아한 마호가니 테이블이 문과 문 사이에 놓여 있었다. 장식이 화려한 케이스에 넣어 위를 비추게끔 매달아 놓은 가스등에서 이 집 안에 있는 숱한 보물들 위로 불빛이 쏟아졌다. 진홍색과 금색의 돋을무늬 벽지를 바른 벽에는 은테두리가 달린 정교한 로코코 양식의 거울들이 걸려 있었다. 고대 로마의 대리석상 두 개가 서로 마주보는 벽감에 놓여 있었는데, 미술관이었다면 모를까 일반 가정집하고는 움찔할 정도로 어울리지 않았다. 테이블이며 기둥이며 나무 대좌며 할 것 없이 온 사방이 꽃다발과 화분 천지라 후끈한 공기 속에 그 향기가 묵직하게 감돌았다. 피아노 소리가 들리는 곳은 맨끝 방이었다. 보이는 사람은 아무도 없었다.

"여기서 기다려 주시면 주인님께 두 분이 오셨다고 전해 드리겠습니다."

집사가 문을 열고 우리를 안내한 곳은 바깥 복도만큼이나 화려한 장식을 자랑하는 응접실이었다. 바닥에는 두툼한 카펫이 깔려 있었다. 통나무 몇 개가 이글거리는 벽난로 주변에는 짙은 자주색으로 씌운 소파와 두 개의 안락의자가 놓여 있었다. 우리가 밖에서 보았던 것처럼 묵직한 덮개가 달린 두툼한 벨벳 커튼이 창문을 덮고 있었지만, 고사리와 오렌지 나무가 있고 초록색 앵무새가 사는 큼지막한 황동 새장이 한가운데 놓인 온실로 나가는 유리문 쪽은 커튼이 젖혀 있었다. 응접실 한쪽에는 책꽂이가 있었고, 다른 한쪽을 차지한 기다란 탁자에는 파란색과 흰색이 어우러진 델프트 도자기, 액자에 넣은 사진, 조그만 의자에 앉아서 부부라도 되는 것처럼 앞발을 서로 맞잡고 있는 두 개의 고양이 인형 등 온갖 장식품이 놓여 있었다. 모퉁이에 장식이 달린 벽난로 옆 보조 테이블에는 술병과 술잔이 몇 개 놓여 있었다.

"편히 앉아 계십시오. 마실 것 한 잔 드릴까요?" 집사가 말했다.

우리는 둘 다 사양했다.

"그럼 여기 계시면 바로 다녀오겠습니다."

집사는 발소리도 없이 밖으로 나가 문을 닫았다. 우리 둘만 남았다.

"하느님 맙소사! 홈즈, 여기가 대체 뭐하는 곳인가?" 내가 외쳤다.

"여기가 실크 하우스라네." 홈즈가 무뚝뚝한 목소리로 대답했다.

"그렇지. 내 말은……?"

그는 한 손을 들고 문가로 다가가 밖에 누가 있는지 귀를 대고 들었다. 그러더니 탐색 결과가 만족스러운지 조심스럽게 문을 열고는 나에게 신호를 보냈다.

"엄청난 시련이 우리를 기다리고 있다네." 그가 나지막이 속삭였다. "자네를 이런 곳에 데리고 오다니 유감스러울 지경일세. 하지만 끝을 보아야 하지 않겠는가."

우리는 살그머니 밖으로 나갔다. 집사는 보이지 않았지만 음악

소리는 여전했다. 이번에는 왈츠였는데, 음이 조금씩 안 맞았다. 우리는 복도를 따라 집 안으로 좀 더 들어갔다. 위쪽 어딘가에서 짤막한 비명 소리가 들렸고, 순간 간담이 서늘해졌다. 분명 어린 아이의 비명 소리였던 것이다. 느릿느릿 째깍거리는 벽시계는 9시 10분 전을 가리키고 있었지만, 워낙 바깥세상과 차단된 공간이다 보니 밤인지 낮인지 분간이 가질 않았다. 우리는 계단이 있는 곳으로 다가가 위로 올라가기 시작했다. 그런데 첫 번째 계단을 딛는 순간, 복도 어딘가에 달린 문이 열리더니 내가 아는 어떤 남자의 목소리가 들렸다. 이 집 주인의 목소리였다. 그가 우리를 만나러 나오는 참이었다.

우리가 허둥지둥 계단을 올라가 모퉁이를 돌았을 때 우리에게 문을 열어 주었던 집사와 또 다른 남자가 밑에서 지나가는 게 보였다.

"왓슨, 앞으로." 홈즈가 속삭였다.

2층 복도는 가스등이 아래쪽을 비추고 있었다. 바닥에는 카펫이 깔려 있었고, 벽지는 꽃무늬였고, 다시 여러 개의 문이 이어졌고, 묵직한 액자에 넣은 유화는 알고 보니 대가의 그림을 천박하게 모방한 작품들이었다. 공기 중에서 달짝지근하고 불쾌한 냄새가 났다. 아직 진상이 밝혀지지 않았지만 당장 여기서 나가라고, 처음부터 발을 들여놓는 게 아니었다고 모든 본능이 외치고 있었다.

"하나 골라야 하는데." 홈즈가 중얼거렸다. "어느 문일까?"

하나같이 광을 낸 떡갈나무에 하얀색 도자기 손잡이가 달려 있어 다를 게 없었다. 홈즈가 가장 가까이에 달린 문을 열었고, 우리 둘이서 같이 안을 들여다보았다. 깔개, 촛불, 거울, 물주전자와 대접이 있는 방 안 나무 바닥에 수염을 기른 남자가 윗단추를 풀어헤친 셔츠 한 장만 걸친 채 앉아 있고, 그 뒤로 보이는 침대에는 남자아이가 누워 있었다.

이럴 수가 없었다. 나는 믿고 싶지 않았다. 하지만 두 눈으로 직접 목격한 증거를 부인할 수가 없었다. 이것이 실크 하우스의 정체였다. 이곳은 유곽 그 이상도, 그 이하도 아니었다. 취향이 변태적이고 그런 변태적인 취향을 마음껏 즐길 만한 재력이 되는 남자들을 위한 유곽이었다. 내가 촐리 그레인지에서 보았던 그 학생들은 어린 남자아이들을 밝히는 이들의 가엾은 희생양이었다. 보살펴주는 가족도 없고 친구도 없고, 돈도 없고 식량도 없고, 사회에서도 귀찮은 짐으로 간주해 외면하는, 런던의 길거리에서 데리고 온 그 아이들이. 그들은 강제적으로 혹은 매수에 넘어가 비참한 인생을 강요당했고, 순순히 응하지 않으면 고문이나 죽임을 당했다. 로스도 잠깐 동안이나마 이런 생활에 발을 담그고 있었다. 그랬으니 도망칠 수밖에. 그랬으니 그 아이의 누나는 내가 동생을 다시 데려가려는 줄 알고 칼을 휘둘렀을 수밖에. 금세기도 저물어가는 이 시점에서 어린아이들을 이토록 철저하게 외면할 수 있다니 이 나라가 어찌 되려는 걸까? 아이들은 병에 걸렸다. 굶어 죽었다. 하지만 이보다 더 끔찍한 사실은 아무도 신경 쓰지 않는다는 것이었다.

그 앞에 서 있는 몇 초 동안 이런 생각들이 내 뇌리를 스치고 지나갔다. 잠시 후 남자가 우리의 존재를 알아차렸다.

"당신들 도대체 뭐하는 거야?" 그가 소리를 질렀다.

홈즈가 문을 닫았다. 바로 그 순간, 아래층에서 고함 소리가 들렸다. 응접실로 들어선 집주인이 우리가 사라진 것을 발견하고 지른 소리였다. 피아노 소리가 멈추었다. 이제 어떻게 해야 하나 싶었지만, 고민할 필요가 없었다. 잠시 후 복도 저쪽에서 다른 방문이 열리는가 싶더니 셔츠 뒷자락이 삐져나오는 등 어수선하기는 하지만 옷을 갖추어 입은 남자가 밖으로 나왔던 것이다. 이번에는 내가 아는 얼굴이었다. 해리먼 경감이었다.

그도 우리를 보고 "너는!" 하고 소리를 질렀다.

그가 걸음을 멈추고 우리를 마주보았다. 나는 더 이상 생각하고 말고 할 것도 없이 리볼버를 꺼내 레스트레이드와 부하들에게 신호를 보냈다. 하지만 허공에 대고 발사하지 않았다. 내 평생 전무후무한 살의를 느끼며 해리먼을 향해 방아쇠를 당긴 것이다. 누군가를 죽이고 싶다는 게 어떤 심정인지 정확히 알 수 있었던 것은 그때가 처음이자 마지막이었다.

총알은 빗나갔다. 마지막 순간에 나의 의도를 알아차린 홈즈가 고함을 지르며 내 리볼버 쪽으로 손을 뻗었기 때문이었다. 그 정도면 조준을 망치기에 충분했다. 총알은 엉뚱한 곳으로 날아가 가스등을 박살냈다. 해리먼은 고개를 숙이고 다른 계단으로 달아났다. 바로 이때 총성이 온 건물을 뒤흔들었다. 여기저기서 문이 열리면서 중년의 남자들이 비틀비틀 걸어 나와 주변을 두리번거렸다. 죄상이 만천하에 드러날 날을 오랫동안 남몰래 기다려 왔는데 이제 드디어 그런 순간이 찾아왔음을 한눈에 알아차리기라도 한 것처럼 다들 공포와 두려움에 젖은 표정이었다. 저 밑에서 나무가 우지끈 부서지는 소리와 함께 문이 열리면서 고함 소리가 들렸다. 레스트레이드의 목소리였다. 두 번째 총성이 들렸다. 누군가 비명을 질렀다.

  홈즈는 벌써 걸리적거리는 사람들을 밀쳐가며 해리먼 추적에 나선 참이었다. 해리먼은 게임이 끝났다고 결론을 내린 모양이었지만, 달아날 구멍이 없어 보였다. 레스트레이드가 등장했다. 조만간 그의 부하들이 사방을 장악할 것이다. 하지만 홈즈는 그런 사태를 우려했는지 벌써 계단을 달려 내려가고 있었다. 나도 홈즈와 합류해 검정색과 하얀색 타일이 깔린 1층 복도로 내려갔다. 이곳은 아수라장이었다. 열린 현관문으로 얼음처럼 차가운 바람이 불어 들어와 가스등이 깜빡였다. 레스트레이드의 부하들이 벌써 작업에 착수했다. 망토를 벗은 레이븐쇼 경이 벨벳 스모킹 재킷 차림으로 시가를 든 채 한 방에서 달려 나왔다. 경관 하나가 그를 붙잡아 벽에 대고 꼼짝 못하게 눌렀다.

  "이 손 떼지 못할까!" 그가 고함을 질렀다. "내가 누군지 몰라서 그러느냐?"

  온 나라 국민들이 그의 정체를 파악하고, 그의 이름을 들으면 역겨워할 날이 머지않았음을 아직 모르는 모양이었다. 실크 하우스의 다른 고객들은 이미 체포돼 의기소침하고 초라한 얼굴로 여기저기서 웅성거렸고, 대다수가 자기 연민의 눈물을 흘렸다. 집사는 코피를 흘리며 바닥에 구부정하니 앉아 있었다. 베일리얼 대학 졸업생이라던 로버트 윅스 선생이 한쪽 팔을 등 뒤로 붙들린 채 어느 방에서 끌려나오는 게 보였다.

집 안쪽 깊숙한 곳에 문이 하나 있었다. 정원과 연결된 문인데 열려 있었다. 레스트레이드의 부하 하나가 가슴에 총상을 입고 피를 흘리며 그 앞에 쓰러져 있었다. 옆에서 살피고 있다 홈즈를 보고 고개를 드는 레스트레이드의 얼굴이 분노로 상기되어 있었다.

"해리먼의 짓이오!" 그가 외쳤다. "계단에서 내려오면서 총을 쏘았지 뭐요!"

"지금 어디 있습니까?"

"저쪽으로 나갔소!"

레스트레이드가 열린 문을 손으로 가리켰다.

홈즈는 두 말 않고 해리먼을 쫓아나갔다. 나도 뒤따라 나갔다. 항상 그의 옆을 지키는 것이 나의 임무이기도 하지만, 원수를 갚는 자리에 함께 있고 싶은 마음도 있었다. 해리먼은 실크 하우스의 종복이었을지 몰라도 사적인 감정을 개입시켜 홈즈에게 누명을 씌워 구치소에 넣고 살인을 기도했다. 내가 한 방 먹일 수 있었는데. 총알이 빗나간 게 계속 아쉬웠다.

밖은 어두웠고 눈발이 날렸다. 우리는 건물 옆을 돌아나가는 길을 따라 달렸다. 밤이 흑백의 소용돌이로 뒤덮여 대로 건너편의 건물들조차 제대로 알아볼 수가 없었다. 그때 채찍 휘두르는 소리와 말 울음 소리가 들리는가 싶더니 마차 한 대가 쏜살같이 튀어나와 대문을 향해 달렸다. 누가 고삐를 쥐고 있을지 의심의 여지가 없었다. 나는 가슴이 무겁고 뒷맛이 씁쓸했지만, 해리먼이 달아났으니 며칠 안으로 체포되길 기다리는 수밖에 없겠다는 생각을 했다.

하지만 홈즈의 생각은 나와 달랐다. 해리먼은 두 마리의 말이 끄는 이륜 쌍두마차를 타고 있었다. 홈즈는 고민의 여지도 없이 가장 가까운 데 있는 마차에 올라탔는데, 금방이라도 부서질 것 같은 이륜마차였던 데다 그나마 달려 있는 말 한 마리도 튼튼해 보이질 않았다. 나도 어찌어찌 뒷좌석에 올라탔고, 옆에서 담배를 피우다 뒤늦게 우리를 발견한 마부가 뭐라고 고함을 지르는 게 들렸지만 못 들은 척 추격전에 나섰다. 우리는 대문을 지나 대로로 진입했다. 홈즈가 채찍을 휘두르자 말은 보기보다 훨씬 힘차게 달렸고, 조그만 이륜마차는 눈 덮인 길 위를 붕 떠서 날아다녔다. 해리먼과 비교했을 때 말은 한 마리 부족할지 몰라도 우리 쪽이 훨씬 가볍고 기동력이 좋았다. 나는 떨어지면 목이 부러질지 모른다는 생각을 하며 온 힘을 다해 높다란 뒷좌석에 매달렸다.

추격전을 벌일 만한 날씨가 아니었다. 눈발이 수평으로 우리 몸을 때리다 폭탄을 날리길 반복했다. 눈을 뜨려고 할 때마다 당장 시야가 덮이는데 홈즈는 무슨 수로 앞을 보고 있는지 알 길이 없었고, 두 뺨은 이미 추위로 얼얼했다. 하지만 앞장서서 달리는 해리먼과의 거리가 50미터 안쪽이었다. 그가 짜증이 섞인 고함을 지르며 채찍을 휘두르는 소리가 들렸다. 홈즈는 내 앞에서 고삐를 두 손에 쥐고 웅크리고 앉아 오직 두 발로 균형을 유지하고 있었다. 패인 구멍을 지날 때마다 아슬아슬했다. 길이 조금 구부러지기만 해도 바퀴가 얼음 위로 미친 듯이 미끄러졌다. 마차 가로대가 과연 버틸 수 있을까 싶었고, 추격전 때문에 흥분한 말이 어딘가를 들이받아 우리 몸이 산산이 으스러지는 장면이 머릿속으로 그려졌다. 언덕길은 가팔랐고, 온 사방에서 소용돌이치는 눈송이와 휘몰아치는 바람을 맞으며 깊은 골짜기 속으로 뛰어드는 듯한 심정이었다.

40미터, 30미터…… 간격이 점점 줄어들고 있었다. 앞서 달리는 말발굽 소리가 지축을 뒤흔들었고, 이륜 쌍두마차의 바퀴가 미친 듯이 돌아가며 당장이라도 부서질 것처럼 덜커덩거렸다. 해리먼도 이제 우리 존재를 알아차렸다. 뒤를 흘끗 돌아보는데, 새하얀 머리가 어처구니없는 후광처럼 느껴졌다. 그가 무언가를 향해 손을 내밀었다. 내가 그 물건의 정체를 파악했을 때는 이미 늦었다. 빨간색의 조그만 불빛이 번뜩이는가 싶더니 추격전이 연출하는 불협화음을 한 발의 총성이 갈랐다. 총알이 나무에 들어가 박히는 소리가 들렸다. 홈즈를 아슬아슬하게, 나는 그보다 더 아슬아슬하게 비껴간 총알이었다. 가까워질수록 명중률이 높아졌다. 그래도 우리는 계속 돌진했다.

이제 저 멀리 시골 아니면 근교의 불빛이 보였다. 해리먼이 다시 한 번 방아쇠를 당겼다. 우리 말이 비명을 지르며 비틀거렸다. 마차가 하늘로 날아올랐다 그대로 내리꽂히자 척추가 서로 부딪치고 어깨가 화끈거렸다. 하지만 다행히 녀석은 죽은 게 아니라 부상을 당한 거였고, 죽을 뻔한 위기를 넘긴 뒤로 오히려 전의를 불태웠다. 홈즈도 입을 다물고 소리를 질렀다. 30미터, 20미터. 이제 몇 초만 있으면 따라잡을 수 있을 것 같았다.

하지만 이때 홈즈가 고삐를 잡아당겼고, 앞을 보니 급커브가 기다리고 있었다. 비탈길이 왼쪽으로 꺾이는데, 이 정도 속력으로 지나갔다가는 자살 행위인 게 분명했다. 우리가 탄 이륜마차가 주르륵 미끄러지면서 바퀴 밑으로 얼음과 진흙이 튀었다. 나는 이러다가 내동댕이쳐지겠다는 생각을 하며 마차를 잡은 손에 더욱 힘을 주었다. 쉴 새 없이 몰아치는 바람으로 온 세상이 흐릿한 얼룩처럼 느껴졌다. 앞에서 쩍 하는 소리가 들렸다. 세 번째 총성이 아니라 나무가 갈라지는 소리였다. 눈을 떠 보니 해리먼이 모퉁이를 너무 급하게 돈 모양이었다. 한쪽 바퀴에 너무 엄청난 압력이 가해지면서 내가 보는 앞에서 나무 테가 박살났다. 튕겨져 나온 해리먼이 고삐를 쥐고 날아올라 허공에 잠깐 머물렀다. 그러다 마차가 고스란히 옆으로 고꾸라졌고, 해리먼은 시야에서 사라졌다. 말들은 마차에서 분리가 된 채 어둠 속으로 계속 내달렸다. 마차가 빙글빙글 돌며 우리 앞으로 미끄러지듯 다가와 이러다 부딪치지 않을까 싶었다. 하지만 끝까지 고삐를 쥐고 있던 홈즈가 장애물을 빙 돌아 마차를 세웠다.

우리 말이 숨을 헐떡이며 가만히 멈추어 섰다. 옆구리에 한줄기로 피가 맺혀 있었고, 나는 전신의 관절이 어긋난 듯한 느낌이었다. 외투를 벗어 놓은 바람에 추워서 온몸이 부들부들 떨렸다.

"어떤가, 왓슨?" 홈즈가 거친 숨을 몰아쉬며 쉰 목소리로 물었다. "내가 마부를 해도 가망이 있겠나?"

"그럴 것도 같군. 하지만 팁은 기대하지 않는 게 좋겠네."

"해리먼을 도울 방법이 있는지 알아볼까?"

우리는 비탈길을 내려갔고, 추격전이 모든 의미에서 종료됐음을 한눈에 알 수 있었다. 해리먼이 피범벅, 그 자체였던 것이다. 길 위에 손바닥을 올려놓은 채 대자로 누워 초점을 잃은 눈으로 하늘을 바라보고 있었는데, 목이 워낙 심하게 부러져서 고통으로 얼굴이 흉측하게 일그러져 있었다. 홈즈는 흘끗 쳐다보고 나서 고개를 끄덕였다.

"죗값을 제대로 치렀군."

"악마 같은 인간. 그 사람들 모두 다 사악하기 그지없었지."

"한마디로 요약을 잘하는구먼, 왓슨. 촐리 그레인지로 다시 돌아갈 수 있겠나?"

"그 아이들을 어쩌면 좋은가, 홈즈. 그 딱한 아이들을."

"그러게 말일세. 하지만 지금쯤 레스트레이드가 상황 정리를 끝냈을걸세. 어떤 식으로 도울 수 있을지 가서 살펴보세나."

우리 말은 아직도 흥분과 분노가 가라앉지 않았는지 콧김을 뿜어 대고 있었다. 우리는 어렵사리 방향을 돌려 천천히 언덕을 다시 올라가기 시작했다. 우리가 이렇게 멀리 왔나 싶어 깜짝 놀랐다. 내려오는 데 걸린 시간은 몇 분이 안 됐건만, 다시 올라가는 데에는 30분이 넘게 걸렸다. 하지만 눈발이 잦아든 듯했고 바람도 기세가 꺾였다. 나는 친구와 단둘이서 시간을 보내며 마음을 가라앉힐 수 있다는 게 다행스러웠다.

"홈즈." 내가 불렀다. "자네는 언제 처음 알아차렸나?"

"실크 하우스의 실체에 대해서 말인가? 맨 처음 촐리 그레인지를 찾아갔을 때 뭔가 이상한 낌새를 느꼈지. 피츠시먼스와 그 부인의 연기력이 워낙 뛰어났지만, 이름이 대니얼이라고 했던 금발의 아이가 로스한테 백 오브 네일스에서 일하는 누나가 있다고 말했을 때 그가 얼마나 노발대발했는지 자네도 기억할 테지? 왜 진작 알려 주지 않았느냐고 짜증을 내는 척 교묘하게 위장했지만, 사실은 우리에게 정보가 노출이 되었다는 데 폭발한 거였다네. 학교 맞은편 건물의 용도도 이해가 안 되는 부분이었지. 바퀴 자국을 보았더니 브룸마차와 랜도마차 등 여러 종류가 섞여 있지 뭔가. 그런 값비싼 마차를 타고 다니는 양반들이 이름 모를 가난한 아이들의 음악회를 왜 보러 오겠는가? 앞뒤가 안 맞는 이야기였지."

"하지만 그 실체는……."

"아직 알아차리지 못했지. 왓슨, 내가 이번 일을 통해 앞으로 명심해 두어야 할 교훈을 하나 얻었다네. 범죄를 수사할 때는 가끔 최악의 상상을 해야 한다는 것. 그러니까 범인의 심정이 되어 보아야 한다는 것. 하지만 상식 있는 인간은 아무리 애를 써도 한계가 있는 법이지. 이번 같은 경우처럼 말일세. 나는 피츠시먼스와 그 일당이 연루되어 있을 거라고 상상을 하지 못했다네. 연루되어 있지 않았으면 좋겠다는 단순한 이유로 인해. 앞으로는 좋든 싫든 까다롭게 굴지 말아야겠어. 가엾은 로스의 시신을 발견한 다음에서야 지금까지 우리가 경험했던 것과는 전혀 다른 세계에 발을 들여놓았다는 것을 알았으니……. 문제는 아이를 잔인하게 고문한 것이 아니었다네. 손목에 묶인 하얀 리본이었지. 죽은 아이한테 그런 짓을 할 수 있다니 이 얼마나 철저하게 썩어 문드러진 인간이란 말인가. 그런 인간이라면 못할 짓이 없었지."

"하얀 리본은……."

"자네도 보았다시피 서로를 알아보고 실크 하우스에 입장할 때 보여 주는 증표였지. 하지만 숨겨진 의도가 또 한 가지 있었다네. 아이의 손목에 하얀 리본을 둘러 본보기로 삼은 걸세. 신문에 보도될 테니 선을 넘은 사람은 이렇게 된다는 일종의 경고였다고 할까."

"그런데 이름 말일세, 홈즈. 왜 실크 하우스라고 했는지 모르겠더군."

"여러 가지 이유가 있다네, 왓슨. 처음부터 해답이 빤히 보이는 데 있었는데, 이제야 그걸 알아차렸지 뭔가. 피츠시먼스가 후원을 받는다고 했던 자선단체 이름을 자네도 기억할 테지? 런던 아동 개선 협회(Society for the Improvement of London' Children)일세. 그러니까 우리는 실크(Silk) 하우스가 아니라 'SILC' 하우스의 정체를 추적하고 있었던 거지. 분명 여기서 유래된 이름이었을 걸세. 어쩌면 오로지 이들을 위해 설립된 단체일 수도 있지. 이 단체를 통해 아이들을 선발하고 그 가면 뒤에 숨어 아이들을 착취하는 용도로 말일세."

학교에 도착했다. 홈즈는 사과를 하며 마차를 마부에게 돌려주었다. 레스트레이드가 문 앞에서 우리를 기다리고 있었다.

"해리먼은?" 그가 물었다.

"죽었습니다. 마차가 뒤집혀서."

"유감이라고는 못하겠군."

"총에 맞은 그 경관은 어떻습니까?"

"중상을 입었소. 하지만 생명에는 지장이 없을 거요."

나는 내키지 않았지만 레스트레이드를 따라 다시 안으로 들어갔다. 해리먼이 쏜 총에 맞은 경관이 담요를 몇 장 덮고 있었고, 두말하면 잔소리지만 피아노 소리는 더 이상 들리지 않았다. 하지만 그것 말고는 조금 전과 별 차이가 없었다. 다시 발을 들여놓으려니 몸서리가 쳐졌지만, 아직 끝내야 할 일이 남아 있었다.

"추가 병력을 요청했소이다." 레스트레이드가 말했다. "참으로 고약한 사건이라 나보다 훨씬 직급이 높은 양반이 정리를 해야 하겠소, 홈즈 씨. 아이들은 길 건너편에 있는 학교로 돌려보냈고 경관 둘이 지키고 있소, 교사들도 모두 연루가 돼서 체포가 됐으니 말이오. 그중에서 웍스와 보스퍼는 선생도 만난 사람이지 않소?"

"피츠시먼스 부부는 어찌 됐습니까?" 내가 물었다.

"응접실에 있고 잠시 후면 만날 텐데, 그 전에 너무 피곤하지 않으면 보여 주고 싶은 게 있소이다."

실크 하우스에 아직도 비밀이 남아 있다니 믿기지 않았지만, 그래도 우리는 쉴 새 없이 떠드는 레스트레이드를 따라 2층으로 올라갔다.

"여기 아홉 명이 더 있더군. 그들을 뭐라고 불러야 하겠소? 고객? 손님? 레이븐쇼 경을 비롯해서 홈즈 씨도 잘 아는 애클랜드라는 의사도 있고 말이오. 그 양반이 왜 그렇게 열심히 위증을 했는지 이제 알겠소이다."

"호레이스 블랙워터 경은 어찌 됐습니까?" 홈즈가 물었다.

"오늘 밤에는 안 보였지만 단골이었던 걸 밝힐 수 있을 거요. 아무튼 이쪽으로 오시오. 우리가 찾은 걸 보여 주려는데 그게 뭔지 궁금해서 말이오."

우리는 해리먼을 맞닥뜨렸던 복도를 따라 걸었다. 문들이 열려 있어 안이 보이는데 하나같이 호화 시설을 자랑했다. 나는 그 안에 발을 들여놓으려니 소름이 돋았지만 그래도 홈즈와 레스트레이드를 따라가 들어가 보니 무쇠 침대에 파란색 실크가 드리워져 있고, 나지막한 소파가 있고, 딸린 문을 열고 들어가면 수도가 연결된 화장실이 있는 방이 나왔다. 맞은편 벽에는 야트막한 장식장이 있었는데, 수조 안에 수석과 말린 꽃들을 작은 풍경처럼 배열해 놓은 것이 박물학자 아니면 전문 수집가의 작품 같았다.

"우리가 들어왔을 때 이 방 안에는 아무도 없었소." 레스트레이드가 설명했다. "부하들이 복도를 따라 옆방으로 건너가 보니 창고로 쓰는 벽장이었는데, 그러니까 우연히 벽장문을 열었다 알게 된 거요. 이쪽을 보시오. 내가 뭘 찾았다고 하는 건지.”

그는 이렇게 말하며 수조를 가리켰고, 처음에 나는 뭘 보라는 건지 알 수가 없었다. 그러다 자세히 들여다보니 그 뒤로 조그만 구멍이 뚫려 있는데 수조에 가려 사실상 안 보이게끔 막아 놓았다는 것을 알 수 있었다.

“구멍이 있군요!” 나는 이렇게 외치고 나서 그 의미를 깨달았다. “이 방에서 벌어지는 모든 일을 관찰할 수 있었다는 겁니까?”

“관찰한 정도가 아니올시다.”

레스트레이드는 무뚝뚝하게 중얼거렸다.

그가 다시 복도로 우리를 데리고 나가 벽장문을 열었다. 안에 든 것이라고는 마호가니 상자가 놓인 테이블뿐이었다. 처음에는 뭔지 정체를 알 수 없었지만 레스트레이드가 싱자를 풀어 아코디언처럼 펼치자 그것이 사실은 카메라이고, 나왔다 들어갔다 하는 관 끝에 달린 렌즈가 우리가 방금 전에 본 구멍의 이쪽 편과 맞닿아 있다는 사실을 알 수 있었다.

“J. 랭카스터 앤드 선 오브 버밍엄에서 제작한 명함판 르 메르베유일 겁니다.”

홈즈가 말했다.

“이것도 타락상의 일면이었을까요?” 레스트레이드가 따지듯 물었다. “그 연장선상에서 현장을 기록해 놓은 걸까요?”

“아닐 겁니다.” 홈즈가 대답했다. “하지만 마이크로프트가 조사를 시작했을 때 그렇게 적대적인 반응에 부딪쳤고 도와주겠다고 나선 사람이 아무도 없었던 이유를 이제 알 것 같군요. 아래층에 피츠시먼스를 붙잡아 놓았다고 하셨지요?"

"부인도 함께요."

"그럼 이제 심판을 내려야 할 때가 된 것 같군요."

응접실에서는 아직도 장작불이 타고 있어 따뜻하고 훈훈했다. 찰스 피츠시먼스 목사는 아내와 함께 소파에 앉아 있었는데, 사제복을 벗고 까만 넥타이와 디너 재킷으로 갈아입은 것을 보고 내가 얼마나 반가웠는지 모른다. 계속 종교계에 몸담고 있는 사람인 양 연극을 했다면 더 이상 참을 수가 없었을 것이다. 피츠시먼스 부인은 멀찌감치 뻣뻣하게 앉아 우리와 눈을 맞추지 않았다. 그 뒤로 내내 한마디도 말이 없었다. 홈즈가 자리에 앉았다. 나는 장작불을 등지고 섰다. 레스트레이드는 문가를 지키고 섰다.

"홈즈 씨!" 피츠시먼스가 그를 보고 놀라며 반가워하는 목소리로 말했다. "축하 인사를 드려야겠습니다. 모든 면에서 제가 생각했던 것만큼 만만찮은 인물인 것을 입증해 보이셨으니 말입니다. 우리가 쳐 놓은 첫 번째 함정에서 잘 빠져나오시더군요. 홀로웨이에서 탈출한 것은 정말 대단했습니다. 그리고 헨더슨과 브랫비도 돌아오지 않은 것을 보니 잭도 레인에서 선생을 못 당하고 둘 다 체포된 모양이죠?"

"둘 다 죽었소." 홈즈가 말했다.

"어차피 교수형을 당했을 테니 거기서 거깁니다."

"내가 묻는 말에 답변할 준비가 됐습니까?"

"물론입니다. 답변을 거부할 이유가 없으니까요. 나는 우리가 여기 이 촐리 그레인지에서 벌인 일이 부끄럽지 않습니다. 어떤 경찰관들은 우리를 아주 거칠게 다루시던데……." 문가를 지키고 선 레스트레이드를 보고 하는 말이었다. "……내가 정식으로 항의를 할 겁니다. 사실 우리는 일부 남성들이 몇 백 년 동안 원했던 부분을 충족시켜 주고 있었을 따름입니다. 선생도 그리스와 로마와 페르시아의 고대 문명을 공부한 적 있을 겁니다. 가니메데스(제우스의 술 시중을 든 트로이의 미소년—옮긴이) 종파만 해도 존경을 받았죠. 미켈란젤로의 작품이나 윌리엄 셰익스피어의의 소네트를 접하면 혐오스럽다는 생각이 듭니까? 이 문제를 의미론적인 시각에서 토론할 마음이 없으신 모양이로군요. 좋을 대로 하십시오, 홈즈 씨. 알고 싶은 게 뭡니까?"

"실크 하우스가 당신의 발상이었나요?"

"당연하죠. 런던 아동 개선 협회나 일전에 얘기했다시피 촐리 그레인지 매입 대금을 충당한 우리의 후원자, 크리스핀 오길비 경의 집안 사람들은 우리가 어떤 일을 하는지 전혀 몰랐고, 알았더라면 분명 선생처럼 경악을 금치 못했을 겁니다. 내가 그들을 감싸느라 거짓말을 하는 게 아닙니다. 솔직히 있는 그대로 말하는 거지요."

"로스를 살해하라는 명령을 내린 것도 당신이었고?"

"네, 솔직히 인정합니다. 내가 그랬다고. 자랑스럽게 생각하는 건 아니에요, 홈즈 씨. 하지만 나의 안위와 이 사업의 존속을 위해 어쩔 수 없는 조치였습니다. 아시겠지만 내가 살인을 저질렀다고 인정을 한 건 아닙니다. 실행에 옮긴 사람은 헨더슨과 브랫비였지요. 그런데 로스를 어쩌다 나쁜 길로 빠져든 순진한 천사로 여긴 다면 단단히 착각하는 겁니다. 아내의 말이 맞아요. 아주 성깔이 고약한 녀석이었고, 그런 식으로 죽은 것도 자초한 일이거든요."

"일부 고객의 기록을 사진으로 저장해 놓았더군요."

"파란 방에 들어가 보신 겁니까?"

"그렇소."

"가끔 필요한 경우가 있거든요."

"협박을 위해서 그런 거겠죠?"

"가끔 협박을 할 때도 있지만 정말 필요한 경우에만 합니다. 왜냐하면 아시다시피 실크 하우스로 벌어들이는 수입이 제법 되는데, 달리 쓸 데가 별로 없거든요. 아니, 아니, 아니 그보다는 자구책에 가깝습니다, 홈즈 씨. 그런 게 없었다면 무슨 수로 애클랜드 박사와 호레이스 블랙워터 경을 법정에 세울 수 있었겠습니까? 그분들 입장에서는 단순한 자기 방어였죠. 지금 말씀드리는 이런 이유 때문에 우리 부부는 이 나라 법정에 설 일이 없을 겁니다. 우리가 너무 많은 사람들의 너무 많은 비밀을 알고 있는데, 그중 일부는 최고위직 인사이고 증거물은 꽁꽁 숨겨 놓았거든요. 오늘 밤에 여기서 만난 신사들은 고마운 손님들 중 몇 명에 불과합니다. 장관도 있고, 판사도 있고, 변호사도 있고, 귀족도 있어요. 그뿐인가요? 이 나라에서 가장 손꼽히는 가문의 일원도 단골이죠. 하지만 그분이 나의 분별력에 의지하시는 것처럼 나도 필요한 경우가 생기면 그분이 보호해 주실 거라고 믿습니다. 내 말 무슨 뜻인지 알겠지요, 홈즈 씨? 이 사건을 절대 폭로하지 못할 거라는 얘깁니다. 앞으로 6개월 뒤면 우리 부부는 조용히 석방될 테고, 그러면 우리는 다시 사업을 시작할 겁니다. 어쩌면 유럽 본토로 눈을 돌려야 할지도 모르겠군요. 나는 전부터 프랑스 남부를 무척 좋아했습니다만. 아무튼 어디가 됐건 언제가 됐건 실크 하우스는 다시 출현할 거란 말입니다. 내가 장담할 수 있어요."

홈즈는 아무 말도 하지 않고 자리에서 일어났다. 우리는 같이 밖으로 나왔다. 그는 그날 밤에 피츠시먼스의 이름을 두 번 다시 입에 담지 않았고, 다음 날 아침에도 이 사건에 대해 더 이상 아무 말도 하지 않았다. 왜냐하면 윔블던에서 시작된 사건을 해설하느라 또다시 바빠졌기 때문이었다.

칼런 오도너휴

 간밤에 내린 눈을 맞고 깜짝 변신을 한 리지웨이 홀은 대칭이 한층 강조되며 시간을 초월한 듯한 분위기를 풍겼다. 예전에 두 번 봤을 때도 근사하다 싶었는데, 셜록 홈즈와 함께 마지막으로 찾아온 이번은 장난감 가게 쇼윈도에서나 있음직한 모형처럼 완벽하다는 생각이 들어 새하얀 진입로에 시커먼 마차 바퀴를 남기는 것이 만행처럼 느껴졌다.
 때는 다음 날 이른 오후였고, 솔직히 고백하건대 나는 할 수만 있다면 최소한 24시간 이상은 리지웨이 홀 방문을 미루고 싶었다. 간밤의 일로 피곤했던 데다 얻어맞은 왼쪽 팔뚝이 하도 욱신거려 주먹을 쥘 수도 없을 지경이었던 것이다. 게다가 촐리 그레인지에서 목격한 모든 것을 잊고 싶은 마음에 잠을 청했지만 아무리 눈을 감아도 너무나 기억이 생생해서 밤새 잠을 설쳤다. 아침 식탁에 앉으려다, 모든 면에서 예전의 모습으로 돌아가 아무 일도 없었다는 듯이 특유의 그 또박또박 틀림없는 발음으로 인사를 건네는 홈즈를 보고 얼마나 짜증이 났는지 모른다. 게다가 리지웨이 홀에 찾아가 보아야겠다고 주장을 하면서, 내가 일어나기도 전에 에드먼드 카스테어스에게 벌써 전보를 보내 놓았다는 것이 아닌가. 홈즈를 백 오브 네일스에서 만났을 때 이 가족, 특히 엘리자 카스테어스에게 벌어진 일에 대해 이야기를 했던 게 생각났다. 그는 지금도 그때처럼 걱정을 하며 그녀에게 갑작스럽게 들이닥친 병마를 상당히 중요하게 간주했다. 나를 비롯해 수많은 의사들도 실패한 상황에서 무슨 수로 돕겠다는 건지 알 수는 없었지만, 아무튼 자기가 가서 직접 살펴보아야겠다고 했다.

문을 두드리자 예전에 왔을 때 부엌에서 만났던 아일랜드 출신의 부엌 심부름꾼 패트릭이 문을 열어 주었다. 패트릭은 멍한 표정으로 홈즈를 쳐다보다 이윽고 나를 보았다.

"아, 선생님이로군요." 그가 얼굴을 찡그리며 말했다. "다시 오실 줄은 몰랐는데."

내 평생 문지방에서 그런 모욕을 당한 것은 처음이건만 홈즈는 재미있어 하는 눈치였다.

"주인님 계시니?" 홈즈가 물었다.

"누구라고 말씀드릴까요?"

"내 이름은 셜록 홈즈다. 찾아오겠다고 말씀을 드렸고. 그런데 네 이름은 뭐냐?"

"패트릭인데요."

"내가 틀린 게 아니라면, 더블린 억양을 쓰는구나."

"그래서요?"

"패트릭? 누가 오셨나? 커비는 어디 가고?"

현관에 나타난 에드먼드 카스테어스가 격앙한 표정을 지으며 앞으로 걸어왔다.

"죄송합니다, 홈즈 씨. 커비가 위에서 누님 옆을 지키고 있는 모양입니다. 부엌 심부름꾼이 문을 열어 드리다니. 이제 가거라, 패트릭. 네 자리로 가."

카스테어스는 볼 때마다 그랬던 것처럼 완벽한 옷차림을 자랑했지만, 걱정하며 보낸 날들로 인해 주름살이 역력했고 나처럼 잠을 설친 게 아닌가 싶었다.

"제가 보낸 전보를 받으셨지요?" 홈즈가 말했다.

"네. 하지만 제가 보낸 전보는 못 받으신 모양이로군요. 일전에 왓슨 박사님께도 말씀드렸던 것처럼 홈즈 씨의 도움이 이제는 필요 없다고 분명히 적어 보냈는데요. 이런 말씀 죄송합니다만, 홈즈 씨는 저희 집안에 별 도움을 못 주시지 않으셨습니까. 그리고 한 가지 덧붙이자면 경찰에 체포돼서 법적으로 시끄러운 물의를 일으키셨던 것으로 압니다만."

"그 문제는 해결됐습니다. 그리고 카스테어스 씨가 보낸 전보는 받았고, 말씀하신 내용도 유심히 읽어 보았습니다."

"그런데도 찾아오신 겁니까?"

"카스테어스 씨가 처음에 저를 찾아온 이유는 납작 모자를 쓴 남자, 보스턴에서 건너온 킬런 오도너휴로 추정되는 남자에게 위협을 느꼈기 때문입니다. 이제 사건의 진상을 파악했으니 기쁜 마음으로 카스테어스 씨에게 설명할 수 있겠습니다. 미시즈 올드모어스 프라이빗 호텔에서 그를 살해한 자가 누구인지도 밝히고요. 이제는 신경 쓸 만한 문제가 아니라고 믿고 싶으시거든 제가 간단하게 정리해 드리도록 하겠습니다. 누님이 죽길 바라면 저를 돌려보내십시오. 그게 아니거든 저를 집 안으로 들여 제 말을 들어 보시고요."

카스테어스는 머뭇거리며 갈등하는 눈치였다. 이상하게 우리를 무서워하는 것 같았는데 결국에는 이성이 승리를 거두었다.

"들어오십시오." 카스테어스가 말했다. "외투는 저한테 주시고요. 커비가 뭘 하는지 모르겠네요. 가끔 온 집 안이 난장판인 것처럼 느껴질 때가 있습니다."

"괜찮으시면 자리를 잡고 앉기 전에 누님부터 만나고 싶습니다."

"누님은 더 이상 아무도 만날 수가 없습니다. 눈이 멀어서요. 말도 간신히 하는 수준입니다."

"말은 필요 없습니다. 방을 보고 싶은 겁니다. 아직도 식사를 계속 거부합니까?"

"이제는 거부하고 말고의 문제가 아닙니다. 고형식을 소화를 못 시키니까요. 가끔 따뜻한 수프나 먹이는 게 고작입니다."

"독극물에 중독되고 있다는 생각도 여전합니까?"

"제가 보기에는 그 말도 안 되는 발상이 병을 일으킨 가장 큰 이유가 아닐까 싶습니다, 홈즈 씨. 동료 분께 말씀드렸다시피 저도 누님의 입에 들어가는 모든 음식을 같이 먹었는데 전혀 아무 이상이 없었거든요. 왜 이런 저주가 제게 내렸는지 모르겠습니다. 홈즈 씨를 만나기 전까지만 해도 행복하게 살던 사람인데."

"다시 그때로 돌아가실 수 있을 겁니다."

우리는 내가 예전에도 찾아간 적 있는 다락방으로 올라갔다. 문 앞에 도착하자 하인 커비가 손을 대지도 않은 수프 접시를 쟁반에 들고 나왔다. 그는 주인을 흘끗 쳐다보며 고개를 저었다. 이번에도 환자가 식사를 거부했다는 뜻이었다. 우리는 안으로 들어갔다. 나는 엘리자 카스테어스를 보자마자 소스라치게 놀랐다. 카스테어스 양을 최근에 만난 게 언제였던가? 1주일이나 됐을까 싶었다. 그런데 그 사이 상태가 얼마나 악화됐는지 '실킨 박사의 놀라움이 가득한 집'에서 선전했던 살아 있는 해골이 연상될 정도였다. 죽음을 앞둔 환자들이 그런 것처럼 살갗이 팽팽하게 당겨지고 입술이 들려 잇몸과 치아가 드러났다. 이불로 덮여 있는 몸의 윤곽도 너무나 작고 애처로웠다. 눈길이 우리 쪽을 향하고는 있지만 아무것도 보지 못했다. 겹쳐서 가슴에 얹은 두 손은 실제 나이보다 서른 살은 늙어 보였다.

홈즈가 그녀를 잠깐 살펴보더니 물었다.

"욕실이 바로 옆에 있습니까?"

"네. 하지만 거기까지 걸어갈 만한 기운이 없어서요. 침대에 눕

힌 채로 커비 부인과 아내가 씻겨 주는데……."

홈즈는 이 말이 끝나기도 전에 벌써 욕실로 문지방을 넘어갔다. 카스테어스와 나만 멍하니 바라보는 한 여인의 시선을 느끼며 어색한 침묵 속에 남았다. 잠시 후 그가 되돌아왔다.

"1층으로 내려가도 되겠습니다."

카스테어스와 내가 그 뒤를 따라 나오는데 둘 다 어안이 벙벙했다. 여기 머문 시간이 다 합쳐서 30초도 안 됐던 것이다.

다시 응접실로 돌아가 보니 캐서린 카스테어스가 기분 좋은 불가에 앉아 책을 읽고 있었다. 그녀는 우리가 들어서자마자 책을 덮고 벌떡 일어났다.

"어머나, 홈즈 선생님, 왓슨 박사님! 두 분을 뵙게 될 줄 정말 몰랐어요." 카스테어스 부인은 이렇게 말하면서 남편 쪽을 흘끗 쳐다보았다. "저는……."

"나는 우리 둘이 의논한 대로 했어요. 그런데 홈즈 씨가 굳이 찾아오신 거요."

"저를 보고 싶어 하지 않으셨다니 뜻밖입니다, 카스테어스 부인." 홈즈가 말했다. "시누이께서 병에 걸렸을 때 저와 다시 의논을 하고 싶어서 찾아오기까지 하셨다면서요."

"그야 좀 지난 일이니까요, 홈즈 씨. 실례되는 말씀드리기는 싫지만, 홈즈 씨가 도움이 될지 모른다는 희망은 포기한 지 오래랍니다. 허락도 없이 이 집을 찾아와 돈과 보석을 훔쳐 간 사람은 죽었어요. 그 사람을 찔러 죽인 범인이 누군지 알고 싶으냐고요? 아뇨! 그가 우리를 더 이상 괴롭히지 못한다는 사실만으로도 충분해요. 선생님께서 가엾은 엘리자를 도울 길이 없으시다면 여기 계실 이유가 없는 거랍니다."

"제가 카스테어스 양을 살릴 수 있을 것 같은데요. 아직 기회가 있을지 모르니까요."

"어떤 식으로 살리신다는 건가요?"

"독극물 중독을 막는 거죠."

캐서린 카스테어스는 따지고 들었다.

"엘리자는 독극물 중독이 아니에요! 그럴 가능성은 없어요. 의사들마다 병명을 모르겠다고 했지만, 중독은 아니라고 했어요."

"그럼 전부 다 제대로 알아맞히지 못한 겁니다. 좀 앉아도 되겠습니까? 할 이야기가 워낙 많다 보니 앉아서 대화를 나누는 게 좋을 듯합니다만."

아내 쪽에서는 그를 노려보았지만, 이번에는 남편이 홈즈의 편을 들었다.

"알겠습니다, 홈즈 씨. 무슨 말씀을 하시겠다는 건지 들어보겠습니다. 하지만 분명히 짚고 넘어갈 게 한 가지 있습니다. 만약 저를 속이려고 하시는 것 같다 싶으면 당장 여기서 나가 달라고 할 겁니다."

"저의 목적은 선생을 속이는 게 아닙니다. 정반대죠."

홈즈는 그렇게 대꾸하더니 장작불에서 가장 멀찌감치 놓인 안락의자에 앉았다. 나는 그 옆 자리에 앉았다. 카스테어스 부부는 맞은편 소파에 나란히 앉았다. 마침내 홈즈가 이야기를 시작했다.

"카스테어스 씨는 회계사의 추천을 듣고 저희 하숙집을 찾아오셨습니다. 한 번도 본 적 없는 어떤 남자에게 생명의 위협을 느낀다고 하면서요. 제가 기억하기로는 그날 저녁에 오페라를 관람하신다고 했는데, 바그너였죠? 저희 하숙집을 나섰을 때 시간이 늦었는데. 1막을 놓치셨겠습니다."

"아뇨. 딱 맞게 도착했습니다."

"그렇군요. 선생의 이야기는 주목할 만한 부분들이 여러 가지가 있었는데, 그중 가장 으뜸은 정말 킬런 오도너휴인지 모르겠습니다만 아무튼 이 자경단원의 태도였습니다. 요컨대 그는 선생을 죽이겠다는 뚜렷한 목표를 세우고 런던까지 추적해 여기 윔블던의 주소를 알아냈습니다. 선생이 일부분이나마 쌍둥이 형제 루크 오도너휴의 죽음에 책임이 있는데, 쌍둥이들은 워낙 사이가 돈독하니까요. 코넬리어스 스틸먼에게는 이미 복수를 끝낸 참이었습니다. 선생에게 유화를 구입한 인연으로 보스턴에서 핀커튼 요원들을 동원해 납작 모자단을 추적한 끝에 총알 세례로 생의 마침표를 찍게 한 복수를요. 이름이 뭐라고 하셨죠? 선생이 동원했다는 그 요원 말입니다."

"빌 맥팔런드였습니다."

"아, 그렇죠. 말씀드렸다시피 쌍둥이들은 사이가 유난히 돈독하기 마련이니 킬런이 선생을 죽이러 나서는 것도 그리 놀라운 일은 아닙니다. 그런데 왜 죽이지 않았을까요? 선생이 사는 곳을 파악했는데 왜 달려 나와 선생의 몸에 칼을 꽂지 않았을까요? 저 같았으면 그랬을 텐데 말입니다. 그가 이 나라로 건너온 사실을 아는 사람은 아무도 없었습니다. 선생이 영안실로 옮겨지기도 전에 미국으로 돌아가는 배에 승선할 수도 있었습니다. 그런데 정반대의 행동을 보였습니다. 선생이 한눈에 알아볼 수 있는 납작 모자를 쓰고 선생의 집 앞에 서 있었던 겁니다. 어디 그뿐인가요. 다시 한번 모습을 드러냅니다. 이번에는 선생이 부인과 함께 사보이 극장에서 나오고 있었을 때를 틈타서요. 무슨 생각에서 그랬을까요? 이건 마치 경찰로 달려가 자기를 신고하라고 부추기는 거나 다름없지 않습니까?"

"저희를 협박하려고 그랬겠죠." 카스테어스 부인이 말했다.

"그런데 세 번째로 찾아왔을 때는 그게 목적이 아니었습니다. 이번에는 쪽지를 들고 나타나 남편의 손에 쥐어 주었죠. 정오에 동네 교회에서 만나자며."

"그런데 나타나지 않았습니다."

"어쩌면 처음부터 나타날 생각이 없었을지 모릅니다. 그가 마지막으로 선생의 인생에 개입한 것은 집 안으로 몰래 들어와 금고에서 50파운드와 보석을 훔쳤을 때입니다. 이쯤 되자 그의 행동이 전보다 더 놀라워집니다. 어느 창문으로 들어가면 되는지 정확하게 알고 있을뿐더러 부인께서 몇 개월 전에 잃어버린 열쇠까지 입수했으니까요. 몇 개월 전이면 아직 이 나라로 건너오기도 전인데. 게다가 한밤중에 이 집 안으로 들어왔으면서 살인보다 돈에 더 관심을 보였다는 게 흥미롭지 않습니까? 계단을 올라와 잠자고 있던 두 분을 죽일 수도 있었는데 말입……."

"제가 깨서 소리를 들었기 때문이겠죠."

"맞습니다, 카스테어스 부인. 하지만 그때는 이미 금고 문을 열었을 때가 아닙니까? 그나저나 두 분께서는 각방을 쓰십니까?"

카스테어스가 얼굴을 붉혔다.

"저희 집안 사정이 이 문제와 무슨 상관입니까?"

"부인을 하지는 않으시는군요. 알겠습니다. 이상하고 어쩐지 우유부단해 보이는 이 침입자 이야기를 계속하기로 하죠. 그는 버먼지에 있는 어느 호텔로 도망을 칩니다. 그런데 이때 사건이 의외의 반전을 보입니다. 제2의 습격자, 우리가 정체를 전혀 모르는 어떤 남자가 킬런 오도너휴의 뒤를 밟아 (당분간 그를 킬런 오도너휴라고 가정하겠습니다.) 칼로 찔러 죽이고, 돈은 물론이고 신원을 입증하는데 필요한 모든 소지품까지 가지고 가 버린 겁니다. 단 하나 남은 게 담뱃갑이었는데, WM이라는 이니셜이 적혀 있었으니 무용지물이었죠."

"지금 어떤 의도에서 이런 이야기를 하시는 거죠, 홈즈 씨?"

카스테어스 부인이 물었다.

"단지 분명하게 짚고 넘어가려는 겁니다, 카스테어스 부인. 왜냐하면 제가 보기에 이 이야기는 처음부터 앞뒤가 전혀 안 맞았거든요. 이 집에 찾아온 사람이 킬런 오도너휴가 아니었고, 그가 이야기를 나누고 싶어 했던 사람이 부인의 남편이 아니었다면 이야기가 달라지지만요."

"하지만 그건 말도 안 되는 설정이잖아요. 남편한테 쪽지를 주고 갔는걸요."

"그러고는 교회에 나타나지 않았죠. 우리가 이 정체 모를 방문객의 입장이 되어 봅시다. 그는 이 집안의 누군가와 단둘이 만나고 싶은데, 사정이 여의치가 않습니다. 이 집에는 부인과 남편 말고도 시누이, 여러 하인…… 그러니까 커비 부부, 엘지와 부엌 심부름을 하는 패트릭이 있죠. 먼저 그는 멀리서 지켜보다 대문자로 적어 접지도 않고 봉투에 넣지도 않은 쪽지를 들고 다가갑니다. 문 밑으로 쪽지를 넣으려는 게 아닌 것만큼은 분명합니다. 그렇다면 혹시 이 쪽지를 읽어 주었으면 하는 상대가 식당 창문 너머로 볼 수 있게 들고 있으려 했던 건 아닐까요? 그런데 아뿔싸, 우리의 주인공이 소기의 목적을 달성하기 직전에 카스테어스 씨가 예상외로 일찍 퇴근을 한 겁니다. 그래서 그가 어떻게 했을까요? 쪽지를 높이 들어 보인 다음 카스테어스 씨에게 건넸죠. 식당에서 이쪽을 보고 있다는 걸 알고 있었으니 이제는 쪽지에 담긴 의미가 조금 달라졌습니다. '나를 찾아와라. 안 그러면 카스테어스 씨한테 내가 아는 모든 것을 폭로하겠다. 교회에서 만날 것이다. 아무 데서나 내 마음대로 만날 것이다. 너는 나를 막을 수 없어.' 이렇게요. 물론 그는 지정한 장소에 나오지 않습니다. 그럴 필요가 없으니까요. 그 정도면 충분한 경고가 되었으니까요."

"하지만 제가 아니면 누구하고 이야기를 하려 했다는 겁니까?"

카스테어스가 따지듯 물었다.

"그때 식당에 누가 있었습니까?"

"안사람이요." 그는 화제를 바꾸고 싶은 사람처럼 미간을 찌푸리더니 물었다. "그럼 그자가 킬런 오도너휴가 아니면 누구란 말입니까?"

"너무나 당연하지 않습니까, 카스테어스 씨. 핀커튼의 탐정 빌 맥팔런드였죠. 잠깐 생각해 보십시오. 맥팔런드 씨는 보스턴 총격전 때 부상을 입었다는데, 우리가 호텔방에서 발견한 남자도 오른쪽 뺨에 얼마 전에 생긴 흉터가 있었습니다. 그리고 받아야 할 돈을 제대로 받지 못한 것 때문에 코넬리어스 스틸먼과 사이가 틀어졌으니 앙심을 품었겠지요. 그리고 이름만 해도 그렇습니다. 빌은 윌리엄의 애칭일 텐데, 우리가 발견한 담뱃갑에 적힌 이니셜은……."

"WM이었지." 내가 끼어들었다.

"그렇다네, 왓슨. 그러면 비로소 앞뒤가 맞아떨어집니다. 그럼 이제 킬런 오도너휴의 운명에 대해서 생각을 해 볼까요? 먼저 우리가 이 청년에 대해 아는 사실이 뭐가 있을까요? 카스테어스 씨, 선생의 설명이 놀라우리만치 포괄적이라 제가 얼마나 감사했는지 모릅니다. 선생의 설명에 따르면 루크와 킬런 오도너휴는 쌍둥이였지만 킬런의 키가 더 작았다고 했죠. 상대방의 이니셜을 팔뚝에 문신으로 새겼다니 둘 사이가 유난히 가까웠다는 증거라 할 수 있었고요. 킬런은 깨끗하게 면도를 한 얼굴에 말수가 없었습니다.

납작 모자를 쓰고 다녔으니 얼굴이 잘 보이지도 않았겠죠. 체격은 호리호리할 겁니다. 혼자서 강까지 연결된 하수도로 빠져나와 도망을 칠 수 있었으니까요. 그런데 선생의 상세한 설명 중에도 유독 의아하다 싶은 부분이 있었습니다. 그 패거리는 사우스 엔드의 지저분한 셋방에서 다 같이 살았는데, 킬런만 독방을 쓰는 호사를 누렸다는 겁니다. 처음부터 왜 그랬을까 궁금하더군요.

제가 앞서 나열한 증거와 아직도 더블린의 색빌 가에서 세탁소를 하고 있는 케이틀린 오도너휴 부인에게 확인한 사실을 종합하니 궁금증이 간단하게 해결되더군요. 설명하자면 이렇습니다. 부인은 1865년에 쌍둥이를 낳았는데 형제가 아니라 남매였습니다. 킬런 오도너휴가 여자아이였던 거죠."

이 사실이 폭로됐을 때 흐른 정적은 한마디로 압도적이었다. 겨울날의 고요함이 방 안을 무겁게 짓눌렀고, 지금까지 흥겹게 너울거리던 벽난로 장작마저 숨을 죽인 듯했다.

"여자아이요?" 카스테어스가 경이로워 하는 표정으로 홈즈를 바라보며 입가에 창백한 미소를 지었다. "갱단 두목인데요?"

"그런 환경에서 살아남으려면 신분을 감춰야 했겠죠." 홈즈가 대꾸했다. "그리고 갱단 두목은 오빠인 루크였고요. 모든 증거를 종합했을 때 결론은 이것 하나입니다. 다른 대안은 없어요."

"그럼 그 여자는 지금 어디 있습니까?"

"뻔하지 않습니까, 카스테어스 씨. 선생과 결혼을 했죠."

이 말에 캐서린 카스테어스의 얼굴이 새하얗게 변했지만, 아무 말도 하지 않았다. 옆에 앉아 있던 카스테어스의 몸이 갑자기 뻣뻣하게 변했다. 잭도 레인에서 언뜻 보았던 밀랍 인형을 연상시키는 모습이었다.

"아니라고 하지 않으시는군요, 카스테어스 부인?"

홈즈가 물었다.

"당연히 아니죠! 이렇게 어처구니없는 이야기는 생전 처음이네요." 남편 쪽으로 고개를 돌리는 그녀의 두 눈에 순간 눈물이 차올랐다. "여보, 저 사람이 나더러 이런 식으로 말하는데 내버려 둘 거예요? 내가 그 끔찍한 악당 패거리와 연관이 있다잖아요!"

"부인의 말씀이 안 들리는 모양인데요." 홈즈가 말했다.

정말 그랬다. 홈즈가 이 엄청난 폭탄을 터뜨린 그 순간부터 카스테어스는 묘한 공포가 어린 눈빛으로 앞만 멍하니 쳐다보고 있었다. 보아하니 처음부터 진실을 알고 있었거나 최소한 의심하는 마음이 있었는데, 이제 드디어 진실과 대면할 수밖에 없게 된 상황인 듯했다.

"여보……."

부인이 손을 내밀었지만, 카스테어스는 움찔하며 고개를 돌렸다.

"이야기를 계속해도 될까요?" 홈즈가 물었다.

캐서린 카스테어스는 뭐라고 말을 하려다 말고 몸의 긴장을 풀었다. 그러자 어깨가 구부정하게 변하면서 얼굴에 쓰고 있던 비단 면사포가 찢어진 것 같은 변화가 나타났다. 갑자기 매서운 눈빛으로 우리를 노려보는 것이, 영국 숙녀한테는 전혀 어울리지 않지만 그녀 입장에서는 평생 버팀목 역할을 했을 독기 어린 표정이었다.

"그래요, 그래." 그녀가 으르렁거렸다. "나머지 부분도 어디 한 번 들어 보자고요."

"고맙습니다." 홈즈는 그녀를 향해 고개를 까딱이고 하던 이야기를 계속했다. "오빠가 죽고 납작 모자단도 와해가 되자 캐서린 오도너휴는(이것이 본명이었습니다.) 상당히 절망적인 상황에 처했을 겁니다. 의지할 데 없는 미국에서 경찰에 쫓기는 몸이 되었으니까요. 게다가 이 세상 어느 누구보다 절친했고 끔찍하게 사랑했던 오빠마저 고인이 되지 않았습니까. 그녀가 맨 처음으로 한 생각은 복수를 하겠다는 거였습니다. 코넬리어스 스틸먼은 보스턴 언론에 대고 자신의 위업을 자랑할 만큼 어리석은 인간이었죠. 그녀는 변장을 유지한 채 프로비던스에 있는 정원까지 그의 뒤를 밟아 총으로 쏘아 죽였습니다. 그런데 광고에 이름을 올린 사람이 또 한 명 있었죠. 이제 여자의 모습으로 돌아간 캐서린은 에드먼드 카스테어스를 따라 커나드 정기선 카탈로니아호에 승선했습니다. 어떤 계획이었는지는 누가 봐도 알 수 있죠. 미국에는 더 이상 아무 희망이 없었으니 이제 더블린에 있는 가족에게로 돌아가려 했던 겁니다. 하녀를 데리고 여자 혼자 여행을 하는데 의심할 사람이 누가 있겠습니까? 그녀는 지금까지 저지른 범행을 통해 모아 놓은 돈까지 챙겨들었습니다. 그리고 대서양 한가운데서 카스테어스와 대면할 작정이었죠. 공해상에서는 살인을 저지르기가 얼마나 쉽겠습니까. 카스테어스가 사라지면 복수가 끝나는 거였습니다."

홈즈는 이제 카스테어스 부인에게 대놓고 물었다.

"그런데 중간에 생각이 바뀌었습니다. 어떤 이유에서였을까요?"

그녀는 어깨를 으쓱했다.

"에드먼드가 어떤 남자인지 간파한 거죠."

"제가 짐작했던 그대로군요. 여기, 마음대로 쥐락펴락했던 어머니와 누나 말고는 여자에 대해 아무것도 모르는 한 남자가 있습니다. 그런 남자가 몸이 안 좋네요. 겁에 질려 있고요. 그를 도와주면서 친구가 된 다음 자신이 쳐 놓은 덫으로 유인하면 얼마나 재미있을까요? 그를 설득해 가족의 반대를 무릅쓰고 결혼까지 하게 만들었으니 원래 계획했던 것보다 얼마나 달콤한 복수가 된 겁니까? 부인은 끔찍하게 혐오하던 남자와 아주 가까운 사이가 되었습니다. 하지만 헌신적인 아내 역할은 충실히 이행할 생각이었고, 독방을 쓰기로 했으니 가면극을 펼치기가 훨씬 수월했습니다. 부인은 아마 나체는 절대 보여 주지 않았겠죠. 문신이라는 불편한 부분이 있었으니까요, 안 그렇습니까? 그래서 바닷가에 놀러가더라도 수영을 할 수가 없었던 거고요.

보스턴에서 건너온 빌 맥팔런드만 없었더라면 모든 게 아무 문제없었을 텐데. 그가 무슨 수로 부인을 추적해 어떤 신분으로 살고 있는지 알아낸 걸까요? 그건 알 수 없지만 탐정, 그것도 아주 실력이 좋은 탐정이었으니 나름의 방법이 있었겠죠. 이 집과 사보이 극장 앞에서 그가 신호를 보낸 대상은 남편이 아니었습니다.

부인이었습니다. 이 무렵 그는 당신을 체포하는 데에는 더 이상 관심이 없었습니다. 그가 여기까지 찾아온 목적은 받아야 할 돈뿐이었습니다. 그 돈을 향한 욕망과 자신이 느낀 부당함과 얼마 전에 생긴 흉터…… 이 모든 게 합쳐지면서 자포자기한 상태가 된 거죠. 그는 부인을 만났죠?"

"네."

"그리고 돈을 요구했고요. 넉넉히 주면 비밀을 지켜 주겠다며. 남편에게 그 쪽지를 전했을 때 사실은 부인에게 경고를 한 겁니다. 언제라도 알고 있는 모든 것을 폭로할 수 있다고."

"다 꿰뚫고 있군요, 홈즈 씨."

"아뇨, 아직도 많이 남았습니다. 맥팔런드의 입을 다물게 하려면 뭔가를 줘야 하는데 부인에게는 그럴 만한 여유가 없었습니다. 그래서 강도가 든 것처럼 연극을 하기로 했죠. 부인은 한밤중에 내려와 어느 창문으로 들어오면 되는지 불빛으로 알려 주었습니다. 안에서 창문을 열어 들어오게 했고요. 그런 다음 잃어버린 적 없는 열쇠로 금고를 열었습니다. 그런데 부인은 심지어 이런 순간에도 악의를 감추지 않았죠. 돈뿐 아니라 돌아가신 카스테어스 부인의 유품이었던 목걸이까지 준 겁니다. 그게 남편에게 얼마나 의미 있는 물건인지 알면서 말이죠. 보아하니 부인은 남편에게 상처를 줄 수 있는 기회만 생기면 민첩하게 낚아챘던 것 같더군요.

그런데 맥팔런드가 한 가지 실수를 저질렀습니다. 부인에게 받은 50파운드는 1차분에 불과했으니 추가분을 요구하며 어리석게도 묵고 있는 호텔 이름을 알려 준 겁니다. 지금 부인을 보면 부유한 영국 숙녀의 자태를 갖추고 있으니 과거에 어떤 여자였는지 깜빡 잊어버릴 만도 하죠. 남편은 앨버말 가에 있는 화랑으로 출근을 했습니다. 부인은 알맞은 때를 노려 집에서 슬그머니 빠져나갔고, 뒷창문을 넘어 호텔 안으로 들어갔죠. 그런 다음 맥팔런드가 돌아올 때까지 방에서 기다리다 뒤에서 목을 찔렀습니다. 그나저나 어떤 차림으로 하고 갔는지 모르겠네요."

"예전 스타일로 입었어요. 페티코트와 허리 받침대는 좀 불편할 테니까."

"부인은 이렇게 맥팔런드의 입을 막고 신분이 드러날 만한 소지품을 모두 없앴습니다. 담뱃갑은 예외였지만. 그를 처치했으니 부인의 나머지 계획을 실천에 옮기는 데 걸림돌이 될 만한 게 모두 사라진 셈이었죠."

"또 있단 말입니까?"

카스테어스가 쉰 목소리로 물었다. 얼굴에 핏기가 하나도 없는 것이 저러다 기절이라도 하는 게 아닌가 싶었다.

"그렇습니다, 카스테어스 씨." 홈즈는 다시 그의 부인에게로 고개를 돌렸다. "부인이 생각해 낸 냉혹한 결혼 생활은 목적을 위한 수단에 불과했으니까요. 카스테어스 씨의 식구를 한 명씩 차례대로 죽이는 게 부인의 목적이었죠. 어머니, 누나 그리고 마지막으로 카스테어스 씨까지. 그래야 그의 재산을 모두 물려받을 수 있으니까요. 이 집, 돈, 예술 작품…… 그 모든 게 부인 차지가 될 테니까요. 부인이 증오심을 원동력 삼아 얼마나 즐거워하며 작업에 착수했을지 상상이 됩니다."

"정말 재미있네요, 홈즈 씨. 1분, 1초가 어쩌면 이렇게 즐거울 수가 있을까요?"

"저희 어머니라니요?"

카스테어스는 숨을 헐떡이며 이 두 마디를 내뱉었다.

"카스테어스 씨는 맨 처음에 말하길 침실에서 쓰던 가스 난로가 꺼지는 바람에 돌아가신 것 같다고 했죠. 하지만 꼬치꼬치 따져 보니 그럴 수가 없었습니다. 하인인 커비가 모든 틈새를 막아 버리는 바람에 돌아가셨다면서 자기 탓을 했거든요. 어머님께서 외풍이라면 질색을 하셔서 그랬다니 외풍 때문에 불이 꺼질 수가 없었던 겁니다. 그런데 카스테어스 씨의 누님은 다른 결론을 내렸죠. 어머님이 아들의 결혼에 너무 심란해하다 스스로 목숨을 끊으신 거라고요. 그런데 누님은 부인을 끔찍이 싫어했고 본능적으로 정체를 간파했음에도 불구하고, 부인이 방에 들어가서 일부러 불을 꺼뜨려 어머님을 돌아가시게 만들었다는 진상까지 파악하지는 못했죠. 생존자는 있을 수 없었습니다. 재산을 독차지하려면 모두 죽어야 했으니까요."

"그럼 엘리자는?"

"누님은 천천히 독극물에 중독이 되고 있습니다."

"하지만 그건 불가능합니다, 홈즈 씨. 말씀드렸다시피……."

"누님이 드시는 음식을 일일이 점검했다고 하셨으니 다른 방식으로 중독이 됐다는 거죠. 정답은 목욕입니다, 카스테어스 씨. 누님은 정기적으로 목욕을 하면서 라벤더 향을 강하게 풍기는 목욕용 소금을 썼죠. 솔직히 고백하건대 저도 독극물을 주입하는 이런 새로운 방식은 처음 들어 봅니다만, 소량의 아코니틴을 목욕물에 꾸준히 섞는 게 이렇게 효과가 좋다니 좀 놀랐습니다. 피부를 통해, 그리고 들이마실 수밖에 없는 수증기와 향기를 통해 카스테어스 양의 체내로 유입이 된 겁니다. 아코니틴은 상당히 독성이 강한 알칼로이드이고 수용성인데, 다량을 동원했더라면 누님은 그 자리에 즉사했을 겁니다. 하지만 카스테어스 씨도 알다시피 천천히, 잔인하게 병세가 진행됐죠. 참으로 인상적이고 독창적인 살인 수법입니다, 카스테어스 부인. 나중에 범죄 연보에 꼭 기록으로 남겨야겠습니다. 그런데 제가 수감돼 있는 동안 제 동료를 찾아온 건 상당히 대담한 수법이라고 할 수 있겠습니다. 물론 저의 수감 사실은 모르는 척했겠습니다만. 덕분에 시누이를 위해 최선을 다하는 척 남편을 속이면서 뒤에서는 두 사람을 비웃을 수 있었겠죠."

"이런 악마! 어떻게 당신이 그럴 수가 있소? 어떻게 인간이 그럴 수가 있소?"

카스테어스가 경악을 금치 못하는 표정으로 부인에게서 얼굴을 돌렸다.

"홈즈 씨 말이 맞아요, 에드먼드." 그의 아내가 대꾸하는데, 말투가 변한 것을 알 수 있었다. 좀 더 차가웠고 이제는 아일랜드 억양이 두드러졌다. "나는 당신네 식구를 전부 다 무덤으로 보내려고 했어요. 맨 처음에는 어머니. 그 다음에는 엘리자. 그런데 당신은 내가 무슨 꿍꿍이속인지 전혀 몰랐지!" 그녀는 홈즈를 돌아보았다. "그래서 이제 어쩌실 건가요, 영리하신 홈즈 씨? 밖에서 경찰이 기다리고 있나요? 올라가서 짐을 챙겨야 하나요?"

"실제로 경찰이 기다리고 있습니다, 카스테어스 부인. 하지만 이야기가 아직 끝난 게 아닙니다."

홈즈는 허리를 꼿꼿이 펴며, 지금까지 내가 본 중에서 가장 차갑고 복수심에 불타는 눈빛을 번뜩였다. 그는 형을 선고하려는 판사였고, 교수대 바닥에 달린 문을 열려는 형 집행인이었다. 방 안에 한기가 흘렀다. 그로부터 한 달 뒤에 리지웨이 홀은 아무도 살지 않는 빈 집이 되었다. 그런데 이때 이 집의 운명이 이미 결정됐다면, 그렇게 될 줄 이 집은 알고 있었다면 내가 너무 말도 안 되는 상상을 하고 있는 걸까?

"로스라는 아이의 죽음에 대한 책임을 따져야 하니까요."

홈즈의 말에 카스테어스 부인은 웃음을 터뜨렸다.

"나는 로스에 대해서는 전혀 몰라요. 지금까지는 제법 그럴 듯했어요, 홈즈 씨. 그런데 이번에는 선을 넘었네요."

"부인에게 하는 이야기가 아닙니다." 홈즈는 대답하고 그녀의 남편 쪽으로 고개를 돌렸다. "선생이 의뢰한 사건을 수사하는 것이 로스가 살해되던 날 뜻밖의 방향으로 흘러가게 되었는데, 사실 저는 모든 게 가능하다고 생각하는 습관이 있는 사람이라 뜻밖이라는 단어를 좀처럼 쓰지 않죠. 지금까지 제가 수사한 모든 범죄에는 이른바 이야기의 흐름이라는 게 있었습니다. 제 친구 왓슨 박사가 늘 정확하게 간파하는 것이 바로 이 흐름이죠. 그가 제 수사를 그렇게 훌륭한 기록으로 남길 수 있는 것도 그런 능력이 있기 때문입니다. 이야기가 엉뚱한 곳으로 흘렀습니다만, 아무튼 한 사건을 수사하다 난데없이, 그것도 상당히 우발적으로 다른 사건을 파헤치게 된 거죠. 제가 미시즈 올드모어스 프라이빗 호텔에 도착한 그 순간, 보스턴과 납작 모자단은 과거지사가 되었습니다. 그 뒤로는 새로운 방향으로 움직여 지금까지 제가 경험한 중에서 가장 불쾌한 사건의 베일을 벗기게 됐죠."

카스테어스는 이 말을 들으며 움찔했다. 부인은 호기심 어린 눈빛으로 그런 그를 유심히 바라보았다.

"그날 밤으로 돌아가 봅시다. 그날 카스테어스 씨가 저와 함께 있었으니까요. 저는 로스에 대해서 아는 게 거의 없었습니다. 제가 베이커 가의 특공대라는 애정 어린 별명을 붙여 주었고 가끔 도움을 받는 길거리 아이들 중 한 명이라는 것 외에는요. 아이들에게 도움을 받으면 제가 대가를 주었습니다. 지금까지는 이런 교환 방식에 아무 문제가 없어 보였죠. 친구 위긴스가 저를 부르러 왔을 때 로스는 호텔에 남아서 망을 보았습니다. 우리 넷, 그러니까 선생과 저, 왓슨과 위긴스가 마차를 타고 블랙프라이어스로 갔을 때 로스가 우릴 봤습니다. 그런데 아이의 얼굴이 겁에 질려 있는 것을 당장 느낄 수가 있더군요. 아이는 우리더러 누구냐고, 선생더러 누구냐고 물었습니다. 왓슨이 아이를 진정시키려고 선생의 이름과 주소를 알려 주었죠. 그것이 아이에게는 결정타였죠. 자책할 것 없네, 왓슨. 내 잘못이기도 하니까.

저는 로스가 호텔에서 본 광경 때문에 겁에 질린 줄 알았습니다. 알고 보니 그 안에서 살인이 벌어졌으니 그게 자연스러운 추측이었죠. 저는 아이가 범인을 보았는데, 무슨 이유 때문인지 모르겠지만 입을 다물기로 결심한 모양이라고 확신했습니다. 하지만 그것은 제 착각이었습니다. 아이가 무서워하면서 놀랐던 이유는 살인 사건과는 전혀 상관이 없었습니다. 카스테어스 씨, 당신을 보았기 때문에 그런 거였죠. 로스는 선생이 누구인지, 어디 가면 만날 수 있는지 알아내기로 결심을 했습니다. 아는 얼굴이었거든요. 선생이 그 아이에게 어떤 짓을 저질렀는지 저는 지금도 생각하고 싶지 않습니다. 아무튼 그 아이는 선생을 실크 하우스에서 만났던 겁니다."

또다시 끔찍한 정적이 흘렀다.

"실크 하우스가 뭐죠?" 캐서린 카스테어스가 물었다.

"그 질문에는 대답하지 않겠습니다, 카스테어스 부인. 두 번 다시 부인 앞에서 그 단어를 꺼내는 일도 없을 테고요. 하지만 한 가지만 말씀드린다면 부인의 계획, 부인의 이 결혼 계획은 특정 부류의 남자를 만났을 때에만 효과를 발휘할 수 있다는 겁니다. 사랑이나 애정이 아니라 가족을 괴롭히거나 사회에서 일정한 지위에 오르는 것이 결혼의 목적인 남자를 만났을 때에만. 스스로 아주 적절하게 표현했던 것처럼 부인은 남편이 어떤 남자인지 간파했던 거죠. 저는 만난 첫날부터 카스테어스 씨가 어떤 사람인지 궁금하기 짝이 없었습니다. 런던 내에서 바그너를 공연하는 극장이 한 군데도 없는데 바그너 오페라에 늦었다고 하는 사람을 만나면 늘 황홀해지거든요.

로스는 카스테어스 씨, 당신을 알아보았습니다. 익명성이 실크하우스의 모토인데 가장 끔찍한 일이 벌어진 거죠. 밤에 찾아가 소기의 목적을 달성하고 나오는 그런 곳이었건만. 로스는 이런 행각의 희생양이었습니다. 하지만 나이에 비해 어른스럽고, 가난과 절박감으로 범죄 성향이 짙은 아이기도 했습니다. 이미 자신을 괴롭혔던 남자의 금시계를 훔친 적도 있었죠. 아이는 선생을 만난 충격을 극복하자마자 더욱 다양한 가능성을 알아차렸습니다. 친구 위긴스에게 그런 뜻을 비치기도 했고요. 다음 날 아이가 선생을 찾아갔던가요? 한 재산 떼어 주지 않으면 선생의 정체를 폭로하겠다고 협박하던가요? 아니면 선생이 일찌감치 찰스 피츠시먼스와 그 일당에게 허둥지둥 달려가 상황을 수습하라고 요구했습니까?"

"저는 그런 요구를 한 적이 없습니다."

카스테어스가 억지로 쥐어짠 듯한 목소리로 중얼거렸다.

"선생은 피츠시먼스를 찾아가 협박을 당하고 있다고 알렸죠. 그리고 그의 지시에 따라 로스를 만남의 장소로 보냈습니다. 아이는 입을 다무는 대가로 돈을 받을 줄 알고 백 오브 네일스를 나섰습니다. 몇 분 뒤에 왓슨과 내가 도착했을 때는 이미 엎질러진 물이었죠. 로스를 맞이한 사람은 피츠시먼스도 아니었고 선생도 아니었습니다. 헨더슨과 브랫비라고 하는 두 명의 악당이었죠. 그들은 아이가 선생을 두 번 다시 괴롭힐 수 없게 만들어 놓았습니다."

홈즈는 잠깐 말을 멈추었다 다시 이었다.

"로스는 뻔뻔하게 군 죄로 죽을 때까지 고문을 당했고, 똑같은 생각을 품고 있을지 모르는 아이들에게 경고하는 차원에서 손목에 하얀 리본이 매달렸죠. 카스테어스 씨, 선생이 그런 명령을 내린 건 아닐지 몰라도 저는 선생에게 책임이 있다고 생각합니다. 선생이 그 아이를 착취했습니다. 선생이 그 아이를 죽였습니다. 선생은 지금까지 제가 본 중에서 가장 저질스럽고 불쾌한 인간입니다."

홈즈는 자리에서 일어섰다.

"이제 저는 이 집에서 나가겠습니다. 더 이상 있고 싶지 않으니까요. 어떻게 보면 두 분의 결혼은 잘못된 판단이 아닐지 모른다는 생각이 드는군요. 두 분은 천생연분입니다. 밖에 나가 보면 경찰 마차가 두 분을 기다리고 있을 겁니다. 두 분이 가는 방향은 서로 다르겠지만요. 준비됐나, 왓슨? 이제 그만 나가세."

에드먼드 카스테어스와 캐서린 카스테어스는 소파에 꼼짝 않고 앉아 있었다. 둘 다 아무 말이 없었다. 하지만 떠나는 우리를 물끄러미 응시하는 시선이 느껴졌다.

왓슨 박사의 후기

 이제 나는 무거운 마음으로 이 작업의 마무리를 짓는다. 이 글을 쓰는 동안 그 당시로 되돌아간 듯한 착각을 느끼기도 했는데, 잊고 싶은 부분들도 있었지만 홈즈의 곁으로 돌아가 (모든 면에서) 항상 한 발자국 거리를 두고 윔블던에서부터 블랙프라이어스, 햄워스, 햄워스 힐, 홀로웨이까지 따라다니며 그 특별한 인물을 가까이서 관찰하는 특권을 누리는 것은 여전히 기분 좋은 일이다. 마지막 페이지가 가까워오자 내가 있는 이 방이 다시금 의식 안으로 들어온다. 창턱에 놓인 엽란, 늘 살짝 과하다 싶은 라디에이터. 손이 욱신거리고, 모든 기억이 펜에 꿰어 지면으로 옮겨졌다. 할 이야기가 더 남았으면 좋으련만. 이야기가 끝나면 나는 다시 혼자가 되는 것을.
 불평은 하지 않겠다. 이곳 생활은 편안하다. 딸들이 가끔 찾아오고 손자들도 데리고 온다. 그중 한 명은 심지어 이름이 셜록이다. 아이 엄마가 나의 오랜 우정에 경의를 표하는 뜻에서 그렇게 지은 모양인데, 그는 그 이름을 쓴 적이 없다. 이번 주말에 찾아온 아이들에게 이 원고를 건네며 안전한 곳에 맡겨 달라고 하면 내 임무는 끝이 날 것이다. 이제 오늘 아침에 시중을 들어 준 간호사의 충고를 되새기며 마지막으로 한 번 더 읽어 보기만 하면 된다.

"거의 다 끝내셨어요, 왓슨 박사님? 그래도 끝마무리하실 부분들이 있을 거예요. i에 점찍는 거랑 t에 가로로 선 긋는 거 제대로 했는지 확인하신 다음에 저희한테 보여 주셔야 돼요. 다른 친구들한테 이야기했더니 못 기다리겠대요!"

하지만 몇 가지 더 추가하고 싶은 부분이 있다.

실크 하우스에서 맞이한 그 마지막 날 밤에 찰스 피츠시먼스(목사라는 호칭은 쓰지 않겠다.)가 한 말은 맞았다. 그는 재판을 받지 않았다. 하지만 큰소리쳤던 것처럼 금세 석방되지도 않았다. 교도소에서 사고가 있었는지 계단에서 굴러 떨어져 두개골에 금이 간 채 발견됐던 것이다. 뒤에서 누가 민 걸까? 수많은 주요 인사들의 불쾌한 비밀을 알고 있다고 떠벌렸으니, 내가 잘못 들은 게 아니라면 심지어 왕족과도 아는 사이라고 했으니 그럴 만도 한 일이었다. 터무니없는 이야기지만, 이례적으로 우리 하숙집을 찾아왔던 마이크로프트 홈즈가 생각난다. 우리에게 한 말과 태도로 미루어 짐작컨대 상당한 압력에 시달리는 게 분명해 보였는데…… 아니다, 그럴 가능성은 생각하지도 않겠다. 피츠시먼스의 거짓말이었을 것이다. 붙잡혀 끌려 나가기 전에 대단한 인물인 척 허세를 부린 거다. 그런 거다.

정부에도 그가 어떤 짓을 벌였는지 아는 사람들이 있었지만, 사진 자료와 함께 터질 추문이 두려워 그의 행각을 폭로하지 못했다고만 해 두자. 실제로 그 뒤로 몇 주 동안 최고위층에서 사임이 잇따라 국민들에게 충격과 불안감을 선사하기도 했다. 하지만 나는 피츠시먼스가 암살당한 게 아니길 바란다. 그가 극악무도한 악당이었다는 데에는 재론의 여지가 없지만, 임의적으로 법의 원칙을 무시할 수 있는 나라는 없다. 전쟁 중인 지금에 와서 생각해 보면 더욱 그렇다. 어쩌면 그의 죽음은 단순한 사고사였을지 모른다. 연루된 모든 사람들 입장에서는 다행스러운 사고사.

피츠시먼스 부인은 사라졌다. 레스트레이드 말로는 남편이 죽은 뒤 정신에 이상이 생겨 머나먼 북쪽의 정신 병원으로 옮겨졌다고 한다. 그녀가 마음대로 지껄여도 믿을 사람이 한 명도 없었으니 이것 역시 다행스러운 결과였다. 내가 아는 한 그녀는 아직도 거기서 지내고 있다.

에드먼드 카스테어스는 처형을 받지 않았다. 목숨은 부지했지만 평생 환자로 지낸 누나와 함께 외국으로 나갔다. 카스테어스 앤드 핀치 화랑은 문을 닫았다. 캐서린 카스테어스는 결혼 전 이름으로 재판을 받아 유죄 판결과 종신형을 선고받았다. 교수형을 면한 게 다행이었다. 레이븐쇼 경은 서재에서 권총으로 자기 머리를 날렸다. 자살한 사람이 이밖에도 한두 명 더 있었지만, 호레이스 블랙워터 경과 토머스 애클랜드 박사는 둘 다 법의 심판을 면했다. 사람이 이런 면에 있어서 융통성이 있어야 되는 줄은 알고 있지만, 그들이 셜록 홈즈에게 어떻게 하려고 했는지 생각하면 아직도 화가 난다.

그리고 그날 밤, 범상치 않은 저녁 식사에 나를 초대했던 그 묘한 신사. 나는 홈즈에게 그의 존재를 알리지 않았고, 지금까지 누구한테라도 언급한 적이 한 번도 없었다. 말도 안 된다고 생각할 사람도 있을지 모르겠지만 약속은 약속이었고, 자칭 범죄자라 했지만 내가 느끼기에는 신사였으니 약속을 지키는 것이 도리였다. 그의 정체는 다름 아니라 얼마 안 있어 우리 인생에 너무나도 결정적인 역할을 하게 될 제임스 모리어티 교수였는데, 한 번도 만난 적 없는 척하려니 죽을 맛이었다. 나는 라이헨바흐 폭포로 출발하기 직전에 홈즈한테서 그의 이야기를 소상히 들었을 때부터 동일 인물이라고 확신할 수 있었다. 나는 그 이후로 종종 모리어티의 이런 특이한 부분을 곰곰이 되짚어 보곤 했다. 홈즈는 악의로 가득한 그의 태도와 그가 연루된 수많은 범죄를 이야기하며 경악을 금치 못했다. 하지만 그의 머리와 페어플레이 정신은 높이 샀다. 나는 요즘도 모리어티가 진심으로 홈즈를 돕고 싶어 했고, 실크 하우스가 문을 닫길 바랐을 거라고 믿는다. 그는 같은 범죄 세계에 몸을 담고 있다 보니 실크 하우스의 존재를 알게 됐지만, 기질상 몸소 조치를 취하는 것은 부적절하다는 판단을 내렸을 것이다. 하지만 그의 정서에 위배되는 일이었기에 적으로 적을 친다는 의미에서 홈즈에게는 하얀 리본을 보내고 나에게는 구치소 열쇠를 준 것이다. 결국에는 그가 바라던 대로 되었지만, 내가 알기로 감사의 편지를 보내거나 그런 적은 없었다.

나는 크리스마스 넘어서까지 홈즈를 만나지 못했다. 아내 마리와 함께 집에 있었는데 건강 상태가 점점 위험 수위에 이르렀기 때문이다. 하지만 1월에 아내가 친구들을 만나러 며칠 집을 비우면서 제안을 하기에 모험이 끝난 뒤 홈즈가 어떻게 지내고 있는지 살피려고 예전의 하숙집을 다시 찾아갔다. 바로 그 무렵, 여기 기록하려는 마지막 사건이 벌어졌다.

홈즈는 완전히 혐의를 벗었고, 모든 고소가 취하됐다. 하지만 마음 편한 상태가 아니었다. 가만히 있질 못하고 짜증을 냈고, 가장 통탄스러운 습관이라 할 코카인 용액의 유혹이 느껴지는지 (그의 놀라운 추리력을 동원하지 않아도 알 수 있는 일이었다.) 틈만 나면 벽난로 선반을 훔쳐보았다. 사건이라도 있었으면 도움이 됐을 텐데, 나도 종종 느꼈다시피 그는 일이 없어서 풀리지 않는 수수께끼로 에너지를 쏟아 부을 만한 상황이 안 되면 오랜 우울증으로 빠져드는 성향이 있었다. 그런데 이번에는 그보다 더 심각한 수준이었다. 그는 그때까지 실크 하우스나 그와 관련된 부분을 입에 올린 적이 없었는데, 어느 날 아침 신문을 읽다 촐리 그레인지 남학교가 문을 닫았다는 짤막한 기사를 내게 전했다.

"이 정도로는 부족해." 그는 중얼거리며 신문을 구겨 옆으로 치웠다. "가엾은 로스!"

이뿐 아니라 베이커 가 특공대를 두 번 다시 동원하지 않겠다고 하는 등 다른 징후들로 미루어 보건대 아직까지 아이의 죽음에 대해 자책하는 듯했고, 그날 밤 햄워스 힐에서 본 광경이 그의 의식에 지울 수 없는 흔적을 남긴 모양이었다. 홈즈만큼 악의 세계를 잘 아는 사람도 없지만 알아서 좋을 게 없는 악의 세계도 있는 법인데, 그가 성공의 뿌듯함을 만끽할라 치면 그동안 맞닥뜨린 음울했던 공간들이 자연스레 떠오르는 것이 문제였다. 나도 그 심정을 이해할 수 있었다. 나도 꿈을 꾸었다. 하지만 나는 보살펴야 하는 마리가 있었고, 운영해야 하는 병원이 있었다. 홈즈는 자기만의 세계 속에 갇혀 잊고 싶은 기억들을 계속 곱씹을 수밖에 없었다.

어느 날, 저녁 식사를 같이 마쳤을 때 그가 느닷없이 잠깐 나갔다 오겠다고 했다. 눈은 다시 내리지 않았지만 12월만큼이나 날이 추웠고, 나는 이 늦은 시각에 외출을 할 마음이 없었지만 나도 같이 갔으면 좋겠느냐고 그의 생각을 물었다.

"아니, 아닐세, 왓슨. 물어봐 줘서 고맙네. 하지만 혼자 다녀오는 게 좋겠네."

"그런데 이 늦은 시각에 어딜 가려는 건가, 홈즈? 다시 난로 앞으로 돌아가 위스키나 한 잔 같이 마시면 좋을 것을. 무슨 일인지 몰라도 내일 하면 되지 않나."

"왓슨, 자네는 정말 최고의 친구이건만 나는 얼마나 형편없는 친구인지 알고 있다네. 잠깐 혼자 있고 싶어서 그런 걸세. 내일 아침 식사는 같이 하세나. 그때가 되면 한결 좋아진 내 얼굴을 볼 수 있을 걸세."

우리는 다음 날 아침을 같이 먹었고, 그는 정말로 한결 좋아진 얼굴이었다. 같이 대영 박물관을 관람하고 심슨스에서 점심을 먹는 등 즐겁고 화기애애한 하루를 보내고 집으로 돌아오는 길에 나는 햄워스 힐에서 엄청난 화재가 발생했다는 신문 기사를 읽었다. 한때 자선 학교 소유였던 건물이 전소되었는데, 불길이 어찌나 엄청나게 치솟았는지 멀리 웸블리에서도 보였을 정도였다는 것이다. 나는 그 사건에 대해 홈즈에게 아무 말도 하지 않았고, 아무것도 묻지 않았다. 그날 아침, 평소와 똑같은 자리에 걸려 있던 그의 외투에서 지독한 탄내가 났다는 말도 하지 않았다. 그날 저녁, 홈즈는 오랜만에 스트라디바리우스를 연주했다. 나는 홈즈와 벽난로를 한쪽씩 차지하고 앉아 울려 퍼지는 선율에 즐거이 귀를 기울였다.

지금도 그 소리가 들린다. 펜을 내려놓고 침대로 향하는데, 활이 현을 긁고 밤하늘로 선율이 솟구친다. 아득히 멀어 들릴락 말락 하지만…… 아! 피치카토다. 그 다음은 트레몰로. 틀림없는 특유의 스타일. 셜록 홈즈의 연주다. 분명하다. 나를 위해 연주하는 거라면 얼마나 좋을까…….

감사의 글

먼저 이 책의 자료 조사를 하는 데 많은 도움을 준 리 잭슨에게 고맙다는 말을 전하고 싶다. 그가 운영하는 웹사이트 www.victorianlondon.org는 그 시대에 관심이 있는 사람들이 참고할 만한 환상적인 (무료) 자료들이 담겨 있는 멋진 곳이다. 도서관에서 조지 기싱, 찰스 디킨스, 앤서니 트롤로프, 아서 모리슨, 헨리 메이휴와 같은 그 시대 작가들의 작품도 빌려 읽었지만, 가장 도움이 됐던 책은 제리 화이트의 『19세기 런던 London in the 19th Century』과 『빅토리아 시대 영국의 삶 Life in Victorian Britain』이었다. (지금까지) 따뜻하게 응원해 주는 셜록 홈즈 협회에도 고맙다는 말을 전하고 싶고, 그중에서도 특히 하원 의사당에서 친절하게 법의독물학 관련 지식을 나누어 준 마리나 스테이직 박사에게 감사 인사를 전하고 싶다. 그리고 이 책을 맨 처음 제안했고 '올해의 에이전트' 상이 아깝지 않은 에이전트 로버트 커비, 내가 원고를 완성하기까지 8년이라는 긴 세월 동안 기다려 준 오리온 출판사의 맬컴 에드워즈에게도 감사 인사를. 마지막으로 내가 열여섯 살 때 처음 만났고, 어느 누구도 흉내낼 수 없는 작품으로 나에게 영감을 준 아서 코난 도일 경이라는 천재 작가에게도 감사 인사를 전하고 싶다. 즐거운 마음으로 집필한 이 책이 원작에 누를 끼치지 않았으면 하는 것이 나의 유일한 바람이다.

옮긴이 | 이은선

연세대학교 중문과와 같은 학교 국제학대학원 동아시아학과를 졸업했다. 편집자와 저작권 담당자로 일했으며, 현재는 전문 번역가로 활동 중이다. 옮긴 책으로는 『탐정 아리스토텔레스』, 『헌책방마을 헤이온와이』, 『화성의 인류학자』, 『통역사』, 『포의 그림자』, 『누들메이커』, 『기적』, 『굿독』, 『몬스터』, 『그대로 두기』, 『워너비 재키』, 『마흔살 여자가 서른살 여자에게』, 『딸에게 보낸 편지』, 『노 임팩트 맨』, 『셜록 홈즈 실크 하우스의 비밀』 등이 있다.

셜록 홈즈 실크 하우스의 비밀

1판 1쇄 펴냄 2011년 12월 16일
1판 22쇄 펴냄 2023년 7월 10일

지은이 | 앤터니 호로비츠
옮긴이 | 이은선
발행인 | 박근섭
편집인 | 김준혁
책임편집 | 장은진
펴낸곳 | 황금가지

출판등록 | 2009. 10. 8 (제2009-000273호)
주소 | 06027 서울 강남구 도산대로 1길 62 강남출판문화센터 5층
전화 | 영업부 515-2000 편집부 3446-8774 팩시밀리 515-2007
홈페이지 | www.goldenbough.co.kr

도서 파본 등의 이유로 반송이 필요할 경우에는 구매처에서 교환하시고
출판사 교환이 필요할 경우에는 아래 주소로 반송 사유를 적어 도서와 함께 보내주세요.
06027 서울 강남구 도산대로 1길 62 강남출판문화센터 6층 민음인 마케팅부

한국어판 ⓒ ㈜민음인, 2011. Printed in Seoul, Korea
ISBN 978-89-6017-288-3 03840

㈜민음인은 민음사 출판 그룹의 자회사입니다.
황금가지는 ㈜민음인의 픽션 전문 출간 브랜드입니다.